Muerte en Santa Rita

Muerte en Santa Rita

Elia Barceló

Roca editorial

© 2022, Elia Barceló

Publicado en acuerdo con UnderCover Literary Agents.

Primera edición: abril de 2022

© de esta edición: 2022, Roca Editorial de Libros, S. L.
Av. Marquès de l'Argentera 17, pral.
08003 Barcelona
actualidad@rocaeditorial.com
www.rocalibros.com

Impreso por LIBERDÚPLEX, S. L. U.

ISBN: 978-84-18417-49-8
Depósito legal: B. 3908-2022

RE17498

Al Mediterráneo, que me dio su luz.

A las personas que, desde siempre, leen mis novelas
cuando aún son simples manuscritos,
disfrutan, comentan, critican, animan:
mi familia: Klaus, Ian, Nina, Concha, Elia;
mis amigas y amigos: Charo, Martina, Ruth, Mario, Michael.
Todas ellas, personas con las que podría imaginarme
viviendo en Santa Rita, si existiera.
¡Gracias por estar ahí, una vez tras otra!

Por supuesto, a ti, lectora, lector, que vas a entrar
(quizá de nuevo, quizá por primera vez)
en este mundo que te ofrezco y que he creado
para que puedas perderte en él durante unas horas.

Y esta vez, especialmente, a la memoria de Luise Müller,
nuestra Tante Luise; una mujer que, con su bondad, su cariño
y su buen humor iluminó nuestras vidas durante sus cien
años y medio sobre la Tierra, y falleció el mismo día, y casi
a la misma hora, en que yo terminé de corregir esta novela.

Santa Rita
(Benalfaro)

2017

1

El rumor de la buganvilla

*Q*uien no tiene el Mediterráneo en la sangre piensa que allí siempre es primavera, que la flor del almendro a finales de enero y las mañanas de sol de los primeros meses del año, las enormes buganvillas cubriendo los muros de piedra y la fronda perenne de las palmeras, con las chispas blancas de los jazmines salpicando la oscuridad de las noches más frías, son signos inequívocos de que no existen las estaciones, de que no existe el invierno.

No es así. Hay invierno —la época en que los jardines se entristecen, las higueras empiezan a perder las hojas, los olivos se llenan de frutos que se van haciendo negros y lustrosos, las granadas se rajan, dejando ver los granos de color escarlata, rutilantes como joyas, las poinsettias van cambiando de color hasta la Navidad, va haciendo frío dentro de las casas, se encienden fuegos y se asan castañas—, y hay primavera.

Se nota antes que nada en una trepidación en los huesos, un cosquilleo de inminencia que una mañana, antes de que salga el sol, acompaña el canto de los pájaros y la primera ráfaga de brisa aún fresca, pero cargada de la promesa del calor del mediodía.

La gente de las ciudades necesita más tiempo para notarlo, pero en el campo siempre llega un día de marzo o de principios de abril cuando el despertar viene acompañado de esos signos que anuncian la llegada de la primavera. Luego vendrán las rosas de todos los colores, las flores blancas y perfumadas de las madreselvas, las céreas del galán de noche o dama de noche, según la región, las borlas amarillas de las grandes mimosas, las bignonias rosadas, las dipladenias, las jacarandas azules que explotarán a mediados de mayo, las tipuanas cubiertas de florecillas doradas, los agapantos...

Sofía lo esperaba impaciente año tras año, aunque, con el tiempo, había aprendido a esperarlo sin prisa, disfrutando de cada amanecer en el que se decía a sí misma «aún no, aún no», hasta que un día, siempre de golpe, siempre por sorpresa a pesar de llevar meses esperándolo, el inmenso pino que se veía por la ventana izquierda de su dormitorio estallaba de pronto en aleteos, gorjeos y píos antes incluso de que se colaran las lanzas doradas de la primera luz entre las lamas de la persiana y todo el cuarto se incendiara de primavera, y la palmera empezara a agitarse con la brisa del amanecer, llenando la casa del rumor del agua. Era entonces cuando se estiraba en la cama, sonreía para sí misma en la penumbra, recibiendo el estridente canto del gallo como una fanfarria principesca, y murmuraba *at last* y «por fin», siempre en las dos lenguas, con un alivio del que no era consciente hasta ese mismo momento, como si hasta ese instante no hubiese creído posible llegar a vivirlo otra vez.

Otra primavera, se decía. El mundo empieza otra vez. Todo nace. Todo se renueva. Lo viejo ha muerto y podemos olvidarlo, porque lo que ya no es ya no importa.

Exploraba su cuerpo con la mente, con las manos, como haciendo balance de lo que el invierno le había arrancado y locos cálculos de lo que la primavera y el verano le tendrían que compensar y, lentamente, disfrutándolo, recorría con la vista el cuarto en el que, descontando cientos de viajes y algunas estancias largas en otros países, había pasado la mayor parte de su vida. Posaba los ojos sobre los objetos más amados que ahora, de golpe, porque acababa de empezar la primavera, le parecían nuevos, y los saludaba como si llevara tiempo sin verlos: las primeras ediciones de sus novelas, cronológicamente ordenadas en la vitrina de madera de roble francés, la pistola de dama con cachas de nácar que había sido de su padre, el búcaro tallado de cristal de Bohemia heredado de la bisabuela y traído desde Inglaterra en otro siglo, que brillaba misteriosamente con la primera luz anaranjada, la calavera sobre el escritorio que la había acompañado siempre, junto con la pluma de ganso y el tintero, como una naturaleza muerta del siglo XVI, la máscara aborigen que siempre la hacía sonreír, el pequeño Korovin que le había costado una fortuna y siempre la ponía de buen humor con sus colores..., su mundo.

Antes, después de haber hecho ese recorrido, saltaba de la cama, se echaba algo por encima y bajaba las escaleras a toda prisa para abrir la puerta y dejar que entrase la primavera hasta llenar toda la casa con su olor y sus promesas. Tigre, su gata, se enroscaba entre sus piernas y, a fuerza de mimos, conseguía que le pusiera de comer antes de lanzarse a recorrer el jardín en su compañía.

Hacía mucho que Tigre ya no estaba y, sin embargo, aún la echaba de menos. Suspiró, alargó la mano hacia la campanilla de plata que descansaba en la mesita de noche y la agitó un par de veces. A Marta no le iba a hacer demasiada gracia tener que acudir tan temprano, pero no había más remedio. Era un día especial.

No solo acababa de empezar la primavera, sino que Greta llegaría al cabo de unas horas y era importante que todo estuviera como debía estar.

Lentamente fue incorporándose para no sufrir ningún vértigo hasta que se sentó en la cama, con los pies en la alfombra de oveja que pronto sería sustituida por la estera de fibra para los meses de calor.

13

Alguien acababa de poner en marcha un coche y se oían voces juveniles. Nel y los demás estudiantes, que se marchaban a clase. Un comentario en voz profunda —Robles— y unas risas. ¡Qué temprano se levantaba Robles, a pesar de estar jubilado! Seguro que Candy también andaba ya por la cocina, asegurándose de que todo estuviera bajo control.

Apoyándose en el cabezal de la cama, Sofía cogió la muleta y, después de afianzarse, caminó despacio hasta el cuarto de baño. Las losas de piedra estaban frías y su rugosidad le hacía cosquillas en las plantas de los pies. Orinó sin encender la luz. Era bastante la claridad que entraba desde el dormitorio y no tenía aún ganas de verse en el espejo. Se sentía sorprendentemente bien. Con los dolores de costumbre aquí y allá, pero bien. Se arreglaría con esmero para que su sobrina no la viera tan envejecida.

Volvió a la habitación, abrió el armario y se quedó un rato mirando la ropa colgada y doblada como si en lugar de prendas de vestir fueran cadáveres de animales cazados y puestos a secar. Elegiría algo de un color claro. Hacía más joven.

Curioso lo de Greta. Tantos años sin querer aparecer por allí ni de vacaciones, y ahora, de golpe, le había dicho que venía a pasar una temporada. Bueno. Ya se enteraría. Si algo sobraba en Santa Rita era espacio, y Greta siempre había tenido listo su propio cuarto, aunque llevara tanto tiempo sin usarlo.

Fue a la ventana y, después de forcejear un poco con el picaporte, consiguió abrirla y salir al balcón. El sol le hizo cerrar los ojos por un momento. Estaba frente a ella, como una naranja madura, llenándolo todo con su luz dorada. Los pájaros cruzaban el cielo, enloquecidos, y su algarabía resultaba casi ensordecedora, pero vigorizante, como si la prisa que tenían por vivir pudiera contagiarse también a una humana.

Fina, o quizá fuera Lina, barría las aceras de alrededor de la casa con un sonido suave, relajante, siempre igual, un sonido que le recordaba su infancia cuando, al despertar, el día entero se extendía ante ti como una cinta sin fin.

14

Al fondo, el horizonte del mar, apenas un par de centímetros, brillaba como la plata y entre él y la casa se extendían los olivares, los campos de lavanda y la pequeña carretera, ahora desierta. A la derecha, los edificios de Benalfaro, lo bastante alejados como para resultar hasta bonitos, y a la izquierda la cuesta que llevaba al mirador, y parte del jardín. Las palmeras bailaban perezosamente en la brisa, el eucalipto se movía como el mar; aparte de eso, todo estaba en calma, todo estaba como debía estar. Empezaba otra primavera feliz y tranquila.

Quizá la última.

Tendría que dejar de retrasar la decisión.

Tendría que decidirse por fin a revelar sus secretos. O callar para siempre.

2

*R*obles siguió con la vista el Mazda de la gente joven hasta que giró a la izquierda al final de la alameda de las palmeras en dirección a la universidad de Alicante. La verdad era que no los envidiaba demasiado: toda la mañana encerrados en un aula prestando atención a lo que un profesor les decía y tomando notas como locos para luego tener que aprendérselo de memoria y vomitarlo en algún examen. Prefería su propio plan: caminar diez o doce kilómetros disfrutando del frescor de las primeras horas de la mañana, dándose cuenta de cómo empezaban a abrirse los primeros retoños, de cómo tantos árboles y arbustos iban preparando los capullos que muy pronto serían flores, fijándose en si las abejas habían empezado ya a buscar el polen dulce que luego convertirían en miel.

Solo llevaba dos años jubilado y, aunque al principio le había dado un poco de miedo la nueva etapa de su vida, ahora cada vez estaba más contento con la libertad que había encontrado. Santa Rita le proporcionaba suficiente trabajo como para no aburrirse jamás y resultaba agradable ser totalmente independiente, decidir sus propios horarios, implicarse en lo que mejor le parecía y no hacerlo en otras cosas. Había sido una buena decisión instalarse allí, a pesar de todas las burlas que había tenido que soportar por parte de sus compañeros, que pensaban que vivir en «La Casa' las Locas» como la llamaban en el pueblo; era una estupidez, sobre todo para un hombre aún fuerte y sano que había sido policía toda su vida. «Allí no hay más que solteronas, viudas, beatas y chavales con granos en la cara», le habían dicho, «y todos bajo la batuta de una vieja loca y mandona». No podía negar que algo de razón sí que tenían porque, visto desde fuera, se podía llegar a esa conclusión. Solo que se equivocaban. Y mucho.

Llegó al final de la alameda sin haber decidido todavía adónde quería encaminarse. Más adelante, en mayo o junio, un paseo por los campos de lavanda sería todo un espectáculo, pero ahora las plantas estaban aún en reposo y no invitaban tanto a disfrutarlas, de modo que decidió acercarse a Benalfaro, coger la senda que llevaba al mar antes de entrar en el casco urbano, tomarse un café cuando llegara a la playa y después quizá volver en autobús, sin prisas. Se había apuntado a la cena porque tenía mucha curiosidad por conocer a Greta, la sobrina de Sofía, pero no había firmado la comida de mediodía, de modo que podía hacer lo que quisiera hasta las nueve de la noche.

Se estiró a conciencia, flexionando los músculos con placer. Aún respondían. Durante muchos, muchos años, había sido gordo y fumador de puros. Aún se acordaba de cuando se ahogaba al subir tres pisos y la idea de perseguir corriendo a un delincuente le daba casi risa. Ahora, desde hacía varios años ya, había conseguido dejar el vicio, cambiar de hábitos y aficionarse a las largas caminatas que, poco a poco, habían ido deshaciendo la grasa acumulada a lo largo de una vida. Seguía siendo grande, y calvo, eso sí, la cosa no tenía remedio, pero ya no le importaba. Ahora llevaba el cráneo afeitado y, curiosamente, se sentía más joven que a los cincuenta años. Inspiró profundamente, sintiendo la primavera llenarle los pulmones y echó a andar a buen paso hacia el mar, que, desde donde estaba, no podía ver, pero intuía por el olor y el brillo del aire.

—Entonces ¿no nos recoges luego? —estaba preguntando Nines, mientras se aseguraba de no olvidarse nada en el coche.

—No. Tendréis que buscaros la vida. Tengo que recoger a la sobrina de doña Sofía en el aeropuerto sobre las tres, aunque lo más probable es que se retrase. Luego habrá que pasar por el pueblo a recoger un par de encargos y volver a casa a eso de las cinco para que les dé tiempo a guisar. Además, con ella y su equipaje ya no cabemos todos en el coche.

—¡Pues vaya peñazo!

Nel se encogió de hombros mientras los otros tres, que aún no parecían haberse despertado del todo, iban bajando del coche sin darle mucha importancia a tener que volver después en autobús.

—Ya podía coger un taxi la buena mujer —insistió Nines.

Él no contestó. Se trataba de la sobrina y heredera de doña Sofía, que hacía siglos que no había estado en Santa Rita; mandar a alguien a recogerla era lo menos que podían hacer, pero parecía que Nines no se daba cuenta. Su propia comodidad iba siempre por delante. Ella y Elisa se despidieron con un movimiento de cabeza y se alejaron en dirección a la cafetería. Nel cerró el coche, se cargó la mochila al hombro y se dirigió hacia la facultad de Medicina con el ligero alivio de estar solo, sin las quejas de Nines ni los ojos con párpados a media asta de los demás. Echó una mirada al móvil para asegurarse de que no hubiese cambiado la hora de llegada, comprobó que había que recoger unas cosas en el estanco de Encarna, un paquete de la carnicería del Bomba y otro de la pescadería de Mari. Con eso ya, a casa. Esperaba que a Greta no le molestara perder tiempo recogiendo todo aquello. No tardarían mucho y así, al menos, podría echarle una primera mirada al pueblo que seguro que había cambiado muchísimo desde la última vez que lo había visto, puede que incluso antes de que él naciera.

Υ

En el avión, con los ojos cerrados, pero sin acabar de dormirse como le habría gustado, Greta Kahn trataba de acordarse de la última vez que había estado en Santa Rita. Las niñas eran aún pequeñas, entre seis y ocho años probablemente, de modo que debía de hacer sus buenos veinte. Recordaba lo que habían disfrutado de correr por los larguísimos pasillos y de bañarse en la inmensa alberca que, para su tamaño, debía de haber sido tan grande como el lago donde solían ir todos los veranos. Incluso Fred lo había pasado bien, haciendo siestas de dos horas después de tomarse media botella de tinto a mediodía, y luego paseando hasta el pueblo ya sobre las ocho de la tarde para no perderse el aperitivo de Casa Juana, que daba unas tapas impresionantes, sobre todo para un médico alemán acostumbrado a que en Baviera la cerveza se consume sola, sin nada que echarse a la boca. Debió de haber sido sobre 1997 o 1998, cuando a él aún no lo habían ascendido a jefe de servicio y aún se permitía tomarse unas vacaciones de dos semanas al año.

Ella no había disfrutado tanto como su familia. A pesar de que por esa época ya habían pasado dos décadas desde el año que vivió en Santa Rita, el año en que sus padres se divorciaron y la enviaron a hacer el último curso del instituto a Benalfaro, a casa de la tía Sophie, los recuerdos aún seguían muy presentes y no todos eran buenos.

Ahora confiaba en que, cuarenta años después de aquel COU, ya todo se hubiese desdibujado hasta el punto en que diera exactamente igual. Aquella Greta adolescente hispano inglesa tenía ya muy poco que ver con la mujer madura hispano alemana que acababa de separarse de su marido de toda la vida frente a la incomprensión y enojo de sus hijas, y pensaba instalarse una temporada en Santa Rita con la esperanza de decidir allí qué quería hacer con el resto de su vida.

Al menos su trabajo la acompañaba siempre y se podía llevar a cabo en cualquier sitio. Candy le había dicho que Sophie pensaba publicar una última novela de la línea criminal y que podría ponerse a traducirla en cuanto se instalara, de modo que no le faltaría ocupación ni tendría que preocuparse por el dinero.

Le extrañaba que la misma Sophie nunca le hubiese hablado de la novela. Normalmente la llamaba en cuanto empezaba el proceso de gestación y la bombardeaba con detalles de ambientación para que pudiera comenzar a buscarlos inmediatamente de modo que, en cuanto estuviera listo el manuscrito original, pudiera ponerse a traducirla a toda velocidad sabiendo que los toques más espinosos estaban resueltos. Una vez tuvo que llamar a seis dentistas hasta que uno de ellos estuvo dispuesto a ayudarla con los términos técnicos que Sophie había introducido en su texto. Ella siempre se preguntaba cómo había averiguado su tía todo aquello, y en ocasiones tenía la sensación de que lo hacía simplemente para fastidiar a sus traductores a otras lenguas, para que se dieran cuenta de por qué les pagaban sus honorarios.

Una voz femenina anunció por megafonía que habían iniciado el descenso hacia el aeropuerto Miguel Hernández, de Alicante-Elche. Greta miró a su izquierda, pero aún no se veía el mar y volvió a cerrar los ojos, aunque estaba claro que ya no le convenía dormirse. Veinte minutos más y tomarían tierra.

Sentía una enorme curiosidad por leer la novela, ya que, al parecer, era diferente de lo que había escrito hasta la fecha. Candy le había contado —aunque ella sola podría haberlo supuesto— que el manuscrito no era reciente, que llevaba años guardado, esperando el momento adecuado para salir de la oscuridad. Le había confiado incluso que había varios más en la caja fuerte, del estilo clásico que la había hecho famosa en el mundo entero y que había escrito años atrás, cuando su energía era tan grande que le bastaban cuatro o cinco horas de sueño y era capaz de escribir varias novelas al año que luego no publicaba de inmediato para no inundar el mercado.

21

Y eso que trabajaba en dos líneas, con dos seudónimos: tenía una de novelas detectivescas —*murder mysteries*, como se llamaban en inglés— con una investigadora feminista, y otra de novelas rosa con un ligero toque erótico, a veces incluso muy subido de tono, que la hicieron triunfar, sobre todo en los años sesenta, pero que, a pesar del tiempo transcurrido, seguían vendiéndose muy bien y que habían vuelto a despegar recientemente en la estela de los últimos éxitos americanos. Tenían un público cautivo mayoritariamente femenino que estaba deseando leer uno más de los romances firmados por Lily van Lest, igual que los lectores de novela criminal, tanto hombres como mujeres, esperaban con impaciencia un nuevo misterio de Sophia Walker y su detective Rhonda McMillan, una mujer inteligente, áspera y bastante deslenguada.

Ella las había traducido todas al español —Sophie escribía en inglés— y desde hacía unos quince años también al alemán. Ya casi había perdido la cuenta de cuántas existían, aunque se podía calcular *grosso modo* por los años de su tía. A pesar de su edad, cada quince meses como máximo había un manuscrito nuevo, ahora ya casi todos de la línea criminal ya que, como le había confesado Sophie misma hacía poco, el romance erótico no solo había empezado a aburrirle, sino que a veces le suponía un esfuerzo tan grande como si se hubiera propuesto escribir ciencia ficción. Y eso que experiencia no le faltaba. En sus noventa y dos años de vida bien aprovechada debía de haber tenido bastante más de cien amantes, por lo que había podido ir recogiendo de distintas conversaciones. Solo había estado casada una vez, muy joven. Él la dejó al cabo de un par de años y, desde entonces, nunca había querido volver a atarse a un hombre, pero había disfrutado de todos los que por una u otra razón le habían apetecido en cada momento. «No veo por qué los hombres pueden vivir así y las mujeres, no.» Recordaba con toda claridad las palabras de Sophie cuando ella tenía diecisiete años y aún pensaba que en el mundo no hay más que un hombre que es el hombre de tu vida, tu media naranja perfecta. «¡Qué estupidez, hija! Además de que, como dicen en el pueblo... eso sí, los hombres refiriéndose a las mujeres... "para un trago, cualquier bota es buena".» Se había reído hasta las lágrimas al ver la cara de horror de su sobrina Greta, recién enamorada como una imbécil de...

«Basta. Te habías jurado dejar de darle vueltas a lo de siempre. Se acabó. Cambia de tema.»

Abrió los ojos con fuerza y clavó la mirada en el azul del mar, donde ya se distinguía la silueta de la isla de Tabarca.

No había por qué pensar en ciertas cosas, sobre todo ahora que estaban ya a punto de aterrizar y nada le recordaba a aquella otra llegada, en coche, con su madre, casi de noche, después de atravesar toda España, de Barcelona a Benalfaro. Ahora ya no era una cría asustada por la separación de sus padres y la perspectiva de pasar todo un curso en casa de su tía, en un ambiente que le resultaba extraño. Ahora era ella misma la que se acababa de separar y había estado tantas veces en el Mediterráneo que ya no lo encontraba exótico en absoluto.

Le habían dicho que habría alguien esperándola con un cartel con su nombre y allí estaba. Un muchacho de unos veinte años con una barbita corta, como casi todos los chicos de su edad, y una sonrisa esplendorosa en cuanto la reconoció.

—¿Greta? Yo soy Nel. ¿Has tenido buen viaje?

— Sin incidencias, que es lo mejor que se puede decir de un viaje —contestó ella, devolviéndole la sonrisa.

Él se hizo cargo de su maleta y caminaron hacia el aparcamiento, donde esperaba un Mazda rojo que olía curiosamente a una mezcla de perfumes o desodorantes. Nel se dio cuenta de que Greta estaba tratando de identificar el olor.

—Todos los días somos cinco estudiantes en el coche. Todos recién duchados, pero cada uno con su gel favorito o su colonia. Llevo semanas diciéndoles que se compren productos neutros, pero nadie me hace caso. Tendré que decírselo a Candy.

23

—¿Cómo está? —preguntó Greta, bajando la ventanilla para que se aireara el coche—. Hacía poco que había recibido una carta de Candy en la que le decía que le habían detectado un tumor en el pecho y que, aunque aún no se sabía si era o no maligno, iba a operarse lo antes posible. Esa era una de las razones por las que ella se había decidido a llegar a Santa Rita tan deprisa.

—Como siempre. Hecha un ciclón. —Greta guardó silencio. Al parecer, la enfermedad de Candy no era de dominio público—. Es increíble esa mujer. Tiene más de setenta años, pero, si no fuera por ella, Santa Rita se habría hundido ya en el caos.

—Sí. Sofía nunca ha valido para la organización, aparte de que con sus novelas ya tiene bastante.

—Ese es otro misterio. Sigue escribiendo. A su edad. Pero no para de protestar porque no avanza al ritmo de siempre…

—Ambos se echaron a reír.

24   Greta se había dicho a sí misma al bajar del avión que el Mediterráneo ya no le resultaba exótico. Sin embargo, ahora, viendo la silueta de las palmeras recortadas contra un cielo violentamente azul, el paisaje le parecía como sacado de un cuento oriental, un contraste absoluto que la había acompañado por la mañana con sus nieblas movedizas y los oscuros abetos surgiendo como fantasmas húmedos a izquierda y derecha del taxi que la había llevado al aeropuerto.

—Es bonito esto —comentó—. Casi lo había olvidado.

—¿Hace mucho que no vienes por aquí?

—Unos veinte años.

—¿Y eso? —A Nel le parecía increíble que, teniendo la posibilidad de pasar temporadas en Santa Rita, hiciera tanto tiempo que no se hubiese animado a hacerlo.

—Ya sabes. La vida. Las cosas se van liando…

—Pues te vas a llevar una sorpresa, ya verás. Ah, tenemos que pasar primero por el pueblo, espero que no te importe. No tardaré nada. Es solo recoger unos encargos.

—Claro, lo que quieras. No hay prisa.

Lo dijo automáticamente, pero era verdad. De hecho, no había ninguna prisa y eso era un auténtico regalo.

En cuanto enfilaron la avenida de entrada a Benalfaro, Greta se enderezó en el asiento. No había nada que le sonara. Lo habían llenado todo de farolas, aceras, rotondas, papeleras y adosados. Había olivos esculpidos en mitad de las rotondas de tráfico, pobres árboles mutilados por mor de la modernidad. Le daban lástima, igual que esos caniches a los que sus amos llevan a la peluquería y luego se esconden debajo de las camas porque les da vergüenza que los vean así. Lo malo era que los olivos no podían esconderse y tenían que quedarse allí plantados haciendo el ridículo con sus ramas podadas en forma de plato.

—¡Qué moderno se ha vuelto todo! —comentó—. Me gustaba más antes.

—A mí también.

—¡Pero si tú no lo has conocido antes!

—He visto fotos de los años sesenta y setenta. Entonces sí que era bonito, con sus casas blancas y azules, y los tiestos de geranios en todas las fachadas. Ahora… mira cómo han dejado la Glorieta.

Acababan de desembocar en el centro de Benalfaro, en lo que en su adolescencia era un jardín de estilo romántico con árboles de sombra, bancos de azulejos, una fuente romana y un templete donde se tocaba música los domingos. Ahora era una especie de plaza abierta por todos los lados, de suelo enlosado donde de vez en cuando se abría un hueco para unas cuantas plantas, y aquí y allá se alzaba una palmera de mediano tamaño plantada en su macetón. También había un par de bancos de piedra sin respaldo a pleno sol. Todos vacíos.

—Esto es un crimen —dijo Greta—. Ya podían haberle puesto al menos más árboles.

—No pueden, porque debajo hay un aparcamiento. Hoy en

día los coches son más importantes que las personas, incluso en Benalfaro. De noche hay un poco más de ambiente, pero de día el sol es excesivo para venir a sentarse ahí. Ya ni los viejos, ni las madres con bebés, ni siquiera los críos del colegio vienen. La iglesia estaba cerrada y el «castillo», un pequeño fuerte del siglo XVI que en su época era una ruina con cierto encanto, había sido restaurado y era ahora un cajón de sillares amarillentos perfectamente cortados donde un reloj de hierro negro daba una hora falsa: las ocho y cuarto.

Nel detuvo el coche en una zona marcada «carga y descarga».

—Vengo enseguida.

Lo vio entrar en un estanco-quiosco de revistas y al cabo de un momento volvió a salir abrazando un paquete de publicaciones y una bolsa de plástico. La estanquera, una mujer flacucha, con la cara llena de arrugas, salió con él a la puerta, cruzaron unas palabras más y volvió a meterse en su establecimiento mientras Nel echaba su carga en el asiento trasero.

—Revistas, periódicos, tabaco para los que aún fuman, crucigramas y sopas de letras…, todos los encargos de la semana —explicó—. Ahora carnicería y pescadería, y ya estamos.

Mientras Nel iba haciendo los recados, Greta notó cómo, si se esforzaba apenas un poco, podía ir soltando la tensión que había acumulado a lo largo de los últimos meses. ¿Meses? A lo largo de toda su vida más bien. Siempre corriendo, siempre tratando de llegar a todo, de hacerlo lo mejor posible, de quitarle trabajo a su marido, que ya trabajaba bastante en el hospital, de tener la casa presentable, de hacer cenas para invitar a las personas que Fred consideraba importantes y con las que quería quedar bien, de no perderse ninguna de las reuniones de padres, de que las niñas fueran a todas sus clases extra… Ahora, al menos, aquello ya no era problema. Las niñas ya eran mujeres y podían atender sus asuntos sin necesidad de ayuda. Fred, por el contrario, desde su jubilación, se había vuelto más dependiente, más aún; y, acostumbrado como estaba a mandar, la cosa se había ido haciendo cada vez más pesada para ella.

Era increíblemente agradable estar allí, en Benalfaro, en un coche desconocido esperando a que otro desconocido recogiera los encargos y la llevara a Santa Rita, donde pensaba tomarse un respiro y empezar a pensar qué hacer en el futuro. Pero de momento se estaba muy bien sin hacer planes, esperando a que Nel volviera, mientras con la vista iba siguiendo a la gente que pasaba alrededor del coche, cada uno a sus cosas, sin reconocerla, sin pensar que la mujer del pelo corto y las gafas de sol era alguien que, mucho tiempo atrás, cuando aún era una chica larguirucha y con melena, había compartido con ellos un año de su vida.

—Listo —dijo Nel, acomodándose tras el volante, después de haber metido las bolsas en el maletero—. Vamos bien de tiempo. La cena es a las nueve. Para ti será un poco tarde, pero no hay forma de convencer a la gente de cenar más temprano. Ni a los jóvenes ni a los viejos. Se empeñan en que, si fuera más temprano, sería una merienda y luego se acostarían con hambre.

—Yo, en casa, suelo cenar sobre las siete, pero me adapto rápido. ¿Qué hay de cenar?

—Seguro que algo bueno, porque vienes tú. Luego ya… lo de siempre. Se come bien, ya verás; nada del otro mundo, pero bien. Y lo mejor es que no hay más que sentarse a la mesa y está hecho.

—¿Cocinan siempre los mismos?

—El equipo básico sí, pero cualquiera puede apuntarse y echar una mano, o guisar algo especial si le apetece compartirlo. ¿Eres buena en la cocina?

—Según mi familia, sí.

—Pues seguro que alguien te pide que nos hagas algo alemán o austríaco, para variar un poco de tanta dieta mediterránea. Un *Apfelstrudel* molaría.

—Vale. En cuanto me instale.

—¡Mira! —Nel señalaba a la izquierda de la marcha, hacia arriba—. ¿Ves, ahí sobre la loma? El Huerto de Santa Rita.

Desde la carretera, lo que mejor se veía era la torre cuadrada con su tejado rojo de pico, casi como un capirote. Luego, a la izquierda, la extensión blanca del cuerpo del edificio, donde estaban las habitaciones en dos alturas, y al final la pequeña cúpula de la capilla, cubierta de azulejos azules, y su fachada blanca. Había palmeras por todas partes, grandes buganvillas de distintos colores, olivos, pinos, jacarandas e higueras aún peladas, hileras e hileras de matas de lavanda todavía sin flor. Incluso si no le hubiera despertado tantos recuerdos, la imagen era tan hermosa que la hizo sonreír. Estaba deseando llegar.

—La Casa' las Locas —dijo Greta con una sonrisa—. ¿La siguen llamando así?

—Claro. —Nel le ofreció también su sonrisa esplendorosa—. Pero la mayor parte de la gente piensa que es porque hay muchas mujeres viviendo allí, no por la cuestión histórica.

—¿Cuestión histórica?

—Sí. Hace mucho, esto fue un manicomio de mujeres. Bueno, un «sanatorio para trastornos nerviosos femeninos», como se decía en los papeles. Y antes de eso fue un balneario de los más elegantes, donde la gente fina venía a reponerse, a tomar las aguas y a darse baños de mar.

—Mira, eso sí que lo sabía. Me dijeron que hasta la reina María Cristina pasó aquí una temporada, a la muerte de su marido, Alfonso XII.

—Por eso al paseo de Benalfaro le pusieron avenida de la Reina Triste.

Nel puso el intermitente y giró a la izquierda en dirección al camino de entrada, flanqueado por altísimas palmeras.

—¡Cómo han crecido! —dijo Greta.

—Todas tienen entre trece y quince metros. Son washingtonias robusta, las que más altas se hacen.

Nel sonrió con orgullo de propietario, aparcó delante de la casa principal y fue a abrir el maletero para sacar el equipaje y los encargos mientras ella bajaba, se estiraba un poco y echaba la vista en derredor.

Hacía tanto tiempo de la última vez que, con un suspiro de alivio, se percató de que nada le traía los recuerdos tan temidos. La fachada había sido encalada recientemente, las buganvillas trepaban hasta el tejado donde se derramaban como mermelada de frambuesa, las palmeras se balanceaban suavemente en la brisa con sus coronas desmelenadas y gráciles. Todo estaba mucho más frondoso, más verde de lo que ella recordaba y, definitivamente, más limpio.

Entró a la casa. El vestíbulo, que ella recordaba como una especie de trastero grande donde, además de la escalera, había varias bicicletas, botas de agua de distintos tamaños y chismes de toda clase, estaba también limpio y ordenado, con unas plantas bien cuidadas junto a la puerta y las maderas enceradas.

—¡¡¡Greta!!!

La voz de Candy sonaba alegre, chillona y tan británica como siempre. Después de cuarenta años en España y, a pesar de que formulaba maravillosamente en español, no había conseguido desprenderse de su acento inglés que le hacía pronunciar cosas como *poshtrei* cuando pedía la carta de postres en un restaurante y hacía que todo el mundo se riera con ello.

—*You're here! At last!*

Candy bajó a toda prisa y unos segundos más tarde estaban abrazadas. Seguía siendo una escoba vestida, pero la escoba más llena de vitalidad que había conocido nunca.

—¿Cómo estás? —le preguntó Greta al oído, antes de deshacer el abrazo. Candy echó una mirada para asegurarse de que seguían solas.

—Bien. La intervención es mañana, pero tengo buenas perspectivas, según mi médica.

—¿Quieres que te acompañe?

—No. Quiero que te las arregles para que Sofía no note que no estoy. Solo estaré fuera una noche. Ella no sabe nada; no he querido preocuparla.

—¿Cómo está Sofía?

—Ven. Está deseando verte. ¿Ascensor o escaleras?

—¿Ascensor? ¡Caray, qué lujo!

—La artrosis lo hizo necesario. Tendría que haberse trasladado a la planta baja y, siendo como es, decidió que no iba a cambiar ni de dormitorio ni de estudio ni de nada después de toda la vida, de modo que tuvimos que hacer obras y gastar una fortuna, pero ha quedado bien. —Le enseñó la puerta disimulada por un panel de madera corredizo, pero subieron por la escalera—. Por lo demás, está muy bien, sobre todo hoy, que llegas tú y que, según ella, ha empezado la primavera…

—¡Pero si aquí siempre es primavera! Si vieras cómo estaba el tiempo esta mañana en Alemania…

—Eso digo yo también, pero parece que me equivoco.

—No está senil, ¿verdad? Cuando hablamos por teléfono no parece.

—No, para nada. Bueno…, a veces repite varias veces lo mismo, o se olvida de algo que le acabas de contar, o se cansa en mitad de una conversación y hay que dejarla para más tarde, aunque yo estoy convencida de que eso lo hace cuando no le apetece el tema… En fin, que se hace vieja, como nos pasa a todos, pero para casi noventa y dos años está espectacular. Eso sí, lleva fatal lo de envejecer, ya te darás cuenta. Se lo toma como un insulto personal.

Las dos rieron, Candy tocó con los nudillos a una puerta del segundo piso de la torre y abrió sin esperar respuesta.

Sofía estaba sentada en un sillón de su estudio junto a la chimenea apagada, leyendo. Como siempre, había libros por todas partes, en las estanterías, sobre la mesa, en pilas por los rincones, en el sofá… Llevaba una blusa rosa pálido y unos pantalones grises. Su pelo, ahora blanco y más fino y escaso de lo que ella recordaba, tenía también una ligera tonalidad rosada. Encima de la mesita destacaba un jarro de cristal lleno de camelias blancas junto a un servicio de té con tazas de una porcelana delicadísima.

—*My dear child!* —Todo el rostro de Sofía se iluminó al ver entrar a Greta—. ¡Cuánto tiempo que no nos veíamos cara a cara! Ven, ven que te abrace. No, espera, mejor me levanto yo y nos sentamos en el sofá. Candy, quita de ahí esos libros.

Se puso en pie apoyándose en una muleta y, con cuidado, se acercó a darle un abrazo a su sobrina; luego se acomodó en el sofá y dio unas palmadas a su lado para que Greta la acompañara.

—¡No sabes qué alegría me da verte, niña! Debe de hacer lo menos tres años desde la última vez.

—Cuatro, tía. Nos encontramos en la feria de Frankfurt de 2012.

—Sí, creo que es la última vez que estuve. Y no pienso ir más. Es agotador y hay demasiada gente. A ver..., dime qué te trae por aquí.

—Pronto será tu cumpleaños.

—Sí, como todos los años desde hace noventa y dos y, que yo sepa, menos el curso que pasaste aquí, nunca habías estado conmigo para celebrarlo. Candy, ¿el té?

—No seas impaciente, Sophie. Estoy en ello.

Candy se había metido detrás de un biombo de seda con dibujos japoneses y, por los ruidos, parecía evidente que estaba preparando un té.

—Insisto. ¿Por qué has venido? ¿Te ha llamado Candy diciendo que estoy hecha un carcamal? ¿Te has separado de Fred por fin?

—¡Tía! —Su primera reacción fue ofenderse. Luego, bajo la mirada inquisitiva de Sofía, empezó a sonreír y acabó riéndose bajito—. Pues mira, sí.

—¡Bien! ¡Lo sabía! —La anciana parecía encantada de haber tenido razón—. ¿Te engaña con otra?

—¡No! ¡Qué cosas tienes! Fred nunca…

Sofía seguía mirándola para no perderse ninguna de sus reacciones.

—¿Nunca qué?

—Nunca ha tenido tiempo para esas cosas —terminó, sin dejar de sonreír.

Candy trajo la tetera, se acomodó en el sillón que había quedado libre y sirvió las tres tazas. Añadió un chorrito de leche y una punta de azúcar a una de ellas, lo removió delicadamente, y se la pasó a Sofía. Puso una rodaja de limón en otra y se la entregó a Greta. En la suya diluyó media cucharadita de miel y se echó hacia atrás en el sillón, después de haber cogido una galleta de jengibre.

—¿Entonces? —insistió Sofía—. Si prefieres que no esté Candy, puede irse.

Candy no se inmutó.

—No, por Dios —dijo Greta, escandalizada—. Venga…, ya está bien de tirarme de la lengua. Sois unas cotillas.

Las dos mujeres se miraron satisfechas, como si las hubiese llamado algo de lo que podían sentirse orgullosas. Ambas sabían que habían ganado.

—De acuerdo. Os lo diré… He dejado a Fred porque… en fin… ay, chicas, es que suena tan idiota… Pues simplemente porque me aburro. Ya está. Porque me aburro mucho con él.

—¿Y has necesitado treinta años para darte cuenta? —La pregunta de Sofía parecía seria—. Yo lo noté nada más conocerlo.

—Antes no era así.

—¡Venga ya! Se supone que la que está perdiendo la memoria soy yo. Tú aún eres joven.

—Bueno…, un poco sí —concedió Greta—, pero era un hombre sólido, trabajador, muy buen médico… y como apenas nos veíamos… Al principio cogía todas las guardias que podía porque no teníamos un duro, luego vinieron las niñas y ya no teníamos tiempo para nosotros, después fue ascendiendo, y al final casi no paraba en casa… Se jubiló el año pasado, muy a su pesar, y, desde entonces, no ha hecho más que fastidiar. Como se aburre, no se despega de mí. Y yo trabajo en casa, ya lo sabéis. Necesito paz, concentración, organizar mis días a mi manera. Igual me levanto pronto y me voy a dar una vuelta para despabilarme porque me quedo traduciendo hasta las tantas y luego duermo hasta media mañana. Cuando él trabajaba no había problema, pero ahora…, siempre se le ocurre algo que hay que mejorar en la casa, o quiere que salgamos a comprar algo, o empieza conversaciones, más bien monólogos, sobre temas que no me interesan un pimiento. Se ofende si le digo que tengo trabajo o que he quedado con alguien y él no puede acompañarme… Como no ha hecho más que trabajar en su vida, no se le ocurre nada, no tiene aficiones, no tiene amigos… y todo me cae a mí. No sé… Ya no me gusta esa «nueva» vida, como la llama él. No me apetece tener que guisar cuando él tiene hambre o levantarme cuando él piensa que es hora o hablar de lo que a él le parece interesante. Bueno… hablar…, más bien escuchar. ¿Habéis oído eso del *mansplaining*? Pues podían haberlo inventado para Fred. —Dejó de hablar de golpe y se bebió media taza de un sorbo.

—¿No será que has dejado de quererlo, sin más? —preguntó Candy al cabo de unos segundos de silencio.

—Sí. Supongo que también es eso. Pero lo que me ha decidido es pensar que, estadísticamente, me quedan lo menos veinte años y tengo muy claro que no pienso pasarlos así.

—Has hecho muy bien, niña —resumió Sofía—. Siempre te he dicho que los hombres son muy entretenidos para un rato, para un rato… no más, y que, habiendo carne por kilos, es absurdo comprar la res entera. —Sofía se metió en la boca una galleta de jengibre y sonrió con los labios apretados para que no se le salieran las migas.

—Me lo has dicho muchas veces, pero yo no soy de esas.

—¿De esas? Candy, ¿la oyes? Ahora resulta que nuestra Greta no es de esas, de las que son como nosotras...

—No pretendía insultar a nadie, tía Sophie.

—No, no, ya lo sé... —Cabeceó sin dejar de mirarla—. ¿Cómo puedes ser tan antigua, Greta? Parece que seas tú la que tiene más de noventa años. En fin. Me alegro, ya te lo he dicho. Aquí puedes quedarte hasta que quieras. Tu habitación sigue donde siempre y, si prefieres otra, aún quedan varias en el corredor de Poniente. Y ahora quiero dar una cabezadita. ¿Nos vemos después de cenar?

—¿No cenas con todos?

—No, hija. Nunca he sido yo de cenas conventuales. Salvo en alguna fiesta, ceno aquí, a mi hora y a mi gusto, pero me gustaría verte luego un rato. Tengo cosas que decirte.

Dejaron las tazas en la bandeja, Candy la cogió, y salieron juntas del estudio. Al cerrar la puerta, a Greta le pareció que Sophie ya se había dormido en el sofá.

—¿Qué tal, Robles? Muchos kilómetros hoy, ¿eh?

El expolicía se detuvo en el pasillo, sorprendido, como cada vez que Miguel hacía un comentario de ese tipo.

—Pues la verdad es que sí. Casi veinte al final, porque pensaba acercarme a la playa y volver en autobús, pero luego me he quedado a comer allí, y como ya estaba descansado, me he liado y he vuelto a pata, pero ¿tú cómo carajo lo sabes? ¿Ya te ha venido alguien con el cuento?

—No, hombre. Es cuestión de sumar dos y dos.

—Si oliera a tigre, lo entendería, pero me acabo de duchar.

—Pues eso. Sé que te encanta salir a andar; hoy ha hecho un día precioso, son las ocho y media de la tarde y tú estás recién duchado, una hora poco habitual para una ducha, a menos que a uno le haga mucha falta. El gel se huele. Y arrastras un poco los pies, lo que quiere decir que estás cansado. Ya te digo, dos más dos.

—Joder, Miguel, hay veces que impresionas. Ya podrías haberte apuntado a la policía. Nos habría venido de cine.

—No admiten ciegos, Robles. Es algo que siempre me ha hecho mucha gracia, igual que para los soldados de élite y los pilotos de caza. Los quieren perfectos, y son los que primero se van a romper en caso de que pase algo.

Robles se echó a reír, cogió a Miguel del brazo y lo giró en la dirección opuesta.

—A ver, listo, dime adónde te estoy llevando ahora.

—¿A tomar una cerveza antes de cenar?

—¡Joder, Miguel!

—Te repites, Robles. Además, esta era fácil. También podrías estar llevándome al jardín japonés a proponerme matrimonio, pero me da que no van por ahí las cosas... Y Merche tendría algo en contra.

No hacía mucho que se conocían, apenas dos años, pero habían descubierto aficiones comunes como el ajedrez y la música moderna italiana, y cada vez con más frecuencia salían juntos a pasear por los alrededores, a charlar de cualquier cosa que se les ocurriera y a reírse un rato. Miguel había sido profesor de Matemáticas en una escuela privada y llevaba también un tiempo jubilado. Merche, su mujer, era hija de una amiga de Sofía, desde la escuela y, cuando su marido dejó de trabajar, aceptó la oferta de vivir en Santa Rita en las mismas condiciones que todos los demás: contribuyendo con dinero o con trabajo al bienestar de la comunidad. Ella era profesora de piano en el conservatorio de Elche. Desde entonces habían pasado varios años y nunca se habían arrepentido de su decisión.

Llegaron a la salita, Miguel se instaló en la mesa que solían ocupar, junto a la ventana, y Robles fue a buscar dos

35

cervezas y unos cacahuetes. Dejó el dinero en la caja y se acomodó junto a su amigo.

—¿Has visto ya a Greta? —preguntó.

—No. Ha llegado hace un par de horas y supongo que aún estará deshaciendo la maleta y esas cosas, pero me figuro que bajará a cenar y la conoceremos. ¿Tú también tienes curiosidad?

—Claro. Aunque solo sea... —Robles echó una mirada para asegurarse de que seguían estando solos y, aun así, bajó la voz—, aunque solo sea porque es la única heredera de Sofía.

—Sí. —Miguel dio un largo trago a su botellín—. Y en principio puede hacer lo que quiera con todo esto.

—Salvo ocupar el puesto de Sofía y seguir adelante con Santa Rita, porque habría que estar muy loca para hacerlo, y esto para ella no significa nada.

—Pero tienes esperanzas, por lo que me ha parecido captar en tu tono de voz —dijo Miguel.

—Ya me conoces... Si le demostramos lo bien que se está aquí, lo mismo se suma al proyecto.

Bebieron un minuto en silencio, cada uno pensando en posibles futuros para después de la muerte de la mujer que había hecho posible que estuvieran donde estaban.

—¿Tienes idea de si Sofía ha hecho algún tipo de disposición en su testamento para cuando falte? —preguntó Miguel, rompiendo el silencio que se había instalado entre ellos.

—¿Sobre el futuro de Santa Rita? No. Ni la más remota idea. Ya sabes que Sofía detesta hablar de muerte y mucho más en relación con ella misma. Debe de pensar que si no lo nombras, no existe.

—Quizá deberíamos hablar con Candy.

—Cuando dices «deberíamos» quieres decir que yo debería hablar con Candy, ¿no? —Robles entrecerró los ojos.

Miguel se echó a reír.

—Tú tienes más confianza con ella, y más éxito con las mujeres.

—¡Cómo se nota que eres ciego!

A Robles, al principio de conocerse, le había parecido tremendamente incómodo hablar de cosas como visión o ceguera frente a Miguel. Se habría dado de bofetadas cada vez que, sin darse cuenta, decía «mira» o «¿has visto eso?». Sin embargo, ahora podía hacer bromas como esa y sabía que Miguel se iba a reír. Habían ido varias veces los tres juntos, él, Merche y Miguel, a alguna de las excelentes exposiciones del Museo Arqueológico de Alicante o el de Elche, y poco a poco se había ido dando cuenta de que no había tantas cosas de las que ellos no pudieran disfrutar.

Sonaron unas notas profundas, metálicas, anunciando la cena. Alguien estaba tocando el cuenco nepalí para avisar de que podían pasar al comedor. Se pusieron de pie, recogieron los botellines y los llevaron a la barra que ocupaba el fondo del salón, donde, en otros tiempos, estaban los camareros que atendían a la selecta concurrencia. El gran espejo que cubría la pared reflejaba toda la estancia, con sus sillones algo ajados y sus mesas de esquinas parcialmente desconchadas, los últimos testimonios de antiguos esplendores.

—Hoy seguro que, teniendo una invitada, han hecho algo bueno de cenar —comentó Robles.

—Conejo a la mallorquina con patatas y ensalada —sentenció su amigo—. Y, antes de que digas «joder, Miguel», el conejo y las patatas los huelo, igual que los olerías tú si te esforzaras un poco. La ensalada no la huelo, claro, pero es lo suyo, ¿no crees?

Robles le palmeó la espalda y salieron del salón.

En el pasillo fueron encontrándose con otros habitantes de la casa, más de lo normal porque todos querían ver a Greta. La mayor parte de las noches no había más de ocho o diez personas, ya que muchos preferían comer algo frío en sus ha-

37

bitaciones o calentarse cualquier cosa en el micro, viendo la televisión, o sin romper el ritmo de estudio, pero en esta ocasión había algo especial y nadie quería perdérselo, de modo que reinaba en Santa Rita un cierto ambiente de colegio mayor, con todo el mundo charlando, riéndose y arrastrando sillas para ocupar la mesa grande que parecía más propia de una boda que de un comedor normal.

Cada uno que llegaba echaba una ojeada al conjunto, veía lo que faltaba y lo ponía: servilletas, saleros y pimenteros, cuencos para desperdicios, mondadientes... Los jóvenes se ocupaban de mover las sillas y los mayores, de las cosas de menos peso. En un momento estuvo todo listo y se fueron sentando, dejando libres la cabecera y la silla de al lado para Candy y la invitada que quizá fuera a quedarse más tiempo entre ellos.

38   En el piso de arriba, Greta oyó sonar el gong, se echó una última mirada al espejo, se estiró el vestido negro que llevaba sobre unos *leggins* también negros, se colgó del cuello el pañuelo largo azul, se atusó un poco el pelo y acabó por aprobarse.

Más de cuarenta años atrás también se miraba en ese espejo, el del armario de luna que había sido de la dote de la abuela Mercedes, y salía disparada hacia el instituto pensando que quizá hubiera llegado el día en que Fito se fijara en ella. Le resultaba difícil de creer que aquella chica había sido ella misma antes de Alemania, antes de Fred, antes de sus hijas, antes incluso de saber a qué iba a dedicarse en la vida. Ahora, todo lo que entonces aún estaba por ser ya había sido.

La habitación seguía igual, menos la cama, que, gracias a Candy, tenía un colchón nuevo. Si se quedaba más tiempo allí, antes o después empezaría a tirar chismes, cambiar cosas, ir adaptándola a la nueva Greta que ahora vivía allí. Iría también a echar un vistazo a esas habitaciones de Poniente que, según Sofía, estaban libres. Podía tener sus ventajas instalarse en el otro extremo de la casa, cerca de la alberca y lejos de las habitaciones de su tía y de Candy, y también podía ser una manera de marcar, incluso para sí misma, que la Greta adolescente ya no existía.

Sonaron unos golpes rápidos en la puerta y entró Candy sin esperar a ser invitada. No se había cambiado de ropa, pero parecía igual de fresca y pimpante que si acabara de empezar el día.

—¡Vamos, tortuga! Menos mal que se me ha ocurrido pasar por tu habitación, que, si no, te quedas sin conejo. Te gusta, ¿no?

—¿La habitación? ¿El conejo?

—Las dos cosas.

—Sí a las dos cosas. ¿Cuándo te vas mañana?

—Me lleva Nel a las siete. No es necesario que te levantes.

—Ya veré. Según lo larga que se haga esta noche.

—¿Vas a trabajar? —Candy parecía sorprendida.

—No sé. Depende de Sofía. Luego iré a ver qué quiere.

Bajaron las escaleras ya con la luz encendida. Alguien había prendido velas en los faroles de cristales de colores que decoraban la entrada y el arranque del corredor.

—Hazle caso, pero no te agobies. Hay veces que te dice algo como si fuera lo más urgente del mundo, tú te matas a hacer lo que sea para que vaya rápido y al día siguiente ni se acuerda.

Candy abrió la puerta del comedor y la dejó pasar primero. Muchos pares de ojos se volvieron hacia ellas, casi todos acompañados de una sonrisa.

—Amigas y amigos, os presento a Greta Kahn, la sobrina de Sofía.

La cena resultó más agradable de lo que Greta hubiera pensado. Sobre todo porque, al cabo de diez minutos en los que todo el interés se concentró en ella, una vez satisfecha la primera curiosidad, cada grupo se dedicó a hablar de sus cosas, y la conversación, en su extremo de la mesa, quedó reducida a Candy, ella y el hombre que le habían presentado como Robles y que, por lo que había creído comprender, era una especie de mano derecha de Candy, de factótum de la casa, a pesar de que solo llevaba dos años y pico viviendo allí.

—Mañana voy contigo, Candy —le dijo Robles en un tono que no admitía réplica.

—Ni pensarlo. Mañana te quedas y le enseñas a Greta todo esto.

—Greta ya lo conoce, y por la tarde, cuando te deje instalada y haya pasado todo, vuelvo y le enseño lo que quiera.

Candy asintió con la cabeza y cambiaron de tema para evitar que todo el mundo acabara por enterarse.

Habían puesto platos de aceitunas negras y verdes, adobadas en casa, según le habían explicado, de sus propios olivos, unos tomates secos en aceite, también de Santa Rita, de la cosecha del verano, con pan casero, y luego un estupendo conejo a la mallorquina con unas patatas enteras, doradas, y unos grandes cuencos de ensalada. De postre había fruta y nueces. De beber, jarros de agua con hielo y unas botellas de vino tinto, cortesía de Robles.

—Normalmente cada uno se trae de su cuarto lo que quiere beber, vino, cerveza, Coca-Cola... lo que sea, pero hoy, en homenaje a nuestra invitada, me he permitido poner yo el vino para todos.

—Robles es un caballero —dijo una mujer que se sentaba unos puestos más allá y que Greta creía recordar como Aurora.

—Y un poco borracho —añadió en tono ligero Tony, uno de los estudiantes, que era vegetariano y antialcohol. Para los vegetarianos de la casa, alguien había hecho unas tortillas de calabacín y cebolla.

—Mira, chaval, dejé el tabaco, me he hecho veinte kilómetros a pata, no como grasa, he reducido el café y soy viudo. Pienso disfrutar del vino y de la carne hasta que me dé el patatús definitivo. Y a ti, lógicamente, nadie te obliga a tomarte un vaso. Así te morirás más sano.

Robles sirvió las copas que había a su alrededor y alzó la suya.

—Por nuestra nueva amiga, Greta, y por la trinidad femenina de Santa Rita: Sofía, Candy y ahora Greta. ¡Por que dure muchos años!

Todos brindaron y las conversaciones volvieron a separarse en grupos.

Aún estaban cascando las nueces y pelando naranjas cuando apareció en la puerta una muchacha morena, de unos cuarenta años, que se dirigió directamente a Greta y Candy.

—Sofía está cansada. Hoy han sido muchas emociones. Prefiere que la visites mañana a eso de las diez. ¿Te importa? —preguntó, dirigiéndose a Greta.

—No, claro que no.

—Perdona —intervino Candy—, no os he presentado. Marta se ocupa de cuidar a Sofía. ¿Te apetece un vinito?

—No, gracias. Voy a asegurarme de que tenga todo lo necesario y me retiro ya.

—Marta es una bendición —dijo Candy—. Entiende a Sofía y se llevan muy bien. Tiene dos hijos, de once y trece años, pero como está separada, le tocan los fines de semana y se los trae aquí. Así tenemos un poco más de vida en Santa Rita.

—¿Hay niños también? Aparte de estos, digo.

—Sí. Nieves tiene un crío precioso de tres años, y tenemos una pareja de estudiantes que van a ser papás este verano.

Candy se puso en pie.

—Me retiro yo también, si no os importa.

Los otros dos la imitaron.

—¿Ayudamos a recoger la mesa? —preguntó Greta.

—Hoy no —dijo Robles—. Acabas de llegar. A partir de mañana ya te irás dando cuenta de cómo nos las arreglamos aquí y puedes participar en la medida que quieras. Tú aún trabajas, así que no tienes que colaborar tanto como otros. Conociendo a Sofía, mañana mismo te pone un manuscrito bajo la nariz y quiere que esté traducido para el fin de semana, con lo que no te va a quedar tiempo para nada más.

Se echaron a reír y salieron los tres juntos del comedor, después de dar las buenas noches a los que aún se quedaban.

Una hora más tarde, cuando apartó el libro y apagó la luz, tumbada en la cama, muy quieta, Greta empezó a escuchar en la oscuridad, tratando de familiarizarse con el mundo que la rodeaba. Por expreso deseo de Sofía, no había farolas en el jardín ni en el camino de entrada. Le gustaba que las noches fueran oscuras, como habían sido hasta que los humanos empezaron a colonizar y destruir el descanso de los animales y los insectos. Solo en el verano permitía en algunas zonas del jardín la presencia de faroles con velas o luces solares cálidas y suaves. Al menos era lo que le había dicho en algunas de las muchas cartas que se habían cruzado a lo largo de los años.

La habitación estaba en penumbra, bañada en una luminosidad lechosa que debía de ser luz de luna. No recordaba en qué fase lunar estaban. Ya lo miraría la noche siguiente. Ahora no le apetecía levantarse de la cama.

Debía de haberse levantado una brisa fuerte porque las palmeras, que antes estaban quietas, habían empezado a moverse y el frote de sus palmas sonaba como el agua, un sonido tranquilizador, una vez identificado. Recordaba que la primera vez que durmió allí, cuando Santa Rita era solo la casa de su tía Sophie, tardó mucho en conciliar el sueño porque le asustaba aquel rumor desconocido. En una de las muchas vueltas que había dado en la cama, su madre la abrazó. «Solo son las palmeras, cariño. Duérmete.» Desde entonces, durante todo aquel

42

curso, siempre se había dormido con el arrullo de las palmas y, al marcharse de allí para ir a la universidad, lo había echado de menos durante meses.

De repente, al ruido de las palmeras se añadió otro rumor que le hizo apretar los dientes, un rumor que la llevaba de vuelta al pasado, pero no al que acababa de conjurar, sino al otro, a un momento que prefería no recordar.

Era un sonido de arrastre, de frote, como el de las hojas secas en los otoños poco lluviosos; el murmullo de muchas flores muertas rodando por las explanadas, por los parterres, amontonándose en los rincones para volver a ser esparcidas por una racha de viento y levantadas como una lluvia roja cegando a quien se encontrara en su camino.

Era el rumor de las flores secas de las buganvillas. El rumor de la tarde en que murió Fito.

3

La silueta de las palmeras

—*A*quí hay mucha gente enterrada. Bueno…, no exagere-
mos…, mucha mucha no, pero cuando esto era un balneario
parece que hubo un par de accidentes, supongo que ataques
al corazón o algo así, y cuando fue manicomio…, en fin…,
debió de pasar de todo. Por no hablar de la época de la guerra.
Ahí ya sí que me puedo imaginar cualquier cosa.

La señora que se había presentado como Ascen estaba
quitando malas hierbas de las tumbas del cementerio en
miniatura que rodeaba la capilla de Santa Rita, una iglesia donde no cabrían más de dos docenas de feligreses muy
apretados, situada casi en las lindes de la finca y que parecía
bastante dejada de la mano de dios, aunque conservaba un
cierto encanto.

Después de haber despedido a Candy y de haberle deseado
suerte, Greta, en lugar de buscar la cocina y servirse un café
antes de subir a ver a su tía, había decidido dar una vuelta y recuperar los recuerdos que conservaba de todo aquello.
Aún hacía fresco, pero el sol acababa de salir, los pájaros ya
se habían lanzado a cruzar el cielo, aún más rosa que azul, y
la calma del lugar resultaba invitadora, así que, en lugar de
explorar el interior del edificio, había preferido cruzar las diferentes zonas del jardín que, unas más arregladas que otras,

mostraban el esfuerzo que se había invertido en Santa Rita desde que ella lo había visto por última vez. Aún no era un parque como los municipales, ni siquiera como los de los hoteles de categoría, pero en cambio tenía un encanto especial, el encanto que dan el trabajo y el cariño, aunque los resultados no siempre sean espectaculares.

La enorme alberca seguía allí, ahora cubierta por una funda de plástico que había visto tiempos mejores y que probablemente pronto sería retirada, en cuanto subieran las temperaturas. Hacia el oeste, un grupo de palmeras recortaba su grácil silueta sobre el azul. Por la tarde tendría que venir a hacerles una foto. Recortadas sobre el cielo de Poniente, todo rojos, violetas y carmesíes, darían una imagen mediterránea maravillosa, la clásica imagen que antes se mandaba a los amigos y conocidos para darles envidia y ahora se subía a Instagram. Quizás intentara incluso, si le daba tiempo, hacer una pequeña acuarela.

La iglesita también seguía en pie, con su hermosa cúpula de tejas azules, rodeada de un pequeño cementerio romántico, con sus tumbas de tierra y sus cruces de hierro forjado sobre lápidas de mármol e incluso un par de estatuas de ángeles y mujeres llorosas ya muy corroídas por el tiempo.

—En cuanto empieza la primavera se llena todo de malas hierbas y no hay más remedio que ponerse los guantes y venir a arrancarlas.

Greta estuvo a punto de decirle a Ascen que a ella le gustaba bastante más así como estaba, con las hierbas surgiendo por todas partes y algunas flores amarillas alegrando las tumbas, pero la mujer parecía tan determinada y tan feliz de hacer lo que hacía, que prefirió callarse, al menos de momento.

—Si ven que dejamos que todo se vaya a hacer puñetas, les será más fácil quitárnoslo —añadió la mujer sin dejar de dar tirones a las hierbas que rodeaban las lápidas.

—¿A quién? —preguntó Greta.

Ascen se limpió las manos en el delantal, dio dos pasos y se sentó con un suspiro en el banquito de piedra más cercano a la tumba que estaba adecentando: la de un tal don Emiliano Contreras Navas, Madrid 1812-Santa Rita 1886.

—Más que nada, el Ayuntamiento, aunque sé que hay más intereses —terminó mirándola de soslayo, como si la recién llegada supiera de qué hablaba.

Greta la miró sin comprender.

—No sé si Sofía te lo habrá contado ya, pero hace la tira de tiempo que el Ayuntamiento, y ahí da igual quien mande, izquierdas o derechas, todos quieren lo mismo, está empeñado en que Sofía les deje Santa Rita a su muerte, como donación a Benalfaro. Dicen no sé qué de que Sofía no lo heredó legítimamente, que podrían demandarla y que, si se lo cede de buen grado, a su muerte ellos se comprometerían a hacer una Casa -Museo de Sophia Walker con la parte noble, la casa y la torre, y el resto lo convertirían en una Casa de Cultura o un Centro de Congresos o algo así.

—¿Y Sofía qué dice?

—Que nanay. Igual que todos los que vivimos aquí. Esto es algo estupendo, que funciona muy bien. Es lo que cualquiera querría, y yo creo que es precisamente eso lo que les fastidia tanto. Nadie en el pueblo daba un duro por este proyecto. Aunque, si te soy sincera, esto no empezó como proyecto, esa palabra que se usa tanto ahora. Sofía vivía sola aquí, bueno, con Candy, y con amigos o amigas que venían a pasar una temporada. Poco a poco, cuando alguna chica del pueblo se encontraba en mala situación, Sofía empezó a ofrecerle venirse aquí de momento, hasta que las cosas se arreglaran. Yo me vine… uf, ya ni me acuerdo…, cuando me quedé viuda. Luego empezamos también a aceptar a estudiantes que no tenían un duro, pero estaban dispuestos a echar una mano a cambio del alojamiento. Y así, poco a poco, cuando quisimos darnos cuenta, éramos…, no sé…, lo que somos ahora…

47

—¿Una comuna?

—¡No, mujer, qué cosas tienes! —Ascen parecía realmente escandalizada, como si la palabra significara para ella mucho más y tuviera connotaciones picantes—. Si acaso... una cooperativa o una comunidad de intereses..., algo así. Nos ayudamos, vivimos juntos —levantó el dedo índice en un signo de advertencia—, juntos, pero no revueltos, contribuimos todo lo que podemos y, cuando necesitamos que alguien nos eche una mano en lo que sea, siempre hay alguien a quien acudir. Si me hace falta mover un mueble o que alguien me lleve al pueblo, cualquiera de los jóvenes está dispuesto a ayudar. Si uno de ellos necesita que le arregle el largo de unos pantalones, o que le cosa un botón, o que haga unas magdalenas como las de su abuela, no tiene más que pedirlo. Nos conocemos todos y nos tenemos cariño. Ya dicen que el roce hace el cariño, ¿no crees tú?

Greta sonrió y, ya estaba a punto de asentir con la cabeza, cuando se dio cuenta de que Ascen podía tener razón, pero por otro lado a veces el roce era precisamente lo que hacía que uno dejara de querer a la persona con la que tenía que rozarse. Ya se dice también que «hay quien trabajando pierde el oficio». Básicamente era lo que le había pasado a ella. Cuando se rozaban menos, la presencia de Fred no le molestaba tanto como cuando había empezado a ser un roce continuo que, como también pasa con los zapatos, acaba por levantar ampolla.

Ascen no se dio cuenta de que Greta no estaba totalmente de acuerdo porque, en ese momento, volvió a agacharse para arrancar casi con saña una plantita que surgía con todo el vigor de la primavera del pie del banco en el que estaban sentadas.

—¡Qué duras son las *jodías*! Las arranco todas las semanas y salen todas las semanas.

—Sí. La naturaleza es persistente.

De pronto en el aire limpio de la mañana sonaron tres campanadas agudas, cantarinas, que sorprendieron a Greta.

—Menos cuarto —dijo Ascen, poniéndose en pie.

—No me digas que ese reloj de la torre funciona.

—Bueno…, más o menos. Robles y Marcial lo arreglaron la semana pasada y aún no está muy claro si va bien o no, pero a todos nos hizo mucha ilusión que volvieran a sonar las campanadas.

—Entonces tengo que marcharme, Ascen. Sofía me espera a las diez.

—Pásate por la cocina y dile a Trini o a Chon que os suban un café. Para Sofía, descafeinado, que, si no, luego no duerme, se pone a trabajar por hacer algo, y al día siguiente no hay quien la aguante.

Greta se despidió y echó a correr hacia la torre sin molestarse en pasarse a pedir café. Tenía costumbre de no desayunar y seguro que su tía ya había tomado algo.

Por suerte no se encontró con nadie en su camino y a las diez menos tres minutos estaba tocando a la puerta del estudio de Sofía, que, como buena británica, amaba la puntualidad por encima de todo.

—*Come!* —sonó su voz, cascada, desde el interior—. *My dear child! How nice to see you!* ¿Has dormido bien?

—Sí, tía. Todo bien.

—Siéntate. ¿Un café?

Al parecer, Sofía ya lo había arreglado todo sin que ella tuviese que hacer nada.

—Gracias. —Greta se sirvió—. ¿Querías verme?

Sofía levantó la mano libre —en la otra sostenía su propia taza de café— y le indicó con un gesto el secreter del fondo, donde, sobre la superficie de madera pulida, se encontraba un manuscrito de unas cuatrocientas páginas sin ningún tipo de encuadernación.

—Es para ti, querida. Si no me equivoco, la última novela que traducirás. Al menos de las mías…

—¿Sin título?

—No he conseguido decidirme aún... Estoy entre «Un crimen sin importancia» y «Retrato de dama con cadáver». ¿Cuál prefieres?

Greta la miró sonriendo.

—Los dos me gustan. Vamos a ver cuál le va mejor. ¿Es reciente?

Sofía se echó a reír, consiguió volver a posar la taza sobre la mesita que tenía al lado del sillón y acabó con un ataque de tos.

—¿Reciente? Tengo algunas en la caja fuerte que son más recientes que esta. Pero esta es la que más me importa. Ni siquiera he terminado de decidir si quiero publicarla, pero me importa que la leas, Greta.

—¿Por qué?

—Porque los hombres escriben autoficciones y las mujeres escribimos ficción sin más; pero cuando el público eres tú, seguramente encontrarás muchas cosas que nadie más va a entender, y necesito que me digas si vale la pena publicarla. Tengo más de noventa años, hija. Igual ni siquiera mi editora de siempre se anima a sacar algo así. No es Sophia Walker como se conoce en el mundo entero. Realmente lo ideal sería publicarla en otra editorial con otro nombre, pero habría que invertir mucho para crear otra marca y no valdría la pena, porque no habrá más novelas como esta. Ni yo misma sé por qué me importa, pero así son las cosas.

Hizo una pausa, tomó un sorbo de su taza y perdió la vista en las copas de las palmeras, quietas ahora contra un cielo azul tan perfecto que parecía falso. Las palmas nuevas, aún cerradas, surgían del centro como lanzas de agua en un surtidor: fuertes, arrogantes, intensamente verdes, con toda la potencia de la vida nueva.

—Léetela. Dime qué te parece. Luego hablaremos. ¿Sabes dónde se ha metido Candy?

Greta dudó un instante.

—Creo que tenía que ir a Alicante para un papeleo. He visto que Nel iba a llevarla antes de ir a clase.

—Es un cielo ese muchacho. Si no fuera por él, por Robles y un par de gente así, esto ya nos lo habrían quitado.

—¿Y eso?

—¡Aggh! Siempre es igual. Hombres que quieren quedarse lo que es de una mujer. Los putos políticos que nunca tienen bastante. Cretinos que, halagándote, piensan que van a conseguir lo que quieren. Tengo yo demasiada experiencia para dejar que, haciéndome la pelota, consigan lo que no estoy dispuesta a dar. Échame un poco más, anda. Con leche y azúcar.

—¿Qué es lo que no estás dispuesta a dar, tía Sophie?

La anciana no contestó. Revolvió el azúcar en su taza y se quedó un momento en silencio, mirando cómo daba vueltas el líquido en la porcelana de flores.

—Greta, querida —dijo al cabo de unos segundos—, dime la verdad. ¿Puedes imaginarte heredando todo esto?

Las miradas de las dos mujeres se cruzaron hasta que Greta desvió la vista y empezó a remover con la cucharilla el café con leche de su taza, donde no había azúcar que necesitara diluirse.

—¿Te refieres a Santa Rita, a la comunidad de Santa Rita? —preguntó por fin.

Sofía asintió con la cabeza.

—Necesito conocerlo primero, *aunt* Sophie —contestó en inglés—. Dame un poco de tiempo, por favor. Llegué ayer.

—Tienes razón, querida. Voy demasiado rápido, pero es que sé que me queda poco. Si no te ves capaz, tendré que venderlo, o regalarlo al Ayuntamiento de Benalfaro, o pegarle fuego. Y no me siento con ánimos de nada de todo eso. Hablaremos, hablaremos pronto. Estoy cansada, hija. Es un fastidio ser vieja. ¿Comemos juntas?

—Claro, tía. ¿Cuándo?

—A las dos, como estos malditos españoles —sonrió con picardía—. Pero primero daremos una vuelta por el jardín.

51

Ayer llegó la primavera y aún no he salido a saludarla. Acompáñame y te iré presentando.

Sofía cerró los ojos después de dejar la taza en la mesita y apoyar la cabeza en el respaldo del sillón. Greta salió sin hacer ruido. ¡Era tan raro ver a Sofía tan frágil, tan cansada! A ella también le pasaría alguna vez si llegaba a su edad. No sabía si desearlo o no.

Nada más salir del estudio de Sofía, se encaminó a la planta baja, a la zona oeste en busca de las habitaciones libres. Si tenía que pensar en la posibilidad de hacerse cargo de Santa Rita, lo menos que podía hacer era ir viendo en qué consistía aquello realmente, y suponía que sería más fácil darse cuenta si vivía en la misma zona que los demás, no en «la torre» como llamaban, con cierta lógica, a la edificación cuadrada, de tres pisos, que constituía la zona noble del antiguo balneario. Allí era donde, desde siempre, habían vivido el director y su familia —sus tatarabuelos, sus bisabuelos y sus abuelos maternos—, y más tarde solo Sophie y Candy, su secretaria y confidente.

El pasillo era amplio, de suelo ajedrezado en blanco y negro. A la derecha estaban el comedor de diario, la cocina y un par de baños de invitados; a la izquierda, las habitaciones, que, de ese modo, tenían ventanas al sur y recibían sol durante todo el día. Las de la planta baja tenían un par de metros cuadrados de jardín, que cada uno arreglaba a su gusto, y las de arriba, una terracita; todas tenían baño, aunque ella no había entrado en ninguna todavía y no tenía ni idea del estado en el que se encontraban, después de tantos años. Lo que ella recordaba era lo del curso de 1974 y entonces vivía muy poca gente allí, apenas algunos amigos extranjeros de Sofía, medio *hippies* o artistas de todas las denominaciones, que iban y venían arrastrados por el viento de los tiempos, como las flores de la buganvilla. Unas veces llegaban a parecer familia y, al cabo de unos días o unas semanas, desaparecían sin siquiera decir adiós y no se les volvía a ver.

La casa estaba en silencio. Todo el mundo debía de estar haciendo algo en el exterior o en el pueblo.

Al llegar al final del pasillo, se dio cuenta de que no sabía qué habitaciones estaban desocupadas y no era plan ponerse a abrir puertas indiscriminadamente, de modo que salió al jardín por la puerta de Poniente, dispuesta a buscar a alguien que pudiera guiarla. Tuvo suerte porque, nada más echar a andar, le pareció ver la silueta de Robles con otros dos hombres en la zona de la alberca. La noche antes no había notado lo grande que era. Ahora, al aire libre, causaba una impresión de fuerza contenida, de músculos cubiertos para disimular su capacidad. Estaba claro que no era hombre de interiores. Tenía los pies y las manos enormes, pero quedaban proporcionados con lo demás. Los dos que lo acompañaban eran mucho más pequeños, sobre todo por comparación; uno, también fuerte, aunque con una prominente barriga; otro, delgado, con unas gafas de sol muy oscuras y un bastón en la mano. Ambos se volvieron al oír sus pasos.

—Buenos días, Greta —saludó Robles—. ¿Qué tal el primer despertar en Santa Rita? Mira, estos son Paco, nuestro jardinero jefe, y Miguel, nuestro matemático.

Paco extendió la mano para estrechársela.

—Solo soy jardinero jefe porque distingo un naranjo de un olivo. Antes de vivir aquí era mecánico y ahora hago de todo. Mucho gusto.

Miguel hizo lo mismo.

—Lo de matemático es porque le encanta decirlo. Da categoría eso de tener un matemático en residencia, como antes tener cura propio. Yo también hago de todo. Es lo que hacemos todos aquí. Ya verás como enseguida descubren que sabes hacer cosas que tú ignorabas saber y te ponen a trabajar. Aquí no para nadie.

Greta se rio.

—No te rías. Lo digo en serio. ¿En qué año has nacido?

—En el cincuenta y siete.

—¡Ah! Muy bien. El primo de Grothendick. Ya no se me olvida.

Greta miró a Robles en busca de ayuda. No tenía ni idea de qué le estaba hablando aquel hombre. Robles se encogió de hombros sin perder la sonrisa y añadió:

—Para mí es el año del Sputnik.

—¡Sí! —exclamó Greta, encantada de que alguien más lo supiera.

—Tenía una compañera de esa quinta y se lo decía a todo el que quisiera escucharla, por eso lo sé. Yo soy del cincuenta y tres. ¿Buscabas algo, Greta?

—La verdad es que sí. Quería ver las habitaciones que, según Candy y Sofía, siguen libres en la zona de Poniente. Igual me instalo allí.

—Pues has tenido suerte, porque llevo el manojo de llaves encima. Estábamos dando una vuelta para ir haciendo la lista de todo lo que hay que hacer, ahora que se ha acabado el invierno. Te acompaño enseguida.

—Entonces… ¿la abrimos el diez de abril? —Paco movía la cabeza en dirección a la alberca—. A mí me parece un poco pronto, que lo sepas. Cuanto antes la destapemos, antes tenemos que empezar a cuidar el agua. Otra cosa más que hacer. ¡Como si no tuviéramos bastante!

—Lo hablamos luego, después de comer. ¿Os parece?

Paco y Miguel siguieron su camino, mientras Robles acompañaba a Greta de vuelta a la casa.

—¿Ha ido todo bien? —preguntó Greta en cuanto se quedaron solos y tuvo la seguridad de que no la oía nadie.

—No me han querido decir nada. No somos consanguíneos. Pero me figuro que, si hubiera pasado algo, Candy me habría llamado. Hay que suponer que ha salido bien. Es fuerte y, menos el tumor, está sana. Mañana la recogemos.

Entraron por donde Greta había salido, y el hombre abrió la puerta de una de las habitaciones.

—Mira, esta es la mejor, porque, como hace esquina, tiene dos ventanas: una al sur, con salida al jardín, y otra al oeste. Si eres de salir mucho y te gustan las plantas, es ideal. Si no estás cómoda a ras de suelo, podemos ver la misma en la primera planta, que tiene una terracita al sur, pero para salir tienes que bajar las escaleras.

—Lo de estar a ras de suelo no me molesta. En Alemania he vivido siempre en una casa con jardín. Y además aquí las ventanas tienen rejas, incluso.

—Es muy típico del Mediterráneo, sí. Y... bueno... cuando esto fue sanatorio, lo enrejaron todo para que las pacientes no se escaparan, aunque lo justificaban con que las rejas las hacían sentirse más seguras. Ahora, como las hemos pintado de azul, resultan hasta bonitas. Dentro de un par de semanas empezaremos a poner geranios y gitanillas en las ventanas y verás qué cambio.

De pronto, y para sorpresa de Greta, Robles se echó a reír él solo, sin que ella supiera qué era lo que le había hecho tanta gracia.

—Perdona —dijo cuando consiguió recuperarse del ataque—. Si me hubieras conocido hace diez o doce años, tú también te habrías reído al oírme hablar de geranios y gitanillas.

—¿Por qué? —Greta estaba perpleja.

—Porque yo era un tío... ¿cómo decirte? Convencional. Normal. De los que no distinguen un roble de un almendro. Bueno, un roble sí, por mi apellido, pero que en la vida se me había ocurrido pensar en flores, en árboles, en mariconadas de esas... Quiero decir, lo que yo antes habría llamado mariconadas.

—¿Y ya no?

—No. Ya no. Pero, como has podido ver tú misma, hasta a mí me da risa oírme hablar de gitanillas con esa naturalidad. Es

55

increíble lo que he cambiado. Anda, vamos a ver la habitación de arriba, a ver cuál te gusta más.

—¿Tu cambio ha sido por Santa Rita?

Como él iba delante de ella por las escaleras, solo lo vio encogerse de hombros antes de responder, pero no pudo verle la cara.

—No solo, no. Aunque también. Ya te contaré más adelante.

Sacó otra llave y abrió la puerta de la habitación que quedaba justo encima de la que acababan de visitar. Igual que la de abajo, se componía de una salita, un dormitorio más bien justo y un baño. Los únicos muebles eran una cama de uno cuarenta, dos mesitas, una mesa redonda junto a la ventana y dos sillas. Todo impersonal y bastante viejo.

—Dicen que antes, cuando esto era balneario, las habitaciones eran muy grandes, pero luego tabicaron para reducirlas en las siguientes épocas y hace unos años se volvió a retabicar. Ahora no son gran cosa, pero es bastante para cuando uno se retira. Si tienes ganas de espacio, hay dos salones, además del comedor de diario, el comedor elegante en el primer piso, que antes fue sala de baile, y la salita de la tele. Bueno, y lo que llamamos «la biblioteca», que no es lo que te imaginas, pero es grande.

—Muchos muebles no tiene —comentó, pasando la vista por la habitación—. Si quiero trabajar aquí, no va a ser nada fácil. Ni cómodo…

—Hay un almacén lleno de trastos de todas clases donde a lo mejor descubrimos algo que te sirva. O te podemos ayudar a traerte los muebles de tu antigua habitación. O, si quieres comprarte algo nuevo, tenemos una furgoneta.

—Me lo pienso. La verdad es que la habitación de la torre tiene más ambiente.

—Nunca la he visto. Tú viviste un año aquí hace tiempo, ¿verdad?

—Un curso nada más. Entre los diecisiete y los dieciocho años. Luego me fui a estudiar, me casé, tuve a mis hijas y fue pasando el tiempo. ¿Bajamos?

Robles volvió a cerrar con llave y bajaron en silencio.

—Oye, ¿por qué te llaman Robles? ¿No tienes nombre?

—Sí, como todo el mundo, pero prefiero Robles. ¿Te apetece una cerveza?

—Buena idea. —Para ella era un poco pronto, pero le gustaba la conversación y la verdad era que estaba de vacaciones y sí le apetecía una cerveza, ahora que el sol ya empezaba a calentar.

Pasaron por la salita, Robles cogió dos botellines, le tendió uno a Greta, dejó el dinero en la caja y volvieron a salir, esta vez por la entrada delantera.

—Vamos al mirador. Lo arreglamos el verano pasado y ha quedado muy bien.

—Habéis invertido mucho aquí. Y no solo dinero.

—Sobre todo tiempo, esfuerzo, cariño… y pasta, claro, no te dan nada gratis, pero siempre vale la pena. —Había auténtico orgullo de propietario en la voz de Robles—. Por eso, cada vez que veo al puto concejal de Cultura haciéndole la pelota a Sofía para que les regale esto… me dan ganas de darle de hostias. Perdona. Pero es que nunca he aguantado a los políticos.

—Coincidimos. Aunque los hay decentes…

—Será en Alemania…

Los dos bebieron, ya instalados en el banco del mirador que dominaba la llanura que se extendía entre Santa Rita y el mar. Delante de ellos, olivos plateados y campos de lavanda despertando del letargo invernal, detrás, los pinares.

—Robles —preguntó ella al cabo de un par de minutos—, ¿en qué trabajabas antes?

Él la miró fijo, sin sonreír, como valorando los pros y los contras de una respuesta sincera.

—Era policía —contestó por fin—. Comisario.

Ella sonrió, cosa que él no esperaba.

—¡Qué interesante! ¿Homicidios?

—Sí. ¿Se me nota aún?

—No. Eres el primero que conozco fuera de las novelas de Sofía, pero lo encuentro fascinante.

—¡Qué rara eres, chica!

—Sí. Me lo dicen mucho. —Greta le ofreció una sonrisa radiante, un poco pícara. De alguna extraña manera, con Robles se sentía traviesa, le apetecía contestar de un modo que él no esperara, jugar un poco. Llevaba demasiado tiempo siendo una mujer seria.

—Te juro que no me imaginaba que una alemana tuviera tu sentido del humor.

—Es que no soy alemana, hombre. Mi madre, Eileen, y Sofía son hermanas, hijas de una española y un inglés. El que es alemán es mi marido.

—Y ¿cómo es que no ha venido contigo?

—Anda, vamos a volver. Le he prometido a Sofía acompañarla a dar un paseo antes de comer.

—Es un poco pronto. Luego, si quieres, voy contigo y le damos un brazo cada uno.

Greta asintió con la cabeza y se acabó lo que quedaba en el botellín, preguntándose por qué no le había contestado a Robles, pero aún le resultaba muy raro decir en voz alta que estaban separados. Candy y su tía tenían que saberlo, pero no era necesario que todo el mundo supiera que…

—Estamos separados —dijo de pronto, sorprendiéndose a sí misma—. Desde hace un par de semanas.

—Uf, lo siento. Menuda metedura de pata.

—¿Tú? ¿Por qué?

—Mujer, esas cosas son privadas… No tendría que haber preguntado.

—Da igual. Aún me cuesta un poco decirlo, pero no pasa nada. Lo he decidido yo. No me ha engañado, no me ha abandonado, no hay otra… ni otro… Es solo que se acabó. Esas cosas, a veces, pasan.

—Sí. Eso dicen.

—¿Y tú?

—¿Yo qué?

—¿Divorciado?

—Viudo. Dos veces. Bueno…, vez y media. Anda, ahora sí que tenemos que irnos.

—Ahora quien ha metido la pata he sido yo —dijo Greta en voz baja.

—Para nada. Ya hace mucho tiempo de eso.

Hicieron el camino de vuelta en silencio, perdido cada uno en sus pensamientos. Robles dejó los cascos de las botellas en la caja que había bajo la barra y, mientras, Greta subió a recoger a Sofía.

—¿Alguien sabe dónde se ha metido Candy? —preguntó Sofía al cabo de un rato cuando se instaló en un banco del jardín japonés, una pequeña zona donde, en un lago de gravilla blanca rastrillado formando ondas, reinaba una gran piedra. Algunos de los árboles que rodeaban el jardín y hacían la frontera con el resto habían sido atados de manera que, con el tiempo, fueran adquiriendo la forma deseada para enmarcar la piedra central.

—Creo que ha tenido que ir a Alicante para algún papeleo —contestó Robles—. Lo que sé seguro es que no viene a comer.

—Hoy he recibido dos cartas —dijo Sofía al cabo de un minuto de silencio cómodo—. Cartas de papel. Creía que ya no se hacía eso de ir a Correos a echar una carta.

—No se hace mucho no. ¿Importantes? —preguntó Greta.

—Según se mire… El Ayuntamiento de Alicante, con el apoyo de la Conselleria de Cultura de la Generalitat, quiere comprarnos Santa Rita.

—¿Para qué? —soltó Robles.

—Para lo que todo el mundo. Pero, claro, también me prometen conservar mi recuerdo para la posteridad, e incluso erigir una estatua, etecé, etecé.

—Yo creo que no vale la pena ni contestar, Sofía. —Robles no sonreía.

—Al menos ellos quieren comprarlo, no que se lo regale. Podríamos llegar a un acuerdo, vender la mitad y con ese dinero arreglar todo lo que está pendiente.

—¿Estás hablando en serio?

—Estoy pensando en voz alta. Por eso buscaba a Candy.

—Candy está en contra, como todos nosotros.

—¿Y tú, Greta? ¿Qué dices tú?

—La casa es tuya, tía. Eres tú quien decide.

—Sí, pero ¿tú qué piensas?

Robles la miraba intensamente, como tratando de pasarle por telepatía la respuesta adecuada.

—Que no hay ninguna prisa.

—Bueno… —comenzó Sofía, con una sonrisa traviesa—, me alegro de que me veas tan joven, pero que sepas que si me muero hoy, heredas tú y entonces la pelota está en tu tejado. ¡Venga! Vamos a comer. Me muero de hambre.

Cuando, después del almuerzo, se acomodó en su cama con las cortinas corridas, Sofía se dio cuenta con cierto asombro de que ninguno de los dos le había preguntado por la segunda carta.

Quizá fuera un augurio.

4

El perfume de la lavanda

Cuando llegó a su cuarto, después de comer y tomar un café con Robles, Miguel y Merche, el manuscrito de Sofía seguía donde ella lo había dejado por la mañana, sobre la mesa en la que tantas redacciones y trabajos había escrito en el curso que había pasado allí, perfecto en su inocencia de papel, una tentación irresistible para su curiosidad lectora.

Le llamaba la atención la falta de título. Sofía solía empezar por ahí. Cuando la novela ya estaba clara en su mente, le ponía un título y empezaba a escribir.

Había pensado hacer un rato de siesta, pero al final el deseo pudo más y se llevó un puñado de páginas a la cama. El sol había girado ya hacia poniente, y la habitación, aunque era luminosa, estaba fresca. Se echó una manta por encima y suspiró con satisfacción. Había sido buena idea venir, olvidarse de Fred y su gesto ofendido, de sus hijas, que habían decidido no hablarle desde que les había contado sus planes de futuro, de todo su entorno, donde la noticia de su separación había sido un bombazo recibido con absoluta incomprensión. *A estas alturas... Si lo tienes todo... Dejarlo solo ahora, que no tiene ni la posibilidad de refugiarse en su trabajo... Ahora que podríais haberos dedicado a viajar y a esperar los nietos... Qué locura... Tú sabrás lo que haces...* Eso, los más caritativos.

Tú sabrás lo que haces. ¿Lo sabía? ¿Sabía realmente lo que había hecho, lo que estaba haciendo? Seguramente no, o no del todo, pero le daba igual. Era un descanso estar allí, sola, dueña de su tiempo y de su vida, sin tener que ajustarse a los horarios y deseos de Fred, sin la cara de reproche de Heike, su mejor amiga, que tampoco había recibido con entusiasmo su decisión. *¿Y ahora te vas sin más a España? ¿Sola? ¿Y el pobre hombre se queda aquí? ¡Qué egoísmo, Greta! Nunca habría dicho que serías capaz de algo así.*

¿Por qué el egoísmo solo está bien visto en los hombres?, se preguntó, como tantas veces.

Pues sí, sola, a España. Por la ventana veía algunas ramas del inmenso pino canario, un ramillete de flores del jazmín trepador que ya llegaba al segundo piso y, al fondo, la mancha violentamente fresa de una buganvilla. Era como estar viviendo en un cuadro impresionista, como el Korovin que tenía Sofía en su estudio y que siempre le había fascinado.

Empezaba a reconciliarse con su antigua habitación de adolescente, aunque la decoración necesitaba un cambio. Exactamente igual que su vida: un buen cambio que dejara lo que valía la pena y renovara lo demás.

Volvió la atención al manuscrito y empezó a leer. Ya las primeras frases la sacudieron. Aquello no era una novela de Sophia Walker.

Sé muy bien que un narrador en primera persona no tiene por qué estar diciendo la verdad. Puede mentir, como todos. Una facultad que no es exclusiva de los seres humanos —los delfines, por ejemplo, también mienten, y son castigados por ello por sus iguales—, pero que sí define considerablemente a nuestra especie. La mentira es, entre otras cosas, signo de inteligencia, de imaginación, de inventiva… de empatía y de piedad, incluso, en ocasiones. Yo, sin embargo, he decidido decir la verdad porque es lo último que voy a hacer en la vida.

Greta sintió un temblor en el estómago y apartó la página. Aquello, definitivamente, no era una novela de Sophia Walker, pero había algo en la prosa que sonaba a Sofía, a Sophia O'Rourke, su tía, la hermana de su madre. ¿Había decidido en algún momento de su carrera usar su propia voz y luego se había arrepentido y había metido la novela en un cajón? ¿Y por qué sacarla ahora? ¿Qué había querido decir con eso de que ella podría entender cosas en ese manuscrito que otros lectores no entenderían?

Se frotó los brazos, que se le habían cubierto con la piel de gallina. Tenía la sensación de que, como una idiota, había confundido narrador con autor y, por un instante, había tenido la sensación de que era su tía la que le estaba hablando directamente, dispuesta a contarle algo que no le iba a gustar. ¿Por qué esa sensación? ¿Por el uso del «yo»? ¿Por el anuncio de que iba a ser lo último que hiciera en la vida, que la había llevado a pensar en los casi noventa y tres años de Sofía, igualándola a la narradora del texto? «Si ni siquiera sabes si es narrador o narradora —se reprendió—. Toda la vida en esto, para acabar cayendo como una pardilla en errores de principiante. La vida está fuera. El narrador está dentro. No confundamos, Greta Kahn.»

Se levantó de la cama para ir al baño. Seguía llamándose a sí misma Greta Kahn, lo que no era tan raro porque había sido así durante casi cuarenta años y el nombre sonaba bien, mucho más sencillo y fácil de pronunciar que los apellidos de sus padres que, juntos, eran una mezcla explosiva: Izaguirre O'Rourke, aunque su abuelo, después de toda la vida en España, había acabado por sucumbir a la presión y se había llamado Rus hasta el final de sus días; de Mathew O'Rourke a Mateo Rus. Con ese nombre —Dr. Rus— había sido uno de los hombres más temidos de la provincia, el alienista jefe del Sanatorio Santa Rita para enfermedades mentales femeninas, un lugar que, ya antes de la guerra, y mucho más después, fue utilizado por grandes burgueses y gerifaltes de toda denominación para librarse de sus esposas, bien para arrebatarles su fortuna, bien para poder disfrutar en paz de sus amantes sin que ninguna legítima se entrometiera. A las hijas díscolas también solían encerrarlas cuando molestaban o se negaban a obedecer en asuntos de matrimonio hasta que la estancia en Santa Rita acababa por doblegar su voluntad.

Esa era una de las razones por las que no había querido volver allí durante tanto tiempo. Ella misma sabía que sonaba absurdo y que aquel lugar era ahora un remanso de paz, pero no podía evitar creer que algo en su interior era capaz de sentir todo el dolor y el miedo que aquellas paredes y aquellos árboles habían ido recogiendo a lo largo de varias décadas. Siempre había pensado —no pensado, más bien sentido en carne propia—, que el dolor es como una secreción grasienta que se va filtrando, empapando los muros, los tejidos, los seres vivos... hasta saturarlos y luego empezar a irradiarlo de nuevo hacia el exterior. Y lo mismo pasaba con la felicidad. También había lugares en los que una se sentía bien de inmediato, aunque no fueran los más bellos, ni los mejor cuidados o decorados. Simplemente porque alguien, en algún tiempo pasado, había sido intensamente feliz y su irradiación se había ido filtrando hasta cambiar el ser y hasta el aura de las cosas.

Ahora tenía que confesarse a sí misma que Santa Rita, al menos lo que había visto hasta el momento, había perdido aquella miasma asquerosa que exudaba cuarenta años atrás en algunas zonas, por muy atractivo que el lugar le pareciera a las hordas de *hippies* amigos de Sofía que acampaban libremente en el jardín y en las habitaciones, sin importarles que estuvieran en mejor o peor estado.

La comunidad que lo habitaba ahora era muy diferente y su estilo iba cubriendo lo anterior, alisándolo, embelleciéndolo, limpiándolo de mal. Había vuelto a ser un buen lugar, como cuando su tatarabuelo Lamberto Montagut Alcántara, en 1862, lo había fundado como balneario en unos terrenos que había heredado, donde no había más que viñas y olivos. Según la historia familiar, Lamberto, hijo de un rico labrador, había hecho el bachillerato en un internado de jesuitas y después le habían permitido estudiar en Valencia, donde había cursado Medicina. De vuelta a su patria chica y después de unos años de ejercer su profesión, al regreso de su viaje de bodas a Francia, había desarrollado la obsesión que no le abandonaría hasta el fin de sus días y, pasando por encima tanto de la opinión de su madre viuda como de la de su esposa, había invertido toda su fortuna en construir aquel edificio que iba a convertirse en el Balneario de Talasoterapia Santa Rita con todos sus servicios y sus jardines y que, durante un tiempo, atraería a la *crème de la crème* de la sociedad española, de la más excéntrica, por supuesto, ya que los tradicionalistas seguían prefiriendo los balnearios del norte o del extranjero, como San Sebastián, Biarritz y Deauville.

A Greta siempre le había hecho cierta gracia la idea de que el buen doctor se hubiese empeñado en poner un balneario de talasoterapia a diez kilómetros del mar, pero parecía que los resultados le habían dado la razón, ya que hasta la reina viuda, Su Majestad María Cristina Habsburgo-Lorena, según constaba en la foto enmarcada que adornaba una de las paredes del salón, había acudido a calmar sus nervios durante unas semanas en la primavera de 1887 a base de paseos por los pinares, tisanas de hierbas del monte y baños de agua de mar calentada al sol y traída desde el Mediterráneo en grandes cubas de madera, y tanto debía de haberle gustado la estancia, que decidió amadrinar a Ramiro, el primogénito del doctor Montagut, mientras que a él le concedía el título de marqués de Benalfaro.

Si se quedaba un tiempo en Santa Rita, quizá se dedicase a poner un poco de orden en el archivo que tenía que existir en alguna parte. Le sonaba haberlo visto muchos años atrás:

65

una habitación oscura llena de estanterías de madera maciza y escribanías de cortinilla donde se amontonaban archivadores de cartón de un gris casi negro que traían recuerdos de funcionarios con manguitos, gorras de visera y lapiceros chupeteados de mina violeta, sujetos detrás de la oreja. Estaba segura de que allí podría encontrar muchas historias interesantes que la ayudarían a hacerse una idea de su familia y de todo lo que había sucedido en Santa Rita en los más de ciento cincuenta años que habían transcurrido desde su fundación.

Iba a sumirse de nuevo en la lectura del manuscrito de Sofía, cuando sonaron unos golpes en la puerta. Al abrir se encontró con Marta que le sonreía como tratando de hacerse perdonar la intromisión.

—No quería molestar, Greta. Normalmente se lo habría dicho a Candy, pero como no está…

—No es molestia, mujer, pasa. Tú dirás.

—Lo mismo te parece una tontería, pero a mí me ha sonado raro y por eso he venido.

—A ver…

Marta se encogió de hombros. Un par de minutos atrás le había parecido lo más sensato hablar con la sobrina y ahora, de repente, le parecía una estupidez y una pequeña traición a la mujer a quien llevaba ya cuatro años atendiendo.

—Si se entera de que te lo he dicho, me mata.

—Hija, qué misterio le estás echando. ¡Dime qué pasa de una vez!

—Me ha pedido que le prepare un baño esta tarde y que luego le dé un masaje con el aceite perfumado.

—Pues no me parece nada raro, la verdad.

—Bueno…, es que ella siempre prefiere la ducha. Dice que no tiene tiempo que perder poniéndose a remojo como un garbanzo, que es lo que parece cuando sale de la bañera.

Greta se rio. Muy propio de su tía.

—Y es que eso no es todo. —Marta desvió la vista, como

si buscara algún asidero en un rincón del cuarto para no tener que mirar a la sobrina, que la miraba a ella como si no estuviera del todo en su juicio—. No sé si sabes que Sofía tiene varias pelucas de pelo natural. —Greta asintió con la cabeza, un poco extrañada de que ahora la conversación fuera por esos derroteros. No sabía lo que esperaba, dada la expresión de Marta, pero en cualquier caso no se había imaginado que fuera a hablarle de pelucas—. Unas son de cuando se llevaban esas cosas, en los años sesenta o setenta; otras son más recientes y se las mandó hacer cuando viajaba mucho para promocionar sus novelas y no quería tener que preocuparse de ir siempre bien peinada. Aparte de que, por lo que me han contado, unas veces iba como Sophia Walker, la escritora de crímenes, y otras como Lily van Lest, la de las novelas rosa. Si en el mismo viaje tenía eventos de las dos clases, se cambiaba de peluca según quién fuera en cada ocasión.

—¡Anda! Eso sí que no lo había oído nunca. —Greta estaba realmente sorprendida. Sabía que su tía cambiaba de *look* con frecuencia porque se aburría de verse siempre igual, pero del asunto de las pelucas para convertirse en otra persona no tenía ni idea.

—Sophia Walker era más de pelo corto, unas veces moreno y otras pelirrojo, mientras que Lily solía darle más bien a las medias melenas onduladas rubias o con mechas más claras. A veces con boinas en invierno o pamelas en verano. Me ha enseñado muchas fotos.

—Y ¿lo que habías venido a contarme? —urgió Greta.

—Pues que desde que yo la atiendo, y ya va para cinco años, nunca en su vida se ha puesto una peluca, ni en Navidad, ni en su cumpleaños, ni por San Juan, ni nada de nada. Parece que ya se había aficionado a llevar el pelo blanco, con ese toque como de color de rosa unas veces y otras azulado o casi violeta. Y de repente, hoy, después de decirme lo del baño, me la encuentro delante del armario eligiendo ropa y me dice que suba al des-

67

ván a traerle las pelucas, todas, que hace mucho que no se las prueba y mañana quiere estar presentable.

—¿Mañana? ¿Para qué?

Marta la miró a los ojos y abrió los brazos con las palmas hacia arriba, encogiéndose de hombros.

—¿Espera a alguien? —insistió Greta.

—A mí no me lo ha dicho.

—¿No será alguien del Ayuntamiento de Alicante? —Greta no estaba segura de hasta qué punto su tía confiaba en Marta, ni si la tenía al corriente de las cartas que recibía o las ofertas que le iban haciendo, de modo que no se atrevió a precisar más.

—¿Por lo de la oferta de comprar Santa Rita? —Marta negó enérgicamente con la cabeza—. Sofía no se arregla por una cosa así. Casi disfruta haciéndose la anciana cuando vienen los del ayuntamiento. A veces hace incluso como que se le ha olvidado lo que estaba diciendo, o repite algo un par de veces para que vean lo mal que está. Luego, en cuanto se marchan, se parte de risa.

—Entonces, ¿tú qué crees?

—Ni idea. Por eso he venido. Porque me ha dejado de pasta. ¡Ah! También me ha pedido que saque las lacas de uñas para que elija, y que luego se las pinte.

Se miraron unos segundos sin saber bien qué decir hasta que Greta zanjó la cuestión, aunque a ella también le parecía muy curioso todo aquello.

—Bueno, Marta, pues si es eso lo que quiere, tampoco es tan raro, ¿no? Sofía está en sus cabales y, si ahora que empieza la primavera, le ha apetecido rejuvenecer, también es comprensible, ¿no te parece?

—Yo he cumplido con mi obligación. No quería meterme en lo que haga o deje de hacer, pero he pensado que tenías que saberlo. Así, al menos, no te llevarás un susto cuando la veas. —Caminó hasta la puerta y, al llegar, con la mano ya en el picaporte, se volvió de nuevo hacia Greta—. Voy a por las pelucas. ¿Me echas una mano? Son lo menos diez y están todas en cajas.

Ya a punto de decir que no, que tenía cosas que hacer y que no quería entrometerse en los planes de su tía, pensó que no estaría mal acompañar a Marta al desván y ver qué había por allí. De la última vez debía de hacer cuarenta años.

—No le digas que yo lo sé, haz el favor. No quiero que piense que vamos comentando lo que hace, como si no estuviera en sus cabales.

Greta había dejado varias cajas junto a la puerta de su tía para que Marta fuera entrándolas al cuarto.

—Pero luego dime cuál ha elegido, anda —añadió con una sonrisa traviesa—. Me muero de curiosidad y, como tú bien dices, no quiero llevarme un susto cuando la vea.

Marta asintió con la cabeza y Greta dudó un momento en el arranque de la escalera. Se había dejado el móvil en la habitación, pero estaba intentando aprender a vivir sin él, de modo que, voluntariamente, dio la espalda a su puerta. Un segundo después, volvió a abrirla, se metió el aparato en el bolsillo y bajó los dos pisos hasta la entrada. Sus hijas le habían dejado claro que, de momento, no pensaban llamarla. Fred la había estado bombardeando con mensajes desde el mismo momento de salir de casa, pero en vista de que ella no había contestado a ninguno, debía de haber aceptado que la cosa iba en serio. Podía llamar a Heike, aunque sabía que seguía molesta por haberse enterado cuando ella ya había tomado la decisión definitiva y también porque no le había pedido su parecer a lo largo del tiempo que había tardado en saber lo que iba a hacer.

«Las amigas estamos para eso —le había dicho—. Si me lo hubieras contado antes, a lo mejor habría podido ayudarte a pasar esa mala época y ahora seguiríais juntos.» Lo que no había habido forma de que Heike entendiera era que no había nada que arreglar y que a ella no le hacía ninguna ilusión la idea de seguir juntos. Treinta años de amistad y ahora se daba cuenta de que no la había comprendido jamás.

Trató de acordarse de dónde estaba la biblioteca, pero hacía demasiado tiempo y los recuerdos se le confundían porque la que ella creía recordar era una salita acogedora y de mediano tamaño. Si era grande y no la había visto en la planta baja, lo más probable era que estuviera encima del comedor de diario, es decir, en el primer piso, de modo que volvió a subir, enfiló el corredor y descubrió unas puertas dobles de madera, ahora pintadas de blanco. Las abrió y, sin dejar el pasillo, metió la cabeza y echó una mirada. Grande sí que era. Desangelada, con unas largas mesas de madera muy baqueteadas y todas las paredes cubiertas de estanterías llenas de volúmenes polvorientos. Le dio una cierta pena que nadie hubiera encontrado tiempo para ocuparse de arreglar un poco aquella habitación, pero la verdad era que, como sus ventanas daban al norte, no resultaba nada invitadora cuando en el exterior el sol aún pintaba de oro las palmas que se agitaban en la brisa. Ya miraría más en otro momento.

Un rumor de voces la hizo continuar avanzando por el pasillo hasta una puerta entreabierta en el lado izquierdo. Una luz dorada marcaba un rectángulo en el suelo de baldosas blancas y negras.

—¡Hola, Greta! —la saludó una voz femenina—. Pasa, pasa.

Cinco pares de ojos se quedaron mirándola. La que había hablado era Ascen; a las otras aún no las conocía.

—Mira, te presento a Carmen, Ena, Quini y Sole. Todas juntas, las chicas de la lavanda. *The lavender girls*, como nos llama Sofía.

Las mujeres, de una edad que andaría por los setenta, cinco años arriba o abajo, se echaron a reír a la vez. Una de ellas le hizo un gesto con la mano para que se sentara. Parecía un club de labores. Había sobre la mesa varias canastillas con hilos de bordar de todos los colores, aunque predominaban los rosas y los violetas, trozos de diferentes tejidos, tijeras, hilvanes y varios bastidores pequeños con bordados a medio acabar que, en su gran mayoría, representaban flores o espigas o ramilletes de lavanda.

—¿Y todo esto? —preguntó Greta.

—Habrás visto que tenemos campos de lavanda, ¿no? Primero fue porque las flores nos encantaban y olían bien. Empezamos a cogerlas para perfumar las sábanas y nuestros armarios. Luego, poco a poco, se nos ocurrió hacer más saquitos de los que necesitábamos, para poder regalar por Navidad y cosas así.

—Nos dimos cuenta de que hacía falta plantar más, y una primavera cogimos el campo de ahí abajo, que estaba vacío y lo llenamos de matas de lavanda —interrumpió otra de las bordadoras—. Y todo el mundo decía que nos habíamos vuelto locas.

—Después empezamos a ir a mercadillos de beneficencia —continuó otra—, a ferias medievales, a mercados ecológicos… Y como nos iba bien, pues la cosa cada vez ha ido a más.

—Hay que decir que los chavales han ayudado un montón. Se les ocurrió empezar a vender por internet, y cada vez tenemos más pedidos. Hacemos saquitos sencillos, de telas monas. Mira —fue a la estantería y trajo unas cuantas muestras para que Greta las apreciara—. Estos son los más baratos. Tenemos también estos, los bordados a mano, que son mucho más caros, y tenemos una edición especial con cajas de seis saquitos con diferentes bordados, donde la tapa es una acuarela de Julia, una amiga pintora que no vive aquí, pero que colabora con nosotras, y que se puede quitar y enmarcar. Siempre son paisajes de por aquí, de los campos de lavanda, o las palmeras o así.

—Desde el año pasado —terminó otra más—, ya tenemos ingresos de verdad. Ya no es solo un *hobby*, sino un negocio. Para alguna de nosotras, la primera vez en la vida que ganamos dinero nuestro. —Se notaba un enorme orgullo en su voz.

—¿Sabes bordar? —preguntó una de ellas, la que más rubio y más cardado llevaba el pelo.

Greta negó con la cabeza.

—Podríamos enseñarte, si quieres.

—No creo que me vaya a dar tiempo, la verdad. Tengo que traducir una novela muy gorda.

Antes de que nadie pudiera preguntar más, entraron una chica joven con un niño de tres o cuatro años que tenía la mitad de la cara tiznada del chocolate, seguramente Nutella, que le escurría desde el bocadillo que apretaba en la mano izquierda.

Las bordadoras se pusieron de pie y en menos de medio minuto habían hecho desaparecer todo lo que pudiera mancharse. Entonces empezaron los grititos y las carantoñas, lo que dio a Greta ocasión de desaparecer discretamente después de haber sido presentada a Nieves, la madre, y Sergio, el hijo.

Por el pasillo iba pensando en lo que le había dicho Miguel por la mañana, que allí siempre te buscaban una ocupación si dabas la sensación de no tener nada que hacer, de manera que lo ideal sería volver a su cuarto y seguir leyendo el manuscrito. Solo que no le apetecía.

Habían cambiado la hora apenas unos días atrás y las horas de luz iban aumentando. Saldría hacia la alberca, como llamaban allí a la balsa de riego, y haría unas cuantas fotos de las palmeras simplemente para sí misma, para disfrutar de verlas en el futuro. O para mandárselas a sus hijas, a ver si empezaban a comprenderla un poco.

Ya estaba cerca de la puerta oeste del jardín, la del final del pasillo de Poniente, cuando unas voces destempladas la dejaron clavada en el sitio. Venían de detrás de una puerta cerrada y era un hombre el que vociferaba insultos y amenazas.

¿Podría tratarse de un programa de televisión? Aquello era tan incongruente con Santa Rita que no podía ser real.

Se fue acercando lentamente a la puerta, sin saber qué

hacer. ¿Llamar con los nudillos y preguntar si estaba todo bien? ¿Salir al jardín sin más como si no hubiese oído nada y luego volver por la puerta de delante y subir a su cuarto? ¿Abrir sin avisar, esperando que aquello fuera algo distinto de lo que parecía?

Un estruendo dentro de la habitación la hizo saltar. Alguien había tirado algo al suelo. Algo que debía de haberse roto en mil pedazos. No podía esperar más. Quizá la persona de dentro necesitaba ayuda.

De repente, una de las puertas del principio del pasillo se abrió con violencia y la maciza figura de Robles corrió hacia donde ella se encontraba, la apartó de un empujón cuidadoso, se plantó delante del cuarto de donde salían los gritos, dio una patada a la puerta y entró.

Greta, aún en el pasillo, se acercó lo bastante como para ver lo que estaba pasando, mientras apretaba el móvil en la mano por si había que llamar a la policía.

Dentro de la habitación, dos mujeres muy pálidas, obviamente madre e hija, y un hombre enrojecido de furia miraban a Robles como si fuera una aparición del infierno. Los gritos habían cesado. En el suelo brillaban cientos de astillas de vidrio, junto con unas naranjas y unas manzanas que debían de haber estado en el frutero, antes de que se estrellara contra las baldosas.

—¡Tú otra vez, hijo de puta! —El expolicía dio dos pasos, agarró por la pechera al hombre y lo empujó contra la pared—. ¡A la calle! ¡Sal de esta casa ahora mismo! ¡Y no vuelvas! Porque la próxima vez te mato, ¡inútil! ¿Por qué no me pegas a mí, tan chulo como eres, eh? Muy valiente con dos mujeres.

El hombre se revolvió con rabia, intentó darle un puñetazo a Robles, pero él lo esquivó y le lanzó un directo a la nariz que prácticamente la hizo explotar en una llovizna de sangre. Luego le dio otro en el estómago, que lo obligó a doblarse sobre sí mismo, y otro con el que acabó de rodillas frente a él.

El excomisario lo agarró por el cuello de la chaqueta y empezó a arrastrarlo hacia la puerta que daba al exterior, al jardincillo.

—¡Abre, Reme! No quiero tener que llevar a este mierda por donde lo vea todo el mundo. —La mujer mayor abrió con manos temblorosas, mientras la hija se apoyaba contra la pared como si quisiera fundirse con ella y desaparecer—. Luego te vienes conmigo, Rebeca. Vas a denunciarlo.

La hija pareció encogerse y empezó a negar con la cabeza mientras las lágrimas le corrían por las mejillas.

El hombre caído seguía haciendo extraños gruñidos, como si se estuviera ahogando. De vez en cuando también decía «puta», «puta», en voz ronca.

—¿No te das cuenta de que cualquier día te va a matar? —insistió Robles—. Greta, ve a la sala de estar, coge la botella de coñac y dales un chupito a Rebeca y a Reme. Vuelvo enseguida. No os mováis de aquí.

Robles salió al jardín con el energúmeno y Greta aprovechó la ocasión para echar a correr por el pasillo. Era la primera vez, fuera de una película, que había visto a alguien pegar a alguien. Era muchísimo peor al natural. Daba miedo. Mucho miedo. Esa violencia desatada no tenía nada que ver con el cine o las novelas.

Encontró la botella enseguida, la cogió del cuello y volvió a toda velocidad con un par de vasitos que se apresuró a llenar en cuanto estuvo con las mujeres. A las tres les temblaban las manos y Greta derramó algo del líquido antes de llenar los vasos.

—¿Qué vas a pensar de nosotras, hija? —dijo Reme meneando la cabeza con tristeza.

—¿Yo? Nada. ¿Quién era esa bestia?

—Mi yerno.

—¡Ah!

Rebeca se había tomado el chupito y seguía en silencio, con la cabeza gacha. Greta no sabía qué decir.

—Tiene razón Robles, hija. Ya es hora de que lo denuncies.

—Si lo denuncio, me mata. A mí y a los nenes. Además…, no es por defenderlo, pero hace mucho que no me pone la mano encima…

—Ya. Y yo voy y me lo creo. Aparte de que, aunque no te pegara, solo lo que te dice y cómo te trata y lo que me hizo a mí bastaría para que le pongan una orden de alejamiento.

—¿Ya no te acuerdas de que ya lo denuncié una vez? ¿Y qué? ¡Nada! ¡Peor que nada!

Greta se puso de pie, notando las rodillas aún temblorosas. No le parecía correcto estar asistiendo a una conversación tan íntima de dos desconocidas.

—No te vayas, mujer —dijo la madre—. Espera a que vuelva Robles. Ahora ya no hay peligro.

Volvió a sentarse sin saber bien qué hacer.

—Él, antes, no era así… —dijo Rebeca bajito.

—Siempre te ha tratado de arriba abajo, siempre te ha dicho que eres tonta y que no vales para nada…, desde que erais novios. Y yo, como una imbécil, tampoco me di cuenta de lo que te estaba haciendo hasta que fue demasiado tarde, hasta que me convenciste de que pusiera el piso a tu nombre…

—Déjalo ya, mamá. Tampoco hace falta que se entere todo el mundo. ¿Se ha ido? —preguntó Rebeca a Robles, que acababa de entrar por la puerta del pequeño jardín que Reme tenía plantado de rosales.

—Sí. Lo he metido en su coche y le he vuelto a decir que se busque dónde pasar la noche y ni se le ocurra acercarse por aquí. Pero volverá, claro. Esos cerdos siempre vuelven. Por eso tienes que ir a denunciarlo. Vamos. Te acompaño yo.

Reme le puso la chaqueta por los hombros a su hija, le dio dos besos y, suavemente, la empujó hacia Robles.

—¿Hago falta yo?

—No, Reme. Quédate y hazte una tila, anda.

Robles y Rebeca salieron en silencio. Greta volvió a ponerse de pie. Estaba deseando irse de allí.

—Siento que hayamos tenido que conocernos así —dijo Reme—. ¿Te vienes a la cocina conmigo? Creo que sí que me hace falta una tila.

—Mira —volvió a hablar la mujer cuando ya estaban apoyadas en la encimera de piedra, esperando a que hirviera el agua—, te hago un resumen de lo que pasó, para que me entiendas.

—Déjalo, Reme. Da igual. Son cosas íntimas.

—Cuando mi hija empezó a salir con Richar, yo me acababa de quedar viuda. Él se había peleado con sus padres y no tenía dónde quedarse, así que se vino a vivir con nosotras. De momento, nos dijo. Tuvieron el primer crío y yo me encargaba de él y de todo, para que ellos pudieran trabajar y estar bien. Rebeca empezó a decirme que, si ponía el piso a su nombre, cuando yo faltara, ella se ahorraría los impuestos y que era una tontería que el gobierno se quedara con un dinero que les hacía mucha falta. Que no iba a cambiar nada, que el piso seguiría siendo mío, aunque oficialmente estuviera a su nombre...

Reme echó el agua sobre las bolsitas y tapó la tetera.

—Te puedes imaginar el resto. Era mi hija... la única... Como una tonta, le dije que sí y ni se me ocurrió lo del usufructo. La verdad es que el notario tendría que haberme informado de que yo podía exigir el usufructo, aunque Rebeca fuera la propietaria, pero nadie me dijo nada. Seré muy malpensada, pero yo creo que mi yerno y él estaban conchabados. Cuando fuimos a la firma, me enteré de que lo iban a poner a nombre de los dos, de mi hija y de Richar, y dije que no, que eso no era lo que habíamos hablado. Nos fuimos al aseo, Rebeca se hinchó a llorar y a suplicarme, estaba embarazada otra vez y el pobre de Richar nunca había tenido nada suyo. Me juró que no iba a cambiar nada. Seguiríamos viviendo en amor y compañía los tres con los dos pequeños... Tendría que haberlo visto, pero no quise creérmelo. Así que firmé y cuatro meses más tarde, cuando Rebeca y yo volvimos del hospital con la recién nacida, mi yerno me había metido la ropa en dos maletas y me echó de mi propia casa. —Reme sacó la bolsita con cuidado, sirvió dos tazas y le entregó una a Greta. Ya no temblaba. Daba la sensación de que lo había contado muchas veces y de que cada vez que lo contaba se sentía mejor—. Fui sacando mis trastos, los que pude, poco a poco, cuando él no estaba, pero sabía que luego la iba a tomar con Rebeca, así que algunas cosas, como la tele, preferí dejarlas para que ella no tuviera que pagar el pato.

Se sentaron en la esquina de la mesa.

—Es verdad que al principio no le pegaba, pero era un maltratador desde siempre y yo..., no sé cómo decirlo para que lo entiendas bien..., mi marido también era de carácter fuerte, aunque él era buena persona, y por eso no me extrañaba tanto cuando Richar se ponía a pegar gritos por cualquier cosa que le hubiera pasado en la calle o en el trabajo. Trataba de apartarme y dejar que se las arreglaran ellos. —Reme no miraba a Greta. Se había puesto a sacar con la uña del dedo índice las miguitas que, a lo largo del tiempo, se habían ido metiendo en las grietas de la madera de la superficie. Las sacaba, las recogía con el canto de la mano, las echaba en el cuenco de la otra mano y de ahí al plato donde apoyaba la taza de tila, distraídamente, como un automatismo—. Rebeca siempre estuvo coladita por él. Incluso ahora, ya la ves. —Suspiró y dejó caer la cabeza sobre el pecho—. En fin. El cuento de nunca acabar. Yo tuve la suerte de que Sofía me recogiera y me dejara vivir aquí. Han pasado años antes de que Rebeca se atreviera a venir a verme, y ahora..., cada tres por dos aparece él a llevársela, porque se lo tiene prohibido y le da rabia que volvamos a vernos.

—Por eso a Robles no le ha extrañado.

—¡Qué le va a extrañar, criatura! Es lo menos la quinta vez que tiene que sacarlo de aquí de malos modos, pero nunca le había pegado así. Debe de estar de nosotras hasta las narices, el pobre. Rebeca debería venirse aquí con los críos. Tengo que preguntarle a Sofía, pero yo creo que dirá que sí. Siempre ha ayudado a todo el que lo necesitaba. Sobre todo a las mujeres.

—Yo también se lo diré, si quieres.

Reme le apretó la mano.

—Bueno, pues ahora vete a tus cosas. Yo voy a ver si barro los tiestos de mi cuarto. ¿Cenas aquí?

La pregunta la pilló tan por sorpresa que asintió automáticamente, aunque acababa de darse cuenta de que tendría que haberse apuntado en la lista por la mañana o, como muy tarde, a la hora del almuerzo.

Cuando Reme se fue con el recogedor y la escoba, Greta se acercó al rincón de la cocina donde estaba la lista y se dio cuenta de lo que ya sabía, que su nombre no estaba, y que Robles tampoco se había apuntado. Podía ser que tuviera otros planes, pero también podía ser que se hubiese olvidado de hacerlo y, en ese caso, quizá podrían salir a cenar juntos, de modo que decidió estar atenta a la llegada de su coche cuando volviera de ayudar a Rebeca a presentar la denuncia. La verdad es que empezaba a hacerle ilusión salir un poco de Santa Rita y acercarse a Benalfaro.

5

El arrullo de las tórtolas

Cuando abrió los ojos, con un sobresalto, eran ya casi las diez de la mañana y el sol entraba imparable, a pesar de la persiana bajada y las cortinas corridas.

La noche antes había estado esperando la vuelta de Robles hasta las diez y media, pero como no había sucedido, después de un buen rato de navegar por internet y charlar por teléfono con un par de amigos, porque sabía que no iba a poder concentrarse en la lectura del manuscrito y prefería dejarlo para cuando tuviera libre la mente, había decidido bajar a la cocina como una ladrona de guante blanco, sin encender siquiera las luces de la escalera y el corredor. Había buscado en la nevera y la despensa, y al final se había improvisado una cena en su habitación con un poco de jamón, unas olivas adobadas, un huevo duro, unos cacahuetes y un plátano. Suficiente para no pasar hambre. Sin embargo, a las dos de la madrugada, después de mil vueltas, no había conseguido dormirse y había acabado por tomarse una pastilla, que era lo que la había hecho despertarse a esas horas, inauditas en ella.

«Bueno —pensó—. ¡Qué más da! No tengo que darle explicaciones a nadie.»

Se estiró en la cama para poner los músculos en movimiento, fue a ducharse, y en quince minutos estaba abajo, tratando de encontrar un café y la lista donde apuntarse para que no le volviera a pasar lo de quedarse sin cena.

El comedor estaba vacío. La cocina también. Allí madrugaba todo el mundo.

Se puso un capuchino de cápsula y, como no tenía ganas de entretenerse, encontró unas galletas, cogió la taza y salió afuera, a desayunar en una de las mesitas que, medio cojas, pero con cierto encanto, aquí y allá, en lugares estratégicos, salpicaban el jardín.

Vio que tenía un mensaje de Fred y, aunque no tenía ganas de leerlo, lo abrió. Podía ser algo referente a las niñas.

«Vuelve, Greta. Esto no tiene ningún sentido. Si vuelves ya, te perdono. No te lo tendré en cuenta.»

¡Vaya! ¡Cuánta magnanimidad! Ni un «te echo de menos», ni un «te quiero».

Que Fred nunca había sido nada especial escribiendo lo sabía de siempre. No esperaba parrafadas románticas, pero tampoco le habría costado tanto añadir, aunque fuera, «un beso». Seguramente ni se había dado cuenta de que, con esa formulación, había que ser realmente idiota para volver.

Cerró el móvil y se acabó el café disfrutando de la calidez del sol, del susurro del viento en las hojas, del movimiento incesante de las ramas altas del eucaliptus que tenían algo de hipnótico, como las olas del mar.

¿Habría vuelto ya Candy? Tenía que ir a ver.

Subió a su cuarto y llamó con los nudillos. Desde dentro, una voz le dio permiso para entrar.

Candy estaba en la cama, pero sin pijama, solo tumbada con ropa de calle y tapada con una manta a cuadros. Tenía buen aspecto.

—No hace falta que pongas esa cara de circunstancias. Me encuentro bien. El corte ha sido muy pequeño y creen que lo han sacado todo, pero ahora tienen que analizarlo y ya me dirán.

—¡No sabes cuánto me alegro de que hayas vuelto!

—¿Ha pasado algo?

—¿No te ha dicho nada Robles?

—Aún no lo he visto.

—¿No te ha recogido él?

—No. Al final no ha podido. Ha venido Nel, pero con uno basta; aún puedo andar sola. Venga, ponme al día.

Greta se echó a reír.

—¡Para un día que te vas y la cantidad de cosas que tengo que contarte!

Le hizo un resumen de lo que había pasado la tarde anterior con Reme, Rebeca, el salvaje de su marido, y Robles. Candy se limitó a alzar los ojos al techo antes de decir:

—Vamos, lo de siempre. ¿Qué más?

A medida que Greta iba contándole las confidencias que le había hecho Marta la tarde anterior: la bañera, el aceite perfumado, la laca de uñas y la peluca, Candy iba enderezándose en la cama hasta acabar sentada, con cara de alarma.

—¿Qué pasa? —Greta se lo había estado contando en plan jocoso, como si se tratara de una travesura infantil por parte de Sofía, pero ahora se daba cuenta de que la inglesa debía de haber leído en esos signos sin importancia aparente algo que la había puesto realmente nerviosa.

—Vamos a verla antes de que sea tarde.

—¿Tarde? ¿Cómo que tarde? ¿Qué quieres decir?

—No me da tiempo a explicártelo, pero me temo lo peor. Luego te cuento. ¡Vamos!

—Tú tienes que descansar.

—Ya descansaré cuando me muera.

Se puso los zapatos y, antes de que Greta pudiera saber qué estaba pasando, Candy taconeó decidida hasta la puerta de Sofía, llamó dos veces y entró sin esperar.

Υ

Nadie tenía clase por la tarde y, aprovechando que era viernes, que estaban libres y que hacía un tiempo glorioso, habían decidido acercarse a la playa a comer algo al sol: Tony, Nines, Elisa, Eloy y Nel. Aparte de que necesitaban airearse un poco y olvidar por un rato los exámenes, que se cernían, ominosos, sobre sus cabezas, también tenían que hacer planes para el futuro próximo y era mejor hacerlos fuera de Santa Rita, donde resultaba más difícil guardar secretos.

Estaban preparando una fiesta de cumpleaños para Sofía porque, aunque no fuera un número «redondo», noventa y tres no era una edad a la que todo el mundo llegara, y tres años atrás, cuando ya lo tenían casi todo listo, Sofía había pillado una gripe que les hizo temer lo peor y al final habían tenido que retrasar la fiesta *sine die*.

Se instalaron en un chiringuito a pie de playa, se quitaron los zapatos para disfrutar de la arena en los pies, pidieron refrescos y bocadillos —lo más sofisticado que ofrecía el local— y, durante unos momentos, no hicieron más que perder la vista en el azul del mar y sentir el calor del sol en la cara y en los brazos desnudos.

—Ya viene el verano… —comentó Nel con voz soñadora—. Por fin.

—Sí, de momento es un lujo, pero luego empieza uno a sudar como un pollo, y vienen los exámenes y hay mil cosas que hacer en casa que no se pueden dejar para más tarde y, cuando por fin se acaban las clases, los padres se empeñan en que te vayas con ellos a donde se les haya ocurrido y, justo en el momento en que se está de vicio en Santa Rita hay que largarse. —Tony no era famoso precisamente por su optimismo.

—Pues a mí me encanta el verano, esté donde esté —dijo Elisa—. Lo que me da pena es pensar que el año que viene es el último aquí, y luego ¿quién sabe?

—Tú eres una romántica. A mí me encanta pensar que dentro de año y pico ya estaremos viendo dónde instalarnos, que cambiaremos de ambiente, que tendremos un trabajo de verdad… —Nines se iba entusiasmando al hablar, mientras los demás la miraban con escepticismo.

—¿Un trabajo de verdad? —preguntó Eloy—. ¿No te vale con lo que trabajas en Santa Rita?

—Un trabajo remunerado, listo.

—De hecho, lo de Santa Rita es un trabajo remunerado. Uno arrima el hombro y a cambio le dan de comer y no paga un duro por su habitación. A mí me parece un buen arreglo. Gracias a eso he podido yo hacer Medicina. —A Nel siempre le molestaba que alguien que disfrutaba de todas las ventajas de Santa Rita fuera criticando el trato.

—Un trabajo con sueldo, si lo quieres más claro. A mí que me paguen, y ya me lo gastaré yo en lo que quiera.

—Pues no me explico que sigas allí pegando la gorra, porque la verdad es que… para lo que haces. —Nel casi siempre acababa por ponerse agresivo con Nines sin saber exactamente qué era lo que tanto le molestaba en ella, considerando que ni eran amigos ni lo serían nunca.

—¿Qué quieres decir?

—Que te escaqueas siempre que puedes.

La chica de la barra dio un par de voces para avisarles de que los bocadillos estaban listos y Nel se levantó de inmediato. Elisa también se puso de pie.

—Te acompaño. Tú solo no vas a poder con todo.

Mientras la chica lo ponía todo en dos bandejas, Elisa se quedó mirando a Nel.

—¿Qué es lo que te pasa con Nines?

—¿Con Nines? Nada.

—¡Venga ya!

—No sé…, será que no combinamos. Ya sé que es tu novia, pero no me negarás que es más vaga que las piedras, egocéntrica, aprovechada… Venga, es igual.

—No es mi novia.

83

—¿Ah, no?

—No. Estoy pasando una etapa rara, Nel. No me entiendo ni yo, y la verdad es que no sé bien lo que quiero ni adónde voy. Nines, aunque a ti te caiga mal, me ha ayudado mucho desde principio de curso. Por eso, cuando pienso en dejar Santa Rita, me agobio un poco. Y, a la vez, también me hace ilusión pasar esa etapa y entrar en una nueva, en otro sitio, haciendo otras cosas, con otra gente...

—Hombre, gracias por la parte que me toca.

Ella le dio un empujón cariñoso.

—No me refería a ti. Venga, vamos a llevar esto, que ya estarán pensando qué hacemos aquí tanto tiempo.

—Que piensen lo que quieran. Si tanta hambre tienen, que vengan a echar una mano.

—Tú es que eres muy trabajador. —Elisa llevaba su bandeja de bebidas con total soltura. Se notaba la cantidad de veces que había trabajado de camarera en los veranos.

Él se rio. La verdad era que tenía razón. Siempre había sido trabajador y disciplinado. A veces pensaba que simplemente porque era pobre y nunca le habían puesto las cosas en bandeja de plata, pero luego se daba cuenta de que otros compañeros que había tenido en el instituto, tan pobres como él, estaban ahora trapicheando o pasando jornadas completas delante de la *play*, mientras que él estaba a punto de ser médico. No se trataba solo de ser pobre, sino de tener un tipo concreto de carácter, y haber tenido suerte con la familia que te hubiera tocado. En eso él sí que podía sentirse agradecido. En su casa, dinero nunca había sobrado, pero cariño y buen ejemplo, había tenido a espuertas.

Elisa era un caso raro. Su familia era rica, o si no rica, bien situada. Sin embargo, ella había trabajado todos los veranos desde los dieciséis, igual que sus dos hermanos. Era rica, pero se comportaba como si fuera pobre. Era guapa y no se daba cuenta. Le gustaban las chicas, pero a veces parecía que los chicos también le resultaban atractivos. Era un auténtico misterio. Y a él los misterios siempre le habían gustado.

Pusieron las cosas en la mesa, devolvieron las bandejas y, durante un cuarto de hora, se dedicaron a devorar los bocadillos, las patatas fritas y las aceitunas hasta que no quedaron ni las migas.

Luego empezaron a hacer planes para el cumpleaños de Sofía.

—¿Aquí la gente entra en tu estudio sin esperar a que les des permiso?

Candy y Greta se quedaron de piedra al abrir la puerta y oír la voz masculina, que venía de la derecha, de la zona de las ventanas, donde Sofía tenía su mesa de trabajo y quedaba parcialmente oculta por una estantería de libros y cachivaches exóticos.

Una mujer desconocida las miraba desde su sillón junto a la chimenea con una expresión extraña, inescrutable.

Greta tardó un segundo en darse cuenta de que se trataba de su tía. Disfrazada. Vestida de otra persona. O de la misma persona en otros tiempos. O de alguien que no era ella, pero de algún modo sí lo era.

Llevaba una melena rubia ondulada, con mechas claras, que le rozaba los hombros. Se había quitado las gafas y maquillado los ojos. Tenía los labios pintados de rosa y las uñas de un rojo oscuro. Se había puesto una especie de caftán azul y blanco, de *tie-dye*, como los que estaban de moda en los años setenta, y unas babuchas con pedrería.

Candy, que no conseguía estar callada ni debajo del agua, se había quedado muda y la miraba como si se le hubiera aparecido un fantasma.

—Pasad, pasad, queridas —dijo la mujer que era Sofía y al mismo tiempo no lo era, en español, en un tono que a ambas les pareció de falsa alegría—. Os presento a Moncho. No sé si llegasteis a conocerlo.

Greta y Candy se giraron hacia donde señalaba la mano de Sofía.

Un hombre de unos sesenta años mal llevados, de rostro liso, enrojecido, abotargado por la grasa y el consumo de alcohol, con una pancita redonda, bien marcada por el cinturón que la sostenía por abajo y la camisa que la cubría como una segunda piel, vestido con unos pantalones de pinzas de color barquillo marcando paquete y una americana de cuadros marrones, las miraba con una especie de burla contenida en los ojillos brillantes y maliciosos, intensamente verdes, que quizá, en algún tiempo pasado, hubieran sido lo más atractivo de su rostro. Tenía el pelo, obviamente teñido, de un color castaño rojizo, y peinado para disimular una ligera calvicie.

—José Ramón Riquelme —se presentó, avanzando a su encuentro con la mano extendida, con la falsa cordialidad de un vendedor de coches usados.

Ambas se la estrecharon por puro automatismo, aunque luego Greta tuvo que poner toda su fuerza de voluntad para no restregársela en el pantalón y quitarse así la sensación de haber quedado manchada por el contacto.

—Hacía mucho que no venía a La Casa' las Locas —comentó—, pero es que he estado viviendo fuera y, claro, nada más llegar, lo primero ha sido venir a visitar a mi querida Sofía, la mujer de mi vida.

Ella sonrió, apretando la mano que Moncho acababa de tenderle.

—¿Ah, sí? —preguntó Greta, cuando nadie más parecía dispuesto a decir nada.

—Nos conocemos de toda la vida —continuó él—, pero los dos somos espíritus libres y no nos hemos visto tanto como habríamos querido. Ahora ya es otra cosa. He vuelto a Benalfaro y, a partir de ahora, podremos vernos todos los días. Ya tenemos una cierta edad, no hay tiempo que perder, ¿verdad, reina mora?

Candy, sin dejar de mirar a Sofía, que no le devolvía la mirada, sonrió como si hubiera mordido una naranja de adorno.

—Moncho se queda a comer, Candy. Di en la cocina que seremos dos, aquí arriba.

—Pues ya es un poco tarde, la verdad.

—Que se las arreglen como sea. ¡Faltaba más que no pueda invitar a comer a quien yo quiera en mi propia casa!

—Voy a ver. ¿Vienes, Greta?

Por un instante temió que el agradecimiento se le notara demasiado. Podría haber besado a Candy por haberle dado una salida. Solo quería marcharse de allí, dejar de ver a aquella extraña pareja. Ella, como ET disfrazado en el armario de los peluches, y él como un muñeco de ventrílocuo macabro.

—Claro.

—Sube luego a tomar café con nosotros, hija —dijo Sofía antes de que salieran—. Quiero que os conozcáis.

—Claro, tía. Hasta dentro de un rato.

Cuando cerraron la puerta, Candy se apoyó en la pared del pasillo. Estaba tan blanca como la pared en la que se apoyaba.

—Ha vuelto —dijo casi en un susurro—. El hijo de puta ha vuelto.

—¿Tenemos visita? —preguntó Miguel cuando se sentaron a la mesa.

Greta alzó la vista del plato, sorprendida.

—Sí. Un antiguo amigo de Sofía.

—¡Ah! He oído un motor desconocido y, aunque he estado un buen rato tomando el sol, no lo he oído marcharse.

—Eres un cotilla, Miguel —dijo su mujer, ligeramente exasperada.

—Me gusta saber quién viene y quién va en el lugar donde vivo. ¿Sabes quién es? —insistió con Greta, sin hacerle mucho caso a su mujer.

—Ya te digo, según Candy es un amigo de los viejos tiempos que hacía siglos que no había pasado por aquí. Se llama José Ramón Riquelme.

—No me suena de nada —dijo Merche—. Sofía no lo ha nombrado nunca. ¿Has visto a Robles?

Greta negó con la cabeza, se dio cuenta de que Miguel y Merche no podían verlo y contestó que no lo había visto desde la tarde anterior.

—¿Y Candy? ¿Ha vuelto?

—Sí, pero se ha tumbado un rato. Le duele la cabeza —improvisó.

—La pobre tiene jaquecas de toda la vida —comentó Merche—. Yo creo que es el estrés. Le haría mucha falta tomarse unas vacaciones.

El arroz con almejas y alcachofas que estaban comiendo le había salido estupendamente a Trini y, durante un par de minutos, se concentraron en el magnífico sabor hasta que Greta preguntó:

—¿Lleváis muchos años en Santa Rita?

—Casi diez. Somos de los más antiguos. Prácticamente socios fundadores. Vendimos nuestro piso y nos instalamos aquí. Esta es nuestra casa, nuestro hogar, y todos los que nos rodean, viejos y jóvenes, son nuestra familia. Tenemos dos hijos, pero los dos viven lejos y saben que aquí estamos bien y que pueden visitarnos cuando quieran.

—De hecho, están en la gloria sabiendo que estamos aquí —completó Miguel—. Así no tienen que ocuparse de nosotros y, a pesar de ello, tienen buena conciencia. Perfecto. Todos contentos.

—Hoy te has levantado fastidioso. —A Merche parecía no haberle hecho ninguna gracia que su marido hiciera ese tipo de comentarios delante de otra persona.

—Creo que quieres decir «mordaz», querida mía.

—Vaya, ahora no solo eres matemático, sino lingüista.

—Me vais a perdonar, pero acaba de entrar Reme y quiero decirle algo. —Greta se levantó sin esperar a que dijeran nada más y los dejó solos para que pudieran discutir a gusto. Sabía que Merche y Miguel se llevaban maravillosamente, pero aquel intercambio le recordaba demasiado a las conversaciones que había tenido con su marido en los últimos meses y no le apetecía nada estar presente si las cosas se ponían peor. Además, ya había comido lo suficiente y no tenía ganas de postre dulce, de modo que decidió subir discretamente a su cuarto, pasar un momento a ver si Candy necesitaba algo, y luego acomodarse en la cama con el manuscrito. Sofía la había citado para el café, pero ella había comido tan deprisa que aún tenía una media hora antes de tener que acudir a su estudio. No le apetecía nada, pero al menos se enteraría de quién era aquel hortera a quien su tía parecía tener en tanta estima, tanta como para disfrazarse de jovencita y ponerse en ridículo por él.

Tocó a la puerta de Candy, pero no recibió respuesta. Intentó abrir y se encontró con que o bien había cerrado con llave y no estaba en su cuarto, o había pasado el cerrojo y no tenía ganas de ver a nadie. Tendría que informarse de si lo normal en la casa era cerrar con llave o dejar abierto. No quería que la tomaran ni por una paranoica, si cerraba, ni por una inconsciente, si no lo hacía.

Se alegró de volver a su habitación y poder estar sola un rato. Su profesión, tan solitaria, la había acostumbrado a estar horas y horas sin oír la voz de nadie, más que la propia cuando leía en voz alta las frases que acababa de traducir para ver si el ritmo y el sonido eran correctos. En Santa Rita, sin embargo, una siempre estaba en público, siempre había alguien dispuesto a pegar la hebra, y tendría que averiguar qué mecanismos sociales había que usar para mantener a raya a la gente sin que

89

se ofendieran por ello. No podía, ni quería, pasarse las horas muertas charlando, cuando había tantas otras cosas que hacer.

Se tumbó, se echó la mantita por encima y, automáticamente, alargó la mano hacia el manuscrito. Su mano se cerró en el vacío. La novela no estaba en la mesita de noche donde ella estaba segura de haberla dejado.

¿Segura?

Echó una mirada circular. A veces una está totalmente segura de algo que se revela falso, que no es un recuerdo real, por muy claro que esté en la mente. Se levantó, fue hasta la mesa de trabajo, frente a la ventana, y movió, por hacer algo, las cuatro cosas que había sobre el tablero: su diario, un cuaderno de apuntes de trabajo, el libro que estaba leyendo en el avión, el lector electrónico, la tableta... El manuscrito no estaba. Aquello empezaba a resultar ridículo. Eran lo menos cuatrocientas páginas sueltas, sin encuadernar. No era posible que se lo hubiese dejado en otro sitio.

De todas formas, entró al baño y miró hasta dentro de la bañera, aunque tendría que estar casi senil para haber dejado un manuscrito allí, y no era el caso. Obviamente, no estaba. Volvió a la habitación y empezó a buscar dentro del armario, y en todos los cajones donde había metido el contenido de su maleta, sabiendo que era imposible que estuviese allí. Aunque... no había cerrado con llave al marcharse. Alguien... —¿quién? ¿Marta?— podría haber entrado a algo, haberlo visto al alcance de cualquiera y haberlo guardado en un lugar menos conspicuo. ¡Menuda tontería! Tampoco era un documento secreto, ni estaban en una película de espías.

O alguien podía haberse dado cuenta de que era una novela nueva de Sofía y habérsela llevado para leerla. De algún modo, aquella explicación tampoco le sonaba creíble.

En cualquier caso, era muy raro, y además iba a quedar como una imbécil confesándole a Sofía que había perdido la novela. Estaba segura de no haberla sacado de la habitación.

¿Se la había llevado al jardín para seguir leyendo durante el desayuno? No le sonaba.

Trató de recordar lo que había encima de la mesa: la taza de café, la cuchara, las galletas, el móvil…, nada más. Ni siquiera las gafas de sol ni las de vista. No se había llevado la novela al jardín, podría jurarlo.

¿Entonces?

Echó una mirada al reloj. Tendría que bajar ya. Se pasó las manos por el pelo en un intento bastante poco entusiasta de arreglarlo, y salió de su cuarto para bajar al segundo, donde estaba el estudio de Sofía. En el descansillo se topó con Marta, que llevaba unas toallas plegadas en las manos extendidas.

—Greta, cuando vayas a tu cuarto, que sepas que el manuscrito de Sofía no está donde lo has dejado.

Dio un suspiro de alivio que hizo sonreír a Marta.

—Ah, ¿ya te has dado cuenta?

—Me he vuelto loca buscándolo.

—Sofía me ha pedido que se lo devuelva. Dice que no es el momento y que prefiere que te pongas con otra que es más importante y que te va a dar ahora. Ya te explicará, me ha dicho. ¡Qué afán la buena mujer! Como si no tuviera ya derecho, a sus años, a parar un poco. Enseguida os traigo el café.

—Sabes que somos tres, ¿verdad?

Asintió con la cabeza, con una expresión que trataba de ser neutra, pero mostraba una especie de perplejidad trufada de desprecio.

—¿Lo conoces?

—No lo había visto en la vida, ni Sofía lo había nombrado nunca. Anda, entra ya. Ahora vuelvo.

El estudio estaba inundado de luz, a pesar de que habían cerrado los postigos de la ventana de poniente para que el sol no calentase demasiado la habitación. El invitado se había tumbado en la otomana de terciopelo de Sofía, mientras que ella seguía en su sillón, mirando a la puerta.

Cuando Greta abrió, sus ojos le enviaron un mensaje que no supo descifrar y la dejó un instante clavada donde estaba. Los ojos de su tía eran, de pronto, tan azules que parecían falsos, como los que pintan los niños en sus dibujos, y querían decirle algo que ella no conseguía comprender. El aire en el cuarto era cálido y quieto, como si estuvieran encerrados en una bola de cristal junto con los libros, los cachivaches, los recuerdos de años y viajes; como si ellos mismos fueran recuerdos de alguien, esperando la vuelta de su dueño.

—Pasa, pasa, hija. Siéntate. —La voz de Sofía volvió a ser jovial, un esfuerzo quizá por parecer más joven.

Greta echó una mirada en torno y acabó por elegir el puf de cuero rojo marroquí junto a la mesa de café porque la idea de sentarse en la silla de ratán tipo Emmanuelle le daba un poco de grima y el otro sillón de lectura era demasiado cómodo, estando aquel desconocido delante. A él, sin embargo, no parecía molestarle en absoluto estar tumbado y medio dormido en su presencia. Ni se había puesto de pie al verla entrar, ni tenía la tensión natural en alguien que está de visita. Era como si estuviera en su propia casa y la intrusa fuera ella.

—No. Espera. —Habló de nuevo Sofía, justo cuando acababa de sentarse—. Ve al secreter y coge el manuscrito que verás ahí. Es la siguiente novela que vas a traducir.

—¿De las rosas o de las negras? —preguntó Moncho, dándoselas de enterado.

—Una mezcla curiosa que se me ocurrió y al final decidí guardar porque no era lo que esperaban mis lectores ni de un género ni de otro. Ya me dirás qué piensas tú, querida.

—No sabía yo que la opinión de la traductora contara para nada.

—Greta no es solo mi traductora, Moncho. Es mi sobrina y mi mejor lectora. Ha leído todo lo que he escrito en la vida. Su opinión es fundamental.

Greta sonrió, agradecida. Aquel hombre estaba empezando a tocar las peores teclas que había en su interior y, si hasta ese punto había sido educada y amable, era solo por no ofender a su tía peleándose con su viejo amigo; pero estaba de comportamientos machistas hasta el copete y no pensaba callar durante mucho más tiempo. Así que preguntó, por preguntar algo.

—¿Cómo os conocisteis?

Moncho sonrió, la sonrisa de un triunfador en la plaza cuando se pasea con la oreja del toro en alto, y se sentó en la otomana. Al parecer, se había acabado la siesta.

—En el verano del 76. Yo acababa de volver de la mili. Tenía veintiún años y toda la vida por delante. Era el primer fin de semana que pasaba en el pueblo y estaba deseando ver a los amigos, salir de juerga, disfrutar de la noche…, ya sabes… —Le dedicó un guiño de ojo que la hizo encogerse de desagrado—. Fuimos a la verbena de la Glorieta para ir calentando motores, y entonces vi a Sofía bailando en mitad de la pista, con todas las bombillas de colores por encima y un vestido blanco ajustadísimo, con un escote por la espalda que le llegaba hasta el mismísimo culo. —La escritora trató de interrumpir, pero Moncho continuó sin hacerle el menor caso—. Fui a por ella sin pensarlo dos veces. No era más que un crío, pero siempre tuve buena mano con las mujeres. Mano… y otras cosas…, claro. —Se echó a reír hasta ponerse colorado. Sofía tenía la cabeza apoyada en el respaldo del sillón y los ojos cerrados—. Esa misma noche ya dormimos juntos aquí y luego estuvimos todo el verano casi sin salir de Santa Rita, follando como locos a todas horas. Pero claro, yo estaba hecho un toro y Sofía no tenía ni cuarenta años… —Volvió a reírse—. ¡Qué verano! Fue un amor salvaje, de película.

—¿Y luego? —preguntó Greta educadamente.

El hombre alzó los hombros y las palmas de las manos.

—Las cosas de la vida… Yo encontré un trabajo en un crucero y me fui por ahí, a ver mundo. Sofía siguió aquí escribien-

93

do. Nos mandábamos cartas y postales. Luego yo me casé... En fin... He visto mucho mundo, ¿sabes? He estado en todas partes. Y ella tampoco ha estado precisamente encerrada aquí. Pregunta por el pueblo... Todo Dios sabe la de amantes que ha tenido, aquí, la escritora. Pero ahora he vuelto y ya nadie nos volverá a separar, ¿verdad, princesa?

Sofía le devolvió una sonrisa aguada.

—¿Os importaría dejarme descansar un poco? —dijo suavemente—. Anda, Monchito, sé bueno. Han sido muchas emociones hoy y necesito mi *beauty sleep*.

—Vale, vale, ya me voy. Quiero dar una vuelta por todo esto y ver qué ha cambiado desde que me fui. —Se puso de pie y se estiró abriendo los brazos al máximo.

—¿No le vas a dar a tu sobrina la buena noticia? —preguntó, mirando intensamente a Sofía.

Ella negó lentamente con la cabeza, sin abrir los ojos.

—Déjame descansar un poco, anda. Ya no tengo cuarenta años, pero tampoco hay tanta prisa. Llévate la novela, Greta, y empieza pronto, por favor.

—Sí, tía. Descansa.

Salieron juntos del estudio, Moncho visiblemente satisfecho.

—¿Me acompañas? También podríamos tomarnos ese café que nos había prometido Sofía y que la imbécil de su cuidadora no nos ha traído. Ya lo aclararé yo con ella.

En ese momento se dio cuenta Greta de que, efectivamente, Marta no les había subido el café. Curioso.

—No, Moncho, lo siento. Ya has oído a Sofía, quiere que me ponga ya mismo con la novela.

—Y aquí siempre se hace lo que ella dice, ¿no? Pues os vais a tener que acostumbrar a un par de cosas...

Resistió la tentación de preguntar, porque era justo lo que él estaba esperando y, como ya habían llegado al segundo piso, abrió su puerta y lo dejó en el descansillo.

94

—Perdona, yo me quedo aquí. Ya nos veremos.

—¡Y tanto! —contestó, algo picado—. ¡Y tanto que nos veremos!

Desde dentro de su cuarto, Greta aún oyó los pasos de elefante de Moncho en la escalera.

Santa Rita. 1976

*E*l calor era casi sólido. Se había dado un baño a mediodía en la alberca, haciendo caso omiso de las ranas que saltaban a su alrededor con cada brazada, disfrutando del frescor del agua verdosa, tratando de no pensar en todo lo que podría haber en el fondo de la balsa después de que el invierno y la primavera hubiesen dejado sus hojas, sus ramas, sus insectos muertos, sus largos gusanos, sus flores arrancadas por el viento… Lo único que contaba era que el agua era fresca, líquida, suave, casi cremosa… y sentaba bien en la piel sudada y caliente de sol.

Había comido un par de rodajas de melón sacadas de la nevera con un jamón oloroso y tibio, y una copa de buen tinto. Luego se había retirado a la cama, con el ventilador encendido y los brazos en aspa, desnuda, con los postigos cerrados y la sensación de ser un pan en un horno de cocción lenta.

Era un verano extraordinariamente caluroso, pero sabía que la noche traería alivio, cielos negros y estrellados, balsámico silencio cuando las cigarras dejaran de cantar enloquecidas, soliviantadas por el calor de la tarde. Cuando el cielo empezara a virar al amarillo, al naranja y luego al malva, sacaría el vino blanco helado, perfumado de melocotón, pondría música francesa en el *pick up* y se prepararía una cena a base de paté, buen pan de pueblo, tomates de su propio huerto y unas olivas

95

negras adobadas, supervivientes del último invierno. Después quizás un último baño en la alberca y, con la piel refrescada y una copa de vino, pondría la máquina de escribir en la veranda y trabajaría dos o tres horas, levantando la vista de vez en cuando para descubrir alguna estrella fugaz. Luego, el bendito sueño hasta la mañana siguiente, y otro día de verano, bellamente igual al anterior, con libros y discos. Quizás en unos días aparecieran por allí unos amigos músicos que había conocido el año anterior en San Juan les Pins y le habían enviado una postal diciendo que pensaban dar una vuelta por España, bajando por la costa mediterránea hasta Andalucía. Podía ser agradable tener invitados un par de noches, aunque la soledad no le pesaba nunca en Santa Rita.

Allí podrían vivir cómodamente cincuenta personas y, si su carácter fuera otro, podría haber montado una comuna como las que se encontraba uno en San Francisco o en Ibiza, pero no le gustaba la idea de tener gente alrededor. Su ideal de vida era escribir y viajar. En los viajes, conocer gente, descubrir ambientes, tener amantes, aprender cosas nuevas. Para escribir, sin embargo, soledad, tranquilidad, silencio, poder oír sus propios pensamientos, las voces de sus personajes, la música que sonaba en su interior y que solo ella podía percibir, especialmente en Santa Rita, ahora que ya no era la casa de su infancia, sino su propia casa, limpia de recuerdos, incluso de los buenos.

Dos veranos antes aún había estado Greta con ella, una chiquilla que, en los ocho o nueve meses que había vivido allí, había pasado de ser una niña tímida y modosa a empezar a comportarse como una mujer. Aún muy joven, pero mujer. Le gustaba pensar que ella había tenido algo que ver en su desarrollo y le daba un poco de pena que ahora, de nuevo bajo la influencia de Eileen y Camilo, se estaba convirtiendo en una universitaria seria, lo que no estaba mal, pero era un desperdicio de juventud.

Aunque... la catástrofe de la muerte de Fito había estropeado bastante la evolución de su sobrina. Le habría gustado saber qué había pasado realmente, pero Greta no había querido hablar y Nani no estaba en situación de contar nada. Tendría que esperar hasta que todo estuviera más en el pasado. Quizás algún día pudieran hablar de ello.

Un soplo de brisa se coló por las ventanas abiertas e hizo volar las cortinas blancas, trayendo consigo una vaharada del olor de los pinares calientes. Sería una buena idea ir a dar una vuelta por entre los pinos, subir a lo más alto de la colina y echar la vista lejos, hasta la raya del mar.

Luego, de nuevo al trabajo. Ya estaba en la recta final de la novela y sabía exactamente adónde iba; era solo cuestión de escribirlo, dejarlo reposar y ver después si el resultado estaba a la altura de lo que había imaginado al comienzo.

Cogió las llaves de la puertecilla que daba a la pinada y, con un sombrero de paja, gafas de sol y pantalones cortos, se encaminó a la parte trasera. No quería fijarse en todo lo que se estaba estropeando o se había estropeado ya de modo definitivo. Eran demasiadas cosas, pero no tenía ganas ni paciencia de empezar a hacer listas de lo que sería necesario reparar y mucho menos de buscar a alguien que lo hiciera y luego pasarse el resto del verano con albañiles y jardineros, vigilando las obras. El verano era para disfrutar de la vida lánguida, de la soledad, el calor y las buenas comidas. Ya habría tiempo en otoño.

Aunque... conociéndose..., en otoño empezarían las invitaciones, los viajes, la necesidad de rodearse de gente, de ampliar su mundo y sus experiencias, de comprarse ropa bonita y lucirla... Tampoco sería momento de meterse en obras.

¡Si tuviera a alguien que le solucionara ese tipo de cosas! Llevaba tiempo dándole vueltas a la posibilidad de contratar a una secretaria o secretario; eso que los más modernos empezaban a llamar P.A. —*personal assistant*— y que, en la base, era alguien que estaba ahí para solucionar lo que surgiera, tanto en cuestiones administrativas como de intendencia. Pero tendría que ser alguien con quien no le importara convivir, y eso era difícil en su caso.

Llegó a la pinada, forcejeó con la cerradura, que debía de llevar siglos sin que nadie la usara, logró también vencer el candado extra y, cuando ya había conseguido abrir, unas voces la sorprendieron. Sonaban cercanas y eso era algo realmente raro. Nunca pasaba nadie por allí, primero porque no había camino y luego porque no se llegaba a ningún sitio, salvo a la verja de Santa Rita, que no tenía más que esa puertecilla, siempre cerrada. Si alguien, por despiste, conseguía llegar hasta allí, tenía que dar toda la vuelta, a la izquierda o a la derecha, para rodear los terrenos y salir al camino que venía desde el pueblo. Había que ser realmente un poco tonto para estar allí. Sin embargo, las voces dejaban claro que alguien, de hecho varios álguienes, lo habían conseguido, de modo que, en lugar de salir a la pinada y cerrar la puerta, decidió esperar hasta ver de quiénes se trataba.

Un minuto más tarde vio acercarse a una mujer de unos treinta años, con dos niños pequeños, uno en brazos y otro de la mano, y dos chicos adolescentes, uno sobre los trece y otro de unos dieciséis o diecisiete años. Iban discutiendo sobre cómo volver a salir a la carretera y, al verla a ella, callaron de golpe.

—¿Os habéis perdido? —preguntó Sofía, en vista de que los otros no decían nada.

La mujer se adelantó.

—Tenemos la *roulotte* un poco más abajo y se nos ha ocurrido salir a dar una vuelta, pero nos hemos topado con la verja y esto es enorme. Los críos ya no pueden más.

Así que aquellos eran de los que, hacía un par de días, se habían establecido no muy lejos de Santa Rita en un descampado sin ningún encanto, en lugar de pagar una plaza de camping en un lugar oficial.

—Sí, esto es grande, y rodearlo os llevará media hora más

o menos. ¿Queréis cruzar por la finca? Así, en diez minutos estáis en el camino.

—¡Ay, muchas gracias! Si no le importa…

Sofía mantuvo la puertecilla abierta para que pasaran y cerró tras ellos.

—¡Qué sitio más raro! ¿Es un hotel en ruinas? —preguntó la mujer, mientras miraba a diestra y siniestra como fotografiándolo todo con los ojos.

—No. Fue un balneario hace mucho tiempo.

—¿Y usted vive sola aquí?

—No —mintió—. Vivo aquí, pero no sola. Siempre tengo amigos de visita. Ayer se fueron unos y mañana vienen los siguientes.

El chico mayor no le quitaba la vista de encima, pero no por curiosidad adolescente. Se sintió halagada de que un muchacho tan joven, casi un niño, la encontrara deseable. Tenía unos ojos verdes, rasgados, muy brillantes que le daban un atractivo especial, como un pirata o un aventurero de película. Cuatro o cinco años más y se convertiría en un hombre muy atractivo.

—Usted es la escritora, ¿verdad? La extranjera —continuó preguntando la mujer mientras caminaban hacia la torre y la entrada de la casa, al camino de las palmeras.

—Soy escritora, pero no soy extranjera. Aunque mi padre era inglés, yo nací en España; y siempre he vivido aquí. Bueno, pues ya estamos. A partir de aquí, todo recto hasta que se acaben las palmeras y luego a la izquierda. No tiene pérdida.

—Muchísimas gracias. Nos ha ahorrado usted mucho camino.

—Es que salir con críos en plena hora de calor es arriesgado.

—Por entretenerlos un poco… Otro día bajaremos a la playa.

—¿Todos hijos suyos? —preguntó, antes de que se marcharan.

—No. Solo estos tres. El mayor es sobrino. Sus padres se han ido a Francia a trabajar y lo tenemos nosotros de momento. Saluda a la señora, Moncho.

El muchacho, que hasta ese momento no le había quitado ojo, pareció azorarse de repente y bajó la vista para decir:

—Mucho gusto.

—Igualmente. ¡Que pasen unas buenas vacaciones!

—¿Podemos venir a bañarnos? —preguntó el otro chico—. He visto que tiene usted una piscina grande.

La mujer le dio un cachete en la cabeza.

—¡Pero qué cara, Luisito!

—No es una piscina. Es una balsa de riego y no la cuidamos. El agua no está limpia y no quiero que pueda haber problemas. Mejor os vais a la playa. Y ahora…, si me perdonáis, tengo trabajo.

Cuando Sofía se asomó por el balcón de su estudio, ya estaban girando a la izquierda al final de la avenida. Moncho estuvo mirando hacia atrás hasta que dejó de verla.

6

Los colores del ocaso

*L*eyendo en su cuarto, Greta no paraba de darle vueltas al asunto de la novela de Sofía. Podría darse de bofetadas por no haber leído más cuando había tenido la ocasión. No se explicaba que, después de un principio como aquel, se hubiese ido entreteniendo en otras cosas en lugar de avanzar en el texto. No sabía por qué, pero había tenido la sensación de que lo que había empezado a leer era verdad en el sentido real, como si lo que Sofía había escrito allí fuera más una crónica que una novela. Y ahora ya no estaba a su alcance. Ahora tenía que leer aquella memez romántica que, por alguna extraña razón, su tía le acababa de adjudicar, junto con una mirada intensa que aún no había conseguido descifrar.

Era una clásica novela de Lily van Lest, de las que empezaban con un sueño erótico, porque era la única forma de agarrar a las lectoras por el cuello y no dejarlas marchar hasta que, después de haber leído una escena caliente, quisieran saber quiénes eran los protagonistas y cómo habían llegado a esa situación. La verdad era que no le apetecía nada seguir leyendo aquello que en otros momentos encontraba divertido y en este le parecía una auténtica basura.

Como Monchito. La asociación había sido inmediata. Basura. Monchito.

Le extrañaba que Sofía nunca le hubiese hablado de él y que tampoco Candy, que obviamente lo conocía, lo hubiera mencionado jamás. No le extrañaba que se avergonzaran de él; no había más que verlo y oírlo hablar, pero sí le resultaba increíble que, a pesar de su vergüenza, le permitieran visitarlas y participar en la vida de Santa Rita. Tendría que averiguar más sobre él, y para eso no se le ocurría nada mejor que bajar al pueblo y ver de sacar su nombre en alguna conversación intrascendente en una panadería o en un estanco. Si, como parecía, Moncho era de Benalfaro y acababa de regresar, alguien tenía que conocerlo y saber de dónde había vuelto, a qué se dedicaba y qué hacía en Santa Rita. Y buscaría a Robles, que quizá supiera algo más o tuviera medios para informarse. Miguel, que según su mujer era un poco cotilla, también podía ser una buena fuente de información. Si todo fallaba, presionaría a Candy y a su tía hasta saber qué pintaba allí aquel tipo y cuál era esa «buena noticia» que le había anunciado antes de salir del estudio de Sofía.

Se cambió de ropa y bajó a ver si había alguien que fuera hacia el pueblo y pudiera llevarla. Una simple ojeada al aparcamiento le dejó claro que no había un solo vehículo de la casa. Todos estaban por ahí, salvo el que debía de ser el de Moncho, un coche rojo cereza, reluciente de limpio y con muchas piezas cromadas que brillaban al sol; de modo que no tenía más remedio que hacer a pie los seis kilómetros que la separaban de Benalfaro o salir a la carretera a cerciorarse de si, efectivamente, había una parada de autobús como le había parecido ver desde su cuarto.

Aún estaba dudando cuando una chica joven que no conocía salió desde detrás de la casa empujando una bicicleta. Se saludaron y, antes de que se marchara, Greta volvió a llamarla.

—Perdona, una pregunta. ¿Hay más bicis? ¿Podría tomar una prestada?

En ese momento acababa de recordar que, en el curso que

pasó en Santa Rita, iba al colegio en bicicleta y la entrada de casa siempre estaba llena de bicis más o menos desvencijadas.

—Claro. Menos las que tienen el candado puesto, las demás son de todos y tienen un candado en el manillar, con su llave, para que puedas cerrarlas al llegar al pueblo. Están en el garaje, ahí detrás. Eloy procura que estén todas a punto, pero asegúrate antes de empezar a darle a los pedales. A todo esto, soy Elisa. —La chica le tendió la mano—. ¿Vas a Benalfaro?

—Sí, eso quería. Yo soy Greta.

—Ya. Venga, te espero y vamos juntas.

Veinte minutos después, estaban aparcando las bicis en la Glorieta del pueblo.

—Tengo que hacer un par de recados, pero si quieres te apuntas mi número y nos damos un toque cuando pensemos volver a Santa Rita, ¿te parece?

—Perfecto. Yo no creo que tarde más de una hora. Me he apuntado para la cena.

—Yo también. —Elisa le dedicó una sonrisa y echó a andar en dirección al castillo.

Greta se quedó un momento mirando sin más, tratando de recordar qué había cambiado desde la última vez que estuvo allí o desde la época en que la Glorieta era el centro de su vida adolescente, donde se reunían para decidir adónde querían ir, o para comer pipas en un banco hablando mal de los profesores, o para ver pasar a los chicos que les gustaban. Fito. Siempre Fito, desde el primer día de clase, en el recreo, y luego cuando tuvo la suerte de que él también se hubiera apuntado al grupo de teatro.

Por fortuna habían pasado muchos años; tantos que casi no se acordaba de su cara. Solo podía conjurar su sonrisa, esa sonrisa que calentaba el corazón y hacía cosquillas en el estómago, y su voz. Después de tanto tiempo, aún recordaba su voz.

Sacudió la cabeza como si tuviera que espantar un insecto. Había venido con un propósito concreto y se había quedado en

103

la Glorieta como un pasmarote pensando en cosas que no le hacían más que daño. Fito tendría ahora sesenta y dos años, un poco más que ella. Si hubieran seguido juntos, podrían tener hijos y hasta nietos, y ella quizá habría vivido toda su vida en Benalfaro o en Alicante, en lugar de haberse convertido prácticamente en una extranjera en su propia tierra. No tenía ningún sentido darle más vueltas. Fito llevaba más de cuarenta años muerto. No había ido a estudiar, no se había casado, no había tenido hijos, ni una profesión, ni había viajado, ni nada de nada. Había vivido diecinueve años, y un buen día su vida había llegado a su fin en la capilla desvencijada de La Casa' las Locas sin que ella hubiera podido hacer nada por evitarlo. Si la viera ahora, no la reconocería. Si la viera ahora, pensaría que era la abuela de alguien.

Volvió a llamarse la atención a sí misma y echó a andar con brío, como si supiera adónde iba. Al ver el estanco recordó que esa había sido una de sus primeras ideas. Entraría, miraría un poco, compraría una revista y se las arreglaría para pegar la hebra con quien regentara la tienda. Los estanqueros suelen ser gente del pueblo, de los que llevan décadas al frente del negocio y conocen a todo el mundo. Aún no tenía realmente una estrategia para entablar conversación, pero ya se le ocurriría algo.

Por suerte, había otros clientes y Greta pudo dedicarse a mirar con calma, elegir la revista que quería comprar, decidir que se llevaría también un encendedor para prender las velas de su cuarto y ponerse en cola para pagar. Una mujer mayor, flaca y con el rostro lleno de arrugas pasó las compras por el lector y se la quedó mirando, como si esperase una reacción por su parte. Greta, que ya tenía preparada la frase con la que pensaba dirigir la conversación hacia José Ramón Riquelme, sintió que, de golpe, se quedaba sin palabras, la boca, muda, la garganta, seca.

—¡Dichosos los ojos! —estaba diciendo la estanquera—. Me habían dicho que habías vuelto, pero aún no habías pasado por aquí. ¿Qué pasa? ¿Ya no me conoces?

Le habría encantado decirle que lo sentía, pero que, efectivamente, no sabía quién era. Le habría encantado hacerlo, pero
no lo hizo, porque no era verdad. Sabía perfectamente quién
era la mujer que acababa de hablarle.

—¡Encarna! ¿Qué vale esta revista? —preguntó un hombre desde detrás de Greta—. No me he traído las gafas y no veo
tres en un burro.

—Dos setenta —contestó, sin apartar la vista de Greta.

—¿Encarna? —A ella misma su voz le sonó como un graz-
nido—. ¿Ya no eres Nani?

—Hace mucho que ya no soy Nani. Ya no tengo edad. ¿Qué
ha sido de tu vida? Hace siglos que no nos vemos.

Estuvo a punto de decirle: «Siglos, sí. Desde el 27 de junio
de 1974. El último día del curso, la tarde del día del reparto de
las notas del instituto, al que ni Fito ni tú acudisteis por la mañana, y yo tuve que buscaros hasta que os encontré». Pero no
dijo nada. Se limitó a asentir con la cabeza.

—Tenemos que vernos, Greta. ¿Te quedas más tiempo o
solo has venido para unos días?

Ella puso un billete de diez encima del mostrador.

—Me quedo un tiempo. Ya nos veremos.

—Te buscaré.

Greta sintió un escalofrío. Aquel «te buscaré» había sonado
realmente ominoso. Cogió el cambio y salió del estanco notando la mirada de Nani clavada en su nuca, como si estuviera
forzándola a darse la vuelta y volver a mirarla, pero no lo hizo.
Salió a la calle, cogió la bici y, cuando se dio cuenta de que no
había llamado a Elisa para decirle que se volvía a Santa Rita, ya
estaba enfilando la avenida de palmeras.

Se encontró con Marta en las escaleras y, aunque el pasado
seguía dando vueltas por su mente, le preguntó qué había sucedido, por qué no había aparecido con el café.

105

—Me lo he tirado encima —contestó, levantando el brazo izquierdo que llevaba vendado—. No sé cómo lo he hecho, pero cuando me he dado cuenta, todo el café hirviendo me había caído en el brazo. Elisa me ha puesto una crema para las quemaduras y esta venda. Aún duele, pero voy mejor. Lo siento por vosotros, que os habéis quedado sin café.

—No lo sientas. Así hemos acabado antes. ¿Se ha ido ya?

Las dos sabían a quién se refería Greta.

—Sí. Se ha pasado un buen rato husmeando por todas partes y luego se ha apuntado para la comida de mañana, como si fuera uno más. Aún no se lo he dicho a Sofía, pero es que la he notado muy rara y no quiero fastidiar.

—¿Rara?

—No sé… —Marta miró a su alrededor y bajó la voz—. Yo creo que esta visita no le ha sentado nada bien. Es como si, en un par de horas, hubiera bajado un escalón. No se entera bien de lo que le digo, dice cosas que no están claras, repite frases… Nunca había hecho nada así.

—Yo también la he notado rara, la verdad. ¿Y si paso a verla un momento?

—Se ha acostado un rato. Si quieres, justo antes de la cena, podemos probar, a ver si está de humor.

—Vale. Me paso luego. ¿Y Candy?

—Ya anda por ahí, haciendo cosas.

Se separaron, Greta dejó el bolso en su cuarto, cerró con llave y, como no se sentía con ánimos de hacer nada productivo, volvió a bajar al jardín, llamó a Elisa para disculparse y, antes de guardarse el móvil en el bolsillo, se dio cuenta de que tenía dos mensajes: uno de su amiga Heike y otro de Lola, su hija mayor. Bien. Muy bien. Poco a poco, sus hijas acabarían por entrar en razón.

Abrió primero el de Heike y ya desde la primera línea empezó a sacudir la cabeza:

«No sé cómo no te da vergüenza lo que estás haciendo

con el pobre de Fred. Lo menos que puedes hacer es contestarle, ¿no te parece? Luego no digas que no tuviste ocasión de arreglar las cosas.»

Aquello era increíble. Heike siempre había sido una buena amiga, divertida y cariñosa; y ahora la trataba como si fuera un monstruo, simplemente porque había decidido separarse de Fred.

Aún meneando la cabeza, abrió el de Lola con la esperanza de que el tono fuera más agradable.

«Mamá, no pensaba escribirte tan pronto, pero creo que hay algo que debes saber por si aún quieres hacer algo al respecto. Papá ha venido a Colonia a visitarme y mañana piensa acercarse a Aquisgrán a ver a Carmen. Está bastante perplejo por tu abandono y ha empezado a decir tonterías como que te estás comportando como una desconocida y que al parecer nunca supo quién eras realmente. Pero lo curioso es que no ha venido solo. ¿Te figuras quién lo acompaña? Heike. Heike haciendo de buena amiga suya. Se pasan el rato poniéndote a caldo, y yo juraría que hay algo más entre ellos o al menos que es lo que a ella le gustaría. No quiero meterme en esas cosas, pero he pensado que deberías saberlo. Tú verás lo que haces. De momento sigo muy enfadada contigo, no entiendo nada y me parece una cobardía que te hayas marchado sin más. Ya hablaremos cuando me encuentre mejor. Un beso, a pesar de todo.»

Greta leyó el mensaje dos veces más, como si con una no hubiese sido bastante. Luego volvió al de Heike que en la primera lectura no le había resultado tan revelador como en la segunda, después de lo que le había contado Lola.

Nunca se le había ocurrido que a su amiga pudiese interesarle Fred, más que como conocido, como marido de ella. Se habían reído juntas miles de veces de sus manías y, últimamente, de su incapacidad para hacer algo con su vida después de la jubilación. Heike se había pasado los años, desde su divorcio, diciendo lo bien que se encontraba sola, libre, sin tener que atender a un hombre que siempre se había considerado el centro del universo. Y ahora, de repente..., esto.

Echó a andar lentamente hacia la alberca, atraída por las siluetas de las palmeras contra el cielo que se iba poniendo de color rosa.

Curiosamente, no sentía ningún tipo de celos ni de furia contra la que siempre había considerado su amiga. Era más bien perplejidad. La sensación de que resultaba sorprendente, por lo absurdo; ligeramente ridículo. Todo aquello, de algún modo, no le afectaba tanto como el pasado que le acababa de caer encima en el encuentro con Nani. Era una reduplicación con cuarenta años de diferencia, pero, para su propia sorpresa, le importaba más llegar a saber realmente lo que había pasado con Fito y Nani entonces que lo que podría estar pasando entre Fred y Heike ahora.

Eso era precisamente lo que le daba escalofríos: que después de tantos años de matrimonio y dos hijas, le resbalase por completo la posibilidad de que su marido y su amiga acabaran liándose. Eso sí que le dejaba claro que había dejado de querer a Fred, mucho más de lo que ella misma hubiese creído posible.

Las palmeras se recortaban cada vez más intensamente negras sobre un cielo dramático, estriado de escarlata, bermellón, carmesí..., como una pintura romántica de viajes exóticos a tierras africanas. Era bellísimo y, a pesar de todo lo que le daba vueltas por la cabeza, su belleza era balsámica y la separaba de lo que había sucedido a lo largo del día.

—¿Te estás escondiendo y quieres estar sola, o no te importa compartir el atardecer? —preguntó la voz de Robles desde el reparo de una antigua pérgola de madera que había visto tiempos mejores. Estaba sentado sobre unos ladrillos apilados y había empezado a hacer otro montón a su lado para que ella pudiera sentarse también.

Greta se volvió, sorprendida. Él siguió hablando.

—En otra época me habría retirado aquí a fumarme un habano. Ahora ya… tengo que conformarme con los colores del ocaso. No es un sillón, pero los ladrillos están aún calientes del sol y es agradable apoyar la espalda contra la madera —terminó, dando palmaditas al asiento y señalando la única pared de la pérgola.

Greta se dejó caer a su lado, en silencio.

—¿Malas noticias? —preguntó él.

—Ha sido un día raro.

—¿Por el tipo ese que ha venido a visitar a Sofía?

Asintió con la cabeza, a pesar de que, en esos momentos, Moncho era lo que más lejos estaba de su pensamiento.

—Lo he visto desde mi ventana, pero no hemos hablado. Si aún estuviera trabajando de lo mío, diría que es un tipo sospechoso.

—Dice Marta que mañana piensa volver.

—Entonces hablaré con él mañana. Tiene pinta de chulo, de creer que todas las mujeres comen de su mano. No podemos permitir gente así en Santa Rita.

—Pues Sofía parece pensar lo contrario.

—Eso es lo que me extraña. Siempre he creído que Sofía es una mujer con la cabeza en su sitio, que, además, nunca se ha dejado chulear por nadie.

—Tiene casi noventa y dos años… Siempre ha estado muy lúcida, pero todo se pierde al final. —A Greta le daba tanta pena como a Robles, pero podía imaginar que Sofía hubiera sufrido un *shock* al ver de nuevo a Moncho y algo en su cerebro hubiese cambiado.

—¿De un día para otro? —insistió Robles, lo que la hizo sobresaltarse porque era como si le acabara de leer el pensamiento. Ella se encogió de hombros.

—¿Te acuerdas de que ayer nos dijo que había recibido dos cartas? —volvió a preguntar el hombre al cabo de un minuto de silencio.

—Sí.

—Una era del Ayuntamiento de Alicante; de la otra no nos dijo nada. ¿Podrías echar una mirada cuando estés con ella en su estudio a ver qué era? Tiene que estar por allí.

—No me parece muy decente, Robles. Si ella no nos ha dicho nada...

—Piénsalo. Igual se trata de algo que nos afecta a todos o algo que le ha causado un efecto tan fuerte que tiene la culpa de cómo se encuentra hoy.

Volvieron a guardar silencio mientras la noche caía y los colores iban desapareciendo a su alrededor.

—Él la trata como si fueran pareja —comenzó Greta, dándose cuenta de golpe de lo que más le había chocado, ahora que lo recordaba con más perspectiva.

—¿Ah, sí? ¿Y ella?

Greta cerró los ojos, tratando de visualizar y recordar lo que había dicho y hecho su tía.

—Como si le diera un poco de vergüenza, pero tuviera que aceptarlo. —No pensaba decirle a Robles que, si lo sabía, era porque las reacciones de Sofía eran un calco de lo que ella misma hacía y sentía en ocasiones cuando Fred se ponía en plan posesivo y machista delante de otras personas.

—¿Te ha dicho su nombre?

—José Ramón Riquelme.

—Echaré una mirada a los archivos, a ver quién es el pavo. Justo hoy he comido con unos compañeros que aún están en activo y me pueden echar una mano si hace falta.

—¿Arreglaste lo de Rebeca?

—Puso la denuncia y luego, como estaba muerta de miedo, me pidió que me quedara a dormir en su casa, por si volvía el marido. Me quedé en el sofá cama de la sala de estar y esta mañana los he llevado a ella y a los críos a una casa de acogida que conozco. Cuando salga la sentencia veremos qué se hace, pero de momento están a salvo. Ni su madre sabe dónde están, pero está contenta de que ese cabrón no pueda encontrarlos.

Hubo un silencio. El mundo ya no era rojo, sino violeta y añil, y muy deprisa, casi negro.

—Nunca entenderé que haya mujeres que se enamoren y no consigan despegarse de hombres que las maltratan —comentó Robles.

—Es un tipo de personalidad especial, según he leído.

—Ya. La teoría la domino yo también. El carácter de víctima que atrae al verdugo, eso es lo que dicen. A ti no te han pegado nunca, ¿verdad?

—No. Ni mi padre, ni mi marido, ni nadie. He tenido mucha suerte.

—No solo es suerte, Greta. Es cuestión de carácter y actitud. Tú no permites que te falten al respeto.

Ella acogió el comentario con agradecimiento y con cierto escepticismo, preguntándose hasta qué punto era cierto y si el hecho de haber puesto siempre su propio trabajo por debajo del de Fred o el haber ido siempre de vacaciones a donde él quería o muchas otras cosas grandes y pequeñas no era, en el fondo, una falta de respeto por parte de su marido que ella nunca había reconocido como tal. O quizá no. Quizá sus padres la habían educado para poner el bien de los demás, especialmente el bien y la felicidad del ser amado, por encima del propio, como había hecho siempre su madre. Quizá fuera solo una cuestión de educación machista, aunque posiblemente bienintencionada.

—Hago lo que puedo —dijo por fin, ya que era evidente que Robles esperaba una respuesta, pero te aseguro que no siempre es fácil. A veces es más fácil decir que sí y darle la razón al otro, para «tener la fiesta en paz», que decía mi abuela. ¿Vamos a cenar?

Se levantaron de los ladrillos casi en total oscuridad. Robles sacó una linterna y la enfocó hacia el suelo, para no tropezar mientras volvían a la casa.

—En verano ponemos faroles solares en los caminos, pero aún no los hemos sacado.

111

—Quedará precioso.

—Sí. Cada año ponemos más cosas y queda más bonito, ya verás. Oye, Greta... —se notaba una inseguridad en la voz de Robles, que caminaba un paso por detrás de ella para poder alumbrar mejor—, puede que no sea el momento adecuado, pero hay algo que quiero preguntarte.

—Dime.

—Cuando... cuando Sofía no esté... heredas tú, ¿verdad?

—Supongo. Soy su único familiar vivo, descontando a mis hijas, que son de la siguiente generación. A menos que lo haya dispuesto de otra forma. Nunca me ha dicho nada de que haya cambiado de idea.

—Y, si heredas tú, ¿qué piensas hacer con Santa Rita? Ya sé que es una desfachatez por mi parte preguntarte algo así, a bocajarro, pero es que el asunto no me deja vivir desde hace tiempo. Esto es muy importante para mí, ¿sabes? Y me gustaría saber a qué atenerme. Llevo tiempo pensando en hablar con Sofía y poner las cosas claras, pero al final siempre me echo atrás porque no quiero agobiarla, ni me gusta que nos vea como buitres esperando a que la palme. No es eso. Tú sabes que no es eso, pero somos muchos los que necesitamos saber si hay un futuro.

—Lo entiendo, Robles. Me parece totalmente legítimo.

Greta notó el alivio del hombre.

—Te prometo hablarlo con Candy y con Sofía lo antes posible —continuó—. No tengo ni idea de mis propios planes, pero creo que todos nos sentiremos mejor cuando lo aclaremos. Sofía nunca ha tenido miedo de hablar de la muerte, ni de la suya ni de la de nadie. Ya ves que tiene una calavera en su mesa de toda la vida.

—¿Una calavera? ¿De quién?

—Es uno de esos toques barrocos, o románticos, de artista maldita y esas cosas. Ya sabes que tiene su estudio lleno de chismes. Cuando era joven se la regaló un medio novio suyo de la adolescencia, que era estudiante de Medicina. Antes se llevaba eso de hacerse amigo de un sepulturero con la esperanza de que él te proporcionara un esqueleto de alguien que no había sido reclamado o por lo menos algún pedazo que pudieras estudiar de primera mano. Me refiero a estudiantes de Medicina, claro. Antes no había plástico, ni te podías comprar uno de esos que venden para los colegios. No existían. Era o bien uno de verdad, o estudiar con dibujos del atlas de anatomía.

—¡Cuánto sabes!

—En nuestra familia todos los hombres eran médicos: ya mi tatarabuelo, Lamberto, que fundó el balneario; su hijo Ramiro, que era mi bisabuelo, era alienista, como llamaban entonces a los psiquiatras; mi abuelo, Mathew o Mateo, psiquiatra también; mi padre, Camilo Izaguirre, cardiólogo…, mi marido, internista, y ahora mi hija Lola, ginecóloga en Colonia, y la pequeña, Carmen, bióloga en un laboratorio de Aquisgrán. Las únicas que no hemos salido científicas somos mi madre y yo. Ella hizo Magisterio, aunque dejó muy pronto de ejercer, y yo soy traductora. Bueno, y la tía Sophie, que también es de letras…, de muchas letras —terminó con una risa—. ¿Sabes que me ha dado para traducir una novela erótico-criminal que tiene guardada desde hace un montón de años?

—Pues ya me la pasarás cuando la termines —dijo Robles con un guiño—, que yo, de eso, entiendo. Bueno…, la verdad es que no entiendo mucho —añadió, con una risa—, pero me gustaría aprender.

Habían llegado a la puerta y se encontraron con los fumadores que se habían sacado una cerveza a la terraza antes de la cena y eso puso fin a su conversación.

Greta recordó que había prometido ir a ver a Sofía, quedó con Robles para encontrarse en diez minutos ya en el comedor y subió a lavarse las manos. Marta salía del dormitorio de su tía justo en ese momento.

—Ya está en la cama. Le acabo de dar una pastilla para dor-

113

mir. Me la ha pedido ella. Pero, si quieres pasar un momento, aún estará despierta.

Greta entró sin hacer ruido. El dormitorio estaba en penumbra, solo iluminado por una lamparita de baja intensidad detrás del biombo japonés. Sofía estaba boca arriba, cubierta por un edredón ligero de algodón blanco, sin peluca ni maquillaje y, curiosamente, parecía más joven que esa tarde, a pesar del finísimo pelo como de bebé y la ausencia de cejas.

—He venido a darte las buenas noches, tía —susurró.

—No hables como si me estuviera muriendo. Aún me queda para eso.

Greta soltó una risita y se sentó en el borde de la cama, donde Sofía había palmeado para indicarle lo que tenía que hacer.

—¿Has empezado a leer la novela?

—Claro.

—¿Y qué dices?

—Aún nada. Solo he leído la primera escena. Me parece un Van Lest bastante clásico.

—Pues no lo es. Sigue leyendo.

—¿Por qué me has quitado la otra?

—Porque aún no es hora. La heredarás y luego podrás hacer lo que quieras con ella. Vas a ser mi albacea, lo sabes. Toda mi obra es tuya.

Estuvo a punto de aprovechar la ocasión y preguntar qué iba a pasar con Santa Rita, pero en ese momento, Sofía tuvo un golpe de tos, Greta la ayudó a incorporarse y beber agua y, cuando se relajó, era evidente que no podrían seguir hablando. Los ojos de su tía se habían desenfocado y parecía atontada.

—Duerme, anda. Mañana nos vemos.

Sofía cerró los ojos, pero antes de que Greta pudiera levantarse, le aferró la mano con una fuerza incongruente en alguien de apariencia tan débil y susurró con una voz cansada, trabajosa, apenas comprensible.

—Vienen tiempos difíciles y yo ya no soy la que era, pero te tengo a ti, y a Robles.

—¿Qué quieres decir, tía? ¿Qué quieres que hagamos?

La anciana ya no contestó, y Greta salió de puntillas, dándole vueltas a lo que Sofía acababa de decir, con una extraña angustia en el fondo del estómago.

En cuanto llegó al comedor echó una mirada circular buscando a Robles y a Candy. Era fundamental, sobre todo, hablar con ella y que les explicara todo lo que supiera de aquel tipo que había aparecido de la nada, pero pensaba anidar como un piojo entre ellos. Candy no insultaba así como así, y si ella lo había llamado «hijo de puta», debía de tener una buena razón.

La descubrió sentada al fondo, lo más lejos posible de la tele, que estaba encendida sin que nadie le hiciera ningún caso, salvo alguna mirada ocasional.

115

No había mucha gente cenando, apenas media docena de personas, y casi todos parecían tener prisa por retirarse, a juzgar por la velocidad con la que estaban consumiendo el hervido valenciano. Los jóvenes no estaban, probablemente porque, al ser viernes, tenían mejores planes fuera de Santa Rita. Robles aún no había llegado.

Después de un saludo con la cabeza a los otros comensales, Greta se instaló de espaldas a la sala, frente a Candy.

—¿Cómo vas?

—Bien. He podido descansar un poco, me he tomado las píldoras y ahora mismo me retiro. El *beauty sleep,* ya sabes. —Terminó con una mueca que había pretendido ser una sonrisa.

—¿Quién es ese tipo, Candy? —Era absurdo intentar mantener una conversación intrascendente cuando estaba claro que las dos estaban preocupadas por el mismo tema.

—¿Moncho? —Ahora sí que la mueca era auténtica—. *A*

real rotter. Un asqueroso de narices. Llevaba tanto tiempo sin aparecer que ya había empezado a hacerme ilusiones de que hubiera estirado la pata por ahí, bien lejos, pero mala hierba nunca muere.

A Candy, de toda la vida, le encantaban los refranes y las expresiones idiomáticas, y procuraba meterlas en todas las frases. Greta guardó silencio a propósito, con la esperanza de que siguiera hablando.

—Se conocen desde siempre, ya lo has oído. Estuvieron liados hace mil años. Luego él se largó —*good riddance!*— y tardó bastante en aparecer, sobre el ochenta y algo sería. Vino a llorarle a Sofía y a pedirle dinero para no sé qué negocio que quería montar. Lo consiguió y volvió a largarse.

Un carraspeo detrás de ella hizo volverse a Greta.

—Si molesto, me voy a otra mesa —dijo Robles.

—No, hombre, siéntate. —Candy le hizo gestos de bienvenida. Greta se puso en pie.

—Voy a traer la cena. Tú cuéntale lo que me estabas contando a mí y ahora seguimos.

Al cabo de un momento, volvió con tres platos en una bandeja.

—Hervido valenciano. De segundo hay pollo asado con pisto. ¿Te ha puesto al día?

Robles asintió mientras servía los vasos. Candy continuó hablando.

—Desde mediados de los ochenta, ese asqueroso estuvo apareciendo *on and off*, siempre para pedir ayuda con proyectos raros, aparentemente geniales y de los que pensaba sacar una fortuna. A Sofía parecía divertirle y siempre le daba algo, a pesar de mi oposición. A veces comentaba que su destino, evidentemente, era el de invertir el dinero que ganaba en diferentes ruinas: unas veces en Santa Rita, otras, en Monchito. Ahora había pasado mucho tiempo sin venir. Ya os digo, yo pensaba que seguramente la habría palmado en alguna cuneta.

—¿Cómo que en una cuneta? —preguntó Greta, extrañada.

—Siempre me olió mal ese tipo. Estoy segura de que todos esos negocios de los que le hablaba a Sofía eran falsos. Me lo imaginaba asesinado a tiros por la mafia rusa o algo similar. Por eso lo de la cuneta. ¿Tú no podrías investigar un poco, Robles?

El hombre asintió con la cabeza mientras, metódicamente, iba pisando con el tenedor las patatas hervidas hasta convertirlas en puré.

—Ya lo había pensado. Si es de Benalfaro, habrá mucha gente que lo conozca. Empezaré a preguntar por ahí. Y, si viene mañana, tendremos una pequeña conversación.

—Sin puños, por favor —dijo Candy y, en ese momento, pareció el epítome del puritanismo británico, apretando los labios y enderezando la espalda como la más típica solterona decimonónica.

—No me negarás que el pavo tiene el tipo de cara que lo está pidiendo a gritos, pero descuida. Yo esas cosas las hago solo cuando es estrictamente necesario.

Terminaron de comer hablando de otros temas, haciendo planes para las próximas obras que pensaban emprender, barajando los nombres de las personas que podrían encargarse de esto y aquello. Después de la cena, Candy se retiró y Robles preguntó a Greta si le apetecía acercarse al pueblo a tomar algo.

—Si no te importa, preferiría ir mañana. Hoy ha sido un día muy largo.

Mientras subía a su habitación, a encerrarse con el manuscrito erótico-criminal, se le ocurrió de golpe que resultaba raro que Sofía hubiera dicho «os tengo a ti y a Robles» y no hubiese nombrado a Candy, que era su mano derecha. Quizá por eso, porque Candy era como un pedazo de sí misma y no había que nombrarla de manera especial..., pero seguía siendo raro.

117

7

El fragor de las cigarras

Al abrir los ojos, temprano como siempre, se quedó un rato inmóvil, disfrutando del arrullo de las tórtolas, de la algarabía de los pájaros, que ya comenzaban la jornada, esperando el estallido de la voz de las chicharras, como las llamaban en la zona, que aún no llegaba porque el sol no había remontado el horizonte del mar.

La luz ya había empezado a invadir el cuarto; una luz rosada, delicadísima, casi nacarada, como si surgiera del interior de una caracola. Recordó, como tantas veces, la frase que aprendió en traducción de griego en el seminario, cuando él era un chaval de catorce años, de familia pobre y sin muchas perspectivas de futuro, aquello de «la Aurora de rosados dedos», que decía Homero, y sonrió para sí. Era verdad, y tenía su gracia darse cuenta de que aquellos hombres que llevaban un par de miles de años muertos habían visto y sentido lo mismo que él ahora. Los primeros rayos del sol, aún suaves y sin la lanzada de oro que pronto los seguiría, se abrían camino entre las lamas de la persiana anunciando otro día glorioso, cada vez más largo, cada vez más cálido. Los dedos del alba paseándose por su cuerpo.

Le pareció chistoso haberse puesto así de cursi, pero por fortuna estaba solo y nadie podía reírse de sus estúpidos recuerdos adolescentes.

Se levantó, fue al lavabo y apenas diez minutos más tarde estaba en la cocina, aún solitaria, tomándose un zumo de naranja recién exprimido y unas tostadas con aceite y sal, dispuesto a salir a hacer unos kilómetros antes de tener que regresar y enfrentarse con el nuevo problema. Eso era la vida: encontrarse con problemas, hacerles frente, solucionarlos, continuar. Una carrera de obstáculos en pista circular hasta que caías fulminado allí mismo y salían a recoger tu cadáver, para que no interrumpiese la carrera de los demás.

Sin embargo, valía mucho la pena. Desde aquel horrible caso en el que había perdido a la mujer con quien iba a casarse el día de San Juan, todo en su vida había cambiado. Aquello le había hecho reconsiderar casi todo lo que hasta entonces había pensado y creído y, aunque en aquel momento hubiera podido matar a puñetazos a quien se lo hubiese dicho, le había regalado una nueva existencia, no solo porque había sobrevivido, sino porque lo había forzado a moverse, a cambiar, a dejar muchas cosas atrás.

Una de las mejores consecuencias de aquella pesadilla había sido su traslado al Mediterráneo. Allí, poco a poco, había ido recuperándose hasta empezar a apreciar los pequeños placeres de la existencia: el pan con aceite de oliva, el olor de los sarmientos ardiendo para hacer una paella al aire libre bajo un cielo intensamente azul, los atardeceres bordados de palmeras, las olas mansas de la playa en invierno, las almojábanas de almíbar, la cerveza helada después del trabajo, en una terraza…

Allí, en Benalfaro, había ido germinando el nuevo Robles, el que ya no le hacía pagar su amargura a los demás, el que había conseguido dejar de fumar, el que se había aficionado a las largas caminatas, el que ya no acompañaba a los colegas cuando se iban de putas después de cerrar un caso, ni siquiera para tomarse un whisky en la barra como hacía antes.

En parte tenía que agradecérselo a Sagrario, la maravillosa mujer que lo había salvado, a pesar de haber sido asesinada antes de poder casarse con él, y en parte a Sofía y Santa Rita, que le habían ofrecido no solo un lugar donde vivir, sino un concepto por el que trabajar.

Salió al jardín, inspiró hondo el aroma de la noche, que ya se estaba difuminando, y echó a andar a buen paso en dirección a Elche. Así podría matar dos pájaros de un tiro: hacer sus kilómetros y pasarse por la comisaría a que le dieran un café y a hablar un rato con Ximo, a ver qué tenían sobre el tal Riquelme.

Cuando Greta bajó a la cocina, temprano, pero con el sol ya brillando con fuerza, los estudiantes se estaban marchando, el pequeño Sergio le estaba contando algo a dos de las chicas de la lavanda, que se estaban partiendo de risa, y Trini se afanaba en la cocina con un montón de ingredientes destinados a convertirse en algo dulce.

121

—¿Tienes algo que hacer? ¿Sabes algo de repostería? —le preguntó nada más verla llegar.

—Hombre, tener siempre tengo. La novela no se va a traducir sola, pero la verdad es que había venido a por un café. Y si quieres, puedo echarte una mano un rato, aunque mi experiencia de repostería es de las tartas de cumpleaños de mis hijas y de muchos años de hacer galletas de Navidad. Aparte de eso, muy poca cosa.

—Pues ahí tienes un delantal. ¿Cómo quieres el café? ¿Solo o con leche?

—Lo más parecido a un capuchino que tengas.

Mientras Greta se ponía el delantal y echaba una mirada a lo que había sobre la encimera, Trini le preparó un tazón espolvoreado de chocolate y se lo tendió con una sonrisa. Era una mujer pequeñita, menuda, llena de energía, con un pelo tan cardado y lleno de laca que parecía un casco de plástico.

—¡Qué lujo! ¡Y está bueno! —exclamó Greta, nada más dar el primer sorbo.

—Pues claro que está bueno. Faltaba más. A ver…, vete haciendo el bizcocho. Finito, para un brazo de gitano. Ayer me dijo Sofía que la habíamos hecho pasar mucha vergüenza porque ni siquiera le habíamos llevado un café con pastas o con tarta a su invitado, así que hoy me he puesto ya mismo, por si acaso. ¿Sabes que se queda a cenar esta noche?

—¿Quién? ¿Moncho?

Trini asintió con la cabeza mientras amasaba en un gran cuenco la masa que se convertiría en galletitas de té.

—Y Sofía quiere que sea una buena cena. Sin exagerar, me ha dicho, pero buena, con tres platos. Hemos estado un rato discutiendo el menú.

—¿Ya está despierta? ¿Tan pronto?

—Ha mandado a Marta a llamarme…, no serían ni las seis y media. Échale un chorrito de coñac a la masa, para que suba bien.

Greta hizo lo que le decía Trini.

—¿Sabes por qué lo de la cena?

—No me ha contado nada, pero creo que nos quiere comunicar algo a todos, porque me ha dicho que bajará a cenar, y eso ya hace tiempo que no pasa casi nunca.

—Desde que ha llegado ese tipo están pasando cosas muy raras.

—Y que lo digas…

Trabajaron unos minutos en silencio, oyendo en la radio canciones de los setenta que ponía una emisora destinada a los británicos de la zona.

—No es por cotorrear… —comenzó Trini, mientras iba extendiendo la masa con el rodillo—, pero mira que me cae mal el tiparraco ese. No sé cómo Sofía lo aguanta. Ayer tarde estuvo paseándose por aquí, como si todo fuera suyo, abriendo cajones incluso.

—Luego subiré a verla, a ver si a mí me cuenta algo.

—Pues date prisa antes de que llegue el *caballero*, o ya no le podrás decir nada.

—¿Va a venir hoy otra vez? Antes de la cena, digo…

Trini alzó las cejas y se encogió de hombros. Luego empezó a recortar discos y medias lunas de la masa extendida. Greta terminó de alisar la que había hecho ella sobre la bandeja del horno y la metió dentro.

—En diez minutos ya está el bizcocho. Es muy finito.

—Pues ve preparando los paños húmedos para poderlo enrollar. Están en el cajón de arriba. —Aún estaba Greta de espaldas cuando Trini preguntó como al desgaire—. Oye, si faltara Sofía… ¿tú seguirías con esto? ¿Nos dejarías seguir viviendo aquí o querrías venderlo?

—¿Venderlo?

La verdad era que no se le había pasado por la cabeza la idea, incluso después de la conversación con Robles. No tenía planes de futuro, ni siquiera inconcretos, pero la posibilidad de vender Santa Rita era algo que no había pasado nunca por su cabeza. Era como vender la torre Eiffel. Santa Rita siempre había estado allí y no podía imaginarse que dejara de estar, aunque fuera hecha una ruina como la que ella había conocido en su adolescencia, y mucho menos ahora, que se estaba convirtiendo en un lugar mágico.

—No, claro que no —contestó por fin, viendo que Trini seguía clavándole la mirada de sus ojos negros, brillantes como aceitunas.

—¡Qué peso me quitas de encima, hija! —Soltó un suspiro y empezó a colocar galletitas en la bandeja que iría al horno en cuanto saliera el bizcocho—. Es que… esta es mi casa, ¿sabes? Desde hace mucho tiempo ya, y no me imagino teniendo que irme de aquí, buscarme un piso o mudarme a una residencia donde a una la tratan como si, además de vieja, fuera imbécil o tuviera tres años.

Greta cabeceó afirmativamente. Recordaba muy bien la residencia donde había vivido la madre de Fred hasta su muerte: los horarios demenciales, el ambiente falsamente alegre, como una guardería para bebés ancianos, los patéticos disfraces por Carnaval, la casi obligatoriedad de tomar parte en las actividades sociales y en los juegos propuestos por el personal... Comprendía perfectamente que a Trini le diera escalofríos la idea, teniendo Santa Rita.

—Bueno, pues muchas gracias. Ya te puedes ir a lo tuyo. Yo ahora saco el bizcocho y monto el brazo de gitano. Si te encuentras al asqueroso en las escaleras, ponle la zancadilla.

Las dos se rieron y Greta se marchó hacia el pasillo, dándole vueltas a lo que le había contado Trini. Antes o después tendría que tomar una decisión, o más bien dos. Tendría que decidir qué quería ella para sí misma y qué planes tenía para Santa Rita cuando Sofía no estuviera o si lo de Candy resultaba ser mortal, y no le hacía ilusión pensar en ninguna de las dos posibilidades.

Llamó a la puerta de su tía, esperó unos segundos y entró. Tenía los visillos echados, pero Marta ya había abierto las contraventanas y una luz suave arropaba el cuarto. Sofía estaba aún en la cama, semiincorporada y, por fortuna, sin peluca y sin maquillar.

—Hola, tía, ¿te encuentras mal?

Sofía giró la cabeza hacia ella y se la quedó mirando con los ojos vidriosos.

—Cansada —susurró.

—Claro, mujer, ayer fueron muchas emociones de golpe.

Sofía cerró los ojos unos momentos, como asintiendo.

—Dice Trini que esta noche vas a bajar a cenar con nosotros.

—Sí. Esta noche viene Eileen y he pedido una buena cena. —La voz seguía siendo ronca, pero estaba recuperando un poco el tono normal.

—¿Eileen? —Greta estaba perpleja.

—Mi hermana. Tu madre —explicó, como si Greta estuviera poniendo a prueba su paciencia.

—Sofía… —Greta se sentó en el borde de la cama y le cogió la mano—. Mamá murió hace cinco años, ¿no te acuerdas?

—No. Acabo de hablar con ella. Va a venir a ayudarme con Santa Rita. Candy está muy cansada.

—Tía…, quien va a venir hoy a cenar es Moncho.

—¿Quién es Moncho?

—Moncho Riquelme, tu amigo de juventud.

—Monchito está en la cárcel.

Aquello empezaba a parecer un diálogo de besugos y Greta se encontraba cada vez más incómoda. Dos días atrás Sofía estaba perfectamente y ahora, de pronto, parecía como si se le hubiera ido la cabeza. ¿Cabía la posibilidad de que hubiese tenido una pequeña trombosis cerebral durante la noche? Nada tan grave como para matarla, pero lo bastante importante como para dejarle afectadas algunas zonas del cerebro. Le pediría a Marta que llamara enseguida a su médica.

—Descansa, tía. Tienes que estar bien para esta noche. ¿Necesitas algo?

Sofía negó lentamente con la cabeza. Del ojo derecho empezó a escurrirse una lágrima por su mejilla surcada de arrugas.

—¿… novela? —susurró sin abrir los ojos.

—Estoy en ello, no te preocupes. Me voy a leer y te digo algo esta misma tarde. Descansa.

Greta salió del cuarto en silencio, con unas enormes ganas de ponerse a gritar. Lo que menos le apetecía en esos momentos era leer la novela de Sofía, un manuscrito del género que menos le gustaba y que, además, había sido escrito como ensayo de hibridación y luego descartado porque, según ella misma le había dicho, no era ni una cosa ni otra. No entendía esa obsesión con que la leyera rápido, pero le había prometido hacerlo y eso era exactamente a lo que pensaba dedicar la mañana. Se iría a leer al mirador, o a la pinada o a donde fuera, pero lejos

125

de la casa, al aire libre. Le habría gustado acercarse al mar, pero no tenía coche ni podía pedirle a nadie que la llevara, porque entonces ya no estaría sola para poder ponerse a leer.

Sacó el móvil y miró los horarios de autobús. Perdería demasiado tiempo. También podía coger la bici, pero no conseguiría ir y venir antes de la comida. Tendría que dejarlo para otro momento.

Cogió el manuscrito, las gafas de lectura y las de sol, su cuaderno de notas y una manta, y, cruzando los dedos para no encontrarse con nadie que la hiciera perder tiempo, rodeó la casa por detrás para ver si la puertecilla que daba a la pinada de la colina estaba abierta.

La primavera se hacía notar por todas partes y prácticamente a diario se podía observar el crecimiento de los nuevos tallos, así como el nacimiento de las primeras hojuelas intensamente verdes y de todos los capullos que iban engordando, preparándose a estallar en flores.

Miguel había estado acompañando a Paco por el jardín, tomando nota mental de los comentarios del jardinero: lo que habría que trasplantar, lo que necesitaba poda, lo que era necesario fumigar… Paco se quejaba de su mala memoria y Miguel había acabado por convertirse en una especie de *memory man* del jardinero, aparte de un compañero con quien comentar planes y posibilidades.

—Con eso de que los estudiantes apenas si tienen tiempo en esta época por los puñeteros exámenes, vamos fatal —comentó Paco, secándose la frente con un pañuelo—. Ahora es cuando hacen falta manos, y solo estamos unos cuantos. Tendremos que ver si conseguimos a alguien por un precio razonable. Hay que mover la tierra de toda esta parte, y ahora mismo tenemos que empezar a arrancar las malas hierbas, antes de que nos lo llenen todo.

126

—Tendríamos que plantar más junto, para darles menos posibilidades a los hierbajos. O llenarlo todo de aromáticas, que cubren bien y no piden casi nada.

A lo largo de su vida, Miguel no había tenido nunca contacto con la jardinería, pero, a fuerza de acompañar a Paco, se había ido aficionando al tema.

—¿Qué coño estará haciendo el tipo ese?

—¿Qué tipo? —Miguel se enderezó y se giró en todas direcciones.

—El amigo de Sofía. —Paco se las arregló para poner en la palabra «amigo» todo el desprecio del que era capaz—. No me fío un pelo. No sé por qué me da mal rollo. Y ahora está paseándose por aquí con otro tío y le va enseñando las cosas como si fuera el dueño.

—¿Lo conoces?

—¿Al otro? No. No lo he visto en la vida. Va de traje y corbata. Lleva gafas sin montura y el poco pelo que le queda todo repeinado para atrás. Mira, y ahora se le acerca uno más joven, pero clavadito a él en la forma de vestir, con una tablet en la que va apuntando cosas y tomando fotos. Esto me da muy mala espina, Miguel.

—¿No será que Sofía quiere hacer alguna reforma y no nos lo ha dicho aún? A lo mejor lo de que esta noche bajará a cenar porque quiere decirnos algo es por eso.

—No sé... El tío ese no tiene pinta de maestro de obras, la verdad. El de las gafas, digo.

—¿Y de qué tiene pinta?

—Yo qué sé... De banquero, de político..., de algo así.

—Sofía no se habrá dejado convencer para lo del ayuntamiento...

—Pues no creo, la verdad. Siempre ha sido muy reacia al asunto, ya lo sabes tú. Anda, vamos para la casa. Voy a ver si encuentro a Robles y le cuento. ¿Vienes o prefieres quedarte por aquí?

127

—Acompáñame a algún sitio donde pueda estar por donde andan esos tíos. En mi experiencia, la gente nunca le hace caso a un ciego. Tienen la estúpida idea de que, si eres ciego, seguramente también eres sordo y pueden hablar delante de ti sin problema —soltó una risita—. Si me quedo por la zona, lo mismo me entero de algo.

Subieron hacia la casa y, una vez en la pequeña glorieta del jardín delantero, Miguel se acomodó en uno de los bancos adornados con azulejos valencianos en tonos verdes y azules, con el bastón bien visible y ambas manos apoyadas en él, y Paco continuó hacia la zona del garaje.

En Elche, Robles había tenido suerte, se había encontrado a Ximo lo bastante libre como para salir a tomar un café y, durante un buen rato, habían estado comentando las últimas noticias de los compañeros y los casos más jugosos, hasta que el excomisario entró en materia y le pidió a su colega alguna información sobre el sujeto que le interesaba.

—Estás de suerte, Robles. No me sé todos los detalles, pero sí que te puedo decir por encima más o menos de qué clase de perla se trata.

—Dime.

—Debe de andar por los cincuenta y tantos o sesenta. Empezó de joven robando coches y motos, luego pasó a pequeñas estafas, estuvo en la cárcel una temporadica —a pesar de los años que llevaba por la zona, a Robles le seguían chirriando los diminutivos acabados en «ico» y siempre daba un respingo al oírlos, aunque cada vez los encontraba más simpáticos—, desapareció unos años y más tarde, a su vuelta, pasó a lo que de verdad le dio pasta: estafar a señoras viudas o solas con ganas de casarse. La mayor parte de ellas no lo denunció nunca por pura vergüenza, y el caradura fue viviendo como un rey. Últimamente se pasó a lo digital y las estafas se fueron haciendo cada vez más sofisticadas, pero por suerte las mujeres también se han ido haciendo más modernas y hace un par de años una de ellas lo denunció, lo trincamos y se ha pasado unos meses en el talego. Acaba de salir a la calle. ¿Por qué te interesa el pavo?

—Porque parece que hace siglos fue muy amigo de Sofía y ahora ha aparecido por casa muy meloso con ella.

—¿Por La Casa' las Locas? ¿A ver si hay suerte y se puede instalar allí? Pues menos mal que Sofía es una mujer inteligente y dura, y además estás tú a mano.

—Yo es que no me explico que un pedazo de hortera como Riquelme pueda enamorar a nadie, la verdad. ¿Otro café?

Ximo negó con la cabeza.

—Me he propuesto reducir y tratar de dormir un poco mejor, pero te acepto un agua con gas. —Robles hizo una seña al camarero y pidió el agua mientras el actual comisario seguía contándole—. Ya te digo que las cosas se han vuelto muy sofisticadas. Ahora, con el internet, no hace falta ni ser guapo ni tener ninguna cualidad. Se finge todo. Lo que hace falta, más que nada, es labia y un poco de imaginación. Se mandan fotos falsas, se envían mensajes románticos primero, luego desesperados… ya te haces una idea… La mujer, que se siente sola y encuentra atractivo al hombre con el que ha contactado por alguna plataforma más o menos seria, se va enganchando a recibir sus mensajes hasta que se convierten en lo más importante de su día y los espera como agua de mayo. Poco a poco empiezan a hacer planes para conocerse en persona, pero él vive lejos, a veces en algún país lejano y difícil; es médico o cooperante o ingeniero o cualquier profesión que pueda estimular la imaginación de la mujer. También suele haber un toque de peligro.

—¿Peligro?

—A las mujeres les encanta salvar a los hombres, ¿no te has dado cuenta nunca? Se pasan la vida tratando de mejorarnos, ayudarnos, salvarnos de nosotros mismos… Por eso prefieren a los «chicos malos». Si ya eres bueno, ellas no tienen

129

nada que hacer. —Se echó a reír—. El caso es que si el «novio» empieza a escribirle a la pobre incauta que necesita ayuda…, yo qué sé…, para salir del país en el que está, o para un pasaje de avión porque le han bloqueado las tarjetas o lo que sea…, y si no sale pronto de allí le puede costar la vida, la mujer paga lo que haga falta.

—¡Joder! Pues no me imaginaba yo que el tal Moncho tuviera tanta gracia.

—Y sin embargo ha engañado a unas cuantas, ya ves. Tengo que volver. Oye, ¿qué tal se está jubilado? —preguntó, ya poniéndose la cazadora.

—En la gloria. Hubo una época en la que no me habría imaginado mi vida sin el trote del día a día, pero ahora… no cambiaría por nada la libertad que tengo.

—Deja de darme envidia, anda. Y si necesitas algo más… ya sabes dónde me tienes. No le quites la vista de encima a ese menda.

Ximo se marchó. Robles pagó la cuenta y, despacio, disfrutándolo, echó a andar de vuelta hacia Santa Rita entre huertos de palmeras, cuyas palmas brillaban al sol como si estuvieran cubiertas de pan de oro. Era la pura verdad lo que le acababa de decir a su colega. No había nada mejor en el mundo que la libertad de disponer de su tiempo y no estar siempre tratando con criminales, intentando reunir pruebas para poder detenerlos.

Pasó por la plaza de la basílica de Santa María, dejó atrás el palacio de Altamira, cruzó el puente, deteniéndose a mirar a izquierda y derecha el cauce del río con sus taludes ajardinados y sus masas de palmeras y, poco a poco, empezó a aumentar la velocidad. Con suerte, en poco más de una hora, estaría de vuelta en Santa Rita y aún le daría tiempo a ducharse y adecentarse antes de comer.

Siempre pensaba mejor cuando estaba en movimiento, o al menos eso le parecía. Caminando a buen paso, no dejaba de

darle vueltas al historial de Riquelme y no conseguía explicar-
se cómo un tipo de esa calaña podía ser buen amigo de Sofía.
Un poco rara sí que era, claro, más o menos lo que él siempre
se había imaginado de una escritora de fama internacional,
aunque supiera que era un cliché pensar así; original y exótica
lo había sido siempre, como atestiguaban muchas de las fotos
que adornaban las paredes de la salita y los pasillos, donde se la
veía con toda clase de gente, desde personajes importantes del
mundo de la política, las artes y la alta sociedad, hasta acompañada de tipos de lo más extraño: *hippies* vestidos de mil
colores, gurús indostánicos, indios de las praderas montados
a caballo con sus enormes tocados de plumas, aventureros de
barbas pobladas navegando en veleros diminutos, bailarinas
delgadísimas de ojos enormes y poses inverosímiles… Sofía
había aprovechado bien sus noventa años de vida y se había
relacionado con todo tipo de personas, unas veces por incli-
nación natural y otras por exigencias de la documentación de
sus novelas, lo que también la había llevado a comisarías, cár-
celes, orfanatos y otras instituciones menos glamurosas. Ella
misma se lo había contado cuando aún bajaba regularmente
al comedor. Aquella mujer era una fábrica de historias, unas
probablemente verídicas y otras inventadas.

Sin embargo, nunca, en ninguna conversación, había aparecido el nombre de José Ramón Riquelme, lo que resultaba
bastante raro si de verdad era un amigo tan antiguo y tan ín-
timo como le había dado a entender Greta al contárselo. Más
raro todavía, Candy no lo había mencionado jamás. Y Candy
llevaba con Sofía una eternidad; creía recordar que desde 1981.

Lo que acababa de contarle Ximo lo había puesto en una
línea de pensamiento que no le hacía ninguna gracia, a pesar
de que no le parecía posible que Sofía fuera capaz de dejarse
engatusar por un estafador profesional, por un cazafortunas
de la peor especie. A partir de ahora habría que tener los ojos
muy abiertos, porque, aunque fuera una mujer inteligente y

sensata, tenía una edad en que la degeneración prefrontal era un hecho, como le había explicado una de las enfermeras que la había atendido dos años atrás, cuando se rompió un brazo al tropezarse. El hueso se le había soldado bien, pero aún no se había inventado nada para evitar que el cerebro fuera perdiendo facultades. Era fundamental proteger a Sofía, tanto de los peligros externos como de sí misma. Además, si la suerte no estaba de su parte, podía darse el caso de que perdiera a Candy, después de toda la vida juntas. Sería una inmensa pérdida para todos los habitantes de Santa Rita, pero para Sofía sería devastador.

Incluso para él sería terrible porque, además de que siempre le había tenido mucho cariño a la inglesa, era el alma de Santa Rita, la mejor organizadora que pudieran desear y la persona con más redaños, más capacidad resolutiva y mejor humor del mundo. Candy era una solucionadora nata, alguien que siempre tenía una buena idea cuando había que sortear algún obstáculo o superar una situación conflictiva, y era capaz de reírse en las situaciones más tensas, lo que era muy de agradecer.

Dentro de poco le darían el resultado de la biopsia y entonces sabrían a qué atenerse, pero por el momento, lo único que podía hacer era interrogarla sobre Riquelme, con la esperanza de que ella supiera más y quisiera contarle lo que sabía.

Interrogarla. Ya había vuelto a usar vocabulario laboral. Era solo en mente y para sí mismo, pero se había propuesto mejorar su léxico desde que había leído un libro en el que explicaban con toda claridad cómo los pensamientos, a través de las palabras, se convierten en actos, que son los que forman y marcan las vidas. Si uno quería cambiar algo en su vida, tenía que empezar por cambiar sus palabras, de modo que «interrogar» no servía para lo que él quería hacer con Candy, pero «preguntar» era poco, «charlar» era mucho menos y si se decidía por «indagar» estaba de nuevo en el vocabulario policial. Soltó un bufido y, después de un vistazo al reloj, aceleró el paso. Con un poco de suerte aún podría tomarse una cerveza con Miguel antes de comer, aunque lo que aún no tenía claro era si les iba a contar lo que Ximo acababa de decirle a él.

Greta acababa de dejar sus trastos encima del escritorio de su cuarto cuando sonaron unos golpecitos en la puerta y apareció Marta.

—¿Te importaría pasar a verla un momento antes de comer? Sofía quiere verte.

—Claro. Me lavo las manos y voy enseguida.

Un minuto después era ella la que tocaba a la puerta de su tía.

Estaba otra vez disfrazada de joven, esta vez con una peluca pelirroja de pelo corto y un peinado de los años setenta, haciendo juego con los ojos maquillados de azul intenso y los labios de un rosa perlado. A su lado, y cogiéndole la mano, Moncho le sonreía.

—¿Querías verme, tía?

—Sí, hija, será solo un momento.

—¿Estás mejor?

—¿Mejor?

—Esta mañana no te encontrabas bien.

—No me acuerdo, querida. Ahora estoy bien. Mira, a los demás se lo voy a decir esta noche, pero quería que tú fueras la primera en saberlo. Siéntate, hija.

Greta obedeció, intrigada. Sofía hizo una inspiración profunda, miró brevemente a Moncho, volvió la mirada hacia su sobrina y dijo:

—Monchito y yo nos vamos a casar.

—¿Quééé? —Se le escapó sin haberlo decidido. Dejó pasar unos segundos y sonrió—. Es broma, ¿no?

—¿Por qué va a ser una broma? —intervino el hombre con toda tranquilidad—. Hace mucho que venimos hablando de ello, pero por unas cosas o por otras nunca era el momento adecuado, y ahora…, por fin…, he vuelto, le he traído un anillo… y Sofía me ha dado el sí.

Greta se había quedado tan perpleja que no conseguía articular palabra. Sus ojos iban de una a otro, esperando que uno de los dos soltara la carcajada y pudieran pasar página, pero ellos se limitaban a mirarla casi sin pestañear.

—¿No vas a darnos la enhorabuena? —insistió Riquelme, con una cara como la del gato que se comió al ratón.

—¿Cuándo es la boda?

—He convencido al alcalde en persona para que venga el viernes que viene a casarnos aquí mismo. Es lo más cómodo para Sofía. Esta noche, en la cena, daremos la gran noticia, pero mi prometida quería que tú lo supieras antes que nadie. Al fin y al cabo, eres su única familia.

—Tía…, ¿esto va en serio? —preguntó Greta sin hacer caso del hombre.

Ella asintió despacio con la cabeza, acompañándolo con un «sí» cuando él le apretó la mano. Ahora Greta se daba cuenta de que llevaba una sortija nueva, un solitario montado en platino.

—¿Has leído la novela? —preguntó Sofía, clavando su mirada en ella con urgencia.

El cambio de tema la descolocó y volvió a hacerla pensar en la posibilidad de que, efectivamente, hubiera sufrido una trombosis, o, simplemente, se estuviera volviendo senil.

—Sí. Voy por el último tercio. La termino hoy, te lo prometo.

—Bien. Ya me dirás.

—¿Ha venido tu médica?

—¿Por qué cojones iba a venir una médica? —Riquelme parecía ofendido por la posibilidad—. Sofía está hecha una rosa, no hay más que verla. No le hace falta ningún médico.

—Porque tenía cita para hoy —mintió Greta con todo su

aplomo—. A cierta edad, los controles son importantes, y más si ha tenido emociones fuertes. No me negarás que esto se puede considerar una emoción fuerte.

Riquelme sonrió, vanidoso.

—¿Ha sido fuerte, gatita? —le preguntó, acercándose a su oído, en un tono untuoso que daba vergüenza ajena.

En ese momento sonó el gong del comedor y Greta se puso en pie.

—Os dejo. Me muero de hambre. ¿Tú no bajas, Moncho?

—No. He quedado para comer fuera. Nos veremos en la cena.

—¿Necesitas algo, tía? ¿Le digo a Marta que venga?

Sofía negó con la cabeza. Tenía los ojos cerrados, como si hubiese hecho un esfuerzo enorme.

—Yo me encargo de todo, sobrina —Moncho enfatizó la palabra—. Ahora vamos a ser familia; te habrás dado cuenta. Baja a comer y ya hablaremos más tarde.

Cuando llegó abajo, se dio cuenta de que aún estaba moviendo la cabeza en una negativa, como si quisiera negarse, incluso a sí misma, lo que acababa de suceder. Recordó que, frente a cualquier mala noticia, la primera reacción humana es la negación. Luego no estaba segura de si lo siguiente era la furia o la aceptación, pero sabía seguro que, en su caso, le iba a resultar muy difícil aceptar la decisión de su tía, sobre todo porque tenía bastante claro que la mujer que había aceptado la propuesta de matrimonio de Monchito no era su tía, sino una anciana que acababa de sufrir un ataque y no sabía lo que decidía, una persona que, apenas unas horas antes, le había dicho que su hermana Eileen, muerta desde hacía cinco años, iba a cenar con ellos en Santa Rita. Tenía que preguntarle a Marta si había llamado a Isabel, su médica de cabecera. Aquello no podía continuar como si no hubiese sucedido nada, aparte de que Sofía, salvo aquel primer matrimonio de juventud que no llegó a durar tres años, nunca había querido casarse con nadie y resul-

135

taba realmente sospechoso que precisamente ahora, después de conocer a aquel hortera la mitad de su vida, se hubiese decidido a aceptar su proposición de matrimonio, justo cuando ya confundía a los muertos con los vivos.

A Sofía, por triste que resultara, se le estaba yendo la cabeza. Solo así se explicaba no solo el asunto de Moncho, sino esa obsesión con la estúpida novelita que le había endosado.

En el pasillo, justo delante de la puerta del comedor, se encontró con Robles, Miguel, Merche y Candy que, muy juntos y en voz muy baja, estaban hablando de algo que les había puesto a todos cara de funeral.

—¿Pasa algo grave? —preguntó, sin poder imaginar que hubiese algo peor que lo que acababa de saber ella.

Robles le advirtió con la mirada que no siguiera preguntando porque, en ese momento, llegaban dos de las chicas de la lavanda, acompañadas de uno de los estudiantes de Medicina.

—¿No entráis? —preguntaron.

—Sí, enseguida —contestó Merche.

—Greta —Candy se volvió hacia ella con una cierta urgencia—, dile a Trini o a quien esté de guardia en la cocina que nos guarden la comida y sube a mi cuarto. Tenemos que hablar sin que nadie más se entere de momento.

Greta salió disparada a cumplir el encargo y unos momentos después se colaba en la habitación de Candy, donde la esperaban los demás.

—¿Qué pasa? —preguntó, nerviosa, al ver las caras de todos.

—Díselo tú, Miguel.

El aludido explicó cómo se había instalado en la pequeña glorieta y cómo, desde el banco en el que había tomado asiento, había oído con claridad la conversación que mantenían Riquelme y un desconocido llamado Tòfol.

—Lógicamente, yo ya he pillado tarde lo que decían, porque llevaban casi una hora dando vueltas por Santa Rita, pero está clarísimo que el tal Riquelme está tratando de venderle la finca a Tòfol para hacer un hotel o un spa o algo así. El tío debe de tener ya varios hoteles porque sabía muy bien qué había que preguntar, y el amigo de Sofía le ha mentido todo lo que ha podido sobre el estado de conservación de los edificios y muchas otras cosas que no he captado bien porque iban moviéndose de acá para allá. Ha tratado de convencerlo de que la gracia del lugar está en su historia, en sus leyendas y en sus fantasmas. —Todos dieron un respingo perfectamente audible—. Como lo oís. Se ha inventado toda clase de cosas sobre nuestro ilustre pasado y sobre los extraños, pero benéficos fenómenos que suceden aquí. Está tratando de venderle la moto de que, para cierto tipo de público, la combinación de un spa con ciertos fenómenos paranormales puede ser una auténtica bomba por la que muchos estarían dispuestos a pagar una fortuna. El tal Tòfol no parecía estar muy por la labor y entonces Riquelme ha empezado, con mucha gracia, eso hay que concedérselo, a cambiar de tercio, hablando de las bondades del clima, la cercanía del mar, pero sin las molestias de los ruidos y los turistas, los jardines de estilo antiguo, blablá, blablá…

137

—Pero… pero… —intervino Merche, casi balbuceante— ¿cómo le va a vender Santa Rita a nadie, si no es suya?

—Tengo algo que deciros. —Greta los miraba a todos, uno a uno, con la angustia dibujada en cada uno de sus rasgos—. Lo que Sofía quiere comunicarnos esta noche es que el viernes que viene se va a casar con Moncho Riquelme.

La aparición repentina de un dinosaurio en el cuarto de Candy no habría causado una estupefacción mayor que la noticia de Greta. Durante unos largos segundos, todos se miraron sin decir palabra. Después, todos empezaron a hablar a la vez hasta que Robles, alzando su potente voz de bajo, consiguió que volvieran a callarse.

—De acuerdo, amigos, es una barbaridad y probablemente se haya vuelto loca, y el tío es un delincuente y todo lo que habéis dicho es la pura verdad, pero no tenemos más remedio que ir por partes para ver si conseguimos aclararnos.

—Yo estoy convencida de que anoche Sofía debió de sufrir una pequeña trombosis cerebral y de un momento a otro ha perdido facultades. Esta mañana me dijo que mi madre vendría a cenar y que se iba a quedar un tiempo a ayudar en Santa Rita porque Candy estaba muy cansada.

—*Jesus Christ almighty!* —dijo la británica.

—Sin embargo, ahora no se acordaba y lo único que le preocupa es que me lea cuanto antes la novelita erótico-criminal que me dio ayer.

—¿Por qué? —preguntó Robles.

—Ni idea.

—Por partes, como he dicho antes. Sofía no es tonta. Puede que esté peor, o que esté cayendo en la senilidad, pero sus novelas son para ella más importantes que la vida de su alrededor y, si quiere que le des tu opinión sobre esa novela, igual es porque piensa que te puede decir algo de importancia.

—Pues no veo qué puede ser, la verdad.

—¿De qué va? —preguntó Merche.

—Me falta el final, pero va de una chica joven, cantante y bailarina en un local nocturno, que se lía con un buscavidas muy atractivo y muy bueno en la cama. Hay un montón de escenas eróticas bastante subidas de tono, juego sadomaso, y en algún momento la prota se enamora de un joven político, hijo de un lord. Decide quitarse de encima al inútil del guaperas y él se niega a dejarle el campo libre, a menos que ella esté dispuesta a mantenerlo. Entonces ella lo mata fingiendo un accidente y se casa con el político. Aún me falta algo menos de un tercio, pero parece que el buscavidas había dejado unas cartas dirigidas al parlamentario en las que la acusa de asesinato y de estar planeando también el asesinato de su flaman-

138

te marido para quedarse con su fortuna. Ni idea de si tiene final feliz, aunque me figuro que sí, porque todas las novelas de Sofía, sean del género que sean, acaban bien. Aunque…, claro, el asesino siempre paga su crimen, pero en este caso, la asesina es también la protagonista y la guapa de la historia, de modo que…, la verdad es que no sé.

—Hay paralelismos —dijo Miguel, despacio, como si pensara mientras iba hablando—. El buscavidas puede ser Riquelme, la artista es ella. Él quiere impedir su felicidad y la chantajea. Ella lo mata… Quizá quiera preguntarnos… esto… preguntarte… qué piensas tú de que la protagonista mate al tipo que no le permite ser feliz.

—Sofía es perfectamente feliz y libre estando como está. Dejará de serlo si se casa con él —dijo Greta sin acabar de comprender adónde se dirigía el matemático.

—¿Y si él la está obligando a ese matrimonio?

—¿Un chantaje? —completó Robles—. ¿Riquelme sabe algo de ella y la está chantajeando con lo del matrimonio? ¿Es eso lo que quieres decir?

—Podría ser —contestó Miguel, en voz soñadora.

—Ni hablar —dijo Candy, tajante—. La conozco desde hace más de treinta años. Lo sé todo de ella, o casi todo. La conocéis. Sofía es una mujer fuerte, independiente, no se dejaría chantajear por nada ni por nadie. Antes lo mataría, como la de la novela. No se casaría con el chantajista. Pondría las dos manos en el fuego por ella.

—Entonces, ¿por qué narices se casa? —preguntó Robles.

—Porque se le está yendo la cabeza —concluyó Merche, apenada—. Se le ha olvidado que tiene más de noventa años y, a lo mejor, de ese modo se siente joven y feliz, haciendo planes de futuro.

Greta y Candy se miraron. Merche casi no veía y, sin embargo había sido capaz de resumir lo que ellas pensaban, después de haber visto a Sofía disfrazada con caftanes y pe-

139

lucas de los años setenta y maquillada como si tuviera cuarenta años.

—¿Y qué proponéis que hagamos?

—No creo que podamos hacer nada —dijo Greta—. Es mayor de edad y puede hacer lo que quiera con su vida y con sus propiedades.

—Siento tener que decirlo —intervino Robles—, pero... aunque sea cierto que es mayor de edad, todos tenemos claro que ya no está en posesión de sus facultades mentales. Yo creo, Greta, que tú, que eres su sobrina, deberías iniciar un proceso de incapacitación.

Hubo un silencio denso. La palabra sonaba realmente ominosa.

—Yo no le haría eso a mi tía. Sería una traición.

—Pues me temo que Robles tiene razón, querida. Si un juez no la incapacita, y pronto, Sofía perderá toda su hacienda,

porque es evidente que Moncho será quien disponga de todo lo que es de su esposa, y ya nos ha contado Miguel los planes que tiene ese tipo para Santa Rita. —Candy estaba muy seria y, aunque le brillaban los ojos, era evidente que hacía todo lo posible para no dejarse llevar por la emoción. Tener que aceptar que Sofía se había vuelto senil era algo que le dolía en lo más hondo, pero era una mujer práctica y lo más importante para ella era proteger a su amiga—. Piensa que no es una traición, sino muy al contrario, lo único que puedes hacer para defenderla y cuidar de que esté bien en sus últimos años o meses o el tiempo que le quede.

—También cabe la posibilidad de que, aunque todos pensemos que Moncho es un cerdo, quiera de verdad a la tía Sophie y se preocupe por ella —dijo su sobrina con una voz que expresaba un gran matiz de duda.

—Eso no te lo crees ni tú, Greta —dijo Miguel—. No hay más que oírte.

—Es verdad, tienes razón; yo tampoco me lo creo, pero

pensaba que alguien tenía que nombrar la posibilidad de que el hombre pueda ser mejor de lo que pensamos.

—Pues de momento no se ha lucido mucho en ese aspecto —dijo Merche.

—Aparte de que yo lo conozco desde hace cuarenta años y no creo que en los últimos tiempos haya cambiado tanto de carácter como para tener ahora buenas intenciones. Sabéis que no me gusta hablar mal de nadie, pero este se merece el título de hijo de puta, y que me disculpe su madre, a quien no conozco. Hace mucho que no viene por aquí, pero ya sabéis que la cabra siempre tira al monte. —Daba la sensación de que Candy estaba empezando a enfadarse de verdad al hablar de Moncho, pero su pronunciación inglesa, que convertía «cabra» casi en «caibrua» les hizo sonreír a todos, a pesar de lo serio de la situación.

—Dejadme que os cuente un poco lo que he averiguado sobre Riquelme. Así quizá vuestro tierno corazón no tenga tanto inconveniente en creerse que es un tiburón que acaba de caer en nuestro plácido estanque y no va a tener ningún inconveniente en emprenderla a mordiscos con cualquiera que se le acerque.

Un par de minutos después, Robles los había puesto al día de lo que Ximo le había contado a él.

—O sea, que, como yo me temía, el tío es un profesional —concluyó Candy.

—Y Sofía sabía perfectamente de qué hablaba cuando ayer me dijo «Monchito está en la cárcel» —añadió Greta.

—¿Te dijo eso? —Robles parecía muy sorprendido.

—Ajá.

—¿Ha estado recibiendo cartas de Riquelme, Candy?

—Ni idea. Aún recibe muchísimo correo, *fanpost* en general. Yo lo meto todo en una caja y se lo subo dos veces por semana. No me fijo mucho en lo que llega; son cosas tipo «me encantan sus novelas» o «¿dónde podría yo conocer a un hombre tan maravilloso como Jamie?» o «si usted quisiera, podría contarle la historia de mis padres y de un asesinato increíble; una pura novela»... ese tipo de cartas. Ya ni siquiera las lee todas. Antes sí, y contestaba a la mayoría, pero ya no tiene fuerzas ni ganas para eso.

—Pero en principio, sería posible que Riquelme le hubiese estado escribiendo desde la cárcel y que todo esto venga de muy atrás, que no se trate de algo que ha surgido de un momento a otro desde anteayer.

Candy se encogió de hombros.

—Sería posible, lo concedo. Aunque me cabrearía mucho que no me hubiera comentado nada si la cosa es antigua.

Hubo otro silencio.

—¿Y si bajamos a comer? —propuso Miguel.

—Ni una palabra de todo esto, de momento —dijo Greta—. Por favor. Vamos a esperar a la noche, a ver qué nos dice Sofía y, cuando ya lo sepa todo el mundo, decidimos qué vamos a hacer.

—Yo voy a informarme del proceso de incapacitación, si os parece. —Robles se puso de pie y esa fue la señal para los demás—. Tú, Candy, si buenamente puedes, echa una mirada a lo de las cartas de Riquelme. Me interesaría mucho saber si existen.

Candy asintió con la cabeza.

—Vosotros, Merche y Miguel, tratad de averiguar qué más se sabe, si alguien ha oído algo más. Cuanto más sepamos, tanto mejor. Pensad que todo esto lo estamos haciendo por Sofía y por Santa Rita.

—Y por nosotros —añadió Greta, muy seria, mirando al excomisario desde su sillón—. O más bien por vosotros, que sois los que vivís aquí. No todo es altruismo, Robles. No nos engañemos.

Él la miró, entre perplejo y ofendido.

—¿Por qué dices eso?

—Porque es verdad.

—El que sea bueno para nosotros no quita que también sea lo mejor para Sofía. Y solo he dicho que voy a informarme. Obviamente, quien decide eres tú, su única familiar; pero ve pensándolo rápido porque la cosa urge. Mucho. Y cuando termines de superar tus escrúpulos, seguramente será ya tarde y todos habremos perdido. ¿O quieres ser de esos que pierden su vida por pura delicadeza?

Robles salió del cuarto y, poco a poco, tras él, salieron los demás en dirección al comedor.

143

8

La furia del *xaloc*

*R*obles, apoyado en la pared de la casa, aún caliente de sol, clavaba la vista en la silueta de las palmeras recortadas sobre un cielo cubierto de nubes cárdenas, que daban al paisaje un aspecto ominoso, como si las sombras estuvieran reuniéndose a poniente para caer sobre Santa Rita.

Por el rabillo del ojo miraba a Riquelme que, pausadamente y con satisfacción, fumaba un gran habano. Hacía tanto desde que él había dejado de fumar que el olor del puro, que siempre le había parecido delicioso, le resultaba ahora desagradable, ofensivo, un símbolo de la invasión de aquel hombre en el lugar que consideraba su casa y que llevaba varios años tratando de convertir en un paraíso. Pero Sofía le había pedido que acompañara a su «prometido» a dar una vuelta por el jardín antes de la cena, que le enseñara la alberca y que hablaran un poco de la posibilidad de hacer de aquella balsa de riego una auténtica piscina, como los habitantes de la casa llevaban años deseando. Ya que les iba a dar una noticia como la de su próxima boda, quizá a Sofía se le había ocurrido darles la sorpresa de regalarles lo que querían.

Al parecer, su «prometido» no le había contado que esa misma mañana, él le había estado enseñando la alberca y toda la propiedad a un hotelero que quería convertir Santa Rita en un spa.

Había estado como siempre, simpática, un poco despistada, rarísima con una peluca que la hacía parecer una muñeca envejecida, pero prácticamente normal, lo que le había quitado a él mucha convicción sobre el asunto de incapacitarla legalmente. Habían charlado con naturalidad y le había pedido que se tomara una cerveza con Moncho, que hablaran un poco de hombre a hombre, en un lugar habitado por tantas mujeres, que le enseñara la forma de ser de Santa Rita para que fuera comprendiendo cómo era vivir allí.

No había tenido valor de decirle que no y, además, quería aprovechar la oportunidad de quedarse a solas con Riquelme para ver de sonsacarle algo, aunque ahora ya se hubiera enterado por Ximo de su vida y milagros, cosa que aquel tío no podía saber. Habían pasado por la salita para coger un par de cervezas, pero al «novio» no le había parecido bien ninguna de las que tenían en la casa y se había traído un botellín de su habitación, una de esas marcas modernas, cerveza oscura con algo de tequila incorporado.

—¿Tú no fumas, Robles? —le preguntó, ya en el exterior, en cuanto se hubo encendido el enorme habano que había sacado del bolsillo de la americana de cuadros.

—Ya no. Lo dejé hace años.

—No sé si lo sabes, pero te vas a morir igual.

—Ya, pero con un poco de suerte, más tarde, y no de cáncer de pulmón, que es algo francamente jodido.

—Los puros no matan. Son solo hojas de tabaco. Sin química. —Dio un largo trago a su cerveza oscura, pero sin brindar.

—Tú mismo.

A pesar del puro, Riquelme olía fuerte a un masaje de afeitar que, sin ningún motivo racional, a Robles le resultaba desagradable y lo hacía querer alejarse de él, pero ya quedaba poco para la hora de la cena y no tenía más remedio que aguantar hasta entonces; por fortuna estaban al aire libre.

—Oye, Moncho, ¿a qué vienen esas ganas de casaros y esas prisas con la boda?

Dio una fuerte calada al habano y contestó con calma mientras exhalaba el humo por la boca, sin abandonar la sonrisilla chulesca que parecía ser su expresión natural.

—Te habrás dado cuenta de que la novia no es precisamente un pimpollo, ¿no? Si no nos damos prisa, igual no llegamos. Y a Sofía le hace ilusión. Siempre le ha hecho ilusión casarse, desde aquel matrimonio que le salió tan mal. Él la abandonó, ¿lo sabías?

—Algo había oído.

—Lo pasó fatal y por eso decidió no casarse nunca, para que nadie más pudiera abandonarla, pero en lo más hondo de su alma le hace una ilusión enorme vestirse de novia y tener marido. Como a todas las mujeres. Créeme, yo de eso entiendo.

—Porque lo has hecho varias veces, ¿no? —La ironía era insultante, pero Riquelme no pareció darse cuenta, o al menos no reaccionó ante ella.

—Un par de veces, sí. No sé decirle que no a una mujer. —Soltó una risilla, a modo de disculpa—. Ese es mi peor defecto. Me gusta verlas felices.

Si Robles no hubiera sabido qué clase de perla era Moncho, casi habría estado a punto de creerse lo que le estaba diciendo entre calada y calada, trago y trago, con la mirada inquieta paseándose por el cielo, las golondrinas, las palmeras cada vez más negras y el agua oscura de la balsa, que habían destapado esa misma tarde, por sorpresa para él, porque al parecer Sofía le había pedido a los estudiantes que la abrieran ya para que su prometido pudiese verla, sin contar primero con Paco ni con él mismo. La verdad era que no le había hecho ninguna gracia.

Curiosamente, Riquelme parecía sincero al decir que le gustaba ver felices a las mujeres. Lo que no estaba ya tan claro era si, después de estafarlas, el que más feliz se sentía era él.

—¿A qué te dedicas? —siguió preguntando Robles.

—Ahora a nada en concreto. —Le sorprendió su sinceridad, pero siguió en silencio, esperando lo que quisiera contarle, tanto si era cierto como si no—. He hecho un poco de todo en la vida. Trabajé de animador en cruceros durante muchos años. Vendí coches de alta gama. Fui agente de seguros… En estos momentos estoy en paro, pero no me corre prisa encontrar trabajo porque tengo unos buenos ahorros y aquí me parece que hay faena hasta decir basta, ¿me equivoco?

—No. Aquí el trabajo sobra, efectivamente. ¿Nos vas a echar una mano?

—Mi prioridad es Sofía. El tiempo que me quede…, lo que me pidáis, al menos de momento. Porque… esto es tan grande… Sofía haría bien en aceptar la oferta del Ayuntamiento o la de la Generalitat. Quitarse de encima esta carga.

—¿Tú crees?

—No te ofendas, macho, ya sé que aquí estáis todos de puta madre y le tenéis cariño a esto, pero siempre habéis sabido que esto era pasajero; uno de los caprichos locos de mi novia, como cuando lo llenó todo de jipis y drogatas. Ahora le ha dado por lo de la «comunidad transgeneracional» o como lo llaméis, pero está claro que es absurdo mantener este teatro y que esto no va a ningún sitio, no tiene futuro. Es una hucha sin fondo.

—¿Se lo has dicho a ella?

—Más o menos.

—Más bien menos, supongo.

—No quiero angustiarla. A ella le parece bien que yo me ocupe, y eso es lo que pienso hacer: o-cu-par-me. —Separó bien las sílabas, por si hubiese peligro de no haberse expresado con claridad.

Algo en el interior de Robles pensó que era justo esa la palabra que Riquelme se merecía: «okupa».

Desde el interior de la casa les llegó el sonido del gong

anunciando la cena. Robles se apartó de la pared, se estiró y le hizo un gesto a Riquelme.

—¿Vamos?

—Aquí cenáis con las gallinas… ¡Qué horas! Ni los críos cenan tan pronto…

—Costumbres… Y además, así la gente de la cocina no tiene que retirarse tan tarde.

—Dame diez minutos. Sería una pena desperdiciar este habano. Podéis empezar sin mí.

Cuando Robles se giró de nuevo hacia la zona de la alberca, ya a punto de entrar en la casa, la brasa del puro de Moncho era como el ojo incandescente de una fiera en la oscuridad, inquieta, moviéndose de acá para allá en las tinieblas de detrás del edificio.

Greta acababa de entrar en el comedor cuando vio a Robles en la puerta, pero no estaba de humor para hablar con él, después de la discusión de antes de comer, así que fingió no haberlo visto y se dirigió hacia la mesa principal, como le había pedido su tía. Lo habían arreglado todo como si fuera para una boda, con las mesas en forma de T, de manera que todo el mundo pudiera sentarse en la parte larga, mientras que Sofía, Moncho, Candy y Greta ocuparían la corta, de frente a los demás.

Sofía había estado toda la tarde hablando con unos y con otros, dirigiendo Santa Rita desde su estudio como una araña desde el centro de su tela. Cuando la había llamado a ella, dos de las chicas de la lavanda salían en ese mismo momento con el encargo de arreglar para Moncho uno de los dormitorios del ala oeste «hasta que pudiera instalarse en la torre», cosa que a Greta le resultó inmediatamente ofensivo, dado que en la torre solo estaban el dormitorio, la salita y el estudio de Sofía, el cuarto de Candy, el de Marta, y el suyo propio. No tuvo que esperar mucho hasta que Sofía le explicara lo que había pensado.

—Querida niña, como sé que estuviste viendo las habitaciones del ala oeste para instalarte en una zona que te diera más libertad de movimientos, y Monchito va a necesitar un cuarto lo más cerca posible, había pensado que lo ideal es que tú te traslades y le cedas a él tu habitación actual. No hay prisa, tienes toda la semana.

Se había quedado de piedra. «No hay prisa, tienes toda la semana.» ¿La semana? Sofía se había dado cuenta, pero no había hecho nada para paliar el *shock*. Se había limitado a mirarla con sus penetrantes ojos azules rodeados de sombras nacaradas más azules aún hasta que ella había desviado la vista hacia la ventana.

—¿No va a dormir aquí, contigo? —preguntó por fin, no sin cierta retranca.

Sofía cloqueó. Ahora, de pronto, parecía haber rejuvenecido diez años.

—No, *darling*. Ya no tenemos edad de esas cosas. Al menos yo no. ¿Has acabado de leer la novela?

—Sí. Hace un momento.

—¿Y qué dices?

—Que tú sabes muy bien que está sin acabar, que no tiene final.

—De eso se trata, efectivamente. Por eso quería hablar contigo. ¿Qué me aconsejas? ¿Qué final le darías?

Greta sacudió la cabeza. No podía haberle preguntado en peor momento. Lo de echarla de su habitación sin consultarla, con esa naturalidad, le había sentado como un tiro. Lo único que quería era levantarse, ir a su cuarto, hacer la maleta, que apenas si había deshecho, y largarse de allí. No sabía adónde, considerando que acababa de abandonar a Fred, sus hijas no le hablaban, y su mejor amiga se estaba liando con su marido, pero a cualquier sitio donde aquella farsa no existiera, donde no tuviera que darle opiniones literarias a una nonagenaria que se iba a casar con un buscavidas treinta años más joven y le estaba pidiendo que le cediera el cuarto que había sido suyo desde la adolescencia. Por no hablar de que, una vez casada Sofía, todo aquello se perdería para siempre bajo las excavadoras y las palas mecánicas que Monchito traería para convertir Santa Rita en un spa y cobrar una fortuna por la venta del patrimonio de una familia a la que él no pertenecía. Pero quizá Sofía no supiera eso.

—No sé, tía. Tengo que darle un par de vueltas.

—¿Crees que la protagonista debería salirse con la suya? ¿Puedo cerrar una novela dejando que una asesina consiga lo que desea y sea feliz? Sería la primera vez en mi carrera. La única.

¿Cómo era posible que solo pensara en esa maldita, estúpida novela, cuando el mundo de su alrededor estaba a punto de derrumbarse por su culpa? ¿De verdad se había vuelto senil de un día para otro, y Robles y Candy tenían razón, y había que incapacitarla? Sin embargo, sus ojos chispeaban, había estado tomando decisiones para preparar la estancia de Moncho y la cena especial, y no parecía tan agotada como esa misma mañana.

—Ya te digo. Lo pensaré.

—Bien. Esta noche, cuando baje, me gustaría que te sentaras a mi lado.

—¿Con Eileen? —preguntó con intención, para ver si Sofía recordaba la conversación del día anterior.

—No, pequeña. Eileen no vendrá. Lo sé muy bien... Es que a veces la echo de menos, ¿sabes? Tú no has tenido la suerte de tener una hermana; no sabes qué significa perderla, perder a la única persona que te conoció cuando tú aún no eras tú, a la única que comparte los recuerdos del comienzo, de todos los muertos familiares, de cuando aún estaban vivos y tenían poder sobre tu vida cotidiana... —De pronto fue como si una nube hubiera pasado sobre su rostro. Sofía inclinó la cabeza sobre el pecho—. Estoy cansada, hija. Voy a ver si duermo un rato.

151

Greta se levantó sin decir palabra, pensando si preguntarle lo que, de hecho, había venido a preguntar, pero Sophie había dicho que estaba cansada y no tenía ganas de más. Sin embargo, quizá no se le presentara otra ocasión y no quería reprocharse más adelante no haberle planteado la pregunta que tanto la inquietaba desde la conversación con los otros. Sin saber por qué, eligió el inglés, la lengua de su infancia, de las mujeres de su familia.

—*Aunt Sophie...*

—*Yes, dear?* —contestó la anciana sin abrir los ojos.

—¿Te está extorsionando Moncho? ¿Te chantajea? ¿Sabe algo de ti con lo que puede presionarte?

La mujer abrió los ojos y se quedó mirando fijamente a su sobrina, sin expresión. Sin ninguna expresión. Ahora se daba cuenta por primera vez de que su madre tenía razón cuando decía que se negaba a jugar al póquer con su hermana porque la famosa expresión «cara de póquer» era quedarse corto cuando se trataba de Sophie.

—¿Qué te hace pensar en algo así, hija? —preguntó por fin, en un tono tan neutro que podía ser una voz robótica.

Greta cambió su peso de un pie a otro, incómoda y deseando salir de aquella salita atestada de trastos.

—Es una posibilidad. Leyendo tus novelas, he aprendido algunas cosas.

—Sí, eso parece. De hecho, tienes razón. Es una posibilidad. Lo pensaré.

—¡Vamos, tía! Deja de tomarme el pelo. O es o no es. No hay nada que pensar.

—Al contrario, niña, hay mucho que pensar. Lo malo es que yo ya no puedo hacerlo como antes. Me he vuelto más lenta, ya no pienso bien, me cuesta encontrar soluciones que antes me llegaban como un relámpago.

—Entonces... abreviemos. Vayamos a lo importante. ¿Te casas con Moncho por propia voluntad? ¿Sin coacciones?

Sofía le sostuvo la mirada unos segundos más, luego, lentamente, empezó a sonreír y volvió a cerrar los ojos.

—Aún falta para el viernes. Hablaremos, querida mía, pero ahora ya no puedo más. Déjame sola, por favor.

Greta asintió con la cabeza, ligeramente perpleja por el derrotero que había tomado la conversación y, ya estaba en la puerta, cuando le llegó de nuevo la voz de su tía, en inglés, casi un susurro, casi como si no estuviera destinada a ella.

—¿Te quedarías con Santa Rita como es?

Se dio la vuelta para ver si le estaba hablando a ella, pero Sofía tenía los ojos cerrados y la cabeza apoyada en un lateral del sillón de orejas, de modo que cerró la puerta con suavidad preguntándose una vez más si había hecho bien en venir y cuál sería su respuesta a la pregunta que su anciana tía acababa de formular. No quería que Santa Rita se perdiera, eso estaba claro. No quería ver destruido algo que llevaba ciento cincuenta años en pie, cambiando, transformándose como un ser vivo. No quería que todo aquello dejara de existir; pero tampoco quería cargar con ese muerto, con todos los muertos de su familia y llevar la piedra al cuello en lo que le quedara de vida, ni quería ser responsable del bienestar de treinta o cuarenta personas para las que aquello era su mundo, su paraíso, su futuro.

En esos momentos ni quería saber nada de Santa Rita ni de cualquier decisión que tuviese que ver con su tía, aquella anciana veleidosa que le había pedido con la mayor naturalidad que abandonara su habitación en la torre para alojar a aquel pedazo de hortera, a aquel vulgar estafador de viudas. Aquella vieja tiránica que se había permitido reírse de sus preocupaciones y no contestar a las preguntas que le había hecho con todo su cariño, tratando de ayudarla y protegerla, ya no era la mujer que ella recordaba y quería. Era como un sol que aparece y desaparece entre las nubes; unas veces cálido y dorado, otras frío y gris. Ahora cada vez más gris, más frío, más negro.

153

«Tendré que volver a inventarme a Sofía para seguir queriéndola», pensó de golpe, como si el pensamiento le hubiese llegado desde una instancia exterior a sí misma. Le recorrió un escalofrío y subió a su cuarto para esconderse allí sin peligro de encontrarse con nadie.

Quizá, después de la cena, se dedicara a mirar los vuelos que salían de Alicante en los próximos días y eligiera un destino al azar, un lugar donde nada le recordase a nada, donde nadie la conociera y donde poder pensar tranquilamente en su futuro, en cómo dibujar la nueva etapa de su vida. «La última», pensó, sin querer. Aunque…, si había heredado la longevidad de su tía Sophie, podían quedarle aún treinta años por delante y ese era más o menos el tiempo que había tardado en establecerse en Alemania, hacer sus estudios, situarse en el mercado profesional, conocer a Fred, casarse, tener dos hijas, acompañarlas hasta que ellas habían hecho sus estudios y se habían independizado y casi casi llegar a la edad de la jubilación. Treinta años dan para mucho, bien administrados. Tenía que pensar bien en qué quería emplearlos.

154

Como los rumores tienen la costumbre de extenderse con rapidez y todos los habitantes de Santa Rita sabían, o al menos creían saber, a qué se debía aquella convocatoria, el ambiente, a pesar del aperitivo que cubría las mesas, era menos festivo de lo que habría podido ser si la ocasión hubiese sido otra. Todos estaban nerviosos porque sabían con seguridad que allí se iba a decidir su futuro como comunidad y, en el caso de los mayores, también su futuro individual, porque muchos de ellos no tenían un lugar al que volver si perdían Santa Rita.

Sofía se había vestido para la ocasión con una túnica negra y granate con detalles plateados y un turbante negro y plata que de algún modo resultaba incongruente con el comedor de la planta baja —el comedor elegante se reservaría para el convite de boda, al parecer— y con la forma de vestir de los demás, que iban de diario porque nadie les había dicho que hubiese que arreglarse más.

Las miradas iban de unos a otros, a Moncho, a Sofía y vuelta a empezar, mientras Candy les daba la bienvenida con la elegancia inglesa a la que estaban acostumbrados y Greta recorría los rostros de todos los presentes tratando de que no se le notara la incomodidad que sentía por la posición que le había tocado.

Poco a poco, gracias a las buenas cosas de comer —pinchos de tortilla, mejillones a la marinera, almendras fritas, aceitunas adobadas, croquetas de jamón, salpicón de marisco—, a la cerveza y al vino, el ambiente se fue caldeando. Luego llegaron las ensaladas, de primero ensalada variada con espárragos, y de segundo pollo con almendras, para terminar con un pan de Calatrava al Pedro Ximénez para el que estaban previstas unas botellas de cava que empezaban a descorcharse justo en el momento en que Sofía cogió su cuchillo y dio un par de golpecitos en su copa para llamar la atención de los comensales y silenciar a la concurrencia.

—Queridos amigos y amigas, estoy segura de que todos sabéis a qué se debe esta cena. —Su voz sonaba firme, aunque débil, y no se puso en pie—. No me alargaré. Bajar a cenar con vosotros ya ha sido un pequeño esfuerzo, y tampoco quiero hacerme la interesante con lo que quiero deciros. Se trata de que, después de muchos años, Moncho y yo hemos vuelto a encontrarnos y hemos decidido casarnos. Os lo cuento porque sois mi familia y quería que lo supierais por mí. Todo seguirá como hasta ahora, no tenéis de qué preocuparos. Moncho se irá adaptando a nuestra forma de vivir y ya podéis considerarlo uno más. Estoy segura de que Candy le encontrará enseguida algo que hacer para colaborar en Santa Rita.

Las risas siguieron a la afirmación de Sofía. Risas de alivio. Enseguida comentarios entre unos y otros, más risas, más sonrisas dirigidas a Moncho que, de pronto, había dejado de ser visto como el gran peligro.

También Sofía sonreía, contenta de la reacción.

—Brindo por el futuro —añadió, levantando su copa—. Por que sigamos siendo una gran familia bien avenida y por que nos queden muchas primaveras juntos que podamos disfrutar en una Santa Rita cada vez más bella. Si todo va bien, dentro de poco empezarán las obras para convertir nuestra balsa de riego en una piscina de verdad, como llevamos años deseando. ¡Por nosotros y por el futuro!

Los novios chocaron sus copas, Greta y Candy se levantaron para brindar con ellos y luego todo el mundo se puso de pie para beber a la salud de Santa Rita y de los contrayentes, y, nada más dejar el cava sobre la mesa, empezaron a aplaudir entusiasmados.

Un momento después, mientras los demás seguían charlando, bebiendo, brindando y comiendo pastas, Sofía, apoyada en Marta, abandonó el comedor sin despedirse de nadie. También Moncho se levantó al cabo de un momento y se perdió en dirección a los lavabos. Candy dejó la mesa presidencial para unirse al grupo de los estudiantes que la reclamaban para dirimir una cuestión en la que se habían enzarzado. Robles se dirigió hacia Greta, que se había quedado repentinamente sola en la mesa y la invitó a acompañarlo a la salita.

—¿Té? ¿Café? ¿Algo más fuerte? —preguntó desde detrás de la barra.

—Me tomaría un descafeinado con leche.

—Marchando.

Greta ocupó la mesa junto a los ventanales mientras Robles se afanaba con la cafetera nueva. La habían comprado por Navidad, pero para él seguía siendo «la cafetera nueva» y, si había decidido usarla, era porque todo el mundo decía que hacía muy buen café, aunque a él eso de las capsulitas le parecía un timo.

Puso las dos tazas humeantes sobre la mesa, se sentó frente a Greta y preguntó sin más.

—¿Qué es lo que te tiene con esa cara de vinagre? ¿Es por lo de esta tarde?

Ella sacudió la cabeza.

—No. Al principio la idea de incapacitar a Sofía ha sido un *shock*, pero tenías razón. Al menos hay que informarse. Y también tenías razón en que hay que decidir pronto, porque está claro que Moncho no le ha hablado a Sofía de sus planes para Santa Rita. Ella piensa que todo va a seguir igual y que su *prometido* va a respetar sus deseos. Espero que al menos haya pensado dejar su voluntad respecto a Santa Rita por escrito ante notario.

—Eso es lo que tú tienes que hablar con ella. Convencerla de que la presunción de la buena voluntad de Riquelme no es bastante. Tiene que estar firmado que, aunque fuera él quien heredase Santa Rita, no podría venderse a ninguna inmobiliaria o cadena de hoteles.

—Lo intentaré, Robles, pero mi tía cada vez está más rara. Tiene momentos de absoluta lucidez, como hace un rato, y luego dice unas tonterías impresionantes. Está obsesionada con la novelita, por ejemplo; quiere que yo la aconseje sobre el final de una obra bastante boba que nunca publicará porque hasta ella misma sabe que no vale la pena y que se ha quedado totalmente anticuada en la ambientación. —Greta tomó un sorbo de café y volvió a dejar la taza sobre el plato—. Además, ahora me ha pedido que deje mi habitación porque Monchito quiere vivir en la torre, cerca de ella.

—Vaya, vaya…

—Y la verdad es que me fastidia bastante.

—¿Dónde duerme hoy el okupa?

Greta se rio con la definición.

—Creo que le han arreglado la habitación del final del ala oeste. La que me enseñaste tú. No sé si la de la planta baja o la del primer piso.

Se acabaron el café en silencio, mirando por la ventana la oscuridad de la noche, las sombras plateadas por la luz de la luna que brillaba como plata líquida sobre las hojas de las palmeras.

—Me alegro de que no estés enfadada conmigo —dijo Robles al cabo de unos minutos—. A veces, por pura deformación profesional, tiendo a imponerme cuando hay que tomar decisiones urgentes, y la gente se siente atropellada. Lo siento.

—Es que en ese punto yo soy un poco alérgica, la verdad. Estoy muy harta de que un hombre tome las decisiones en mi lugar, aunque sea por mi bien. Sé que yo soy más bien lenta decidiendo, pero es mi ritmo. Necesito pensar las cosas antes de actuar, a pesar de que luego, casi siempre, decido por instinto.

—Podemos formar un buen equipo. —Robles sonrió. Ella le devolvió la sonrisa, se puso en pie y cogió su taza.

—Anda, vamos a retirarnos. Ha sido un día muy largo y hay unas cuantas cosas que tengo que pensar. Mañana, si quieres, desayunamos juntos y empezamos a hacer planes antes de que Monchito se convierta en rey de reyes y nos eche de aquí.

—Deja la taza, ya lo hago yo. Aún voy a dar una vuelta antes de meterme en la cama. Pienso mejor al aire libre y en movimiento. Y lo mismo me encuentro con Supermoncho, tiene un lamentable accidente, y nos deja en paz para siempre.

—Nos ahorraría muchos problemas, la verdad.

Greta sonrió, saludó con la mano ya desde la puerta y subió a su cuarto más contenta de lo que lo había estado en todo el día. Robles tendría sus cosas, pero era un hombre con el que se podía hablar, y que, además, era capaz de reconocer que había hecho algo mal y pedir perdón por ello. Y eso valía mucho.

Miró su móvil por costumbre. Nada de Fred, ni de Heike, ni de sus hijas.

«¡Que os den a todos!», pensó. Tiró el teléfono sobre la cama y se metió en el baño. Por la ventana, que daba hacia atrás, le pareció oír a alguien vomitando, luego una especie de tos seca y otras arcadas, pero cuando consiguió abrir y sacar la cabeza hacia la oscuridad no vio nada y todo había vuelto a quedar en silencio, de modo que decidió que probablemente alguno de los jóvenes habría bebido más de lo que le convenía, aprovechando que era gratis, y se habría ido ya a dormir la mona.

Se puso el pijama, se tragó la pastilla de melatonina que llevaba tomando ya unas cuantas semanas y la ayudaba a dormir bien, se instaló en la cama con la novela que se había comprado en el aeropuerto y al cabo de quince minutos apagó la luz. El silencio de Santa Rita la envolvió como una manta de angora.

159

9

Los dedos de la aurora

*L*os rayos dorados del sol naciente se colaron por la ventana entreabierta junto con los primeros gorjeos de los pájaros y el frufrú de las ramas del pino frotándose con la fachada. Habría que pensar en podar unas cuantas o acabarían destrozando el revoque, pensó automáticamente. Sin embargo, era un sonido tan familiar, tan amado, que valía la pena sacrificar un poco de estuco y pintura a cambio de oírlo todas las mañanas ventosas nada más abrir los ojos.

161

Candy se estiró entre las sábanas y, como solía hacer, inspiró varias veces hasta el fondo de los pulmones para oxigenarse, poner su cerebro en marcha y sobre todo, sobre todo, darse cuenta de que seguía viva, de que la sangre seguía circulando por sus venas, de que su corazón bombeaba, de que sus pulmones continuaban trabajando sin que ella tuviese que hacer nada de particular. El mayor milagro del mundo.

Siempre le había gustado estar viva. No era algo que diera por hecho, como le pasaba a la mayor parte de la gente que conocía. Para ella, estar viva era un privilegio, un regalo, un fogonazo de luz y color en medio de la oscuridad eterna, una especie de vacaciones entre la nada y la nada, las tinieblas heladas de antes y las tinieblas heladas de después.

No había sido necesaria la sospecha de cáncer para que ella

sintiera el milagro de estar viva, de poder moverse sin ayuda, de poder comer lo que se le antojara, de oír la algarabía de los pájaros y distinguir todos los matices de los colores del alba. Por eso siempre había sido madrugadora y trasnochadora: porque sabía que la vida era breve y no quería malgastarla durmiendo; aunque, a veces, había sueños maravillosos que hacían que aquellas horas de inconsciencia hubiesen valido la pena.

Esta noche había soñado, cosa que no le sucedía ya con demasiada frecuencia. En su sueño, caminaba por un jardín que era el de Santa Rita y a la vez no lo era, porque era un jardín cuidadísimo, y no tenía fin. La vista se perdía en el horizonte sin que los arriates, los bosquecillos, los macizos de flores, las colinas de césped dieran paso a carreteras o plantaciones o pueblos. De vez en cuando, aparecían blancos pabellones de recreo, casitas alpinas todas de madera, pérgolas cubiertas de rosas, cuevas sutilmente iluminadas llenas de estalactitas y estalagmitas goteantes... Sabía que podía entrar donde quisiera, que era libre de disfrutar todo lo que se ofrecía a su vista, y ella paseaba en soledad en medio de toda aquella belleza, dirigiéndose a una de esas edificaciones caprichosas que en los jardines ingleses se llaman «folly» sabiendo que allí la estaba esperando Vivian, y que esta vez era para siempre, que nadie lo destruiría jamás, que estaba en un paraíso infinito y eterno.

Había despertado radiante y en paz. Por unos momentos gloriosos ni siquiera había pensado en que faltaba cada vez menos para que le dieran el resultado de la biopsia y, quizá, toda su vida tuviera que cambiar y, de pronto, se volviera frágil y breve, con un horizonte bien definido: el borde del metafórico acantilado del que tendría que saltar para no volver, el fin de su vida sobre la Tierra. Considerando que no creía en ningún tipo de trascendencia después de la muerte, el fin de su vida, sin más.

Candice Rafferty, setenta y dos años, inglesa, soltera, lesbiana, sin hijos, *personal assistant* y casi hermana de Sophia Walker, organizadora y espíritu tutelar de Santa Rita, de signo Virgo, y Gallo en el horóscopo chino —trabajadora, honesta, buena observadora—; aún enamorada de Vivian, su amiga y compañera, aunque llevara muerta trece años, y con la que había vivido *on and off* a lo largo de veintiuno, la mujer más dulce y más buena que hubiera conocido nunca.

Saltó de la cama como lo había hecho toda su vida y, solo cuando ya estaba bajo la ducha, recordó que su médica le había aconsejado que se levantara despacio, girándose de un lado antes de bajar las piernas. «Otra vez será», pensó, sonriendo, recordando el hermoso sueño. «Aún no soy tan vieja.»

La idea de la vejez la llevó a pensar en Sophie y de un momento a otro su buen humor se esfumó en cuanto le vino al pensamiento el cretino de Moncho, y todo el paripé que habían montado los dos la noche anterior. Alguien («¿alguien, Candy? ¿cómo que "alguien"? ¿a quién quieres engañar?») tendría que decirle a Sophie que aquel cazadotes lo tenía todo planeado para estafarla y que sus ilusiones de que se adaptara a la vida de Santa Rita y se convirtiera en uno más de la comunidad no eran más que eso: ilusiones; que ella y unos cuantos más sabían fehacientemente que Moncho estaba en tratos con un empresario que pretendía echarlos a todos y convertir Santa Rita en un hotel de lujo y que estaban dispuestos a hacer lo que fuera necesario para evitarlo. Le tocaría a ella decírselo, como siempre, y Sophie se pondría hecha una hidra, como siempre, porque no soportaba que nadie le llevase la contraria, aunque luego, cuando había tenido tiempo para pensarlo, con frecuencia se daba cuenta de la realidad y cedía. El tal Monchito no iba a traerles más que problemas, pero para eso estaba ella: para solucionarlos.

163

Nel iba de camino al comedor cuando Elisa lo alcanzó por detrás, se puso a su altura y en voz baja para que no se enterasen los que andaban por allí le susurró:

—¿Me harías un favor? Creo que anoche perdí la pulsera y no quiero que Nines me vea buscándola. Me la regaló ella por mi cumple y ya sabes cómo se pone cuando piensa que no se valora lo que hace.

Nel sonrió al cruzar la mirada con la de ella. Los dos sabían dónde tenía que buscar porque la noche antes, después de la cena, habían estado bajo la vieja pérgola en la zona de la alberca, primero charlando y luego cada vez más cerca hasta que habían terminado besándose apasionadamente.

—Voy ya mismo. Pídeme un café con leche, anda.

Ella asintió con la cabeza, aliviada.

—Supongo que no le has dicho a Nines nada de lo nuestro.

—Aún no. Hoy vamos a comer juntas y se lo cuento, pero si me ve sin la pulsera que me regaló sacará conclusiones raras antes de tiempo.

—Vale. Hasta ahora. —Estaba deseando besarla, pero se contuvo. Sabía que a ella no le haría gracia hasta que las cosas estuvieran claras y pudieran hacer pública su relación. Aún no conseguía creerse que Elisa hubiera respondido a su interés. Al principio estaba seguro de que era lesbiana, de que ella y Nines eran pareja, y había tratado de quitarse de la cabeza algo que era obviamente imposible, pero cada vez que la veía caminar, sonreír, discutir, estudiar…, cualquier cosa que hiciera, algo en su interior empezaba a latir y le decía que al menos tenía que hacer algo, decirle lo que sentía por ella y, aunque lo rechazara, no tener que pensar el resto de su vida que ni siquiera lo intentó.

Una vez, hablando con Sofía, ella le había citado un proverbio francés que decía «*Il vaut mieux vivre avec des remords qu'avec des regrets*». «Más vale vivir con remordimientos que con el arrepentimiento de no haberlo intentado.» Desde en-

164

tonces vivía de esa manera, aunque Sofía le había dicho también que, al final de una vida tan larga como la suya, los remordimientos podían ser muchos. «La ventaja es que, con la edad, una va olvidando cada vez más cosas y entonces dejan de doler», había terminado con una carcajada.

Cruzó el jardín casi corriendo, fue derecho a la zona de la pérgola donde habían estado sentados la noche antes, a la vuelta, ocultos por el murete, se agachó y casi enseguida distinguió un brillo de piedrecitas de colores junto a la pared. Se metió la pulsera en el bolsillo de los vaqueros y, ya iba a salir corriendo de vuelta, cuando un ruido lo sobresaltó. Era el viento agitando una esquina del plástico que hasta el día anterior había cubierto la balsa. Se acercó para ponerle una piedra encima y evitar que saliera volando si el viento aumentaba, cosa que sucedía con bastante frecuencia en la sierra.

De pronto, su mirada tropezó, entre las ondas del agua verdosa, con algo que no debería estar allí: las perneras de unos pantalones de color claro. No. Unas perneras no. Las piernas de alguien. El resto del cuerpo estaba cubierto por un pliegue de la funda de plástico que, después de haber sido retirada el día antes, había caído de nuevo sobre una esquina de la alberca, empujada por el *xaloc* que había soplado toda la madrugada, ululando como un lobo enloquecido desde la medianoche.

165

Sin pensarlo, se tiró de cabeza al agua helada, tironeó de las piernas, sacó de debajo de la funda al hombre que flotaba boca abajo, aparentemente sin vida, y lo arrastró hasta el borde de cemento mientras gritaba pidiendo ayuda. Intentó sacarlo del agua, pero pesaba horriblemente, así que se esforzó por dejar su cabeza al aire mientras seguía gritando, esperando a que llegara alguien.

Por fin oyó pasos que corrían hacia él y las manos de Eloy cogieron al hombre por las axilas mientras él empujaba desde abajo, ya tiritando y deseando salir del agua. En cuanto consiguieron tenerlo tumbado, Eloy empezó a hacerle la respiración artificial. Por fortuna los dos estaban a punto de terminar la carrera de Medicina. Nel se aupó al borde de la balsa y se echó por encima la chaqueta que su compañero se había quitado. Ayudaba un poco, aunque le castañeteaban los dientes igual.

—Ve a buscar a alguien —dijo Eloy entre inspiraciones—. Que llamen a una ambulancia.

—Creo que está muerto.

—Seguramente. —Continuó las insuflaciones y el masaje, a pesar de todo.

—Deja. Sigo yo. Llama tú. Mi móvil se habrá ahogado también.

Se cambiaron y pronto Nel empezó a entrar en calor. Oía a Eloy dar los datos. Santa Rita. Un ahogado. No sabían cuánto tiempo llevaba en el agua. Probablemente muerto, pero el agua estaba muy fría; podía haber aún una posibilidad. Luego los pasos de Eloy corriendo hacia la casa. Silencio, solo puntuado por su respiración y las compresiones sobre el pecho del hombre tratando de volver a poner en marcha un corazón que había dejado de latir.

Al cabo de un tiempo que se le hizo eterno, alguien le puso una mano en el hombro y alzó la cabeza, casi mareado, para encontrarse con la mirada de Robles.

—Déjalo, Nel. Está muerto. No hay nada que hacer. Ve a secarte, no vayas a pillar tú una pulmonía. La ambulancia está al llegar. Me quedo yo aquí. Ve.

Asintió con la cabeza, en silencio, y echó a andar hacia la casa, tambaleante y abrazándose a sí mismo.

Media hora más tarde, Santa Rita era un hervidero de rumores y especulaciones. La noticia de la muerte de Moncho Riquelme había corrido como una línea de fichas de dominó y todos estaban enterados, aunque nadie tuviera información sobre qué había sucedido realmente.

Había llegado la ambulancia, pero como no había ninguna prisa, ya que la víctima no tenía salvación, los paramédicos estaban a la espera de que llegara el juez para proceder al levantamiento del cadáver y solo entonces transportarlo a donde les dijeran.

Candy y Greta habían acudido enseguida, se habían hecho cargo de la situación y habían vuelto a marcharse para deliberar con calma y sin testigos sobre cómo iban a darle la noticia a Sofía. Sentadas en el banquito de la entrada, debajo de la escalera de la torre, hablaban en voz baja mientras controlaban que no subiera nadie para irle con el cuento antes de que ellas hubiesen decidido qué hacer.

—¿Cómo crees tú que se lo va a tomar? —estaba preguntando Greta.

—Fatal —contestó Candy sin asomo de duda.

—No sé…, yo es que no estoy muy convencida de que lo quisiera tanto.

—Yo tampoco, pero de todas formas se lo va a tomar fatal, porque Sophie siempre se toma fatal que le lleven la contraria o que algo le estropee los planes cuando ya los tiene listos. La he visto insultar y escupir a una tormenta que nos fastidió una fiesta en el jardín hace un montón de años y que llevábamos meses preparando.

Greta abrió mucho los ojos. Candy continuó con la misma calma:

—Todo lo que no sea hacer su santa voluntad es un insulto personal, tanto si es el tiempo quien le fastidia los planes como si es una persona. Me figuro que desde que Alberto la abandonó, ha llevado mal lo de perder el control sobre las cosas, y de eso hace un buen rato.

—¿Alberto?

—Su primer marido. Bueno, el único. Creo que no tenía

ni veinticinco años cuando él se marchó y la dejó plantada. Luego movió cielo y tierra para que anularan el matrimonio hasta que lo consiguió. ¿Cómo es que no lo sabías?

—Con tanto detalle, no. Mi madre no lo nombraba mucho. Cuando mis padres se divorciaron, recuerdo que mamá le dijo a la tía Sophie que ahora estaban iguales y la tía le contestó algo como «al menos tú sabes dónde está», pero creo que eso es lo único que hablaron delante de mí.

Hubo un breve silencio. Se miraron a los ojos unos segundos.

—¿Cómo se lo decimos? —preguntó Greta por fin.

—Como es.

—Y… ¿cómo es?

Candy inspiró profundamente, se puso muy seria y dijo en inglés, articulando con mucha precisión:

—Sophie, *dear*, Moncho ha tenido un accidente esta noche. Debió de beber demasiado, se cayó en la alberca y se ha ahogado.

—¿Tú lo viste beber mucho?

—No. Lo supongo nada más. Hay que estar muy borracho para caerse en un agua tan fría y no empezar a nadar para salir. O haber tomado alguna otra sustancia… ¿Qué sabemos nosotras de lo que Monchito consumía?

—Eso es verdad. —Greta suspiró—. Bien. Vamos. ¿Quién se lo dice? ¿Tú o yo?

—Tú. Eres su sobrina.

—Y tú su mejor amiga y su P.A.

—Pues vamos juntas.

—Lo importante —dijo Greta a media escalera— es que no se nos note el alivio que ha supuesto para nosotras. No creo que eso le hiciera mucha gracia.

Candy se mordió los labios para que la sonrisa no tuviera ocasión de escapar.

—Sophie no es tonta. Lo va a notar de todas formas. Lo importante es que no se le pase por la cabeza que podemos tener nada que ver en el asunto. Eso sí que es fundamental.

168

—¿Nosotras? ¿Tener algo que ver? ¿Qué quieres decir?

—Que no piense que la ha palmado gracias a un empujon-
cito por nuestra parte.

—No estarás hablando en serio, Candy.

—Totalmente. Piensa que Sophie lleva setenta años pensando en crímenes y que tú y yo, sobre todo tú, somos las
que más interés podríamos tener en librarnos de Moncho.
Cui bono?, que decían los romanos. ¿Quién se beneficia? Yo,
porque lo odiaba y Santa Rita es mi vida. Tú, porque eres la
única heredera.

Greta había abierto la boca para decir algo y la volvió a
cerrar. Siguieron subiendo las escaleras hasta llegar delante
de la puerta de la salita de Sofía. De repente Greta empezó a
reírse bajito.

—Imagínate, Candy. En las novelas también está lo de
cherchez la femme ¡y somos dos mujeres! La verdad es que,
visto desde fuera, tú y yo somos las que más ganamos con la
muerte de Moncho.

169

—Pues esperemos que no haya investigación criminal y
que a nadie se le pase por la cabeza la idea ni de a quién beneficia ni lo de buscar a la mujer.

Greta no tuvo tiempo de contestar porque Candy, con la
decisión que la caracterizaba, había tocado brevemente con los
nudillos y ya estaba abriendo la puerta.

—Ya era hora de que vinierais a verme —las recibió Sofía
con el ceño fruncido. No se había maquillado, llevaba el pelo
natural y vestía un chándal cómodo y elegante de color marfil.

Candy y Greta se miraron, sorprendidas.

—¿Lo sabes ya?

—¿Quién te lo ha dicho?

Las dos preguntas sonaron casi a la vez.

—Os recuerdo que soy vieja, pero no imbécil, y que tengo

móvil. Me lo ha dicho Marta cara a cara y lo menos seis personas por mensaje de texto. Las llamadas de teléfono no las he cogido.

—Lo siento, tía.

—Mentira. No lo sientes un pelo. Ni tú tampoco, Candy, no te hagas la ovejita, que te conozco desde hace muchos años. Aquí nadie siente la muerte de Moncho. ¡Pobre muchacho! ¡Tan joven! Me estaba preguntando cuándo vendríais vosotras a tratar de poner paños calientes... ¡Dejadme sola! No tengo ganas de hablar con nadie en estos momentos. Ya os llamaré luego.

Con la costumbre que da toda una vida, Candy le sirvió una taza de té de la tetera que tenía junto al sillón, le arregló la almohada y, con un gesto a Greta, ambas salieron de la salita.

Encontraron la casa revuelta, grupitos cuchicheantes por todas las esquinas, que callaban de pronto al verlas pasar, miradas esquivas en las que se mezclaba la aprensión y una cierta alegría, probablemente causada por el alivio de que, ahora que Moncho Riquelme había muerto, todo volvería a su ser y no habría que temer grandes cambios en la vida de Santa Rita.

Greta no podía reprocharles que se sintieran aliviados. Era exactamente lo mismo que sentía ella, unido a una difusa sensación de culpa por lo contenta que estaba de que Moncho hubiese desaparecido de un plumazo. Ni siquiera le daba particular lástima que se hubiese ahogado, y eso no era muy propio de ella. En circunstancias normales, cualquier desgracia, incluso de personas que acababa de conocer, la ponía triste y la llevaba a filosofar sobre lo efímero de la vida, lo injusto del sufrimiento y de las circunstancias que, salidas de ninguna parte, destruían los planes y las ilusiones de todos los humanos. Sin embargo ahora, la muerte de aquel cazadotes, mentiroso, vulgar y rastrero le parecía un pago justo por cómo había vivido y por lo que pensaba hacer con Santa Rita.

Sofía se repondría pronto. En su experiencia, cuando alguien llega a cumplir más de noventa años, digiere la muerte de los demás con mayor rapidez y suavidad que en su juventud. Probablemente porque, a esa edad, siempre hay un cierto poso de alegría en el hecho de que la muerte le haya llegado a otro y no a uno mismo, aún no.

Candy y ella salieron al jardín en dirección a la alberca, donde Robles estaba charlando con unas personas de aspecto oficial. Toda la zona estaba llena de gente: unos con uniformes de la policía, otros de paisano. El cadáver seguía allí, boca arriba, con el escaso pelo que adornaba su calva, ya seco, moviéndose con la brisa de la mañana, lo único en movimiento en la figura yacente. Tenía los ojos abiertos y una expresión extraña, como si la muerte le hubiese pillado por sorpresa.

—¿No habría que cerrarle los ojos? —preguntó Greta a nadie en particular.

171

Un hombre trajeado, de barriga prominente, se volvió hacia ella.

—Enseguida lo haremos, no se preocupe. Quédense ahí, por favor. No se acerquen más.

Robles y el hombre dieron unos pasos hacia ellas, y los presentó.

—Greta Kahn, la sobrina de doña Sofía. Candice Rafferty, la secretaria. Alfredo Marcos, el juez de Benalfaro.

Se estrecharon la mano y, por un momento, todos se quedaron mirando la escena, sin saber qué decir. Un fotógrafo estaba ocupado tomando fotos de los alrededores, mientras una mujer de pelo corto de un verde desvaído se arrodillaba junto al cadáver y hacía algo con las manos del hombre que, desde donde estaban, no podían distinguir.

—Volved a casa. Aquí aún tenemos para rato —dijo Robles.

—¿Qué están haciendo? —preguntó Candy.

—Documentarlo todo y asegurarse de que han recogido toda la información sobre el accidente de Riquelme antes de llevarse el cadáver. Lo que no se recoja ahora, se pierde. No hay una segunda oportunidad —explicó Robles—. Luego, si se hace una autopsia, sabremos más de lo que ha pasado.

—¿Una autopsia? ¿Para qué? —Candy parecía escandalizada.

—Ya os digo: para ver qué ha pasado, cómo ha podido ahogarse, si tenía alguna sustancia en la sangre que nos permita comprender cómo se cayó y por qué no hizo nada por salvarse.

—Y, lógicamente —añadió el juez—, para ver si ha sido un accidente sin más, o un suicidio, o si ha habido intervención de terceros. Eso lo decidirá ahora la médica, pero no tienen por qué preocuparse, es el procedimiento normal, dado que no hay testigos del accidente.

—¿Se sabe a qué hora sucedió? —preguntó Greta.

—Aún no. Es de suponer que esta madrugada, pero de momento aún no sabemos nada.

Una mujer alta, de unos cuarenta años y aspecto adusto, con un traje de chaqueta azul marino algo gastado, se acercó al grupo.

—Inspectora Lola Galindo —se presentó—. ¿Viven ustedes aquí?

Robles repitió las presentaciones. Candy y Greta asintieron con la cabeza.

—¿Conocían al difunto?

—Conocer… —empezó Candy— es mucho decir. Sabemos quién es. José Ramón Riquelme, un antiguo amigo de Sofía.

—Con el que se iba a casar próximamente, según me han dicho.

—Eso nos dijo anoche Sofía durante la cena.

—O sea, que no tendría mucho sentido que quisiera suicidarse.

Las dos mujeres estuvieron en un tris de echarse a reír. No, realmente no tendría mucho sentido suicidarse justo cuando estaba a punto de conseguir todo lo que quería y hacerse millonario de paso.

—No, claro —se limitó a contestar Greta—. Y, puestos a suicidarse, sería una forma bastante idiota de hacerlo, ¿no cree?

—¿Le parece?

Hubo una pequeña pausa que Robles se apresuró a llenar.

—Lola, si quieres hablar con ellas, no hace falta que estemos todos aquí con este viento. Dentro estaréis más cómodas.

—¿Vamos a la salita y nos tomamos un té o un café? —propuso Greta.

Echaron a andar las tres juntas, en silencio. La inspectora iba mirándolo todo como si pensara comprarlo. Era evidente que se estaba fijando en cada detalle y eso hacía que las dos habitantes de Santa Rita se sintieran incómodas porque, a través de los ojos de la intrusa, veían todo lo que estaba viejo, desastrado o por arreglar y sentían una cierta vergüenza.

—Llevo siglos queriendo ver todo esto —dijo la policía cuando ya casi habían llegado a la entrada de la torre—. ¡Me han hablado tanto de Santa Rita desde que llegué a Benalfaro!

—Si tuviéramos más dinero para pagar sueldos, el jardín estaría mejor —explicó Candy—, pero hacemos lo que podemos.

En la puerta de la salita, Galindo se quedó parada, admirando las estanterías de madera oscura, la barra del bar, los sillones raídos y las mesas rodeadas de sillas antiguas.

—Es como entrar en una película —comentó, sonriendo de pronto—. Me encanta.

—Vamos a sentarnos allí, junto al ventanal. Es la mejor mesa —propuso Greta—. ¿Café?

Las dos asintieron y, mientras Candy y la policía se acomodaban, ella fue a sacar los cafés de la máquina. Unos momentos más tarde, después de tomarse el suyo como un pistolero de

173

saloon se habría tomado el whisky, Galindo, apartando la vista de las palmeras, se giró hacia ellas y sacó un cuaderno del bolsillo de la americana.

—Decidme todo lo que sepáis sobre la víctima, por favor.

A Greta, como siempre, le llamó la atención la rapidez con la que en España se pasa al tuteo con absoluta naturalidad, pero no lo comentó. Siguió tomando su capuchino a pequeños sorbos, dejando que Candy contestara.

—Poca cosa, la verdad. José Ramón Riquelme. No sé el segundo apellido. Sofía y él se conocieron hace siglos. Él no tendría ni veinte años. Han estado en contacto desde entonces, con muchos periodos de silencio por medio. Hace unos días, él le escribió una carta, supongo que para anunciarle su llegada. Apareció por aquí y, como César, llegó, vio y venció, porque esa misma tarde Sofía nos comunicó que pensaban casarse. Anoche nos lo dijo a todos durante la cena. La boda iba a ser el viernes próximo.

—¿Qué relación tenían o tuvieron en el pasado?

Candy alzó los ojos al techo, como si le molestara hablar de ello.

—Al principio estuvieron liados…

—¿Cuántos años se llevaban? —interrumpió la inspectora.

—Uf, no sé… ¿Treinta?

—Sigue, por favor.

—Pues eso. Primero estuvieron liados, luego siguieron siendo amigos, pero ya te digo, no venía con frecuencia. Yo lo conocí al poco de empezar a trabajar para Sofía, sobre los años ochenta.

—¿Y qué opinión tenías de él?

Candy volvió a alzar los ojos al cielo, apretó los labios y debió de decidir que no valía la pena dorar la píldora, porque contestó enseguida:

—Que era un inútil y un aprovechado, pero que no sé bien por qué le caía en gracia a Sofía, con esos ojos verdes tan brillantes y rasgados. Hay que reconocer que entonces aún estaba delgado y tenía mejor pinta. Vulgar, pero resultón.

La inspectora alzó la vista del cuaderno al oír a Candy, con su acento británico, diciendo «resultón» con esa naturalidad.

—¿Y sabéis por qué ahora, de pronto, habían decidido casarse?

Las dos se encogieron de hombros, pero Greta añadió:

—Mi tía está bien de la cabeza, pero... ¿cómo decirlo?..., tiene sus más y sus menos, y hay días en que parece un poco... infantil...

—Senil —corrigió la policía.

—No. No es eso lo que quiero decir, o no del todo. Como si hubiera vuelto un poco a la adolescencia, a la fase de la rebeldía y los impulsos. Lo mismo pensó que, casándose, volvería a ser joven y que el empezar una nueva etapa le daría nuevas fuerzas.

—¿Lo sabe ya?

—Sí. Hemos ido nosotras a darle la noticia, pero ya se nos había adelantado la mitad de Santa Rita.

—¿Y cómo se lo ha tomado? Debe de ser ya muy mayor.

—Va a cumplir noventa y dos —informó Candy.

—Mejor de lo esperable —contestó Greta la pregunta—. Aunque también podría ser el *shock*... No acababa de comprender que Moncho hubiera muerto, siendo tan joven. Tenía poco más de sesenta.

La inspectora anotó «Moncho» en su cuaderno.

—Quizá más tarde tenga que hablar con ella, pero trataré de que no sea necesario de momento. Ya ha tenido bastante la pobre.

Se puso en pie con cierta renuencia y las otras dos la imitaron. Pasó la vista de nuevo por todo el mobiliario de la salita.

—Un día me gustaría que me enseñarais esto.

—Cuando quieras.

—Es todo de época, ¿verdad?

175

—Claro. —A Candy se le notaba un cierto orgullo—. Hemos hecho mejoras y reformas aquí y allá, pero hace falta mucho dinero para todo y además a Sofía y a mí nos gusta este ambiente un poco cutre años cincuenta. Si tienes tiempo, podemos subir ahora a ver la biblioteca y el comedor elegante. Esos son del siglo XIX y nunca hemos podido restaurarlos, pero se conservan bastante bien. Ahora, si invertimos, será en la piscina, que es lo que todo el mundo quiere.

—La balsa donde se ha ahogado Riquelme.

Candy se llevó la mano a la boca, como si quisiera evitar que salieran las palabras que ya habían sido pronunciadas.

—Ajá —contestó Greta para desviar la atención de Galindo—. Sofía lo anunció anoche en la cena.

—Entonces a lo mejor Riquelme se acercó ayer noche a ver la balsa para hacer planes, sufrió un infarto y cayó al agua. Sabremos más cuando nos diga algo la médica. Gracias por todo.

Ya se habían puesto en marcha hacia la salida cuando de repente se quedaron clavadas en el sitio. Una mujer flaca, de rostro arrugado y ojos enfurecidos, se dirigía directamente hacia Greta gritando insultos en valenciano que apenas si podían comprender. «Puta» era lo que más claro quedaba.

Antes de que las manos de la desconocida, engarfiadas en garras, pudieran alcanzar a Greta, Galindo se interpuso entre ellas, la agarró por las muñecas y se las retorció hasta que la mujer dio un grito, se le doblaron las rodillas y acabó en el suelo frente a ellas, sollozando.

—¡Eres una hija de la gran puta, Greta! —decía en voz entrecortada—. ¿Por qué has vuelto? ¿Por qué? ¿Tienes que matar a todos los hombres de mi vida? ¿A Moncho también? —Se echó a llorar de nuevo, sin levantarse del suelo de parqué.

—¿La conoces? —preguntó la inspectora.

De un momento a otro, Greta había perdido el color. Tanteó hacia atrás con la mano y, en cuanto encontró el respaldo de una silla, se dejó caer en ella.

—Fuimos juntas al instituto, hace más de cuarenta años. Antes se llamaba Nani, ahora se llama Encarna. Tú también la conocerás. Tiene el quiosco de la Glorieta.

Galindo se acercó a la mujer arrodillada, le tendió la mano y la ayudó a sentarse en una silla.

—A ver, Encarna. Cuéntanos las cosas con calma.

Candy le ofreció un vaso de agua, que la mujer bebió con avidez.

—Que se vaya esa zorra —dijo con voz ronca, señalando a Greta.

La inspectora les hizo una seña discreta y salieron de la salita. Al mirar atrás, vieron que acercaba una silla a la de Encarna y volvía a sacar su cuaderno.

Un rato antes de la hora de la cena, casi como la noche anterior, el comedor de diario estaba a rebosar porque Robles había puesto un cartel pidiendo a los habitantes de Santa Rita que se reunieran allí para que pudiera explicarles a todos la situación, ahora que por fin se había marchado la policía y habían retirado el cadáver. Otra cosa que también quería hacer, pero que no le había dicho a nadie, era recabar información sobre el paradero de cada uno de ellos a partir de la medianoche del día pasado.

La médica parecía bastante segura de que la muerte debía de haberse producido entre las doce y las dos de la madrugada, aunque el agua fría no le había permitido ser demasiado exacta en el cálculo por el momento.

Santa Rita era un lugar donde la gente solía retirarse pronto, pero siempre había quien salía a dar una vuelta por el jardín para ayudar a bajar la comida, había dos personas con perros que siempre daban un paseo antes de recogerse, y los estudiantes eran muy dados a acercarse al pueblo a tomar una última copa y volver tarde. Era más que posible que alguien hubiese visto algo fuera de lo común y él prefería saberlo antes de que la policía se interesara por el asunto, en el caso de que la autopsia revelase que había habido intervención de terceros.

Echando una mirada circular por la sala, la verdad era que a él mismo le parecía ridícula la idea de que una de aquellas pacíficas personas: —jubilados, señoras mayores, estudiantes de veinte años recién cumplidos…— pudieran tener nada que ver con un asesinato. Pero llevaba toda la vida enfrentándose con la situación de que algunos asesinos eran el vivo rostro de la inocencia, o al menos seres anodinos de quien uno no hubiese llegado a sospechar jamás, si las pruebas no hubiesen apuntado a ellos con tanta claridad.

Sofía, como era de esperar, no estaba presente. Marta le había dado un sedante suave después de la cena, que había sido muy ligera, y ahora dormía, les explicó.

Al cabo de una hora de conversación, comentarios y discusiones, lo único que Robles sacó en limpio era que nadie sabía nada, que nadie había visto nada y que nadie se había creído por completo que Riquelme se iba a adaptar a la vida de Santa Rita como un buen esposo. Miguel, nada más enterarse él mismo, se había ocupado de que todo el mundo supiera que Moncho había estado enseñándole la finca a alguien que tenía planes de comprarla y convertirla en hotel, y cuando la noche anterior Sofía les había anunciado que todo iba a seguir igual, muchos de ellos no se habían sentido más tranquilos. Incluso algunos habían pensado que, si próximamente Sofía aparecía muerta por la mañana, cabía la posibilidad de que Moncho hubiese tenido algo que ver en el asunto.

—Eso es lo que más me ha sorprendido —dijo Trini, ya levantándose para meterse en la cocina—. Que el muerto haya sido él. Yo ya le dije a Sofía, cuando estuvimos viendo lo del menú, que se *andara* con ojo con ese tipo, que los guaperas que están dispuestos a casarse con una mujer treinta años más vieja, no suelen ser de fiar.

—¡Qué bruta eres, Trini! ¿De verdad le dijiste eso? —preguntó una de las chicas de la lavanda. Greta no recordaba su nombre, pero sí el hecho de que siempre iba arreglada como para salir.

—Sofía es mi amiga y tenía que decirle la verdad. Que luego ella quería que le hiciera pastas de té y un brazo de gitano y una buena cena…, pues se hace. Aquí manda ella, pero tenía que saberlo. ¡Venga! ¡A cenar, que se nos hace muy tarde! ¡Id poniendo la mesa! Y necesito tres conmigo en la cocina, para ir sirviendo y sacando platos.

Greta se levantó a echar una mano. Al pasar junto al pasaplatos, vio la lista de los que se habían apuntado a la comida y la cena del día y la quitó, pero cuando iba a tirarla a la papelera, se le ocurrió una cosa y leyó los nombres. Como suponía, encontró el nombre de Moncho y, debajo, escrito con la misma mano, el de Encarna. Volvió a donde estaba Robles y se lo enseñó.

—Mira. Ahora ya sé por qué ha aparecido por aquí esa loca. Parece que Moncho la había invitado a comer.

—Resulta que ella y Riquelme son primos. Según Encarna, era la última familia que le quedaba. Ahora parece que estaba contentísima de que Moncho fuera a casarse con Sofía, porque así podría venir siempre que quisiera, al ser prima del dueño. Lo sé por Lola, la inspectora que ha hablado con ella esta mañana. —Robles llevaba en la mano un puñado de cubiertos que iba dejando en sus puestos sobre la mesa. Greta lo seguía, colocando las servilletas de papel.

—Sí. Siempre quiso estar aquí, ser una más. Ser sobrina de Sofía. Ser como yo. A ser posible ser yo.

—¿Tú?

—¿No te ha contado nada más la inspectora?

—No le he preguntado. Prefiero que me lo cuentes tú. —Hizo una pausa, se giró hacia ella y la miró a los ojos, ya sin cubiertos que colocar—. Vamos…, si tú quieres.

—Hace mucho de todo aquello.

179

—Hace mucho de casi todo, sí. Ven, vamos a una mesa más tranquila.

—Ahora no tengo ganas de hablar de aquello, Robles. Estoy hecha polvo. No me acabo de creer que hace veinticuatro horas aún estuviera Moncho por aquí pavoneándose y ahora esté en el tanatorio o en el instituto médico forense o donde sea que se lleven aquí a los difuntos.

—La segunda opción es la buena —dijo él con naturalidad—. Espera, voy a traer el primer plato.

Volvió enseguida con dos ensaladas murcianas —tomate, huevo duro, cebolla tierna, atún—, se sentó enfrente de Greta y empezó a mojar pan en el caldo de tomate y aceite de oliva.

—No sé cómo tienes hambre, la verdad. —Greta miraba el plato casi con asco.

—Si hubiera perdido el apetito con cada cadáver de mi vida, me habría muerto ya de inanición. Además, este parece que ha sido por causas naturales. Mala suerte, sin más.

—¿Ah, sí?

—Sí. He estado hablando un rato con Sofía. He subido a ver cómo se encontraba… —Siguió mojando pan con entusiasmo y masticando con auténtico placer—. Me ha dicho que el médico le había recomendado a Moncho que se pusiera un marcapasos y él aún no se había animado; que pensaba hacerlo más adelante. Y ya ves…

—¿Un marcapasos?

—Podría ser que, al necesitarlo y no tenerlo, le hubiese dado un síncope estando al borde de la balsa, como un mareo, seguido de una pérdida de conocimiento. Si cayó de boca y, tratando de salir, al cabo de un minuto se enredó en el plástico de la funda, se puso nervioso, empezó a tragar agua, a respirar agua… En fin…, la palmó.

—Joder, pobre hombre.

—Creía que te daba asco el tipo.

—Sí, pero… morirse así…

—Hay cosas peores. —Robles ya se había comido toda la ensalada y había rebañado el zumo de tomate con aceite—. ¿De verdad no te lo vas a comer? —preguntó, señalando la comida de ella, que estaba intacta.

Greta negó con la cabeza. Él, después de un gesto para pedir permiso, cambió los platos.

—Estoy muerto de hambre. Estar ahí fuera de pie, tantas horas, con ese viento, cansa un montón. Pero, curiosamente, me ha puesto de buen humor, me ha recordado a mis buenos tiempos, cuando esto era lo normal, mi vida cotidiana.

—¿Echas de menos tu trabajo?

—Normalmente no, pero ya ves...

—¿Qué te ha dicho Sofía?

—Que le da mucha pena...

—Ya.

Robles siguió comiendo con apetito mientras Greta perdía la vista en las cristaleras que separaban el comedor del pasillo. La gente hablaba en voz más baja de lo normal y nadie había intentado sentarse a la mesa donde estaban ellos. Candy no había bajado a cenar. Ella misma no tendría que estar tampoco allí. Tendría que haber ido a ver a Sofía y luego haberse retirado sin más, pero había preferido estar con gente en lugar de encerrarse en su cuarto pensando en Nani y en Fito, en el pasado y en lo que la loca de la actual Encarna, la Nani de entonces, le había dicho esa misma mañana: «¿Tienes que matar a todos los hombres de mi vida?».

Habían pasado más de cuarenta años y le seguía doliendo que Nani hablara de Fito como «hombre de su vida». Fito. Su primer amor. Su primer novio. El que la hizo sentirse adulta por primera vez en su vida. Fito con su dulce sonrisa pícara, su barba suave, sus ojos de color león. Fito, muerto desde 1974 por culpa de Nani.

Sirvió vino en los dos vasos y se tomó el suyo en dos sorbos.

181

—Si no comes, no te va a sentar nada bien —dijo Robles—. Voy a por el segundo; prométeme que vas a tratar de comer algo, anda.

Ella asintió. No tenía hambre, pero él tenía razón. Tendría que intentarlo, aunque lo más probable fuera que acabase vomitándolo más tarde. La muerte de Moncho y la aparición de Nani le habían revuelto los recuerdos que hacía tiempo había conseguido barrer bajo la alfombra.

Robles fue al pasaplatos a ver qué había de segundo. Chipirones en su tinta. Un plato blanco y negro que seguramente no iba a animar a Greta a hincarle el diente.

—Trini —llamó, sonriendo—, ¿tendrías un poco de jamón de York o algo más suave para Greta? La pobre tiene el estómago cerrado con todo este asunto, pero tiene que comer algo.

—Espera. Le hago un pan tostado con aceite y sal en un momento. ¿Quieres ración doble de chipirones?

—Si hay bastantes… ¡Tienen una pintaza!

—Ahora te los saco. Espera un segundo y te llevas las tostadas.

Robles se quedó junto al pasaplatos, echando una mirada por la sala, donde todos comían y charlaban sin prestarle atención ni a él ni a Greta, que miraba fijamente el fondo de su vaso de vino, como si allí dentro pasaran una película solo para ella.

Un par de horas antes se le había ocurrido ir a visitar a Sofía porque, aunque Riquelme le pareciera a él un cantamañanas y probablemente fuera un hijo de puta, si alguien sabía lo que era perder a una persona amada de un momento a otro, y un par de días antes de la boda, ese era él.

Sofía lo había recibido en su salita, prácticamente a oscuras, con una bolsa fría en la cabeza —«el maldito viento de esta noche, que me ha dado migraña»— y una tetera en la mesita de al lado de su sillón.

—¿Cómo estás, Sofía?

—Viva.

Él no había tenido más remedio que sonreír.

—A diferencia de Moncho —había añadido.

—Lo siento, Sofía. Tú sabes que yo sé lo que es perder a alguien en esas circunstancias.

Años atrás, Robles le había contado la muerte de Sagrario y muchas otras cosas que ya ni siquiera recordaba con claridad porque llevaba mucho tiempo tratando activamente de olvidarlas.

—Sí, querido mío. Sé que lo sabes.

—¿Puedo hacer algo por ti?

—Tenerme al día de lo que vaya pasando. ¿Se sabe de qué ha muerto?

—Parece que se ha ahogado, aunque aún no es seguro. La autopsia nos dirá si cayó al agua aún vivo o ya difunto.

—Tenía el corazón débil. O al menos es lo que me contó a mí. Que hacía un par de meses le había dado un síncope, se había caído y se había abierto una brecha en la frente. El médico le aconsejó un marcapasos, pero a él eso le parecía cosa de viejos y le dijo que lo pensaría… Pobre muchacho. Pero no era un alma de Dios, no te creas…

—Ah, ¿no?

—Ha estado en la cárcel un par de veces.

—¿Por qué? —Robles había decidido hacerse el tonto y que Sofía le contara lo que sabía.

—Creo que por estafa. Él siempre fue más pobre de lo que podía soportar, ¿sabes? Hay gente que ha nacido para ser rica, que, si hubiera nacido en una familia rica, habría sido feliz y normal, generoso, incluso, pero, siendo pobre, ha tenido que hacer toda clase de cosas para salir del hoyo…, y no es fácil cuando no tienes ninguna formación, cuando no sabes hacer nada, como le pasaba a Monchito. El pobre siempre intentó el método más directo: el famoso braguetazo, pero no tenía bastante clase. De joven era guapo, pero vulgar. De mayor…, ya lo has visto.

183

—Pero... ¿tú lo querías, a pesar de todo?

—Yo lo conozco desde hace más de cuarenta años, cuando él no era más que un crío. Lo he querido mucho, Robles. Sí, no te extrañes. A pesar de todo...

La voz de Sofía se había ido haciendo cada vez más ronca y más débil.

—Anda, déjame sola un rato. Dile a Marta que venga a darme un calmante. Ha sido un día muy largo. ¿Me tendrás informada?

—Claro, Sofía. En cuanto sepamos algo. —Le cogió la mano y se la besó. Ella le regaló una sonrisa pálida.

—Robles... —llamó cuando él ya estaba en la puerta—. Gracias por ocuparte de todo. Hice bien trayendo un comisario a Santa Rita. No dejes que nadie destruya todo esto. ¿Me lo prometes?

—Te lo prometo, Sofía. Descansa.

—Aquí tienes las tostadas y los chipirones. ¡Que aproveche!

Robles se quedó mirando a Trini como si fuera una aparición. Había estado tan metido en su recuerdo de la conversación con Sofía que casi se había olvidado de que estaba en el comedor esperando el segundo plato.

Cuando llegó a su mesa, Greta se había marchado. En su lugar, un mensaje escrito en la servilleta decía:

«Lo siento, Robles. No me encuentro bien. Nos vemos mañana. Gracias por tratar de animarme».

Se sentó y empezó a comer. Las tostadas de aceite combinaban maravillosamente bien con los chipirones y su salsa negra, dulce y espesa.

A oscuras en la cama, Greta le daba vueltas y más vueltas a lo sucedido durante el día, mezclando recuerdos de apenas unas horas atrás con recuerdos de su adolescencia, imágenes de la Santa Rita actual con La Casa' las Locas de los años setenta, entrelazando los dos tiempos como quien teje un tapiz usando dos colores, negro y rojo, bordando por encima palabras largo tiempo olvidadas que resurgían ahora, frases dolorosísimas que creía desaparecidas del fondo de su memoria —«Murió en mis brazos, Greta… Nunca te quiso como a mí… Jamás sabrás lo que era para nosotros, cuando estábamos juntos…»— y que ahora, de pronto, se alzaban rampantes, como dragones de cien cabezas que quisieran devorarla.

Hacía más de cuarenta años de aquello, pensó, casi con rabia. Si ahora no podía dejar de darle vueltas, era simplemente porque tenía la mente revuelta, y era de noche y estaba sola. Fito había sido un chico encantador, pero no era más que eso, un chico de diecinueve años que fue su primer novio y murió en plena juventud allí mismo, en Santa Rita, en la capilla abandonada, sin que ella estuviera presente, sin que tuviera absolutamente nada que ver con aquel espanto. Se sintió culpable entonces, era cierto, pero llevaba toda una vida sintiéndose culpable de cosas que no dependían de ella. Todo era producto de la educación que le había dado su madre, que también se sentía culpable de cualquier cosa, quería que todo el mundo fuera perfectamente feliz y se volvía loca pensando qué habría podido hacer de otro modo para que este o aquel, incluso gente que no le importaba demasiado, hubiera quedado satisfecho con esto o aquello. Si ella hubiese sido educada por su tía Sophie, seguramente todo habría sido distinto, pero su madre era Eileen, con su dulzura y un afán de perfección que le había contagiado a ella. Sin contar con que, en la época de Fito, se sentía ya terriblemente culpable, sobre todo por la separación de sus padres, aunque, visto después desde la óptica adulta, le había quedado muy claro que ella no había tenido nada que ver con el asunto. Su padre se había enamorado de otra mujer, había esperado un par de años a que Greta fuera lo bastante mayor, y le había pedido el divorcio a Eileen.

185

Ahora pensaba que quizá sus propias hijas se estuvieran sintiendo culpables por la separación de sus padres y su inminente divorcio. No era cierto, claro, no tenían ninguna culpa, ¿qué culpa iban a tener si ni siquiera vivían ya con ellos en la casa familiar?, pero en cuestiones de culpa, la realidad tenía poco que ver con los sentimientos. Quizá debería llamarlas ella, insistir un poco, explicarles la situación otra vez.

Se levantó a buscar otro vaso de agua. El viento seguía ululando detrás de los cristales y, dentro del cuarto, se sentía una ligera corriente que hacía oscilar los visillos blancos. Las ventanas cerraban tan mal y estaban tan mal aisladas que el aire circulaba con libertad por la casa, lo que en verano debía de ser una delicia, pero a principios de la primavera, en mitad de la noche, no resultaba demasiado agradable.

Pensó con nostalgia en su dormitorio de Múnich. Le habría gustado meterse en la cama, estirar el pie y toparse con la calidez del cuerpo dormido de Fred. Quizá se hubiese precipitado abandonándolo.

No. Tonterías. Había hecho bien.

Necesitaba ser libre. Decidir sobre su vida. Hacer algo nuevo.

«Nuevo, ¿como qué? ¿Verte implicada en un asesinato?»

Se enderezó en la cama.

¿Qué acababa de pensar? ¿Asesinato?

¡Menuda estupidez! Moncho había sufrido un accidente. Bastante idiota, eso sí, pero accidente. Igual que Fito.

¿Qué le habría contado Nani a la inspectora? Y ¿por qué no la había buscado después para hablar con ella, para oír también su versión de los hechos?

Al día siguiente la telefonearía para preguntarle si no quería que ella le contara lo que recordaba de aquella época. Aunque… ¿para qué?

Seguramente, ahora lo que más le importaba a aquella mujer era todo lo que tuviese que ver con Moncho y su accidente nocturno, y en eso, ella no tenía nada que decir.

Repasó lo sucedido la noche anterior: el comunicado de Sofía sobre su boda, tranquilizando a la gente respecto al futuro; la cena; la expresión de Moncho de gato satisfecho, de triunfador, su euforia, que le salía por los poros; el rato de charla con Robles cuando él se había disculpado por haberse puesto un poco demasiado autoritario en la conversación que habían tenido antes con Candy, Miguel y Merche sobre qué hacer con Sofía y la posibilidad de incapacitarla por su comportamiento… Después de la cena y la charla con Robles, ella se había ido a la cama y él había salido un rato al jardín, o a Benalfaro. Había bromeado sobre que Moncho pudiera sufrir un accidente, librándolos así de todos los problemas que se vislumbraban en el horizonte. Había sido una broma, claro. Ella se había reído.

Se dio la vuelta en la cama. En la oscuridad, le parecía ver la cara sonriente de Robles diciendo que un accidente les ahorraría muchas decisiones. Cosas que se dicen… Robles no sería capaz de una cosa así. Aunque, si alguien allí tenía la suficiente experiencia e inteligencia para arreglar un accidente mortal, ese era él. Y, la verdad era, ahora que estaba sola y nadie podía oírla pensar, que les habría hecho un favor a todos.

¡Qué tonterías se le pasaban por la cabeza! Robles, un asesino. Un comisario de policía que había dedicado toda su vida a luchar contra el crimen. ¡Menos mal que los pensamientos permanecen ocultos y no se le notan a una por fuera!, pensó. No volvería a hablar con ella si supiera que era capaz de imaginar cosas así.

Se estaba poniendo cada vez más nerviosa y el sueño se le escapaba como un animalillo asustado. Quizá le sentaría bien volver a vestirse y salir un rato al jardín, a que le diera el aire un poco, y luego volver más cansada, prepararse una infusión y volver a intentarlo; pero en esos momentos, la idea de salir sola de noche al exterior le resultaba inquietante. ¿Y si quien hubiese arreglado el accidente de Moncho estaba pensando que ella también sobraba, que con su llegada podían cambiar muchas cosas en Santa Rita y era mejor que desapareciera para que todo siguiera igual? Al fin y al cabo, ella era la heredera de Sofía y ni ella misma había decidido aún si, cuando llegara el momento, se quedaría al frente de Santa Rita y mantendría las cosas como estaban.

Claro, que habría que ser realmente imbécil para organizar otro accidente la noche siguiente al primero. Parecería uno de aquellos capítulos de *Se ha escrito un crimen* en el que cada vez que Jessica Fletcher aparece en algún lugar, de pronto se produce un asesinato. La idea le dio risa y, a pesar de que estaba sola, se metió bajo el edredón para reírse a gusto de la estupidez que acababa de pensar. De todos modos, sin embargo, no se vistió para salir. Se limitó a acercarse a la ventana, apartar los visillos y perder la vista en las lucecitas del pueblo que brillaban como una pequeña constelación sobre la tierra, reveladas y ocultadas intermitentemente por las ramas de los árboles que, movidas por las fuertes rachas de viento, se agitaban en la oscuridad.

Encendió la lamparilla, sacó una píldora del pastillero de esmalte que había sido uno de los primeros regalos de sus hijas por el día de la madre, se la tragó con un suspiro y diez minutos más tarde se había quedado dormida.

10

El sabor del arroz

Habían pasado cuatro días desde el accidente de José Ramón Riquelme cuando Robles, en vista de que nadie les decía nada del asunto y la gente de Santa Rita no hacía más que especular, decidió volver a hacer sus kilómetros cotidianos en dirección a Elche y hacerle una visita a su viejo amigo Ximo, con la esperanza de obtener algo de información. Había descartado pasarse a ver si Lola Galindo quería contarle algo, ya que, en su experiencia, los que eran más jóvenes y estaban más bajos en el escalafón eran mucho más celosos de sus competencias y sus datos, y no estaban dispuestos a compartir gustosamente lo que tenían con un antiguo compañero ya jubilado. Le parecía una profesional competente y seria, pero precisamente por eso prefería dejarla al margen.

Antes de salir de casa, con zapatillas de correr, pero de vaqueros y camisa, no con ropa deportiva, por si las cosas le salían como tenía pensado, le escribió a Ximo un mensaje de texto:

«¿Qué me dices de una paella a mediodía? Te invito a comer. Tú pones el café.»

Al cabo de media hora le llegó la respuesta.

«¿Dónde?»

«Milenium. ¿A las dos?»

«Vale.»

Llamó para reservar una mesa en la terraza, en un lateral discreto donde pudieran charlar con tranquilidad y, aprovechando que le quedaba mucho tiempo, decidió pasear más lentamente de lo habitual para no llegar sudado al restaurante. La temperatura era impresionante, incluso para la estación. La mayor parte de la gente con la que se cruzaba iba ya de manga corta y casi todas las chicas se habían quitado las medias. Si seguía así, el verano resultaría insoportable, pero quizá se tomara unos días para volver al norte y disfrutar del verdor de las tierras asturianas. Hacía mucho que no visitaba a su hermana en Candás y también mucho que no había visto las olas del Cantábrico.

Cuando llegó Ximo al restaurante, Robles ya iba por la mitad de la caña y se había comido casi todas las almendras fritas que la acompañaban.

Pidieron un arroz con conejo y caracoles y charlaron un rato, poniéndose al día de las pequeñas novedades. Por fortuna les habían dado una mesa a la sombra, pero ambos llevaban gafas de sol porque el reflejo de la luz sobre las palmeras casi hacía daño a la vista.

—Supongo que este arrebato de generosidad por tu parte es el precio de romper mi silencio sobre el asunto de Riquelme —dijo Ximo, echándose unos cacahuetes fritos a la boca.

—Siempre he admirado tu capacidad para sacar conclusiones.

Ambos sonrieron.

—Ya sabes que el caso lo lleva Lola.

—Entonces, ¿hay caso?

Ximo meneó la cabeza.

—Más o menos.

—¿Cómo que más o menos?

—La autopsia no ha sido concluyente y hemos tenido que enviar algunos órganos a la central. Parece que el buen hombre tenía un problema cardiaco, además de que no se había privado de esnifar, sobre todo coca, era fumador habitual, alto consumo de alcohol y probablemente alérgico a un par de cosas bastante normales que aún no se han podido determinar. Con todo eso, si cayó al agua, no es de extrañar que se ahogara.

—Pero ¿había agua en los pulmones? ¿Estaba vivo aún cuando cayó?

—Los pulmones tenían agua, pero tenían más cosas, estaban muy dañados al parecer. Ese es uno de los órganos que enviamos a Madrid, a ver qué les parece a ellos. Y es más que posible que hubiese sufrido un *shock* a raíz de algo que comió o bebió.

—Que yo sepa, comió y bebió lo mismo que todos nosotros, y a nadie nos pasó nada.

—Si el pavo era alérgico a algo concreto, a nadie le pasó nada, menos a él. ¿Nadie lo vio después de la cena? ¿Nadie lo oyó toser o hacer ruidos raros o vomitar?

—Pues no he oído nada de eso, no, pero puedo preguntar. 191

—Seguramente irá Lola a haceros una visita, a ver si alguien recuerda algo especial que pueda ayudarnos con el diagnóstico, aunque, ya te digo, de momento aún no lo estamos tratando como caso de asesinato, sino más bien en plan accidente. Pero ¡qué mala pata tuvo el tío! Comer algo a lo que era fuertemente alérgico y no darse cuenta, y luego marearse o tener un síncope justo al borde del agua después de medianoche, cuando no había ni lobos por allí.

—Es que en Santa Rita nos retiramos pronto.

—Ya. Menos él. En fin, ya veremos… Pero en cualquier caso… ¡menuda suerte habéis tenido! ¿No?

—¿Suerte? ¿Por qué lo dices? —Robles prefirió hacerse el inocente.

—Porque, según su prima, la estanquera, los proyectos de Riquelme para Santa Rita no iban a ser del gusto de los que vivís allí. No me digas que precisamente tú no sabías nada del asunto.

—Algo había oído, claro —concedió Robles—, pero en la cena Sofía nos aseguró que todo iba a seguir igual.

—¿Y la creísteis?

—No voy a negarte que la gente estaba inquieta. Sofía es muy mayor y todos teníamos claro que, si a ella le pasaba algo, sería él quien llevaría la voz cantante.

—Pues ahora os ahorráis preocupaciones. ¿Quién hereda a la muerte de la escritora?

—Vas por la línea del *cui bono*, por lo que veo.

Ximo se encogió de hombros. Cogió un palillo limpio y sacó de su concha la molla del último caracol que le quedaba en el plato.

—Sabes muy bien que la mayor parte de los asesinatos planeados se cometen por dinero. O para quedárselo todo o para no tener que repartir. ¿Quién hereda? ¿La inglesa o la sobrina que acaba de llegar?

—Parece que estás al día… La verdad es que no lo sé. Suponemos todos que heredar, lo que se dice heredar Santa Rita, la sobrina. Aquello ha estado siempre en manos de la familia, desde el siglo XIX. Lo que es más que posible es que Candy herede una cantidad en dinero y posiblemente el usufructo, el derecho a vivir allí hasta su muerte.

—O sea, que las dos tendrían un buen motivo para querer quitar de en medio a Riquelme.

—Greta parece estar bien situada económicamente y ni siquiera está claro que le interese Santa Rita. Yo mismo le he preguntado en un par de ocasiones y siempre evita contestar claro. Candy…, no sé.

Estuvo a punto de contarle que cabía la posibilidad de que estuviera enferma de cáncer, pero se dio cuenta enseguida de que eso podría hacerla aparecer bajo una luz todavía más sospechosa, de que Ximo podía sacar la conclusión de que, si ella pensaba que no le quedaba mucho tiempo, hubiese decidido solucionarles a todos los habitantes de Santa Rita el problema que Moncho representaba. Porque, incluso si se llegaba a probar que había sido ella quien había asesinado al pretendiente, ya no le importaría demasiado, dado el poco tiempo que quizá le quedara. Podía ser una conclusión un poco traída por los pelos, pero prefería no arriesgarse, aparte de que Candy no quería que se supiera que aún estaba pendiente de los resultados.

—Candy haría cualquier cosa por Sofía. Son amigas y trabajan juntas desde hace lo menos cuarenta años, o más —continuó Robles—, pero una vez haya muerto Sofía, igual prefiere marcharse a un piso pequeño junto al mar y relajarse por fin. Llevar Santa Rita adelante es obra de titanes. Sin ella, no podríamos.

—¿Y tú, Robles?

—¿Yo qué? No me estarás preguntando si me he cargado a Riquelme.

—¡No, hombre, qué cosas tienes! Total, ¿qué ibas a ganar? No. Te estaba preguntando si tú podrías llevar adelante La Casa' las Locas.

—¿Solo? No. Además, no tendría gracia. Yo echo una mano en lo que sea, y participo en las decisiones, pero me encanta ser uno más. Ya he sido el jefe bastante tiempo en mi vida. Ahora quiero ser solo yo, no el comisario Robles, ni el director de nada. Solo yo.

Ximo se puso de pie y le dio una palmada en el hombro a su amigo.

—Vengo enseguida. Pídeme un solo doble, por favor.

—¿No quieres postre?

Se palmeó la curva del estómago.

—Creo que con el arroz y la cerveza ya ha sido bastante, pero si tú quieres algo dulce con el café, eso corre de mi cuenta.

Robles aprovechó la ausencia de Ximo para pedir los cafés y pagar, mientras su mente de cazador se iba poniendo en marcha con lo poco que le había contado el actual comisario.

¿Y si de verdad había sido asesinato? ¿Quién, en Santa Rita,

193

sería capaz de matar? Y ¿por qué? ¿A quién podía beneficiar la muerte de aquel payaso?

A todos, claro, ese era el problema: que, exceptuando a Sofía, desde el punto de vista de los habitantes de Santa Rita, hombres y mujeres, viejos y jóvenes, como mejor estaba Moncho era justo como estaba ahora: muerto.

Greta se había levantado tarde porque la pastilla de la noche anterior le había hecho más efecto del habitual. Apenas había terminado de ponerse presentable para bajar a tomar un café, cuando sonaron unos golpecitos en su puerta y Marta asomó la cabeza.

—¿Puedes pasar a ver a Sofía? Te necesita urgentemente.

—¿Qué pasa? ¿Se encuentra mal?

Negó con la cabeza.

—Una visita que no esperábamos. Gente de la Generalitat —terminó bajando la voz.

—¿Y qué quieren?

—No sé, pero Sofía está muy nerviosa y a Candy no la encuentro por ningún lado. Ahora os subo un café, si quieres.

—Sí, Marta, por favor. Aún estoy un poco atontada.

—¡Ah! Están en el estudio. Ahora acompaño allí a Sofía.

Greta subió un piso por las escaleras, se detuvo un instante en la puerta y, ya tenía la mano levantada para llamar cuando se dio cuenta de que Sofía no estaba aún en el estudio y los que estaban dentro habían venido de visita. No era cuestión de llamar a la puerta en su propia casa. De modo que entró con decisión y se encontró con dos hombres trajeados y una mujer también de traje de chaqueta que levantaron la vista al verla entrar. Uno de los hombres miraba por la ventana, otro estaba inspeccionando los libros que cubrían todas las paredes de la estancia, y la mujer tenía en la mano un pisapapeles de cristal verdeazulado.

—Buenos días —dijo Greta—. ¿Me haría el favor de dejar el pisapapeles en su sitio? Es antiguo, de cristal veneciano, y mi tía lo tiene en mucha estima.

La mujer se sacudió como si la hubiesen pinchado y depositó el objeto en su lugar. Luego, con disimulo, se frotó la mano contra la pernera del pantalón y se acercó a Greta.

—Venimos de Valencia —dijo, como si fuera explicación suficiente.

El hombre más joven presentó a los otros.

—Verónica Segura, *consellera* de Cultura de la Generalitat Valenciana; Antonio Sanchís, presidente de ACAMFE. Yo soy Jaume Peris, arquitecto.

—Greta Kahn —dijo, estrechando las manos tendidas—. Sobrina de Sophia Walker. Mi tía vendrá enseguida. Tomen asiento, por favor.

Echaron una mirada discreta alrededor y acabaron por sentarse dos en el diván —una especie de *recamière* de terciopelo muy gastado de un color que había sido violeta intenso en algún momento—, y el otro en un silloncito junto a una lámpara. Ella permaneció de pie.

—Pues ustedes dirán… —animó al cabo de un minuto de silencio.

La mujer, de unos treinta y tantos años, con una melena ondulada que debía de encontrar muy sexy por cómo se la tocaba constantemente, y una blusa abierta que dejaba ver un sujetador de encaje de color marfil, miró a Greta con expresión sorprendida.

—¿No esperamos a doña Sofía?

—Sí, por supuesto. Era simplemente que, al parecer, mi tía no sabía nada de su visita y, como yo tampoco estoy informada, había pensado ponerme un poco al día.

—¿Cómo que doña Sofía no nos esperaba? Concertamos esta cita hace más de dos semanas.

—¿Con quién?

Los tres se miraron.

—Con José María Riquelme, el prometido de doña Sofía. Nos pidió que extremáramos la rapidez en cerrar el acuerdo porque la señora, dada su edad, no se encontraba demasiado fuerte.

—¿El acuerdo? —Greta se sentó en el borde de una silla Thonet, dejando el escritorio como barrera entre aquella gente y ella misma.

En ese momento, se abrió la puerta y entró Sofía, apoyándose en su muleta y acompañada por Marta. Llevaba el pelo natural, blanco y fino, pantalones negros y una blusa suelta con un estampado de flores menudas en tonos azules. Todos se pusieron de pie para saludarla, se repitieron las presentaciones y la escritora se acomodó detrás de su mesa de trabajo, donde había escrito la mayor parte de sus novelas.

—Tía —comenzó Greta—, al parecer estos señores habían concertado una cita con Moncho para hoy.

—Pues Moncho no está para visitas —dijo sin cambiar de expresión.

—No, doña Sofía, no era con el señor Riquelme con el que queríamos hablar, sino con usted.

—Es exactamente lo que están haciendo, ¿no?

La *consellera* volvió a tocarse las ondas de la melena, algo nerviosa.

—Verá… Recordará usted que llevamos ya bastante tiempo tratando de animarla a llegar a un acuerdo para que parte de esta casa, la parte donde usted ha vivido toda su vida y ha escrito su obra, se convierta en una casa museo donde las personas amantes de sus novelas puedan venir a conocerla mejor, a estudiar su biblioteca y sus manuscritos, a sentirse cerca de su obra y de su época… Aquí, el señor Sanchís, de la ACAMFE, la Asociación de Casas Museo y Fundaciones de Escritores, puede explicárselo mejor.

—Sé perfectamente lo que son las casas.museo, hija, y

hace tiempo que dejé claro que, en mis circunstancias concretas, no quiero que mi casa se convierta en algo así. Aquí viven casi treinta personas; esto no es solo mi casa, es un lugar donde convivimos gente de varias generaciones, trabajando juntos y arrimando el hombro para que Santa Rita sea un sitio cada vez mejor. No queremos turistas, ni ningún tipo de injerencia de la Generalitat, o el Ayuntamiento, o la Universidad o lo que sea.

—Pues su prometido nos había asegurado que ustedes lo habían hablado y que usted había acabado por comprender que era lo mejor para todos, y que nuestra oferta es muy generosa. —Verónica le hizo una seña a Sanchís y este sacó una carpeta delgada de la cartera y la abrió sobre el escritorio delante de Sofía.

—Esa cantidad sería mensual hasta su muerte, doña Sofía. Y, después, nosotros nos haríamos cargo de la zona de la torre y el jardín delantero, con el mirador y la glorieta.

—Lo demás —intervino el arquitecto—, el edificio del antiguo sanatorio, con las zonas comunes y las habitaciones, el resto del jardín, la alberca, la capilla y todo lo demás seguiría siendo de su propiedad, es decir, de la persona o personas que usted hubiera designado como herederos.

—Puedo asegurarle —dijo Sanchís, muy serio—, que si nos confía su casa, yo personalmente me ocuparé de que su legado se conserve para la eternidad, con todo el brillo que se merece.

Sofía se quedó mirándolo con un punto de diversión.

—Ya veo... Me lo asegura usted para la eternidad... Impresionante.

Sanchís se sonrojó y bajó la cabeza, bastante mortificado.

Hubo un silencio en el que Sofía miró a Greta como si le estuviera pidiendo su opinión, sin decir palabra. Ella movió apenas la cabeza en una negativa clara, que hizo sonreír a la anciana.

—¿No podríamos hablar con el señor Riquelme, por favor?

197

—insistió la *consellera*—. Él le dirá todo lo que hemos estado hablando, lo que ha sentado la base de la oferta que tiene usted ahí sobre la mesa.

—¿Cuánto tiempo llevan ustedes en tratos? —preguntó Greta.

—Más de un mes, quizá cerca de dos.

—¡Ah! ¡Qué cosas! En ese tiempo Moncho no me ha dicho nada de todo esto —dijo Sofía.

—Quizá no quería molestarla con detalles —aventuró Peris, el arquitecto.

—Sí, quizá. Moncho siempre ha sido muy considerado.

—¿No va a poder venir, por fin? —insistió Sanchís, viendo que su principal valedor seguía ausente de la reunión.

Greta tomó la palabra de nuevo.

—El señor Riquelme sufrió un accidente hace unos días. Ha fallecido.

Los tres valencianos se miraron unos segundos sin comprender.

—Pero… pero… —comenzó la *consellera*— ¿cómo ha sido?

—Ya le digo. Un accidente. Mi tía no está en estos momentos como para atender estos asuntos. Si ha accedido a recibirlos es simplemente por amabilidad, pero tiene otras cosas en qué pensar.

—Mi más sentido pésame, señora —dijo Sanchís. Los otros lo secundaron de inmediato y se pusieron de pie.

—Está claro que es muy mal momento —concluyó la *consellera*—. Aquí tiene usted nuestras tarjetas y la oferta de la Generalitat. Tómese el tiempo que necesite, doña Sofía. Seguiremos en contacto.

Se abrió la puerta y entró Marta con una bandeja que todos miraron como si fuera una aparición.

—Lo siento, Sofía —dijo—. Había lío en la cocina y se me ha hecho tarde. ¿Les sirvo?

Todos sacudieron la cabeza y, dejando a Marta junto a la

bandeja que acababa de apoyar en un mueble auxiliar, se despidieron de la escritora.

—Les acompaño a la salida —ofreció Greta.

Bajaron las escaleras en silencio. Peris y Sanchís lo observaban todo como si lo estuvieran fotografiando con los ojos, casi con avaricia. La *consellera* taconeaba a toda velocidad, buscando la salida.

Una vez fuera, se repitieron las despedidas y Sanchís le dio a Greta otra tarjeta de visita.

—Sería la mejor solución, créame. Yo ya lo veo con toda claridad, ¿verdad, Jaume? Hemos estado viendo los planos que nos facilitó el señor Riquelme.

—Ahí —señaló Peris— podríamos poner un aparcamiento, con zona para autobuses. Aquí en el zaguán una pequeña tienda de recuerdos y detalles para regalo; una cafetería coqueta en la parte de la glorieta, con mesitas de hierro forjado bajo los jazmines…

—Y dentro, en las habitaciones que ahora ocupan ustedes, haríamos dos museos de las dos personalidades de Sofía: uno para las novelas criminales y otro para las románticas, con un par de vitrinas, primeras ediciones, traducciones…, sus pelucas y sombreros… Sería una preciosidad. El estudio lo dejaríamos casi como está, aunque quitando los trastos que lo afean…

—Miren —dijo Greta, ya algo harta de escuchar el entusiasmo con el que aquellos desconocidos hablaban de un tiempo en el que su tía no sería más que un recuerdo, un nombre en las listas de escritores ya muertos—. Si les parece, ya lo pensaremos en otro momento. Comprendan que ahora no nos parece prioritario.

Unos minutos después, el chófer les abría la puerta de un coche negro y reluciente. Greta se quedó mirándolo mientras recorría la avenida de palmeras hasta que giró fuera de su vista. Soltó de golpe todo el aire que había estado reteniendo, el alivio la inundó y, de un momento a otro, se dio cuenta de

199

que haría cualquier cosa por quedarse con Santa Rita, por que nadie se la arrebatara.

Lola Galindo estaba releyendo el informe de la autopsia tratando de hacerse una idea de qué quería decir realmente. Aquello parecía el coro de doctores de *El rey que rabió*, una zarzuela del maestro Chapí que le encantaba a su abuelo y que ella había oído montones de veces. Al final del texto la conclusión de los «doctores sapientísimos» sobre si el animal en cuestión tiene la rabia es: «Y de esta opinión nadie nos sacará: que el perro está rabioso, o no lo está».

Por el agua contenida en los pulmones y que procedía de la balsa de riego, como se había podido comprobar al analizar la muestra, era evidente que Riquelme había caído a la alberca aún con vida. Por otro lado, los pulmones presentaban lesiones que no tenían nada que ver con un ahogamiento normal y que podían —le había tocado un forense particularmente pusilánime o extremadamente cuidadoso y solo indicaba que «podían»— proceder de alguna sustancia tóxica que no se había podido identificar por el momento. Además, cabía la posibilidad de que se hubiese producido una reacción alérgica por ingesta de alimentos. Eso tendría que investigarlo buscando a su médico de cabecera, cosa que iba a resultar más bien difícil, porque Riquelme acababa de regresar a Benalfaro. Se hizo una nota para preguntar en la prisión donde había cumplido su última condena si sabían de alguna alergia o intolerancia. O quizá bastaría con preguntarle a su prima, Encarna, aunque no le apetecía nada volver a verla, ni acababa de fiarse de sus informaciones, ya que era evidente su odio por Greta y su rencor por todo lo que tuviese que ver con La Casa' las Locas, como la seguía llamando.

Una vez averiguado esto, tendría que ir a Santa Rita a preguntar qué había cenado exactamente, para ver si eso había podido causarle los síntomas de náuseas y vómitos que, unidos a un posible síncope, habrían hecho que el hombre cayera a la alberca. Lo que resultaba evidente era que el consumo de cocaína y el abuso de alcohol y tabaco también habían contribuido a minarle la salud, aunque no fueran directamente culpables de su muerte. Pero lo que más le preocupaba a la inspectora era la marca que le cruzaba la espalda de la chaqueta a Riquelme: una leve marca estrecha y larga, oblicua, que había dejado restos de óxido en el tejido e iba desde su cadera izquierda a su hombro derecho y, según el informe, podía proceder de un objeto pesado, un tubo o una pieza metálica, que hubiese caído sobre la víctima y durante un tiempo hubiese reposado sobre su espalda cuando ya se encontraba boca abajo en el agua. Ese peso adicional habría podido hacer que Riquelme no hubiera conseguido levantar la cabeza para respirar y hubiese acabado ahogándose.

Lo raro era que, cuando habían encontrado su cadáver, no había ningún objeto encima de su espalda ni por los alrededores de la alberca. Si alguien había dejado caer un tubo pesado encima de él con la intención de que no consiguiera salir del agua, también se habría tomado la molestia de ir a recogerlo después y lo habría ocultado en alguna parte. Aunque también podía ser que lo hubiesen golpeado por la espalda y eso lo hubiera hecho caer al agua. En cualquier caso, habría que ir al lugar de los hechos a intentar encontrarlo. 201

No le molestaba la idea de volver a Santa Rita. Le había causado muy buena impresión y estaba deseando que le enseñaran más y le contaran un poco de su historia. Curiosamente, se había sentido bien allí nada más llegar. ¿Sería posible que la dejaran quedarse un par de días, mientras iba interrogando a sus habitantes? Se lo preguntaría a Greta que, al fin y al cabo, era la sobrina de la propietaria.

Galindo era una mujer resolutiva y de decisiones rápidas, de modo que cogió el móvil y marcó su número. Diez minutos más tarde, tenía la invitación que buscaba para pasar allí un par de días, hasta el domingo. «A menos que mi tía tenga algo en contra, aunque no creo», había precisado Greta. «Te arreglaremos una habitación.»

Había sido muy amable con ella; quizá porque le había explicado que lo más probable era que se hubiese tratado de un accidente y solo quería poder cerrar el expediente con buena conciencia. No era del todo cierto, pero tampoco había mentido, ya que el comisario Aldeguer le había pedido que investigara con prudencia para no excitar demasiado, y sobre todo innecesariamente, a los habitantes de Santa Rita. También le había aconsejado que se dejara ayudar por el excomisario Robles, que era uno de ellos.

Esa misma tarde, haría una pequeña maleta y se instalaría en Santa Rita. Greta ya le había prometido apuntarla para la cena.

Se dio cuenta de repente de que no se lo había comunicado a su jefe y, aunque no creía que tuviese nada en contra, fue a su despacho a informarlo de sus planes. Ximo Aldeguer estaba repasando unos papeles con cara de pocos amigos. Levantó la vista en cuanto se dio cuenta de la presencia de la inspectora frente a su mesa y ella tuvo la impresión de que se alegraba de tener una buena excusa para hacer una pausa. Como el comisario ya había leído el informe del forense, no tenía mucho que explicar y lo hizo en un par de frases.

—¿Así que te vas de vacaciones a Santa Rita?

—Hombre, jefe, tanto como de vacaciones...

—No, si haces bien. ¡Ya quisiera yo! Anda, procura dejarlo todo atado hasta el domingo, y un problema menos.

—Entonces... no crees que se trate de un asesinato, ¿verdad?

—En Santa Rita no hay más que viejas, estudiantes y pobre gente que se ha refugiado allí porque no se apañan en el mundo normal.

—Bueno…, las mujeres también matan…, y además, el ex-comisario también vive allí, y hay otros hombres que podrían habérselo cargado.

—No me salgas machista, Lola. Como está el mundo, no nos lo podemos permitir. No hay tantas asesinas como asesi-nos, ya lo sé, pero de todo hay en la viña del Señor; en eso te doy la razón. Donde no los hay es en Santa Rita, hazme caso. O no. No me hagas caso de momento. Vas a estar allí un par de días, lo verás tú misma. Pregunta a todo quisque, ten los ojos abiertos y convéncete tú sola. El lunes, carpetazo, y a otra cosa, mariposa. A menos que encuentres algo muy gordo, claro está.

—Pues esta misma tarde me instalo. Si necesitas algo, ya sabes dónde estoy.

—Llévate el bañador —le dijo el comisario cuando ya esta-ba cerrando la puerta—, parece que la alberca ya está abierta.

Le llegó su risa —el comisario era de los que se reían mu-cho de sus propios chistes—, pero decidió no secundarlo. La verdad era que, aunque el humor negro nunca le había moles-tado particularmente, lo de la alberca no le había hecho ningu-na gracia y no pensaba reírle las bromas a su jefe solo por serlo.

203

Ximo vio marcharse a Lola más bien tiesa y eso le provocó otra carcajada. Le encantaba tomarle el pelo; no lo podía evitar. Galindo era tan seria, tan trabajadora y tan recta que a veces apetecía hacerle cosquillas a ver si se retorcía y se reía como una persona normal. Pero era una magnífica investigadora y una profesional como la copa de un pino. Por eso él le había qui-tado importancia al asunto de Riquelme en su presencia. Solo llevaba unos meses trabajando a sus órdenes, pero ya sabía que la mejor forma de estimularla era darle la impresión de que no había que esforzarse demasiado. Entonces se ponía las pilas a tope y no dejaba pista por evaluar. Si Riquelme había sido ase-sinado, Galindo lo descubriría. Aunque… había vuelto a releer su vida y milagros y la verdad era que el tipo no tenía desperdicio. Era un miserable, una auténtica rata, alguien a quien nadie iba a echar de menos. Pero a él no le pagaban por juzgar a la gente y hasta un hijo de puta de ese calibre tiene derecho a que, si ha sido asesinado, la policía encuentre a su asesino. Riquelme no podría quejarse. Su caso, de haberlo, estaba en muy buenas manos.

—Bueno, pues esta es tu habitación. Espero que tengas lo que necesitas. —Greta abrió la puerta para dejar pasar a Lola—. No es gran cosa, pero tienes intimidad y salida directa al jardín. Además, da casi a la alberca, si es por esa zona por donde quieres seguir investigando.

Galindo dejó la maleta junto a la pared, echó una mirada circular y abrió las puertas que daban al exterior.

—Es perfecto, muchas gracias.

—La cena es a las nueve. Oirás un gong de aviso. No tienes más que seguir el pasillo hasta el final, y a mano izquierda, no tiene pérdida.

—Oye, Greta, aquí, si uno tiene alguna alergia o intolerancia o manía culinaria..., ¿a quién se lo dice?

—Pues no se me había ocurrido, pero supongo que a Ascen, a Chon o a Trini, que son las que manejan la cocina. Los demás solo echamos una mano a sus órdenes. ¿Qué alergia tienes?

—Yo, ninguna, pero ¿tú sabes si Riquelme había avisado de alguna?

Greta sacudió la cabeza.

—Que yo sepa, no. ¿Era alérgico a algo?

—Es solo una idea, no te preocupes. ¿Sabes si alguien lo vio vomitar el domingo después de cenar?

Ella volvió a negar con la cabeza y, ya se iba a marchar, cuando recordó algo.

—No sé si será importante, pero el domingo, cuando estaba

yo a punto de meterme en la cama, oí unas arcadas intensas y luego a alguien vomitando, justo debajo de la ventana de mi cuarto de baño, pero cuando abrí y saqué la cabeza ya no vi a nadie.

—¿A qué hora sería eso?

—No sé bien. Sobre las once u once y media…, diría yo.

—¿Puedes llevarme al sitio aproximado?

—Claro, pero, si había algo, ya no estará. Lina lo habrá barrido y fregado a conciencia. Se levanta temprano y lo primero que hace es coger la escoba. Ya la oirás mañana cuando aún estés en la cama. Es un sonido muy relajante.

—De todas formas, me gustaría verlo.

—Pues vamos, antes de que sea noche cerrada.

Salieron del cuarto y Lola se quedó un instante parada en el pasillo.

—No me has dado la llave.

—No hay llave.

—¿No hay llave? —Galindo estaba realmente escandalizada y no hacía nada por ocultarlo.

—Bueno…, si vivieras aquí, podrías llamar a un cerrajero para que te montara una cerradura en tu cuarto, pero hay mucha gente que no tiene más que un pestillo por dentro. Aquí no sé si hay. Espera.

Greta volvió a entrar en la habitación, miró la puerta y salió de nuevo al pasillo.

—Es algo birrioso, pero al menos puedes cerrarte cuando te vayas a dormir.

—Y ¿durante el día cualquiera puede entrar?

—Teóricamente sí, pero esto es como una gran familia. A nadie se le ocurriría entrar sin permiso.

No le dijo que las habitaciones de la torre sí que tenían llave. Ya se daría cuenta ella sola.

O quizá no.

Galindo se mordió los labios, se encogió de hombros y echó

205

a andar al lado de Greta, pero no por el largo corredor, sino a la izquierda, para alcanzar la puerta exterior, la de Poniente. La cruzaron y se quedaron ambas un momento disfrutando del horizonte incendiado y las siluetas negras de las palmeras que parecían recortables sobre un papel carmesí.

—Esto es precioso —dijo la inspectora—. Y ¡qué paz! No se oye nada.

—A veces se oye la carretera, y según sople el viento, también un poco la autovía y los aviones que bajan a aterrizar, pero a mí me gusta el ruido de los motores, si están lejos.

—¿Qué hay que hacer para poder vivir aquí?

Greta no supo discernir si era una de esas cosas que se dicen por pura amabilidad o si se trataba de una pregunta seria, así que se rio y preguntó a su vez.

—¿Amor a primera vista?

—Algo así —contestó Lola con naturalidad—. El sitio me encanta. Lo que no sé es si me gustaría vivir en comunidad. Yo soy muy mía.

—Todos somos muy nuestros, si te paras a pensarlo, pero esto tiene muchas ventajas. Nunca estás sola del todo, siempre hay quien te echa una mano para cualquier cosa que necesites, y también tienes la buena sensación de que te necesitan a ti, que puedes aportar algo… Hay gente de todas las edades, aunque no te negaré que predominan los viejos. O, al menos, los jubilados. Quizá tú seas aún demasiado joven para vivir aquí.

Caminaban despacio por el jardín ya casi en penumbra.

—Ya no soy tan joven. Tengo cuarenta y dos años.

—Yo te habría echado ocho o diez menos.

Galindo la miró con algo de guasa en la expresión.

—Te lo digo de verdad —insistió Greta—. Pareces más joven. ¡Y eso que no te pintas!

—Cada vez menos. Es un fastidio tener que quitarse la pintura al final del día.

—Justo lo que me pasa a mí.

—¿Y las desventajas?

—¿Qué? —Como habían estado hablando de maquillaje, la pregunta de la inspectora había descolocado un poco a Greta.

—Las desventajas de vivir aquí —precisó Lola—. Alguna habrá, me figuro.

—Te las puedes imaginar… El cotilleo es lo peor, en mi opinión. Aquí todo el mundo lo sabe todo de todo el mundo. —Greta enfatizó la repetición de manera que hizo sonreír a Lola—. Es dificilísimo preservar un mínimo de intimidad. Siempre hay alguien que ha visto qué estabas haciendo, dónde, con quién…, a qué hora has bajado a desayunar, si has tomado vino o agua, o cuántos cafés te has sacado de la máquina. La gente es muy amable, pero preguntan sin límite y, la verdad, para alguien como yo, medio inglesa, y que ha vivido gran parte de su vida en Alemania, hay preguntas que resultan casi escandalosas, cosas privadas ¿me entiendes?, íntimas…, y me cuesta mucho evitarlas. Porque tampoco quiero decir «no es de tu incumbencia».

—Pues es justo lo que yo haría.

—Sí, a lo mejor a ti te resulta más fácil lidiar con eso. A mí eso de «no te importa» me parece una grosería. Aunque la primera grosería es que te pregunten cosas privadas, claro. Mira, aquí debió de ser. Esa pequeña de arriba es la ventana de mi cuarto de baño —explicó Greta.

Lola se agachó junto a la acera, sacó una linterna del bolsillo y pasó el potente haz de luz por toda la zona.

—Sí que limpia bien la mujer, sí. Aquí no se ve nada. Vendré mañana, con sol.

—Con luz. Aquí no da el sol hasta que ya está a punto de irse. Es casi el norte de la fachada.

Sonó un gong lejano, desde dentro de la casa, y Lola se puso en pie. Juntas, dieron la vuelta a la torre y entraron por la puerta principal.

—Si quieres, mañana te lo enseño todo después del desayuno —ofreció Greta—. Ahora, a cenar. Estoy muerta de hambre. A ver qué toca hoy.

—¿No lo anuncian?

—No. Siempre es sorpresa. Yo creo que lo hacen adrede, porque si avisaran el día antes de qué iban a servir, la gente vendría cuando hay algo particularmente bueno y no vendría si no es gran cosa. Así es como cuando cada uno vivía en casa de su madre: se come lo que sale a la mesa y en paz.

Entraron al comedor, se dirigieron directamente a una de las mesas del fondo, para seis, y un momento después se les habían unido Candy y Robles. A Galindo le extrañó que no hubiesen pedido permiso para hacerlo, pero decidió callar y empezar a comprender la interacción normal de los habitantes de Santa Rita.

—¿Alguien se apunta a una cerveza? —preguntó Robles.

Menos Candy, las mujeres aceptaron.

—Échame una mano, Lola, anda.

—Nosotras traemos los platos —dijo Greta poniéndose también de pie.

—¿Te ha dicho qué busca? —susurró Candy mientras se dirigían al pasaplatos.

—Lo que ya os dije a ti y a Sophie cuando hablé con ella por teléfono; siguen sin saber si ha habido intervención de terceros y quiere echar una mirada más, preguntar un poco a la gente… quedarse tranquila y cerrar la cosa.

—Pues esperemos que no haya demasiados bocazas.

Greta miró a Candy, alarmada, pero habían llegado ya a la cocina y no podían seguir hablando del tema. Se hicieron cargo de dos bandejas con unos cuencos de sopa de verduras y cuatro platos de filete de lubina con patatas panadera y espinacas con tomate que olían maravillosamente.

En la salita, Robles había sacado seis botellines de cerveza de la nevera.

—Así no tenemos que volver cuando se acabe la primera

ronda —comentó—. No, deja, invito yo. ¿Qué? ¿Qué te parece esto?

Lola, que estaba casi de espaldas a él, pasando la vista por las bellas estanterías y paneles de madera oscura y las cortinas de terciopelo verde sobre los visillos blancos, se encogió apenas de hombros.

—Bien. Parece un buen sitio.

—¿Hasta cuándo te quedas?

—Hasta el domingo, pero igual acabo antes y me regalo un fin de semana tranquilo, sin trabajar.

—¿Buscas algo en concreto? ¿Puedo ayudar?

Galindo lo pensó medio minuto, mientras recorrían el trozo de corredor que llevaba de vuelta a su mesa, cada uno con sus botellines fríos en la mano, y acabó por preguntarle al excomisario:

—¿Te ha llamado la atención por la zona de la alberca una barra metálica más bien larga, algo oxidada?

—No. ¿Debería?

—Aún no me he puesto a buscar, pero cuando estuvimos aquí con la científica no me suena haber visto nada así. Sin embargo, la chaqueta de Riquelme tiene una marca que indicaría que alguien dejó caer una cosa así sobre su espalda, quizá cuando ya estaba en el agua…

—Para que no pudiera salir… —imaginó Robles a toda velocidad.

—Algo así. O bien lo golpearon con ella y se llevaron la barra.

—¿Lo golpearon por la espalda cuando estaba al borde de la balsa? —Robles parecía bastante escéptico.

—Podría ser —insistió Galindo.

—No sería para matarlo. De eso no se muere nadie.

—Es raro, sí. Mañana echaré un vistazo.

—Podemos desayunar juntos a eso de las ocho y te acompaño un rato, antes de salir a andar.

—¿No corres?

—No quiero cargarme las rodillas. Andar es mejor a mi edad. He leído no sé dónde que, si corriera, cada vez que mi rodilla tiene que absorber el golpe contra el suelo, son un montón de kilos…, más de setecientos en cada zancada…, y no estoy por la labor. Pero tú aún eres una cría…

A Lola le hizo gracia que, desde que había llegado a Santa Rita, era la segunda vez que la llamaban joven, a ella, que llevaba meses dándole vueltas a la idea de que estaba ya entrando en la vejez y ya casi no le quedaba nada que valiera la pena en su futuro. Resultaba muy halagador, aunque no acabara de creérselo.

La cena resultó no solo agradable, sino hasta divertida en cuanto a Lola se le olvidó que estaba trabajando y los demás se olvidaron de que ella era inspectora de policía en activo. Se retiraron temprano después de un descafeinado con leche en la salita, Greta y Candy hacia la torre, Robles y Lola por el largo corredor hacia sus respectivos cuartos.

Cuando llegó al que le habían adjudicado, la inspectora estudió el ridículo pestillo, colocó una silla bajo el picaporte, subió la maleta al tocador, la abrió y, aunque solo iba a estar allí un par de días, sacó las cuatro cosas que había traído y las fue metiendo en el armario empotrado que ocupaba casi toda la pared. Sus pertenencias eran tan pocas que parecían supervivientes de un naufragio.

Ya a punto de cerrar la puerta del armario para pasar al baño, se dio cuenta de que, al fondo, a la derecha, había una maleta negra de mediano tamaño. No pudo resistirse a levantarla. Pesaba. No estaba vacía. Una etiqueta colgaba del asa. Le dio la vuelta. «José Ramón Riquelme Tomás. Huerto de Santa Rita, camino de Benalfaro s/n. Benalfaro (Alicante)» y un número de teléfono al que ya nunca contestaría nadie.

¿Qué hacía allí aquella maleta? ¿Sería de verdad de la víctima? Y… en ese caso… ¿sería la habitación que ella ocupaba ahora el cuarto en el que había dormido Riquelme? La idea le dio un ligero hormiguillo de repelús.

Esperaba que, al menos, hubieran cambiado las sábanas.

Fue a donde había dejado el bolso y sacó su cuaderno de notas para asegurarse de algo que se le acababa de pasar por la cabeza y, caso de ser verdad, la haría sentirse mejor. Pasó las páginas con rapidez hasta encontrar lo que buscaba: Riquelme no había podido dormir en aquel cuarto porque había muerto la misma noche que tenía que ser la primera que pasaba en Santa Rita.

Lola no era aprensiva, pero de todas formas prefería no tener que dormir en la misma cama que la víctima cuya muerte estaba investigando.

Algo más aliviada, cogió la maleta, la puso sobre los pies de la cama y la abrió. No estaba cerrada con candado. Aquello era cada vez más raro. Un tipo como Riquelme, recién salido de la cárcel y con su expediente, no se fiaba de nadie. No era normal que se hubiese dejado la maleta abierta, incluso si no tenía nada de valor ni nada que ocultar.

Tenía muy pocas cosas: unos pantalones de pinzas de color claro, unos vaqueros, una americana nueva, aún con la etiqueta, calcetines, dos juegos de ropa interior negra con detalles dorados —vaya, vaya, pensó la inspectora—, un neceser muy abultado que dejó aparte para abrirlo a continuación, un pijama de seda negra con batín y zapatillas, y un antifaz para dormir. El resto de sus pertenencias, la cartera, las llaves, el móvil y demás, estaban, presumiblemente, aún en la morgue.

Le extrañó que no hubiese una agenda o un cuaderno. En su experiencia, los extorsionadores, estafadores y gente de esa calaña siempre llevaban una libretita llena de nombres, teléfonos y tachaduras que los acompañaba año tras año y, aunque ahora el móvil podía hacer ese papel, casi nadie se fiaba de que toda aquella información estuviera contenida en un aparato que se podía vaciar de un momento a otro, o perder, o romperse.

211

Pasó las manos por el fondo de la maleta, por los dos lados. No había nada más.

El neceser, además de productos de higiene y belleza, tenía una buena cantidad de frasquitos de píldoras de todas clases —para dormir, para animarse, para proteger el estómago, para la acidez, para la hipertensión, para la función tiroidea, para las alergias— y una bolsita de lo que podía ser cocaína, que parecía de buena calidad, pero no le apeteció probar para cerciorarse. Había también otra bolsita de plástico transparente con unas pastillas blancas sin nombre que tendría que mandar analizar para saber qué eran. Además, muy al fondo y dentro de una caja de masaje de afeitar, tres ampollas, o «potes» como los llamaban en el ambiente, de un líquido que podría ser G, pero que también tendría que llevar al laboratorio. Lo guardó todo en su propia bolsa.

Ya a punto de cerrar la maleta después de haberlo metido todo dentro de nuevo se le ocurrió una idea. Cogió un pellizco del forro entre el pulgar y el índice y fue tirando de la tela a lo largo de los bordes de la maleta hasta que, en un punto, se despegó, permitiendo la entrada a un par de dedos.

Buscó, estirando los dedos todo lo posible, hasta que encontró algo que podía ser el filo de un papel. Le costó sacarlo, pero después de un buen rato de tira y afloja, lo consiguió: un sobre de los que tiempo atrás se usaban para el correo aéreo, de papel muy fino y con el borde de colores, rojo, blanco y azul, dirigido a Moncho Riquelme, *Wonder of the Seas*, Royal Caribbean Fleet. Kingston (Jamaica). En el remite, Candice Rafferty. Santa Rita. Benalfaro (Alicante). En la parte delantera, muy borrosa, encima del sello con la cara de la reina de Inglaterra, una fecha: 4. 09. 1984.

11

El olor de los pinares

*E*ran las seis y cuarto de la mañana del jueves. Nel y Elisa eran los únicos desayunando en el comedor, y, a pesar de ello, hablaban en susurros, con las cabezas muy juntas, sentados a una de las pocas mesas para dos.

—No sé ya qué hacer, Nel —le estaba diciendo Elisa—. Ni- nes está rarísima, tanto que no me he atrevido a decirle nada de lo nuestro ni a explicarle que he perdido la pulsera.

El chico le cogió la mano, le dio la vuelta y la besó en la muñeca desnuda.

—Lo siento, cariño; estaba convencido de que la había encontrado, te traje esa y ya no busqué más, claro. Luego fue lo del cadáver y la policía lo perimetró todo, y ya no pude volver.

—Claro, claro, no es culpa tuya. Viste una pulsera y pensaste que sería esa. Ni idea de quién será la que tú has encontrado. Yo también he dado mil vueltas por allí, desde que se fueron, y lo que no me hace mucha gracia es que ahora seguramente mi pulsera estará en alguna bolsa de plástico de la policía y antes o después averiguarán que es mía y me preguntarán qué hacía yo allí.

—Pues no veo el problema. Tienes todo el derecho del mundo a estar aquí. Vives aquí. Y perder una pulsera es bastante normal, ¿no crees?

—Pero me da miedo que me relacionen con la muerte de ese hombre.

—¡No digas tonterías! Y ve acabándote la tostada, que ahora mismo llegan los demás. A todo esto... ¿cuándo se lo vamos a decir?

—¿A quién? ¿A Nines?

—Y a Eloy y a todos. Me fastidia andar disimulando. ¿Qué pasa? ¿Que te da vergüenza que estemos juntos?

Ella le cogió la mano y se la apretó.

—No, hombre. ¿Cómo me va a dar vergüenza?

—Y ¿por qué le tienes ese miedo a Nines?

Elisa sacudió la cabeza y se acabó el café con leche en un par de tragos largos.

—No le tengo miedo. Es que me da pena.

—¿De qué?

—De que lo ha pasado muy mal en su familia, le han hecho cosas..., en fin..., cosas que no te puedo contar, y detesta a los hombres. Cuando nos hicimos amigas, estuvo tratando de convencerme de que nunca debía enamorarme de un chico. Estuvimos un tiempo..., no sé cómo decirlo..., saliendo juntas...

—O sea, que sí que erais novias.

Ella bajó la vista, azorada.

—No, ya te dije que no; pero nos tenemos mucho cariño, nos hemos ayudado mucho en los últimos meses y me regaló la pulsera como símbolo de...

En vista de que no continuaba, Nel insistió:

—¿De...?

—De nuestra amistad, de nuestra unión especial. Ahora se ha dado cuenta de que no la llevo; estoy segura, y me extraña que no me haya preguntado nada todavía. Me da pena hacerle daño diciéndole que... —levantó de nuevo los ojos hacia él— que me he enamorado de ti y quiero estar contigo. Se lo va a tomar fatal y es capaz de cualquier cosa.

A la alegría que le había dado de golpe el oírla decir que estaba enamorada de él se mezcló una extraña inquietud por la expresión que había adoptado el rostro de Elisa.

—¿De qué tipo de cosa la crees capaz?

Ella se encogió de hombros.

—Yo qué sé. Nines es de las que tienen muy claro eso de «o estás conmigo o estás contra mí», y bueno...

—¿Qué? ¡Joder, Elisa! No sabía yo que fueras tan gallina. ¿Qué coño quieres decir con todas esas pausas y medias palabras?

Ella lo miró a los ojos, muy seria.

—Nel, no sé qué estará planeando, pero sé que es una mujer peligrosa. Y tengo miedo.

Antes de tener tiempo a preguntarle de qué tenía miedo, qué pensaba ella que podía hacerles Nines, sonó una voz a su lado.

—¿Quién es peligrosa? —dijo Eloy, dejándose caer en una silla cercana, medio atontado aún.

—La Samper, la de Derma —improvisó Elisa, levantándose a ponerse otro café—. Me han dicho que todo lo simpática que parece es solo para que una se confíe, que los exámenes son terribles.

—Joder, pues vaya forma de empezar el día. Hace siglos que no repaso la Derma; es que no llego a todo. —Se pasó la mano por los ojos y la frente—. ¿Os habéis enterado de que la inspectora esa que estuvo aquí el domingo está pasando unos días con nosotros? —continuó, cambiando de tema.

Los dos se quedaron mirándolo.

—¿Y eso?

Eloy se encogió de hombros.

—Parece que aún no tienen claro si ha sido accidente o asesinato.

—¡Venga ya! —Nel parecía escandalizado.

En ese momento, Candy, desde el pasillo, le hizo a Nel

215

una seña para llamar su atención. Se levantó y salió a encontrarse con ella.

—Espero que no se te haya olvidado que hoy voy con vosotros hacia Alicante. Fui ayer noche a tu cuarto a recordártelo, pero no te encontré.

Nel sintió que se sonrojaba. Le había prometido a Elisa que nadie se enteraría de que no había pasado la noche en su propio cuarto y ahora, por una estúpida casualidad, Candy lo sabía, o al menos se lo imaginaba. Además, se le había olvidado de verdad que había quedado en guardarle un sitio en el coche. Confiaba en que Nines no tuviera ganas de ir a clase, lo que era bastante frecuente, porque, de lo contrario, la cosa iba a resultar complicada.

—Claro, Candy, por supuesto que me acuerdo. Ayer noche no conseguía dormir y me fui a la biblioteca a trabajar hasta que me entró sueño.

—¡Ah! Entonces por eso no hubo luz en la biblioteca en toda la noche —dijo, mirándolo fijo a los ojos, sin perder la cara de póquer—. Cuando la luz está encendida se ve el reflejo desde mi cuarto de baño, ¿sabes?, y yo sí que me he pasado la noche en vela. Pero no tienes por qué explicarme dónde o con quién estabas. No es asunto mío.

Nel apreciaba muchísimo a Candy, pero había algo que odiaba en su forma de ser, una sola cosa: esa despiadada forma de ponerlo a uno contra la pared, esa forma de decirle «sé que estás mintiendo y no voy a dejarte una salida airosa porque soy más lista que tú y no puedes engañarme».

—¿En diez minutos en la entrada? —dijo con su mejor voz de maestra de escuela amargada, antes de que él consiguiera pensar qué contestarle.

Se limitó a asentir con la cabeza y volvió al comedor, donde, sentados a la mesa, estaban Elisa y Eloy, más Tony y Nines. Estaba claro que había días que habría sido mejor no levantarse.

—Tíos, tenemos un problema —dijo sin tomar asiento, pensando que lo mejor era hacer frente a lo que acababa de presentarse—. Se me había olvidado que hoy tengo que llevar a Candy a Alicante, así que nos sobra uno.

—El problema lo tendrás tú, guapo —dijo Nines, mordiendo agresivamente una manzana verde y mirándolo con los ojos entrecerrados—. Todos sabemos conducir, así que, si sobra uno, también puedes ser tú.

—Yo tengo que llevar a Candy a Alicante.

—Todos sabemos llegar a Alicante, no eres el único.

Nel se mordió los labios para evitar decir lo que estaba pensando. No podía dar explicaciones porque Candy no quería que nadie supiera a qué iba a Alicante. Eso era algo que solo él y Robles sabían, y al parecer esta vez Candy ni siquiera había confiado en Robles, de modo que tenía que ser él.

—Yo tengo que llegar superpuntual a una práctica de autopsia. Contreras solo ha elegido a tres estudiantes para estar presentes. Aún no puedo creer que me haya tomado a mí —dijo Eloy, salvándolo así de contestar—. ¿Por qué creéis que he madrugado tanto? Con el autobús no llego.

—Yo tengo un examen oral —dijo Tony, cambiando la vista de uno a otro, realmente angustiado—. El profe ya no vuelve hasta junio y, después de mucho insistirle, me ha dado cita para esta mañana. Hoy de verdad es importante para mí.

—Vale —dijo Elisa—. Me quedo y cojo el autobús más tarde. No tengo nada urgente. Solo habíamos quedado unas cuantas a desayunar antes de las fiestas.

Nines la miró con todo el desprecio que consiguió poner en una sola mirada.

—Claro, Elisa, como debe ser… Los tíos van en coche y llegan a tiempo a todo, y la mujercita se sacrifica por el bien común, coge el autobús, casi una hora de trayecto, y se jode. Creía que te había enseñado algo, pero se ve que no. ¡Qué asco me das, tía!

Se levantó con rabia y echó a andar hacia la salida.

—Os espero fuera. Necesito echar un piti —dijo por encima del hombro.

Los tres chicos miraron a Elisa sin saber bien qué cara poner.

—¡Qué mala leche tiene Nines, joder! —dijo Tony—. Si a ella lo único que le va es pasarse las horas muertas en la cafetería… Ya podía dejarte su puesto.

—El curso que viene me buscaré un piso en Alicante —dijo Elisa, recogiendo su mochila—; algo que esté cerca de la uni y me permita ir a casa a comer a mediodía. Total, ya será el último y luego tendré que ver qué quiero hacer de mi vida. ¡Nos vemos luego!

Se marchó sin despedirse de Nel y él sintió que había empezado el día con muy mal pie, después de la felicidad de la noche; pero ahora todo el mundo tenía prisa, ya lo arreglarían por la tarde.

Elisa pasó por su cuarto, dejó la mochila y salió al jardín a dar una vuelta más por la zona de la alberca. Desde que la había perdido no dormía bien y tenía constantemente la sensación de que la pulsera la llamaba para que la encontrase, aunque era consciente de lo estúpida que resultaba la idea.

Aquella pulserita le había costado un pico a Nines y era la primera vez en su vida que había regalado algo de valor a alguien. «Para que veas lo que me importas, preciosa», le había dicho. Por eso era fundamental encontrarla.

Al cabo de casi un cuarto de hora de buscar por la pérgola y todos los accesos a la alberca, ya que también podía haberla perdido de camino allí, bajó el talud que llevaba a la verja de tela de gallinero que cerraba los terrenos por el oeste, sabiendo que era imposible que hubiese caído tan lejos, buscó un rato con los ojos clavados en el suelo y al final se apoyó contra la pared de los trastos —un ribazo de piedras donde desde hacía años se iban dejando todas las cosas poco presentables pero que aún no se habían tirado— y se quedó quieta, oliendo la mañana —humo de leña, humedad de la noche, alguna vaharada del perfume de los pinos que sería intenso a mediodía, bajo el sol, y ahora era solo un recuerdo— y tratando de relajarse y ver de pensar con claridad.

La noche con Nel había sido maravillosa. Todo en su interior estaba revuelto. Aún sentía su piel como si fuera nueva, como si se tratase de un vestido ajustado y sensible que acababa de estrenar. Poco a poco, Nel iba cubriendo su pensamiento, dulce, inexorablemente; un tarro de miel derramada que va extendiéndose, llenándolo todo de suavidad ambarina, y no deja espacio para nada más, para nadie más.

Era difícil para ella saber qué significaba Nines en su vida, y más ahora que sentía eso por Nel. Nunca había tenido novio, ni siquiera había salido con ningún chico. Siempre había sido la típica empollona buena chica que saca excelentes notas y jamás llega a casa más tarde de lo acordado, que no ha probado ningún tipo de droga y ni siquiera ha llegado a emborracharse porque el alcohol le da sueño y la pone triste. Nines había sido una revolución en su vida y, durante un tiempo, incluso había pensado que, con ella, había encontrado el amor, y se había esforzado, mucho, por convencerse de que el hecho de que Nines fuera una mujer igual que ella no tenía ninguna importancia. Su primera experiencia sexual había sido con ella y, siendo sincera consigo misma, tenía que reconocer que le había gustado de verdad, pero ahora ya no estaba segura de nada. Después de la noche pasada con Nel, de su ternura, de su humor, del cuidado y el cariño con el que la trataba, la relación con su amiga le resultaba difícil, incómoda, una lucha constante.

Le parecía fundamental recuperar la pulsera y poder devolvérsela a Nines en cuanto estuviese totalmente segura de sus sentimientos por Nel.

Aparte de que sentía que se había enamorado, todo sería

mucho más fácil con él: sus padres estarían encantados, porque Nel era un muchacho estupendo, podrían casarse y tener hijos, los dos iban a ser médicos, coincidían en gustos y educación… Estar con Nel era vivir tranquila, mientras que con Nines todo era una especie de montaña rusa de discusiones y peleas y reconciliaciones y locuras.

Aunque nadie lo diría desde fuera, Nines era una romántica empedernida y, cuando sentía que se había pasado y necesitaba que ella la perdonara, era capaz de organizar sorpresas de película, como el año anterior cuando, en pleno invierno, alquiló un taxi acuático para llevarla a la isla de Tabarca y convenció al dueño de uno de los chiringuitos, cerrados por vacaciones, para que las dejara cenar allí, en mitad de la playa desierta, con la luna llena rielando en el mar frente a ellas, solas las dos a la luz de las velas, con la comida que ella misma había llevado en una cesta. Esa noche fue cuando le dio la pulsera y le pidió que la llevara en prenda de su amor.

Había sido lo más increíble que le había pasado en la vida, pero ese tipo de cosas eran maravillosas excepciones y, si el precio era tener que pasar por peleas sin fin para llegar a una reconciliación de fábula, la verdad era que no le compensaba.

De todas formas, era feliz de guardar en su recuerdo una experiencia así, y no estaba dispuesta a compartirla con nadie, ni siquiera con Nel. Ese sería uno de esos raros momentos que se conservan entre algodones durante toda la vida y una se lleva a la tumba sin haberlo compartido con nadie; un momento que nadie le podría arrebatar. Pero la vida también está hecha de respeto y solidaridad y un día a día tranquilo, y ahí Nines no era de fiar.

Se apoyó con más fuerza contra uno de los tubos oxidados que alguien había dejado allí con la esperanza de que sirvieran para algo en algún momento, y cerró los ojos, recordando la noche anterior hasta que, lenta pero imparablemente, una sonrisa se extendió por su rostro.

No iría a clase, decidió de golpe. Se iba a regalar esa mañana tranquila en Santa Rita, disfrutando de la primavera, del jardín, de la maravillosa soledad. Quizá luego se pasaría por la cocina a echar una mano. Eso siempre le sentaba bien.

De repente, unas voces por encima de ella la sobresaltaron. Había alguien en la pérgola. «¡Joder! —pensó—. No hay forma de estar tranquila en esta casa».

Pero como no sabía cuánto tiempo se iban a quedar allí y no quería perder la mañana escondiéndose, subió el talud pensando en saludar y seguir hacia la entrada.

Se trataba de Robles y la mujer policía.

—Buenos días —dijo, con la voz más alegre y despreocupada que pudo fingir.

—Anda, ¿de dónde sales tú? —preguntó la inspectora, sorprendida.

—De ahí abajo, de la zona de los trastos.

—¿Y qué hacías ahí? —preguntó Robles.

—Hace unos días perdí mi pulsera y no hago más que buscar por todas partes, a ver si hay suerte. Pero nada.

La inspectora sacó el móvil, buscó un poco y le enseñó una foto.

—¿Es esta por casualidad?

A Elisa el corazón le dio un salto en el pecho.

—¡Sí! ¡Qué alegría! ¿Dónde estaba?

—Aquí mismo, bajo la pérgola. ¿Cuándo la perdiste?

—Pues… ni idea. Solo sé que hace un par de días que no la encuentro.

—Haz memoria, anda. ¿Estuviste por aquí la noche que murió Riquelme?

Ella negó con la cabeza.

—¿Qué hiciste esa noche después de la cena?

—Nada. Me fui a mi cuarto, vi una serie y luego a dormir. Aquí madrugamos.

—Ya. Y ¿no viste ni oíste nada que te llamara la atención?

—No. Lo siento. ¿Sabe cuándo podré recuperar mi pulsera?

—Supongo que esta semana que viene. Te avisaré.

Elisa se marchó hacia la casa, bajo la mirada de Robles y Galindo, hasta que desapareció al volver la esquina de la zona norte.

—¿Quién es? —preguntó Lola.

—Una de las estudiantes. Medicina. Buena chica. Supongo que lesbiana, porque está bastante claro que ella y Nines son pareja, pero aún no se lo ha acabado de creer.

—¿Y eso?

—Me figuro que a su familia no le gusta la idea, pero saber no sé nada. Nel, otro estudiante de Medicina, un enamorado de Santa Rita, está colado por ella. Lo sabemos todos, pero no sé si por fin se habrá animado a intentarlo.

—Hombre, si la chica es homosexual…

Robles soltó una breve carcajada.

—Parece que hoy en día las cosas no están tan claras, Lola. Los vejestorios como yo no acaban de entender tanto rollo de identidad sexual o de género o como se llame. En mi época todo era más fácil.

—En tu época había homosexuales igual que ahora, aunque lo tenían más difícil, eso sí.

—Sí que los había, claro, pero sabían seguro que lo eran, mientras que ahora… parece que no hacen más que darle vueltas a lo que son o no son… En fin, no me hagas caso. ¿Te has fijado en que Elisa llevaba en la espalda una marca de óxido larga y estrecha?

—La verdad es que no. Me estaba fijando en su postura corporal: rígida y con los hombros encorvados. En algo nos ha mentido, estoy segura.

—Ven. Se me acaba de ocurrir dónde puede haber algo que haya podido producir esa mancha.

Bajaron el talud y unos metros más allá, apoyados contra el ribazo de piedra, descubrieron unos cuantos tubos metálicos largos y oxidados que podrían haber pertenecido a algún tipo de toldo o pérgola o pabellón.

—Aquí tienes lo que buscabas.

Galindo se acercó con la mano cubierta por el pañuelo que llevaba al cuello y levantó unos centímetros uno de los tubos.

—No pesa demasiado. Cualquiera habría podido cogerlo. —Se agachó y estuvo mirando por el suelo—. Pero no parece que nadie lo haya sacado de aquí en mucho tiempo, ni este ni los otros.

—Entonces lo más probable es que a Riquelme le pasara lo mismo que a Elisa: que se apoyó en la pared donde está el tubo y se manchó la chaqueta.

Lola se puso de pie y fue mirando por los trastos viejos.

—Mira, aquí hay otro par de tubos en el suelo. Esos sí que podrían haberse movido sin que lo notemos.

—Pues estamos como estábamos. Anda, vamos a desayunar algo. ¡Hostia! —Robles se quedó parado de repente y se dio una palmada en la frente.

—¿Qué?

—Que soy un imbécil. Se me había olvidado que tenía que hacer algo importante a primera hora, pero me temo que ya da igual. Ve delante y vas sacando los cafés; yo voy enseguida.

Robles estaba seguro de que Candy ya se habría ido con Nel, pero quería asegurarse. La llamó sin obtener respuesta. De modo que le envió un mensaje de texto:

«Llámame cuando acabes y voy a recogerte. ¡Suerte!».

Luego echó a andar hacia el comedor.

—¿Qué, Robles? ¿Hoy no has salido a andar? —Miguel iba también de camino al desayuno.

—No, aún no. Estoy echándole una mano a Lola Galindo, la inspectora que nos ha mandado Ximo Aldeguer, mi colega de Elche. Ven y te la presento. ¿No viene Merche?

—No. Se ha tomado unos días libres y se ha ido a ver a los hijos.

—¿Sola?

—Yo no quería moverme de aquí, ahora que por fin pasa algo interesante. Ya iré como siempre, a mediados de mayo.

Llegaron a la mesa que Lola ya había ocupado, Robles hizo las presentaciones y, durante unos minutos se dedicaron a comentar el tiempo y los planes que algunos tenían para la semana de Pascua.

—Dice Chon que, pasado mañana, que es sábado de gloria, hará buñuelos para desayunar —dijo Lola, mojando una magdalena en su café con leche—. No tenía ni idea de que fuera un día particular.

—Hoy es Jueves Santo, si te sirve de algo —explicó Miguel—, mañana Viernes Santo, el día que crucificaron a Jesucristo, y el domingo, Domingo de Resurrección. Lo de Sábado de Gloria está un poco anticuado y, además, es día de luto, o sea que para celebrar comiendo buñuelos es un poco pronto. Lo suyo sería hacerlos el domingo, pero como aquí no hay muchos creyentes bien informados, de hecho, da igual.

—Este hombre es un pozo de sabiduría —le dijo Robles a Lola, sinceramente admirado por los variopintos conocimientos del matemático—. ¿Cómo sabes tú todo eso?

—Tú también lo sabrías si no se te hubiera olvidado. ¿No fuiste al seminario de joven?

A Robles no le hizo demasiada gracia que Miguel nombrara delante de la inspectora una cosa que él le había contado porque eran amigos, pero que no todo el mundo sabía.

—Sí —concedió—, entre los catorce y los diecisiete años; pero de eso ya ha llovido…

—Aquí tenéis capilla, ¿no? —preguntó Lola, sin haberse dado cuenta, al menos en apariencia, del desliz de Miguel—. Capellán supongo que no.

—Supones bien. A Sofía, lo de la Iglesia no le resulta simpático y ninguno tenemos la necesidad de tener un cura por aquí. Algunas mujeres van a misa a Benalfaro los sábados por la tarde o los domingos por la mañana, pero es más bien una costumbre social que otra cosa; así aprovechan para tomarse un aperitivo con las amigas —continuó explicando Miguel—. A las procesiones también van mucho, porque es casi como un Carnaval.

—Te he oído —dijo Quini al pasar cerca de su mesa—. ¡Y no tienes ni idea, descreído! ¡Mira que comparar una procesión con un carnaval!

—Vale, vale, me arrepiento… —contestó con guasa.

—Merche se ha ido, ¿verdad?

—Ayer tarde la acompañé a la estación de autobuses.

—Es que nos había prometido echar un par de horas extra rellenando saquitos de lavanda, y ahora de pronto se va sin avisar. ¿Les ha pasado algo a vuestros hijos?

—No, Quini, nada de particular. Es que de pronto le ha entrado la nostalgia maternal.

—No os habréis peleado, por casualidad…

—Pues no.

—Ya le decía yo a Ena que había oído mal. Es una chismosa. Dice que el sábado por la noche os oyó discutiendo en la habitación.

—No sé, chica… Si Ena lo ha dicho, será verdad, pero no me acuerdo… Y Merche se fue ayer, miércoles…, así que debe de haberse guardado el cabreo más de tres días, porque yo no me he dado cuenta de nada.

Quini se rio.

—Os dejo, que me están esperando.

—Ya me decía ayer Greta que lo peor de Santa Rita es el cotilleo —dijo Lola, siguiéndola con la vista hasta que se reunió en una mesa con otras mujeres de su edad.

—Se trata de que te entre por un oído y te salga por el otro —explicó Robles—. De algo tienen que hablar las pobres… Bueno, os dejo, que tengo cosas que hacer. No te olvides de apuntarte para las comidas, Lola. Ahí en la lista, al lado del pasaplatos.

—¿Hace una partida esta tarde? —preguntó Miguel—. ¿Sobre las cinco en la salita?

—Allí estaré, dispuesto a ser derrotado.

—¿A qué jugáis?

—Al ajedrez —dijo Robles, ya marchándose—. Pero Miguel es muy bueno y yo soy malísimo. Eso sí, estoy empezando y es un buen maestro, así que hay que tragarse el orgullo y perder una vez tras otra. ¡Hasta luego!

De camino a Alicante, Robles le daba vueltas a la breve conversación que acababa de tener con Sofía. Antes de que pudiera arrancar el coche, había salido Marta a decirle que Sofía lo necesitaba un momento.

Por primera vez desde que Robles vivía en Santa Rita, lo había recibido en su estudio, no en la salita que él conocía. No sabía si eso significaba algo —que había crecido en su estima o que quería darle una muestra de mayor confianza o quería mostrarse frente a él de modo más profesional—, pero el caso es que Marta lo había llevado hasta esa puerta que, para él, siempre había ocultado el misterio de su profesión.

Era un cuarto grande, seguramente más de cuarenta metros cuadrados, pero que parecía más pequeño por estar abarrotado de libros, recuerdos de viajes y objetos de todo tipo y, lo más curioso, arreglado de manera que ciertos muebles e incluso un par de estanterías y biombos creaban varias zonas separadas, de forma que desde una no se podía ver lo que estaba pasando en la otra, ni si había alguien más por allí, leyendo o escuchando.

Sofía estaba sentada en uno de los dos sillones de cuero y, al verlo entrar, le indicó el otro. La luz de la mañana entraba a raudales en el cuarto, haciendo danzar las motas de polvo a su alrededor, y las copas de los árboles —pinos, palmeras, el gran eucaliptus— se mecían suavemente frente a ellos. Aquel cuarto era un remanso de paz donde le gustaría ser invitado con más frecuencia.

Las preguntas habían sido más o menos las que se esperaba: «¿Qué hace aquí esa policía? ¿Qué ha averiguado? ¿Cuándo piensa marcharse?», y no le había resultado ni difícil ni embarazoso responderlas.

«Ya me ha dicho Greta lo que ella sabe, pero quería preguntártelo a ti porque tú tienes otro punto de vista sobre este tipo de cosas», le había explicado Sofía.

Robles acababa de tranquilizarla sobre el asunto de la muerte de Moncho. Daba la impresión de que realmente se había tratado de un desafortunado accidente, una concatenación de golpes de mala suerte. Faltaba muy poco para poder tener un cuadro claro de lo que había sucedido y pasar página.

227

«Quizá fue un poco estúpido por mi parte dejarme llevar así por los locos planes de Monchito, pero a mi edad pasan ya tan pocas cosas interesantes o atractivas que cualquier tontería que recuerde a la juventud, a cómo era antes la vida, hace revivir las ilusiones y las esperanzas. En fin…, no estaba de Dios.»

No podía jurar que las palabras exactas hubieran sido esas, pero era más o menos lo que le había dicho, poco antes de preguntarle, cambiando totalmente de tema, lo que aún le tenía la mente ocupada.

—Robles, ¿a ti te gusta Greta?

Le había parecido tan sorprendente la pregunta que, al pronto, no había sabido qué contestar.

—Sí, claro; es una mujer estupenda.

—No me has entendido. Te pregunto si te gusta como mujer, como pareja, para casarte con ella.

—¡Sofía!

—Ya no tengo edad de irme por las ramas. Escucha. Se me ha ocurrido que, quizá, si tú te vieras capaz de enamorarte de Greta, y ella de ti, sería una solución ideal para Santa Rita cuando yo no esté. A la edad que tenéis los dos, con un poco de suerte, podemos solucionar la cosa para veinte años más. Luego ya buscaréis vosotros otro arreglo.

Se había quedado de piedra y, durante lo que le pareció una eternidad, pero probablemente no habrían sido más de unos segundos, no había encontrado palabras. Por fortuna, ella había seguido hablando como si nada.

—Piénsalo. No es ninguna locura. Tú eres viudo, ella, divorciada…, bueno, separada, pero el divorcio es inminente. Tú no tienes hijos y las de ella ya son totalmente independientes. Los dos amáis Santa Rita y os importa defender nuestra forma de vida. Sois sanos, inteligentes, guapos, jóvenes…

Ahí ya no había podido evitarlo y se había echado a reír.

—Mujer…, jóvenes…

—A mi lado, unos pimpollos. ¿Qué me dices? ¿No te gustaría ser el dueño de todo esto?

A él mismo le dio vergüenza sentir que su estómago se contraía y empezaba a pulsar de puro deseo. Sin saberlo, porque era algo que él no se había confesado nunca ni siquiera a sí mismo, Sofía había dado en el blanco. Claro que le gustaría. No le estaba proponiendo ser el administrador, el sucesor de Candy. Le estaba ofreciendo la mano de la princesa y convertirse en rey de aquel territorio de fábula.

Solo que, fuera de los cuentos, las princesas tienen voluntad y opiniones propias, y a él la idea de ser rey nunca le había seducido. Sofía parecía la proverbial serpiente, ofreciéndole la tentación, la oferta que no podría rechazar, el paraíso al alcance de su mano con solo decir que sí.

—Piénsalo, Robles. No te costaría nada enamorar a Greta. Es el mejor momento, créeme. Y os vendría muy bien a los dos.

Todo en su interior se rebelaba contra esa propuesta y a la vez algo susurraba «¿por qué no?».

Ya estaba en la puerta, después de haberle prometido pensarlo en serio cuando Sofía había añadido:

—Y no me vengas con cuentos de que esas cosas no se pueden forzar, de que eso pasa por sí mismo o no pasa. Todo se puede hacer suceder. Si uno quiere y es inteligente, da los pasos necesarios para que pase lo que uno desea, y luego todo viene rodado. No me digas nada aún, Robles. Piénsalo.

Había pasado ya una hora y, sin poder evitarlo, seguía dándole vueltas a la conversación, más bien monólogo por parte de Sofía.

Una pregunta central: ¿le gustaba Greta? Sí, sin duda. Era inteligente, tenía sentido del humor, era guapa, hablaba claro…

Aunque no tan claro como Sagrario, su Sagrario.

Esa era sobre todo la cuestión: que, cuando conoció a Sagrario, se había sentido inmediatamente atraído por ella, por su desparpajo, sus ojos chispeantes, los mechones grises que se le salían de la cofia de enfermera-jefe…, mientras que, con Greta, aunque le caía muy bien y le gustaba comer y cenar con ella, ni se le había pasado por la cabeza que pudieran comenzar una relación que los llevase más allá del compañerismo que los unía.

Podía pensarlo, evidentemente, pero de alguna manera le seguía pareciendo extraño. ¿Le habría dicho Sofía a su sobrina lo mismo que a él? Iba a resultar muy embarazoso encontrarse con ella a la hora de comer, pensando que quizás ella lo estuviera evaluando también desde ese punto de vista de futura pareja. Por fortuna, estaría Lola, y seguramente Miguel y Candy, y eso rebajaría la incomodidad.

Puso el intermitente y giró a la derecha, hacia el puerto, por puro automatismo y solo entonces pensó que habría sido más inteligente seguir por la autovía para entrar por Vistahermosa,

229

pero al fin y al cabo daba igual. No había prisa; le sobraba tiempo para recoger a Candy cuando habían quedado.

Redujo la velocidad para enfilar la calle que discurría entre el puerto deportivo y la Explanada con sus palmeras y su suelo de ondas de colores. Los veleros cabeceaban suavemente; la ventanilla del coche bajada permitía que entrase el tintineo de las piezas metálicas contra los mástiles, un sonido que, sin saber siquiera por qué, ya que él nunca había sido hombre de mar, siempre asociaba con las grandes aventuras marítimas, con las olas rompiéndose en la proa de un barco.

Era bueno vivir allí, respirar aquel aire, dejarse acariciar por aquel sol. La gente ya iba vestida de primavera, a pesar de que era Jueves Santo, y había un cierto ambiente de fiesta en el aire, de vacaciones.

En su infancia, el Jueves Santo ya era un día muy triste y el Viernes Santo era un día de duelo nacional, la radio no daba más que música clásica, no se podía correr ni silbar ni gritar por la calle, los mayores hablaban en voz baja y todo el pueblo olía a bollos y magdalenas que empezarían a consumirse el domingo, en cuanto el Señor hubiese resucitado y volviera la alegría al mundo.

Por la tarde, las familias iban a recorrer las iglesias, a visitar a Jesús crucificado, muerto, en espera de la resurrección, y los niños miraban con los ojos muy abiertos la figura torturada y yacente, palidísima, los hombres con la banda negra en el brazo del traje de vestir y las mujeres con el velo negro y tupido de ir a misa y el vestido más sobrio de su armario.

Ahora la gente iba de colores, enseñando los brazos y las piernas, y no había la menor sensación de que pasara nada de particular, aunque quizás en las iglesias siguieran exponiendo la figura del Nazareno, y del Cristo yacente y de la Virgen con los puñales clavados en el pecho.

A menos que Greta quisiera darse un baño de folclore y le pidiera que la acompañara, él no pensaba ir ni a las iglesias ni a las procesiones. Ya había tenido bastante de visitas macabras en su lejana infancia.

Aparcó muy cerca de la entrada y escribió un mensaje a Candy para decirle que la estaba esperando fuera. Apenas cinco minutos después, apareció en las escaleras, delgadita y primorosa como era siempre, con el traje rojo de chaqueta y pantalón que era uno de sus favoritos y el gran bolso negro donde siempre llevaba trabajo por si tenía que esperar.

—Cuenta —le dijo Robles, nada más acomodarse ella en el coche y abrocharse el cinturón.

Candy se puso las gafas de sol y, sin mirarlo, con la vista fija al frente, dijo una sola palabra:

—Quimio.

—¿Por qué?

—Porque, al parecer, lo han sacado todo, pero quieren asegurarse de que no hayan quedado células enfermas que puedan reproducirse. Tendré que venir cada dos semanas y ya me han avisado de que tendré las defensas muy bajas durante un tiempo y que estaré casi siempre enormemente cansada. Una juerga, vaya.

—Podría ser peor, ¿no? ¿Qué posibilidades ven?

—¿De curarme? Estadísticamente, sobre un ochenta por ciento. No está mal. Menos da una piedra.

Robles sonrió.

—¿Qué me dices de que te invite a una paella en Benidorm?

—No.

Hubo unos segundos de silencio.

—Detesto las paellas para turistas —dijo Candy, con una sonrisa traviesa—. Pero te aceptaría una fritura de pescado en Altea, por ejemplo. Sabes que vamos en la dirección opuesta, ¿no?

Robles puso el intermitente a la derecha, entró por una avenida plantada de tipuanas que empezaban a salir del le-

231

targo invernal y se reincorporó a la vía principal, esta vez ya en dirección norte.

—Sabes que cuentas conmigo, Candy.

Ella le puso una mano en la que él tenía sobre el cambio de marchas.

—Lo sé, Robles. Saldremos de esta. Y, aunque no, lo importante ya está arreglado. Santa Rita sigue siendo nuestra.

12

El horizonte del mar

$\mathcal{A}$ la hora de comer, Lola había hablado ya con unas cuantas personas, había rellenado algunos vacíos en la sucesión temporal de los acontecimientos y se había puesto activamente a buscar a Greta, con la que también quería charlar un rato para poder contrastar la información recibida de la estanquera.

También le habría gustado enseñarle a Robles la carta que había encontrado en la maleta de Riquelme, pero se acababa de enterar de que había llamado para decir que hicieran el favor de borrarlos a él y a Candy de la lista del almuerzo, con lo que había quedado claro que no podría encontrarse con él hasta la tarde.

La carta le daba vueltas y vueltas por la mente, más por lo que implicaba que por lo que decía explícitamente y, sobre todo, porque Riquelme hubiese considerado importante conservarla desde 1984 y la hubiese escondido de esa manera.

Echó un vistazo a su cuaderno para resumirse a sí misma lo que había conseguido establecer: la tarde de la muerte de Moncho —arrugó la nariz ante lo estúpido del nombre—, Trini había repasado con Sofía el menú que ya habían decidido el día anterior; ella, Chon y Ascen habían sido las cocineras, además de Reme, que también había estado ayudando en la cocina. Una de ellas, ahora nadie recordaba bien quién ni cómo había sido, había tenido la idea de añadir a la receta básica del pollo con almendras una picada de piñones, ajo, pan frito y los higadillos de los pollos para darle más sabor y un toque más sofisticado a la salsa. Estaba claro que habían tenido éxito porque no había sobrado absolutamente nada.

Antes de cenar, Robles y Riquelme, a petición de Sofía, habían salido a tomarse una cerveza a la zona de la alberca «para ir conociéndose mejor». Al parecer, la cerveza —negra y con un toque de tequila extra— la había sacado Riquelme de su habitación porque en la nevera de Santa Rita no había cosas tan exóticas. Solo tenían cerveza rubia normal y cerveza sin alcohol. Todo eso lo sabía por el excomisario. Los cascos de la cerveza se habían sacado el lunes al contenedor de vidrio, como todas las semanas, con lo cual resultaba imposible analizar la botella de la que había bebido la víctima.

Después de la cena, casi todo el mundo se había quedado en el comedor, charlando y acabándose el cava con el que habían celebrado las noticias de Sofía: su boda y las obras de la futura piscina. Sofía se había retirado inmediatamente después de cenar y Riquelme había sido visto por el pasillo de Poniente, quizá hacia su cuarto, quizá hacia el jardín. Nadie había vuelto a verlo desde entonces.

Todos se habían ido a dormir pronto. Nadie confesaba haber salido al jardín en ningún momento de la noche, aunque aún no había preguntado al grupo de estudiantes, salvo a Elisa, que había dicho que ella había estado todo el tiempo en su cuarto. Algunos habían comentado que a partir de las doce o la una se había levantado un viento que tampoco invitaba a salir a pasear, y las dos personas que tenían perro le habían dicho que los habían sacado brevemente por la parte de la entrada, hacia el camino de las palmeras, para que no estropearan nada del jardín, como Paco les recordaba constantemente.

Todo de lo más normal. Sin embargo, había algo que no le acababa de gustar; algo inapresable que le molestaba.

Aunque lo más probable era que se tratase simplemente de que nadie disimulaba su alegría por que Riquelme hubiese dejado de existir. Era la primera vez en toda su vida profesional que los afectados por una muerte violenta no hacían nada por fingir que lo lamentaban. Y el caso era que resultaba comprensible, dada la catadura moral de la víctima, pero ellos tampoco tenían por qué saber qué clase de perla era. Al menos nadie le había dado a entender que supieran que el muerto había sido un estafador, un cazadotes y probablemente un chantajista, además de haber hecho sus pinitos como ladrón. Allí todo el mundo le había dicho que no sabían nada del prometido, salvo que era un antiguo amigo de Sofía que acababa de regresar a Benalfaro, y que, si estaban tan aliviados con su muerte era, simplemente, porque no se habían acabado de creer que, una vez instalado como consorte en Santa Rita, todo siguiera como estaba. Aquel tipo no les había hecho buen efecto, sin más. Las chicas de la cocina habían añadido también, entre risas, que, si Moncho pensaba que, casándose con una nonagenaria, en poco tiempo se convertiría en dueño de todo aquello, le estaba muy bien empleado, porque, como dice el proverbio: «igual muere la oveja que el cordero». Treinta años de diferencia son muchos, pero nadie está libre de sufrir un accidente o un paro cardiaco.

Cerró el cuaderno y llamó al número de Greta, a ver si tenía tiempo para enseñarle un poco todo aquello, como le había prometido.

—¿Estabas trabajando? —preguntó—. ¿Molesto?

—No, para nada. Iba a hacer una pausa en este momento. ¿Nos vemos en la entrada?

Un par de minutos después, estaban subiendo las escaleras de la torre en dirección a la parte noble del edificio, la que menos se usaba y contenía la biblioteca, el comedor de gala y las habitaciones que, en tiempos, fueron despachos de los médicos y la zona de administración.

Greta abrió las puertas de doble hoja, ahora pintadas de blanco, que daban a la biblioteca. Dio la luz —pobre y amarillenta por contraste con el sol que había fuera— y, con un gesto, la invitó a pasar. Los lomos de los libros —verdosos, rojizos, marrones— parecían tristes detrás de los cristales de sus vitrinas.

—Da un poco de pena este sitio —dijo Lola—. ¿No lo usáis?

—Apenas. Como da al norte, para proteger los libros, supongo, no apetece mucho venir a sentarse aquí. Y lo que hay son cosas que a nadie le interesan: viejos tratados de medicina y psiquiatría, revistas encuadernadas que debieron de ser modernas hace ochenta años, clásicos que aún tienen las páginas por cortar... Lo sé seguro porque hace poco vi una *Odisea*, la saqué y me di cuenta de que necesitaba un cuchillo; las obras completas de Campoamor, las de José Antonio..., cosas muy poco apetecibles, ya te digo. Ni los estudiantes vienen con frecuencia porque, al cabo de un rato, te vas quedando tieso de frío. Eso sí, en verano debe de estar muy bien esta nevera. Ven, vamos al comedor.

Salieron de allí y entraron en la puerta de enfrente. El contraste no podía ser mayor. Se trataba de un salón tan grande como la biblioteca, pero inundado de sol, a pesar de que las cortinas, de brocado amarillo, estaban corridas. En la pared de enfrente de las ventanas había espejos que reflejaban la luz y en las dos paredes fronteras, dos grandes chimeneas con embocadura de mármol blanco servían de repisa a unos candelabros de caireles de cristal, igual que las arañas que pendían del techo, decorado con molduras de estuco y un fresco en colores pastel que parecía una mala copia de Tiépolo.

—Se supone que representa a Hygeia, la diosa de la higiene y la salud, rodeada por los médicos más famosos de la antigüedad: Hipócrates, Galeno, Paracelso y señores de este corte.

—Es más bien espantoso.

—Me temo que el artista no era gran cosa, pero la concurrencia debía de estar encantada en un comedor tan elegante. Como ves, las mesas están ahora apartadas y cubiertas para que no se estropeen. No se usa demasiadas veces, a pesar de que tiene incluso un montacargas que lo comunica con la cocina. Antiguamente también hacía de sala de baile, al menos es lo que contaba mi abuela Mercedes. Ahí está el piano de cola que ahora solo toca Merche de vez en cuando. Pero en el siglo XIX incluso se daban conciertos.

—¿Hay fotos?

—Sí, claro. Te habrás fijado que en casi todos los pasillos hay fotos de distintas épocas, aunque no están muy bien conservadas, y supongo que en el archivo habrá muchas más. Si me quedo hasta el verano, me había propuesto hacer un poco de investigación y limpieza por las habitaciones que sirvieron de oficinas.

—Ah, ¿no es seguro que te quedes?

Greta sacudió la cabeza, cruzó la sala, forcejeó con la cerra- 237 dura de la puerta central y consiguió por fin abrir la hoja, que daba a un balcón estrecho con una barandilla de hierro forjado figurando flores. Lola se acercó y salió con ella al exterior. El mar brillaba de un modo casi insoportable en el horizonte. Ambas tuvieron que achinar los ojos, mientras respiraban profundamente el olor dulce y fresco que venía del jardín.

—No. La verdad es que aún no sé qué quiero hacer de mi vida.

—Pues ya tienes edad de saber qué quieres ser de mayor… —Sin pretenderlo, el comentario le salió en tono seco, de reproche. Lola notó el envaramiento de Greta y se disculpó—. Perdona. No quería insultarte. Es que me ha extrañado oírte decir eso.

—Ya te darás cuenta cuando llegues a mi edad. Hay días en que te parece que todo ha terminado y otros en que crees que puedes empezar de cero y tienes que decidir qué quieres hacer.

—No fuiste feliz aquí, ¿verdad?

Greta negó con la cabeza. Luego empezó a cabecear, dudosa, para acabar asintiendo.

—Difícil de decir. Era muy joven. Hubo de todo, bueno y malo.

—Háblame de Fito.

—¿De Fito? ¿Ahora? ¿Qué pasa? ¿Quieres comparar con lo que te contó Nani?

No hubo respuesta. Greta engarfió las manos en la barandilla y, sin desviar la vista hacia su interlocutora, dijo:

—Rodolfo Villaplana. Hijo de una familia bien de la zona. Único hijo. Sus padres tenían una fábrica de alfombras y eran de los mejor situados de Benalfaro. Él era guapo, simpático, inteligente…, uno de esos chicos por los que suspiran todas las chicas de su edad, y algunas mayores y muchas más pequeñas. Porque, además, era buen chaval, ayudaba a todo el mundo, participaba en cualquier cosa: el grupo de teatro, el cine fórum, la venta de lotería…, lo que hiciera falta. Nos conocimos al cabo de un par de semanas de empezado el curso. Yo ya me había fijado en él, claro. No era posible vivir en Benalfaro y no saber quién era Fito. Luego me dijo que él también se había fijado en mí, la extranjera, la sobrina de doña Sofía. —En sus labios apareció una leve sonrisa, soñadora—. Nos hicimos amigos en el grupo de teatro y, desde ese momento, íbamos juntos a todas partes, pero no éramos novios, aún no. Nos dedicábamos a charlar, hacer planes, imaginar futuros, oír música juntos, traducir las canciones de moda… Antes los discos no llevaban las letras impresas, ¿sabes?…, había que oírlos varias veces… pero, como yo era bilingüe, no era problema. Descubrimos a David Bowie con *Hunky Dory* y casi nos volvemos locos. Ese mismo año sacó *Diamond dogs*. Era casi una droga. Lo escuchábamos una y otra vez, en su casa, en mi cuarto de aquí. Nos abría mundos que ni siquiera sabíamos que existieran, mundos que queríamos conocer. Pero también oíamos a Simon y Garfunkel, y a Joan Baez y Dylan y T-Rex… Curioso.

Hacía siglos que no pensaba en esta música y ahora, de pronto, me doy cuenta de que aquella época tenía banda sonora.

Galindo siguió en silencio, esperando.

—Nos fuimos enamorando poco a poco. Antes de Navidad ya estábamos juntos, aunque no nos gustaba llamarnos novios. Yo creo que todo el pueblo lo sabía.

—¿Y Nani? —preguntó Lola por fin al ver que Greta no parecía querer continuar.

—¿Nani? Estaba colada por él. Lo sabía todo el mundo. Pero no tenía nada que ofrecerle. Fito lo tenía todo, y me tenía a mí, y nuestra música y nuestros planes… así que encontró algo. —Greta recogió los labios hacia dentro de la boca, como arropando sus dientes—. Empezó a pasarle marihuana, lo que en aquella época era bastante normal. Todos habíamos dado alguna calada a un porro en fiestas y discotecas. Y, como él tenía dinero, le compraba a Nani y lo compartía, aunque a mí no me acababa de gustar la cosa.

—¿Me estás diciendo que Encarna era camello?

—Antes no se llamaba así. No se llamaba de ninguna forma, creo, pero sí. No sé de dónde lo sacaba, pero todo el que quería algo sabía que Nani te lo podía conseguir. Lo malo es que no quedó ahí la cosa. —Hizo una inspiración profunda—. En las vacaciones de Navidad tuve que irme con mis padres, y estuve fuera bastante tiempo porque, al haberse separado, tuve que estar una semana con cada uno. Echaba muchísimo de menos estar con Fito, pero en aquella época llamar por teléfono era carísimo, y más al extranjero. Mi madre estaba en Londres. Mi padre había alquilado una casita en el sur de Francia para las vacaciones y para presentarme a su nueva mujer.

En fin…, cuando volví, Fito estaba raro. Seguíamos enamoradísimos, pero había un rollo extraño. Desaparecía de vez en cuando, o no se presentaba cuando habíamos quedado…, me llegaban rumores de que iba mucho con Nani…, él lo negaba. Estaba eufórico a veces y deprimidísimo otras veces; yo le pre-

239

guntaba qué le pasaba y me contaba movidas raras, que si tenía problemas con sus padres, que si no sabía qué estudiar, que si quería que nos fuéramos a la India a tratar de encontrarnos a nosotros mismos… Encontrarnos…, figúrate. Era él quien se había perdido, pero yo no sabía qué le estaba pasando. Había adelgazado un montón, tenía ojeras, faltaba a clase…

—¿Heroína?

—Sí. La hija de puta de Nani decidió que eso era algo que podían compartir y que le iba a garantizar a Fito para siempre, o al menos hasta que aguantara con vida.

—¿Tú lo sabías?

—Al principio no. Poco a poco, empecé a sospechar, luego a creérmelo. Había muchos casos en la época y nadie sabía qué hacer, cómo ayudarlos a salir de ahí. Por el pueblo se hablaba mucho de la droga, de los drogadictos, de los hijos e hijas de familias decentes que de pronto se volvían ladrones, ruines, agresivos…, que se relacionaban con la peor gente. Había mucho miedo. No me atreví a hablar con sus padres; Fito lo hubiera tomado como una traición. Luego, mucho, mucho después, es cuando empecé a pensar que tal vez hubiera podido salvarlo si se lo hubiera dicho a tiempo a su familia. Cuando se enteraron, ya era tarde. Lo mandaron a un sanatorio, estuvo más de un mes, pero al volver, recayó. Yo seguía con él, aunque no era lo mismo.

—Ya me figuro.

—Nani se reía de mí, me insultaba, hacía que Fito se burlara de mi vida de buena chica, de cobarde, siempre del lado de lo correcto, de lo legal, de lo seguro, de lo burgués… ¡gilipollas! —Greta escupió la palabra con todas sus fuerzas. De repente se soltó de la barandilla del balcón, parpadeó unas cuantas veces y, con un gesto a la inspectora, volvieron al salón y cerró la puertaventana.

—¿Qué pasó por fin?

—Lo inevitable. El día de fin de curso, el de recoger las no-

tas y salir a celebrar, ninguno de los dos apareció. Los busqué
por todas partes hasta que al final los encontré aquí, en Santa
Rita, en la capilla en ruinas, sobre un colchón astroso, ella con
la espalda apoyada en la pared y los ojos en blanco, y él en su
regazo, como una *Pietá* macabra, con una jeringuilla a su lado.
A ella consiguieron salvarla. A él no. Fin de la historia. Supon-
go que no será exactamente lo que Nani te habrá contado.
   —No del todo.
   Greta se encogió de hombros.
   —Da igual. El resultado es el mismo.
   Sonó en el pasillo de abajo el gong llamando al almuerzo y
echaron a andar en silencio.
   —Me gustaría conocer a doña Sofía —dijo Lola al llegar
al descansillo de la torre para empezar a bajar las escaleras—.
¿Crees que podrá recibirme?
   Greta sacudió la cabeza como si acabara de regresar de muy
lejos.
   —Sí. No creo que tenga inconveniente. Luego veré si des-
pués de la siesta, ya descansada, podemos ir a verla.
   —Una curiosidad: ¿tú también te has alegrado de la muerte
de Riquelme?
   Greta se detuvo en mitad de la escalera y se quedó mirándola fijamente.
   —Yo no me alegro de la muerte de nadie, Lola. No sé lo que
te habrá contado Nani, pero yo no soy así.
   Lola no se consideraba insensible en general, pero en ese
momento se dio cuenta de que había sido de muy mal gusto
hacerle esa pregunta a Greta justo cuando acababa de contarle
la muerte de aquel muchacho que en algún tiempo debió de
haber significado mucho para ella.
   —A veces soy muy brusca, Greta. Me alegro de que me
hayas contado lo de Fito —añadió, tratando de aplacarla, sin
tener que pedir directamente perdón.
   —No sé por qué lo he hecho, la verdad. A Robles lo co-

241

nozco más que a ti y sin embargo no le dije nada cuando me preguntó. Debe de ser que me has pillado en la hora floja. ¿Te ha servido de algo, al menos?

A la inspectora no le sentó bien la pregunta; había algo de chulería en ella, de agresión, pero decidió callarse porque, en el fondo, se la merecía.

—Es deformación profesional. No te ofendas. Estoy acostumbrada a no parar hasta saber cómo fueron las cosas, y cuando hay una versión, necesito conocer la otra.

—Aunque no sirva de nada… De aquello hace más de cuarenta años y no tiene nada que ver con lo de ahora.

—Aunque no sirva de nada. Aparte de que muchas cosas tienen su raíz en el pasado; a veces incluso en el pasado remoto. —Galindo pensó que no se perdía nada con sugerir que lo de Riquelme podía estar motivado por algo que había sucedido mucho tiempo atrás, pero Greta no se inmutó ni dio la sensación de saber qué quería decir con ello.

Al entrar en el comedor, la traductora fue derecha a una mesa ya ocupada por varias mujeres, donde aún quedaban dos puestos libres. Estaba claro que no le apetecía seguir hablando a dúo, en confianza. Se las presentó como «las chicas de la lavanda» y a lo largo de la comida, fueron ellas las que llevaron la voz cantante, explicándole a Lola su negocio y sus éxitos. Nada más terminar de comerse el hígado encebollado con patatas asadas, Greta se disculpó, prometiéndole que la llamaría en cuanto supiera cuándo podía recibirla doña Sofía.

La inspectora, después de echar una mirada a su reloj, llegó a la conclusión de que podía permitirse un rato de siesta. Luego, un café, y en cuanto Robles apareciera, análisis de la carta que estaba deseando enseñarle.

Sofía estaba tumbada en la otomana de su salita con la vista clavada en las finas grietas del techo donde tantas historias había conseguido descifrar a lo largo de los años. Aunque había dormido un buen rato y se encontraba totalmente despierta, no se sentía restaurada; más bien al contrario, estaba casi más cansada que antes, a pesar de la luz dorada que se adivinaba detrás de las celosías de madera. Había momentos como ese en que le gustaría poder abandonar su cuerpo por un tiempo y salir volando como una polilla por entre las lamas de la persiana para bailar ingrávida entre el aire y el sol, junto con el polen y las semillas volanderas, viendo pasar los pájaros a su alrededor, posándose un momento en el espejo del agua de la alberca, disparándose en el siguiente momento hacia el azul, hacia las nubes gordas y turgentes, intensamente blancas, que anunciaban el verano. El cuerpo, ese cuerpo que tantas satisfacciones le había proporcionado a lo largo de la vida, estaba empezando a pesarle demasiado, y eso que cada vez estaba más delgada.

Pronto sería su cumpleaños. El último, seguramente. Tenía que hacer todo lo posible para asegurarse de que Santa Rita continuara. Sabía que contaba con Candy, con Robles, con Trini, Reme, Miguel…, hasta con Nel que, a pesar de su juventud, era un enamorado de todo aquello: la casa, la tierra, el jardín, el concepto… y, además, un médico en casa siempre era una gran cosa, pero tendría que tentarlo con algo más que lo que tenía ahora porque, de lo contrario, acabaría marchándose, incluso a su pesar. Greta seguía siendo una incógnita, aunque le constaba que Santa Rita era un lugar importante para ella, pero no se había decidido aún y quizá tardara mucho en hacerlo. ¡Si había necesitado más de treinta años para animarse a dejar a Fred, con lo claro que estaba para todo el que no fuera Greta misma!

No podía esperar tanto, tenía que encontrar la forma de animarla a establecerse allí. La idea de unirla a Robles le había parecido excelente, pero después de la conversación con el excomisario ya no estaba segura de que pudiese funcionar. ¡Qué difícil era todo!

Suspiró y se incorporó un poco en la otomana. Greta le ha-

243

bía pedido que recibiera a la inspectora Galindo unos minutos y ella le había dicho que sí, que claro, que faltaba más..., cualquier cosa para colaborar con nuestras fuerzas del orden..., pero no le apetecía ni mínimamente dejar entrar en su estudio a una persona que había ido allí a desenterrar secretos, aunque no tuviera ni idea de qué estaba buscando. Por eso había decidido recibirla en la salita, y acostada. A sus casi noventa y dos años tenía perfecto derecho a ello y, aunque, los días buenos, ella no se sentía tan vieja, para una mujer sobre los cuarenta como era la inspectora en opinión de Marta, debía de ser una anciana decrépita, y nunca está de más reforzar la imagen que otros tienen de ti cuando necesitas pasar desapercibida. Si ven lo que han ido a ver, no les sorprende nada y no buscan más.

Hacía tiempo que había descubierto que, a partir de cierta edad, solo hay dos posiciones que una mujer puede adoptar: la invisibilidad o la excentricidad.

La excentricidad, en términos rigurosos, es objetiva. Una mujer mayor siempre está fuera del centro, por tanto, es excéntrica. Ya no es el centro de la existencia para nadie o, con suerte, para una sola persona —su pareja, si aún la tiene— o, mucho más raro, para una hija o hijo. Su desplazamiento del centro de la vida a la periferia la lleva a ir desapareciendo de los pensamientos, planes, proyectos y preocupaciones de los demás; poco a poco se va volviendo invisible y solo conserva una existencia marginal al convertirse en un problema, en una fuente de problemas que hay que solucionar y que, una vez resueltos, dejan a los demás con buena conciencia para volver a olvidarla, a relegarla a la periferia del amor y el interés. Y si la mujer en cuestión, además y para más inri, no tiene pareja y no ha tenido hijos, entonces su invisibilidad se va agudizando día a día hasta que ella misma se siente transparente, solo unida al mundo por un cuerpo que se va deteriorando y pesa cada vez más.

Pero existe la otra opción, que no todas son capaces de

interiorizar y vivir: la excentricidad en el sentido más llamativo y exhibicionista; el ir contra corriente, negarse a aceptar el rol de dulce anciana callada y sonriente que la sociedad ha previsto para ti y demostrarlo con tus opiniones, actos y vestimenta. Nada de tonos pastel y estampados de florecillas diminutas, nada de pelo plateado, nada de rostro limpio. Maquillaje, pelucas, sombreros. Rojo, negro, amarillo, flores de gran tamaño, combinaciones osadas, *hippy, boho, gipsy,* oriental..., cualquier cosa que llame la atención, menos *animal print*, que, lamentablemente, a partir de cierta edad, se asocia con lo vulgar y pueril, y resulta repulsivo.

Esa posición excéntrica requiere valor porque causa un enfrentamiento constante con las personas más jóvenes, que no creen que tengas derecho a ello, y con las de tu misma edad que se han resignado a ser invisibles y sienten como una ofensa que tú no te acomodes y no quieras serlo. Todos ellos suelen encontrar patético tu comportamiento, que solo es apenas tolerado a regañadientes cuando va acompañado de una capacidad creativa fuera de lo común.

Sofía había elegido tiempo atrás, y llevaba muchos años dándole vueltas a esos temas, pero siempre para sí misma, en silencio, sin que nada de ello llegara a sus novelas. Su detective, Rhonda McMillan, seguía siendo una mujer entre los treinta y los cuarenta, con un cuerpo duro y fuerte, acostumbrado a las peleas y las persecuciones, que no tenía problemas de invisibilidad y lo demostraba con una serie inacabable de amantes y *one-night-stands*, igual que las protagonistas siempre cambiantes de sus novelas rosa, que estaban todas en la flor de la vida, con sus pechos duros y sus piernas largas y elegantemente musculosas.

Sonaron unos golpecitos en la puerta y Greta asomó la cabeza.

—¿Estás despierta, tía?

—Sí, pasad, pasad. Poneos cómodas.

La inspectora Galindo se acercó con la mano tendida a la otomana donde reposaba Sofía y le estrechó la mano huesuda y fría mientras, con una sola mirada, la recorría desde la peluca morena con hebras grises hasta los pies calzados con zapatillas de cuero forradas de piel.

Sofía se dio cuenta de que la peluca había sorprendido a su sobrina, igual que las gafas de montura de concha y el discreto chándal gris que había elegido. Sonrió para sus adentros. En cuanto tuviera ocasión, le preguntaría qué efecto le había hecho ver a su tía vestida de un modo tan discreto, disfrazada de escritora anciana.

—Es un honor conocerla, doña Sofía —comenzó Galindo—. He leído muchas de sus novelas.

—¿Y le han gustado?

—De joven, yo quería ser como Rhonda, y creo que influyó mucho en mi decisión de ser policía.

—¿Es usted igual de dura y deslenguada?

Lola, extrañamente para Greta, estuvo a punto de ruborizarse y bajó la cabeza un segundo. Se rehízo enseguida y volvió a mirar los ojos brillantemente azules de la escritora.

—Me temo que eso es lo que piensan mis colegas, sí.

—Pues enhorabuena, hija. En mi infancia se nos decía que «se saca más lamiendo que mordiendo» para acostumbrarnos a ser dóciles, cariñosas, dulces y eternamente infantiles, porque a los hombres les gustan las mujeres-niñas, a las que poder guiar y que, en su ignorancia, piensan que ellos son superiores. Ahora que caigo… —Soltó una risita traviesa—. Supongo que eso de que se saca más lamiendo… sería una metáfora canina, ¿no? No creo que se refirieran a otro tipo de lametones… —Se echó a reír abiertamente, contagiándolas, aunque Lola y Greta se miraron, incómodas por lo obsceno del chiste—. Ahora las cosas han cambiado un poco, pero no hay que relajarse. ¿Te importa poner un té, Greta? No sé dónde se ha metido Candy, lleva todo el día sin aparecer.

—Creo que tenía algo que resolver en Alicante, tía. Voy a ver si me aclaro yo con lo del té.

Greta se metió detrás del biombo y enseguida empezó a oírse ruido de agua y tintineo de cacharros.

—Doña Sofía —comenzó Galindo con voz circunspecta—, quería darle mi más sentido pésame por la muerte de su prometido.

—Gracias, hija. —Sofía había estado a punto de decirle «¡Qué bien que sea el más sentido! ¿Tienes otros de menor sentimiento?», pero decidió no provocarla, para no estropear la imagen que estaba creando—. ¿Sabes? A mi edad la muerte se lleva un poco mejor, aunque no te niego que ha sido un *shock*. Moncho aún era muy joven. Pero no ha vivido sanamente, no se cuidaba nada. Le habían recomendado un marcapasos y no se había decidido a ponérselo, y seguía bebiendo como un cosaco.

—Y fumaba mucho.

—También, pero eso no es nuevo. No querría yo saber cómo tenía los pulmones el pobre muchacho. Yo dejé el vicio hace treinta y ocho años, y mira que me gustaba…

—Perdone que sea tan brusca, pero… ¿usted podría imaginarse que su prometido haya sido asesinado?

Sofía se quedó mirándola como si de repente se hubiera vuelto azul.

—¿Aquí? ¿En Santa Rita? No, claro. Si me hubieras dicho… yo qué sé… en Haití, o en Shanghái, o en Barcelona mismo… no puedo poner la mano en el fuego. Monchito tenía una gracia especial para meterse en líos y entrar en ambientes que no le convenían, pero ¿aquí? ¿En un sitio donde solo vivimos gente tranquila y donde lo más de la excitación es preparar la fiesta de mi cumpleaños o de San Juan? ¿Por qué diablos iba nadie a querer matar a Moncho?

La inspectora echó una mirada al biombo, esperando que Greta volviese antes de que ella hiciera la siguiente pregun-

247

ta, pero pasaron unos segundos y no tuvo más remedio que continuar.

—Entonces… ¿usted no sabía que Riquelme estaba en tratos para vender Santa Rita, a su muerte? A la muerte de usted, me refiero.

—Me enteré ayer, cuando vinieron los de Valencia. Pregúntele a Greta. Pero Moncho no quería vender —precisó, alzando un dedo admonitorio frente a la inspectora—. Quería que la Generalitat me diera una pensión vitalicia a cambio de que la parte noble de la casa se convirtiera en una casa museo Sophia Walker. Me sigue escociendo que no me consultara, pero ahora ya no puedo pelearme con él, y puedo imaginarme que lo hiciera pensando que me hacía un favor, que iba a ser lo mejor para mí.

La inspectora estuvo a punto de contarle que las intenciones de Riquelme no debían de ser tan consideradas y altruistas, habida cuenta de que también estaba en tratos con el dueño de una gran cadena de hoteles, pero pensó que, por el momento, no era necesario darle otro disgusto a la pobre mujer.

Greta salió de detrás del biombo con una bandeja, cruzó una mirada con Lola como para advertirla de lo mismo que ella acababa de pensar, y empezó a servir las tazas.

—¿Cómo lo tomas, Lola?

—Como el café. Sin nada.

—El té puro es cosa de bárbaros —dijo Sofía, apoyando delicadamente la cucharilla sobre el plato después de haber mezclado la leche—. Al menos es lo que decía mi padre.

—Su padre era irlandés, ¿no?

—No. Británico. Mi abuelo era irlandés, pero mi padre, Matthew O'Rourke, nació ya en Inglaterra, aunque sí, eran católicos, lo que no ayudó precisamente a su integración. Vino a España en los años veinte y se instaló aquí, como psiquiatra, en el sanatorio para enfermas mentales de mi abuelo Ramiro. Después del triunfo de Franco, al que él contribuyó, ser católico era una auténtica ventaja por primera vez en su vida. Como mi abuelo había muerto, él heredó el cargo de director y también lo hicieron algo así como jefe médico de toda la provincia, en atención a los servicios prestados.

—O sea, que su padre era… —Por un segundo, la inspectora dudó sobre la formulación de la pregunta. Sofía le resolvió el problema diciendo la palabra que Lola estaba sopesando.

—¿Fascista? Sí. Convencido y pasional. Franquista hasta la médula. Por eso, entre otras cosas, fue director de Santa Rita hasta su muerte.

—Eso fue ¿antes o después de que usted se casara?

Sofía cerró los ojos, apretó los labios y dejó pasar unos segundos.

—No me gusta hablar de aquella boda, inspectora. Fue un desastre, un fracaso y una de esas ideas de Perogrullo de mi padre, que pensaba que, casando a su hija mayor con uno de sus alumnos, perpetuaba su dinastía de loqueros en Santa Rita. Yo sabía que era un grave error, pero tenía veintidós años, y el chico era guapo, y médico… y, de todas formas, aquí siempre se hacía lo que mandaba papá.

—Así que… se casaron.

—Sí. De blanco y por la iglesia. Y tres años después, él se fue a un congreso y no volvió más. Desapareció. Para entonces mi padre había muerto y, aunque se hicieron pesquisas para encontrarlo, nunca se supo nada más de él. Querían que esperase diez años a que me declarasen viuda, pero yo ya no era la niña obediente y modosa, y luché con todas mis fuerzas hasta que conseguí la anulación eclesiástica. De modo que, oficialmente, soy soltera y siempre lo he sido. Y ahora, si me disculpáis, necesito un rato de reposo.

Greta se levantó inmediatamente, recogió el servicio de té, lo llevó detrás del biombo y volvió a buscar a Lola, que ya estaba de pie, estrechando la mano de Sofía.

249

—Lo siento, tía, se nos ha pasado el tiempo volando. Descansa. Nos vemos más tarde.

La escritora inclinó levemente la cabeza, asintiendo, y cerró los ojos. Parecía agotada.

Las dos mujeres salieron y bajaron la escalera en silencio, rumbo a la salita, desierta a esas horas. En la sala contigua, la grande, se oían voces de las jugadoras de parchís y un televisor encendido.

—¿Era necesario revolverle a la pobre todos los recuerdos que preferiría olvidar? Creía que estabas aquí por la muerte de Moncho, no para fisgar en el pasado de mi tía.

Galindo sopesó la posibilidad de disculparse y seguir callada contra la otra opción de decirle la verdad. Se decidió por ganar un par de minutos.

—¿Puedo ponerme un café? Detesto el té, pero no quería hacerle un feo a doña Sofía y ahora tengo un sabor a hierbas en la boca que me está volviendo majara.

Greta sonrió.

—Siéntate ahí. Ahora te lo llevo.

Lola se tomó el café de un sorbo violento, dejó la taza en el plato con un suspiro de alivio y satisfacción, y miró a Greta, como asegurándose de que iba a hacer lo correcto.

—Voy a enseñarte una cosa, a ver qué te parece.

Sacó el cuaderno del bolsillo de la americana, buscó en la última página, cogió la carta que había encontrado en el forro de la maleta de Moncho y la puso encima de la mesa, entre las dos.

—¿Qué es esto?

—Mira el remite y la fecha.

—Candy. Una carta de Candy a Moncho de septiembre de 1984. El remite es de aquí, de Santa Rita, pero el sello es inglés.

Lola le cogió la carta con brusquedad.

—A ver… Joder, no me había dado cuenta. Tienes razón.

—Supongo que Candy estaba aún de vacaciones en Inglaterra, pero puso el remite habitual de España porque pensaba volver en unos días. O porque no quería que Moncho tuviera una dirección suya en Inglaterra, claro. Eso también podría ser. —Greta recuperó la carta y le pasó la mano por encima, como alisándola.

—Piensas rápido.

—Me he pasado la vida leyendo, analizando y traduciendo textos. Es lo mío. ¿Puedo leerla?

Lola le indicó que sí con un gesto. Greta sacó del sobre la fina hoja de papel cubierta por la letra picuda e imperiosa de Candy, en tinta negra sobre el azul.

No sé qué pensaría de mí mi maestra de primaria, pero voy a olvidar toda fórmula de cortesía y no voy a empezar esta carta diciendo «*dear*», ni «querido», ni siquiera «estimado», porque ni te aprecio ni te estimo ni me pareces más que una despreciable rata de cloaca. De modo que nada de «querido Moncho» para comenzar.

Mi español es cada vez mejor, pero aún no es perfecto, así que he decidido escribir directamente, sin tratar de resultar elegante. Lo importante es que lo entiendas.

No quiero que vuelvas a aparecer por Santa Rita, ni que le escribas a Sophie, ni que tengas la menor relación con ella. Mucho menos que la amenaces o le insinúes que puedes hacerle daño. No lo voy a permitir, Monchito, cueste lo que cueste. Tú me conoces. Sabes que Sophie es la persona que más quiero en el mundo y no se merece que un tipo como tú se crea con derecho a extorsionarla, solo porque no eres capaz de distinguir la realidad de la ficción.

Lo que tú crees que Sophie te ha contado de su vida no es más que una invención, una novela más entre todas sus novelas. No hay nada de cierto en ello y no podrías probarlo, aunque lo intentaras con todas tus fuerzas, simplemente porque no es verdad.

251

Ella es una fabuladora, una novelista que retuerce y adorna todo lo que cuenta. Supongo que en algún momento pensó que podría resultarte atractivo el hecho de presentarse ante ti como *femme fatale* («mujer fatal», por si no lo has captado), pero no era más que teatro, como sus pelucas, sus sombreros y sus turbantes. Y tú, imbécil de ti, no solo te lo creíste, sino que te dio por empezar a amenazarla con ir a la policía si ella no te pagaba lo que le pedías.

¿Tú crees de verdad que la policía iba a empezar a remover la tierra de toda la finca para encontrar unos huesos que no están más que en tu imaginación, solo porque tú se lo digas? Precisamente tú: ladrón de motos y coches, timador de poca monta…, ¿crees que no sé quién eres? ¡Hay que ser idiota!

Si Sophie te sigue dando dinero de vez en cuando es porque le das lástima, porque te conoció de chaval, cuando eras pura escoria (no es que hayas dejado de serlo) y te tiene un aprecio raro que quizá se deba a que eres bueno en la cama. Eso te lo concedo. Debes de ser bastante pasable, porque ella tiene mucho con qué comparar y sigue encamándose contigo cuando vienes. Pero que te quede claro que tampoco te extraña cuando te vas. Eres su putito. Uno de tantos. Y ella es generosa y te paga por tus servicios porque sabe que lo necesitas, que no eres capaz de ganarte la vida decentemente.

De todas formas, lo dicho. Que no te vuelva a ver yo por aquí, porque yo sí que iré a la policía. Ellos te conocen y estarían encantados de darte un buen escarmiento por molestar a una mujer como Sophie.

¡Ah! Y no te molestes en amenazarme a mí. Lo que yo haga con mi vida es asunto mío. Sophie lo sabe y no le importa. Y, como es ella la que me paga el sueldo, no tienes nada con lo que asustarme.

Tómatelo en serio y no regreses. Jamás. O el que estará en peligro serás tú.

Greta alzó la vista de la carta para encontrarse con la mirada expectante de Lola.

—¿Qué? ¿Qué me dices?

—¿De dónde has sacado esto?

—La maleta de Moncho estaba en la habitación en la que duermo yo ahora. La carta estaba oculta dentro del forro, lo que significa que para él era importante y pensaba que podría sacar algún partido de ella, a pesar del tiempo transcurrido. ¿Hay algo que te suene?

La traductora sacudió la cabeza.

—Di algo, mujer.

—Es que me he quedado sin habla, Lola. Hace más de treinta años que Moncho, al parecer, intentó chantajear a mi tía por algo que…, joder… ¿son cosas mías o la está acusando de haber asesinado a alguien y haberlo enterrado aquí, en la finca?

—¿Tú también has leído eso?

—Bueno…, yo he leído muchas novelas, y en una novela se trataría de eso; en la vida real ya no sé, pero ¿qué otra cosa puede significar lo de que «la policía no se va a poner a remover la tierra buscando unos huesos que no existen»? No estoy diciendo que fuera así. Lo que digo es que Moncho pensaba que había algo que la policía podría encontrar si buscara, y que Sofía le había dado a entender en algún momento que ella tenía que ver con ese algo, para presentarse frente a él como mujer fatal, peligrosa y llena de misterio —explicó Greta.

—Y Candy asegura que no es verdad y que Sofía se ha inventado esa historia macabra para resultar más atractiva a ojos de Moncho —resumió Lola—. Que también…, menuda idea…, eso de resultar más atractiva dejando entender que eres una asesina…

Perdieron la vista en el jardín, iluminado ahora por el sol rojizo del atardecer como un foco de teatro. Al cabo de un minuto, Lola preguntó:

253

—¿Y el secreto de Candy, por el que Moncho podría amenazarla a ella, eso de que «Sofía lo sabe»?

Greta sacudió la cabeza.

—Para ser de la familia, no sabes mucho de los tuyos, ¿eh?

—¿Qué quieres? Me he pasado la vida lejos de aquí. Si lo pones todo junto, no he llegado a estar un año en Santa Rita, de los sesenta que tengo.

—¿Y tu madre no te hablaba de su familia?

—Poco. Tengo unas cuantas historias simpáticas, anécdotas sin importancia. Mi madre era partidaria de recordar solo lo bueno, y salió de aquí muy joven, para casarse con mi padre y marcharse al norte. Luego se divorció y se instaló en Londres.

—¿No conociste a tus abuelos de aquí?

—Mi abuelo… el fascista —esbozó una sonrisa por lo crudo de la definición— murió siendo mi madre muy joven. A mi abuela Mercedes sí que la conocí, pero no vivía aquí. Santa Rita era casi una ruina en mi niñez. Al quedarse viuda y deshacerse el sanatorio, se mudó a un piso en Alicante, con vista al mar. Apenas lo recuerdo.

—¿Por qué no continuó el sanatorio?

—No lo sé con detalle, pero ya te ha contado mi tía que el gobernador franquista, por los servicios prestados durante la guerra, había puesto a mi abuelo como director del manicomio, pero la finca era de la familia de mi abuela, herencia de ella. Cuando él murió, seguía siendo propiedad privada, y ella se negó a seguir manteniendo el sanatorio y a que nombraran un sucesor. Debía de tener buenos contactos, porque lo consiguió y, enseguida, lo dejó perder todo y se fue a Alicante. Muerto el abuelo y desaparecido el flamante marido de Sofía, mi abuela y mi tía se quedaron solas y, aunque tenían la pensión de viudedad, parece que iban muy justas. Entonces ella empezó a escribir novelas rosa, con seudónimo, claro, y, sorprendentemente, le fue bien. Un par de años después, buscó otro seudónimo y abrió la línea criminal. Cada vez tenía más trabajo y ganaba más dinero. Quería independizarse de su madre, así que Sofía empezó a rehabilitar la parte de la torre en cuanto ganó lo suficiente para hacerlo y, con la oposición de mi abuela, se instaló aquí. Luego contrató a Candy y así, poco a poco, fueron haciendo Santa Rita como es ahora.

Una tos seca las interrumpió.

—¡Robles! Pasa, pasa. Tenemos algo que enseñarte.

—He quedado con Miguel para una partida de ajedrez.

—Ay, es verdad.

Lola se levantó, echó una mirada para asegurarse de que no había nadie por la zona y le entregó la carta.

—Solo para tus ojos. Léela en cuanto puedas y, nada más acabar la partida, nos vemos en mi cuarto. Hay mucho que comentar.

Él se la guardó en el bolsillo, asintió con la cabeza y enfiló el pasillo hacia su habitación.

13

El fulgor de las olas

Con un cigarrillo en la mano y los ojos entrecerrados al sol, Nines se chupaba los dientes, esperando al Lanas. No había conseguido solucionar el asunto de ningún modo y, a pesar de las pastillas que se había tragado, sus nervios seguían empeñados en vibrar por todo su cuerpo como si estuviera conectada a un poste eléctrico. Además, la gilipollas de Elisa estaba empezando a dejarse engatusar por el gilipollas de Nel —cada vez tenía más claro que eran el uno para la otra— y ella tenía la desagradable sensación de que se le estaba yendo todo de las manos sin poder hacer nada para evitarlo.

Se preguntó, casi de un modo lejano, desapasionado, como si no fuera con ella, qué podrían hacerle si no cumplía. A lo mejor las pastillas habían empezado a hacer efecto y por eso no se sentía ya tan aterrorizada como cuando había salido de casa con todos aquellos pringados que no tenían más problemas en la vida que aprobar los exámenes.

No sería como para matarla. No les debía tanto. Pero quizá una paliza, algún hueso roto…, un aviso, como lo llamaban… Conocía a algunos que ya habían pasado por eso.

Oyó un chistido a su derecha. Se giró, buscando su procedencia, y echó a andar hacia un grupo de árboles en medio de un parterre del campus, donde se adivinaba la figura esquelética del Lanas, con chupa de cuero y gorro calado, a pesar del calor.

—¿Lo has traído? —preguntó sin saludar.

Ella negó con la cabeza.

—No es tan fácil, tío. ¿De dónde crees tú que voy a sacar dos mil eurazos de un momento a otro, si el cliente la ha palmado?

—Eso te pasa por vender de fiado.

—Ya. Pero el pavo iba a quedarse con todo aquello. Estaba a punto de cerrar la venta de Santa Rita. Me dijo que era cosa de un par de días… y me convenía estar a buenas con él.

—También te conviene estar a buenas con Igor. Yo diría que más.

—Mira, tengo doscientos pavos. Dale esto de momento y te juro que para el lunes lo traigo todo.

—No le va a gustar. Ya sabes tú lo que dice: ni excusas, ni retrasos. ¿Tienes al menos la mercancía?

Ella negó con la cabeza.

—Se la di a él, claro. Me figuro que ahora la tiene la policía y seguramente están empezando a investigar quién se la ha pasado y de dónde ha salido. No soy yo la única que tiene un problema.

—Espera. Quédate ahí.

El Lanas se apartó un par de pasos y sacó el móvil. Nines se encendió otro cigarro. Le temblaban las manos, así que las metió violentamente en los bolsillos de la cazadora para que el otro no se diera cuenta del miedo que tenía. Nunca lo había hecho, porque de lo poco que había aprendido en su miserable infancia era lo que le decía una amiga de su madre «no se caga donde se come», pero no iba a tener más remedio que pasarse por todas las habitaciones, aprovechando que mucha gente se iría a Benalfaro a las procesiones, los aperitivos y las cenas, para ir mangando pequeñas cantidades de aquí y de allá. Pero, aun así, era mucha pasta la que tendría que reunir hasta el lunes, y casi nadie tenía efectivo en su habitación. Su mayor esperanza era la caja de la salita, donde todo el mundo ponía el dinero de los cafés o las cervezas que se tomaba, pero tendría que pillar el momento exacto antes de que la vaciaran.

Quizá, tragándose su orgullo, podría pedirle un préstamo a Elisa. Su familia era rica y, si se montaba una buena mentira, igual le daban algo para un curso o un viaje de estudios o algo así. Su familia siempre estaba dispuesta a apoyarla en cosas culturales, y sabía seguro que ella misma tenía unos ahorros para cuando pudiera independizarse, pero, para que se los diera, tendría que llorarle de verdad, lo que le jodía profundamente. O le pediría la pulsera, de momento. Ricardo, el de Crevillente, le daría algo por ella. No los mil quinientos que había pagado, pero a lo mejor hasta mil.

Eso quizá no resultara tan difícil. Hacía un par de días que no la llevaba puesta.

El Lanas volvió con una sonrisa lobuna dibujada sobre su cara mal afeitada de mejillas hundidas y prematuras arrugas.

—He conseguido ablandarlo un poco —dijo, poniéndole la mano cerca de la nuca. Estuvo a punto de sacudírsela y al final decidió estarse quieta, por si acaso. El pulgar del hombre pasaba una y otra vez por su pelo corto, hacia arriba, a contrapelo—. El lunes a mediodía. Pero hay otra posibilidad que quizá te interese. Dice Igor que, si te pasas esta noche por La Villa y haces un par de trabajitos hoy y mañana, estamos en paz.

—¿Qué tipo de trabajitos?

—No me digas que te lo voy a tener que explicar todo… —El Lanas sacó la lengua y la movió arriba y abajo en un claro gesto de chupar—. O un numerito con otra chica, para que los clientes se animen un poco. Hoy es Viernes Santo, ¿sabes? —Se rio de su propio chiste—. Y a ti eso de las tías te va… Hasta te lo pasarías bien.

Ella se esforzó por mantener la cara inexpresiva mientras

negaba con la cabeza lentamente. Cogió la mano del Lanas y la separó de su cuello casi con delicadeza.

—Nanay. El lunes a mediodía.

—Tú te lo pierdes, reina mora. A mí me parecía un buen arreglo. Un par de pastis antes de entrar al curro, y ni te enteras en dos días de lo que está pasando. Y cuando quieres darte cuenta, estás en casa, sin deberle nada a nadie.

—Nos vemos el lunes, tío.

—Con la pasta. O ni Dios podrá hacer nada por ti. El mar es grande.

Nines lanzó la colilla lejos. Describió una hermosa parábola y cayó en la grama en una lluvia de chispas. Por un momento pensó en acercarse a pisarla, pero se encogió de hombros y se dio la vuelta. El mundo se le estaba cayendo literalmente encima. La verdad era que le habría encantado pegarle fuego a todo.

260

—Jaque mate.

—¿Ya? ¿Otra vez? Joder, Miguel, empieza a resultar aburrido jugar contigo. —Robles se echó hacia atrás en la silla, mirando el tablero como si acabara de darse cuenta de que estaba ahí. La carta que le había dado Lola le quemaba en el bolsillo y estaba deseando terminar para poder refugiarse en alguna parte y leerla de una vez.

—Lo mismo digo, Robles. Hoy no estás por la labor, está claro. Nunca habías cometido tantos errores en una sola partida. ¿Estás enamorado? —bromeó el matemático.

—¡Ya quisiera yo que fuera eso! Estoy dándole vueltas a algo del caso y no consigo concentrarme en nada más.

—¿Me lo cuentas?

—No. No puedo aún, y además es que no hay nada sólido que contar. Todo son especulaciones.

—Pero ¿tú tienes claro que lo han matado?

Robles se encogió de hombros y añadió un «psé» para que Miguel supiera por dónde iban los tiros.

—A mí lo que me pasa es que, por pura deformación profesional, nunca he creído en las casualidades —continuó—. Si un tío que nos jode a todos aparece muerto justo a tiempo de evitar lo que todos queríamos evitar, no creo que sea casual. Más bien creo que alguien ha decidido hacernos el favor de eliminarlo, pero aún no sé quién. Ni siquiera sé cómo.

—¿Y qué dice el informe forense? —Miguel bajó la voz al límite de lo audible porque, aunque se habían sentado en el rincón más lejano del salón de juegos y reuniones, no quería correr el riesgo de que las jugadoras de parchís que alborotaban al otro extremo de la sala oyeran lo que estaban diciendo ellos.

—Nada concluyente.

—Bien.

—¿Cómo que bien?

—Que así, a lo mejor, nos dejan pronto en paz. Igual está muerto, y eso no tiene arreglo ni vuelta de hoja. No voy a negar que nos ha venido de puta madre, pero eso no es delito, y está claro que nadie lo va a echar de menos. Bueno…, no sé si Sofía…, pero lo superará. ¿Tú crees que si uno de nosotros hubiera hecho algo para propiciar la muerte de ese cabronazo se merecería ir veinte años a la cárcel por asesinato? ¿Por eliminar a un pedazo de mierda como él? —Miguel se había ido sulfurando conforme hablaba. De repente, guardó silencio, sacó un pañuelo del bolsillo y se lo pasó por los labios—. Anda, vete a lo que tengas que hacer. Ya recojo yo.

—Miguel…, ¿tú conocías a Riquelme ya? ¿De antes, quiero decir?

—No. Pero me han estado contando su currículum y ha sido bastante para querer matarlo con mis propias manos.

—Perdona que te pregunte de una forma tan directa, pero… ¿tú no habrás tenido nada que ver con su muerte?

Hubo un breve silencio. Robles se veía a sí mismo reflejado en las gafas negras de su amigo: inclinado hacia él, con las manos fuertemente cruzadas entre sus rodillas, esperando una respuesta. Hizo un esfuerzo por relajarse.

—No, Robles. Te doy mi palabra.

El alivio fue tan intenso que a él mismo le sorprendió. Para ser sincero consigo mismo, por un momento había estado seguro de que Miguel iba a decirle que lo había matado él.

—Nos vemos en la cena. Aún tengo un par de cosas que hacer. —Robles se levantó, le palmeó el hombro y echó a andar hacia la salita. Miguel lo oyó decirle algo a las jugadoras antes de salir y luego cerrar la cristalera que comunicaba ambas salas.

Se quedó aún frente al tablero, pasando las yemas de los dedos delicadamente por las figuras situadas en su posición final y, poco a poco, fue sacándolas de sus agujeros y metiéndolas con calma en la caja, dejándolas listas para otra partida.

No había tenido más remedio que mentirle a Robles. Si le hubiera dicho que, no solo conocía a Riquelme, sino que esa escoria había sido el culpable de la muerte de su hermano, habría sido suficiente como para colocarlo a él en el punto de mira de las sospechas de la policía. Y eso no le convenía a nadie. Era mejor callar y dejar que pasara todo aquello. Del asunto de su hermano nadie sabía nada, ni siquiera Merche. Para todo el mundo había sido un suicidio motivado por una fuerte depresión a raíz de la quiebra de su empresa. Su carta oficial de despedida decía simplemente: «Lo siento. Perdonadme. No podía más».

Para la mujer de su hermano y para su hijo adolescente había sido un *shock*, pero no una sorpresa. Hacía tiempo que venían notando que sufría, que no estaba bien, que, a pesar del psicólogo, las cosas iban de mal en peor.

A él no le había dicho nada mientras aún luchaba. Solo le confesó la situación en la cinta que le envió para que la recibiera después de su muerte. Eso era algo que aún no había podido perdonarle a Chema, que no le hubiese pedido ayuda cuando aún se podía hacer algo, cuando había empezado el chantaje que arruinó económicamente la pequeña fábrica y lo llevó a la tumba.

Pero Chema sabía que él lo habría obligado a acudir a la policía, y la idea de ir a confesar que, aunque estaba casado y era padre de un hijo, sus preferencias sexuales iban por otro lado y solía pasar los viernes por la tarde, cuando oficialmente salía a hacer kilómetros en bicicleta, en compañía de algún *escort* masculino, era algo que le daba terror. En su casete de despedida, solo para él, enviado a la universidad privada donde él trabajaba entonces, le decía que prefería la muerte a tener que enfrentarse a su familia, y que, como ya no podía seguir pagando a Moncho Riquelme, no le quedaba más salida que el suicidio; que, si se lo estaba diciendo a él, su hermano, era, más que nada, para que en el caso de que Riquelme quisiera ahora chantajear a su mujer para que el buen nombre de la familia no quedara empañado, todos pudieran hacer piña y negarse a pagar. Al fin y al cabo, no había la menor prueba e, incluso en el caso de que Riquelme consiguiera que uno de los muchachos hablara, no era más que la palabra de un puto contra la de una familia decente.

Nunca supo si Moncho decidió que no valía la pena intentar un nuevo chantaje o es que encontró una víctima mejor. Nunca se comunicaron y, si él sabía quién había sido el chantajista, era simplemente por la cinta que había oído una y otra vez hasta sabérsela de memoria. Y ahora, después de tanto tiempo, se presentaba en Santa Rita con la intención de robarles a todos ellos, hacerles daño a Candy y a Sofía y, quizá, de paso, chantajear a alguien más. Eso era algo que no se podía permitir. En ningún caso.

Como Lola no la había invitado a la reunión que iba a tener con Robles, y ellas dos ya habían hablado sobre la carta encontrada en la maleta de Moncho, Greta decidió pasarse un momento a ver a Sofía porque, mientras habían estado visitándola un par de horas antes, le había parecido ver algo que le había llamado la atención y quería asegurarse de haber visto bien.

La encontró en el estudio, sentada a su escritorio, ya sin la peluca sal y pimienta que había llevado antes, aunque con el mismo chándal gris, sin la chaqueta, con lo que quedaban a la vista los brazos de piel flácida y huesos marcados. También se había cambiado las gafas de concha por unas sin montura. Le sonrió nada más verla entrar.

—Sabía que vendrías.

—¿A qué estás jugando, tía?

—¿No es evidente?

—Si fuera Carnaval, sí; pero es Viernes Santo.

—Pues yo lo encuentro muy apropiado; solo que, en lugar de vestirme con hábito y capirote, me he vestido de escritora anciana. No me negarás que soy las dos cosas.

—Escritora, sí. Anciana…, a veces pienso que eso también es un disfraz.

Sofía se echó a reír, complacida.

—Lo soy, lo soy. Bueno…, yo últimamente prefiero decir que no soy anciana, sino muy rica en años.

Greta se rio con ella.

—Buena definición.

—¿Qué dice la inspectora?

—Parece que la has convencido. No quiere que te preocupes de nada.

—Bien. Muy bien. Así lo haré.

—Oye, Sofía… —Greta miró a su alrededor, esperando que su tía se diera cuenta de lo que estaba buscando—. ¿Qué ha pasado con tu calavera?

—¿Mi calavera? La llevo puesta.

—La otra, la que siempre ha estado ahí, en esa mesa.

—Nada. ¿Qué le va a pasar que no le haya pasado ya? Es muy difícil que a una calavera de esa edad le pueda pasar algo más. —Su sonrisa era realmente traviesa.

—¿Por qué no está donde siempre?

—¿La echas de menos, *plum*? —Greta sonrió también. Hacía siglos que Sofía no la llamaba *plum*, ciruela, algo que se había inventado cuando ella era una cría regordeta y graciosa—. Verás, en cuanto Marta me dijo que la inspectora quería verme, y de paso ver mi estudio, supuse yo, que es lo que todo el mundo quiere…, ni idea de qué esperan averiguar viendo dónde trabajo… ¿Por dónde iba?

—Cuando Marta te dijo que Lola quería verte…

—Pues eso, que le dije que la quitara, porque, a un intelectual, una calavera sobre un aparador le sugiere el espíritu barroco, el *memento mori*, la fugacidad de la existencia, el *vanitas vanitatum et omnia vanitas*, los cientos de cuadros donde aparece un cráneo pelado…, pero, a un policía, lo único que le recuerda una calavera es un crimen; y no me parecía que las circunstancias actuales fueran las mejores para ese tipo de asociaciones.

—Y ¿dónde la has puesto?

—Por ahí. En un armario. Hasta que volvamos a quedarnos solos. Llevo tantos años viéndola ahí que ya no la veo, así que ni siquiera la echo de menos. ¿Qué tal está el tiempo? ¿Avanza la primavera?

—¿Te apetece que salgamos al jardín a dar una vuelta antes de cenar?

Sofía negó con la cabeza.

—Tengo que cultivar mi imagen de anciana achacosa. Y, además, estoy cansada de verdad. He escrito un par de páginas.

—¿En serio?

Asintió con la cabeza, con una chispa de orgullo en los ojos.

—Espero poder acabarla. Esta será la última.

—¿De qué va?

265

—De crímenes, claro. Ya te enterarás cuando la traduzcas.

—Eso quería preguntarte: ¿con qué quieres que me ponga?

—Te doy vacaciones de momento.

—¿Ya no quieres que traduzca la erótico-criminal?

—No. Era solo un experimento y aún no está acabada. Me temo que se va a quedar así.

—¿Y la que me diste nada más llegar y luego volviste a quitarme?

—No es el momento adecuado.

—Pues el principio era muy interesante.

—Ya tendrás tiempo… Ponte a hacer otra cosa; aquí siempre hay mucho que hacer.

—En ese caso, se me había ocurrido empezar a mirar un poco por los archivos de la casa, a ver si me animo a hacer una especie de pequeña historia de Santa Rita. Podría ser bonito, ¿no crees?

—Bonito… según lo que encuentres, pero, por mí, no hay problema. Ve contándome. Pero más vale que te lleves un buen aerosol contra los bichos de toda clase que seguro que se han comido ya todos los papeles.

—Pues si no quieres salir, me voy yo a dar una vuelta antes de la cena.

—¡Greta! —la llamó antes de que se marchara—. ¿A ti te gusta Robles?

—Sí —contestó sin darle importancia—. Parece buen tipo.

—¿No te imaginarías con él?

—¿Con él? ¿Como pareja, quieres decir?

Los ojos de Sofía destellaron mientras asentía.

—¡Pero qué alcahueta eres, tía! ¿No decías tú que los hombres solo resultan soportables cuando son de quita y pon? Ahora que me he librado de Fred, ya estás tratando de endosarme a otro.

—Yo podría hablar con él, si tú quieres…

—Venga, mujer, solo faltaría. Anda, déjame en paz con

esas tonterías y, si quieres alcahuetear, ponte a escribir otra novela erótica.

—Piénsalo, anda.

—Adiós.

A pesar de que todo aquello le parecía una locura muy propia de Sofía y que no tenía ni pies ni cabeza, no pudo evitar sonreír para sí misma mientras bajaba las escaleras. Menos mal que había hablado primero con ella porque, de lo contrario, se sentiría realmente muy mal al pensar en encontrarse ahora con Robles para la cena.

Era la primera vez que salía de Santa Rita por la noche para ir a Benalfaro, y le resultaba algo curioso haberse dejado liar para asistir a la Procesión del Silencio, pero Candy había insistido tanto con que era algo impresionante, que no había que perderse, que al final había dado su brazo a torcer y se había subido al coche con los demás: Candy, Robles, Lola y Miguel.

La cena había tenido que ser a velocidad relámpago. Una pena, porque el bacalao con tomate frito y pimientos, aunque oficialmente fuera comida de vigilia, estaba buenísimo y no le habría importado repetir, e incluso tomar un café con calma, pero no daba tiempo porque había que arreglarse, llegar pronto al pueblo y tratar de aparcar, cosa nada fácil.

—Es una de las tradiciones más bonitas de Benalfaro, —informaba Candy, desde el asiento delantero—. Se hace desde la medianoche hasta las tres de la madrugada y se le da tres veces la vuelta al pueblo. Antes era solo para hombres. Se suponía que las mujeres no serían capaces de soportar tres horas calladas.

Las dos mujeres que la escuchaban soltaron un bufido.

—Ahora puede asistir todo el mundo, siempre que se comprometan a guardar silencio absoluto. Ya veréis. No se oye más que el frote de los pasos en el suelo, el redoble del tambor y, cuando pasamos junto al mar, el rumor de las olas. Da escalofríos.

—La verdad es que tengo curiosidad —dijo Lola—. Llevo ya casi seis años por la zona y no había ido nunca. Mientras vivieron mis padres, aprovechaba la Semana Santa para ir a verlos al pueblo, y el año pasado me fui unos días a un hotel de playa, a desconectar.

—Yo llevo aquí más años que tú, pero nunca he ido —contribuyó Robles—. En mi infancia tuve ya bastantes macabrerías. Si ahora voy, es porque vamos todos.

—Pues yo he ido muchas veces —dijo Miguel—. En cuanto tuvimos edad, mi padre nos llevaba a mi hermano y a mí. Supongo que precisamente por eso, porque era cosa de hombres. A nosotros no nos entusiasmaba la cosa en sí, pero lo de estar por ahí hasta las tres o las cuatro de la madrugada…, eso sí que estaba bien. Siempre había alguien que se había traído una petaca de coñac, para el frío, decían, y a Chema y a mí nos dejaban echar un trago, ya desde los doce o los trece años.

—Creía que eras hijo único —comentó Robles.

—Mi hermano murió hace tiempo.

Nadie dijo nada y, así, en silencio, llegaron al pueblo, aparcaron, y, siguiendo a Candy, que, a pesar de ser la única extranjera, era la que más sabía de todo lo que tuviese que ver con Benalfaro, llegaron a la iglesia de Nuestra Señora del Olvido, de donde saldría la procesión y, en lugar de entrar en el templo, se quedaron en el exterior, esperando.

Había mucha gente hablando en corrillos en voz muy baja, casi todos vestidos de oscuro. Los mayores, elegantemente, los jóvenes, con ropa más deportiva.

—Hace cuarenta años era más bonito —susurró Candy—. Los hombres iban todos de traje y corbata, con camisa blanca. Y casi todos con bigote, claro. Las señoras, cuando participaban en las procesiones, se vestían de «Manola», con vestido negro, peineta y mantilla, y a veces un clavel rojo en el pelo o en el pecho. Para mí, entonces, era como estar en otro planeta. En aquella época me habría encantado participar, pero, como yo nunca fui de ir a misa…, me dejaron claro que esto no era un Carnaval y había que estar a las duras y a las maduras. Vamos todos juntos, pero, si nos perdemos, a las tres, tres y diez, en el coche. ¡Ya salen!

Se abrieron las grandes puertas de la iglesia y empezó a oírse el redoble de un único tambor. De repente, todas las luces urbanas se apagaron. Del interior del templo emanaba una luz amarilla y temblorosa sobre la que enseguida empezaron a recortarse las siluetas de decenas de personas vestidas con capirotes y hábitos negros que, en fila india y portando cirios, se bamboleaban al ritmo del tambor mientras bajaban pausadamente las escaleras. Detrás de ellos, empequeñeciendo sus figuras, destacaba la forma oscura con destellos de oro de un paso colosal donde, dentro de un ataúd de cristal, se intuía la figura de un hombre muerto, desnudo y torturado, palidísimo y sangrante.

—El paso necesita más de treinta costaleros —susurró Candy—. Se van turnando, pero es agotador.

—¡Shhh! —dijo alguien cerca de ellos.

Candy sacó del bolso varias velas gruesas que llevaban un platito incorporado para recoger la cera caliente, las repartió entre ellos y las encendió; se cruzó la boca con el índice y, por gestos, los dirigió hacia la escalinata de la iglesia para que pudieran ocupar su puesto detrás de los últimos nazarenos y unirse a la procesión.

Miguel había puesto la mano en el hombro de Robles, llevaba el bastón en la otra, y caminaban juntos. Candy iba delante. Lola y Greta, separadas, pero una detrás de la otra, cerrando el grupo.

Había algo intensamente hipnótico en el ritmo que marcaban los tambores y en el cabeceo de los nazarenos y del paso que veneraban. Al cabo de un par de calles, Greta tenía la sensación de encontrarse metida en un sueño que no acababa de convertirse en pesadilla, pero que le andaba muy cerca. El olor caliente y pesado de las velas era agobiante. Los ojos de los nazarenos, entrevistos por los agujeros redondos de los capirotes, brillaban con destellos malignos. Los guantes blancos que aferraban los cirios parecían ocultar unas zarpas no humanas. Si dirigía la vista hacia arriba, veía gente pálida e inmóvil asomada a ventanas y balcones, siguiéndolos con los ojos. El silencio era abrumador.

Poco a poco fueron aproximándose al mar y el rumor de las olas fue haciéndose más cercano, más intenso. Apenas se alzaban sobre la oscura superficie del mar, la luna se reflejaba en la cresta de cada una, aquí y allá, vistiéndolas de plata por unos segundos antes de que rompieran en la arena, agotadas y oscuras, estirándose hacia ellos como seres vivos llenos de dedos ansiosos que enseguida serían sustituidos por otros hasta conseguir alcanzarlos.

El redoble del tambor subía y bajaba, unas veces solitario, otras, acompañado por los demás tambores, por las carracas, o por un instrumento de viento que podría ser una corneta, pero que Greta no veía desde donde estaba, y gritaba desgarrado, con desesperación, indicando a los caminantes que se detuvieran por unos instantes, antes de reemprender la marcha. El frote de los pasos sobre el pavimento, en la oscuridad bordada de luna del paseo marítimo, le hacía pensar en la Santa Compaña, en un pelotón de zombis disciplinados, en las ratas del flautista de Hamelín.

Sintió un escalofrío. La brisa que venía del mar era cada vez más fuerte. Se ajustó la bufanda, agradecida por su mentalidad alemana que la había hecho llevarse también el gorro de lana, aunque fuese primavera. El paso era tan lento que empezaba a estar cansada, a tener sueño, a preguntarse qué narices hacía ella allí, entre todos aquellos desconocidos, siguiendo el rito de una religión en la que ya hacía mucho que no creía, acompañando a un cadáver de dos mil años de antigüedad por el que no sentía nada.

Eso la llevó a pensar que pronto sería el funeral de Moncho, en cuanto la policía se diera por satisfecha y dieran el permiso de enterrarlo. ¿Iría?

Tendría que ir. Imaginaba que Sofía querría ir a despedirlo y ella no iba a tener más remedio que acompañar a su tía, aunque solo fuera porque, por lo que parecía, además de Encarna no habría nadie en el entierro de aquel hombre sin familia y a quien nadie había querido.

Era un ser despreciable, pero de todas formas resultaba muy triste que, a tu muerte, nadie te echara de menos.

La corneta gritó su lamento y el cortejo se detuvo unos instantes mientras los tambores seguían, impertérritos, el redoble al que todos los presentes habían acompasado su bamboleo.

Una mano se engarfió en su hombro quitándole la respiración del susto. Un susurro a su oído.

—Sal de ahí. Tenemos que hablar.

El rostro arrugado de Nani a centímetros de su cara, casi monstruoso a la luz de sangre de los cirios, un amasijo de sombras donde los ojos brillaban diabólicamente.

Greta negó con la cabeza; en ese momento, el cortejo volvió a ponerse en marcha, y ella siguió caminando, sin lograr sacudirse la garra que seguía apretándole el hombro despiadadamente. Notaba cómo las uñas de Nani se le clavaban en la clavícula a pesar del abrigo.

—Habéis matado a Moncho, ¿crees que no lo sé? Habéis matado a Moncho, y pagaréis por ello. Su aliento caliente junto a la oreja le resultaba repugnante. Cambió el cirio a la mano izquierda, levantó la derecha y, sin pararse a pensarlo, le dio un golpe, fuerte, en la garra que le apresaba el hombro. La cera caliente le saltó a la muñeca, quemándola, pero consiguió morderse los labios para contener el grito. Nani dio un chillido, enseguida reprimido, que le valió varias miradas admonitorias, y soltó la presa. Por fin.

Se quedó atrás, allí, parada en la acera, entre la procesión y el mar negro y plata, bajo las palmeras que siseaban amenazadoras en la brisa helada que venía del mar, mirándola fijamente, con todo el odio acumulado de cuarenta años.

En Santa Rita todo estaba en silencio, los pasillos, oscuros, atravesados por sutiles corrientes de aire que se colaban por las ventanas mal aisladas, por las puertas que no ajustaban. Aquí y allá un destello, reflejo de la luna sobre un cristal o un objeto metálico, puntuaba la oscuridad.

Nines respiraba rápido pegada a la pared de la escalera, muy consciente del ruido de su propia sangre en los oídos y del tic-tac del reloj antiguo que durante el día nadie escuchaba porque formaba parte del paisaje acústico de la casa, pero que, de noche, era casi ensordecedor. Llevaba más de una hora buscando por las habitaciones de todos los que se habían marchado a la procesión y que ella había ido anotando en su cuaderno para no equivocarse después. La mayor parte no estaban cerradas con llave, y no había sido demasiado problemático, ayudándose con una linterna, abrir unos cuantos cajones y armarios hasta dar con los pobres escondrijos donde la gente guardaba un par de billetes, muy pocos para lo que ella necesitaba.

Había ido antes que nada a ver a Elisa con la intención de pedirle que le devolviera la pulsera, pero debía de haber salido y no había podido empezar por ahí como le habría gustado. Con la pulsera en su poder, solo habría tenido que reunir mil más. Así, tenía que hacer lo que fuera para conseguir el doble. Volvería al de su amiga antes de dar la noche por concluida, y la obligaría si era necesario. No le gustaba la idea de amenazar a Elisa, pero a veces una no hace lo que quiere, sino lo único que puede hacer. Las dos rayas que había esnifado para darse valor la mantenían en un estado de excitación que al menos la tenía despierta, pero estaban empezando a acelerarle el pulso de una manera que le resultaba cada vez más desagradable, y aún no podía dejarlo todo y retirarse a su cuarto. Contando con lo poco que había en la caja, no había conseguido más que ciento sesenta y cinco euros y no se había animado a coger ninguna de las pequeñas joyas que guardaban las mujeres porque eso se notaría de inmediato, mientras que un billete de diez o de veinte no tenía nombre y su dueña podía pensar que recordaba mal la cantidad que tenía en el cajón de la ropa interior. Con ciento sesenta y cinco euros estaba muy lejos de la meta. Muy lejos.

Su primera visita había sido a la habitación de la mujer policía, no para robarle a ella, sino porque se le había ocurrido que era posible que la maleta de Moncho estuviera aún allí y que, en ese caso, aunque no tuviera dinero ni nada de valor, siempre podía ser que aún tuviera parte de la mercancía guardada. Seguramente ya no le quedaría mucho de la coca que ella le había pasado, pero podía ser que aún estuvieran los tres potes, o al menos dos, del carísimo éxtasis líquido que le había costado tanto conseguirle y que, a simple vista, para alguien que no tuviera mucha costumbre, ni siquiera se reconocía como droga. Quizá, si lograba devolverle al Lanas los tres frasquitos, o incluso solo dos, Igor aceptaría hacerle una buena rebaja de la cantidad en metálico. O no. Igor era una bestia. Si no conseguía reunir el dinero para pagarle, lo único que podría hacer era huir lo más lejos posible, esperando que no se molestaran en salir a buscarla fuera de la provincia.

Había encontrado la maleta, pero no había nada en ella que valiera la pena, ni siquiera nada que hubiera podido llevarle a Ricardo para vender. Aquel desgraciado de Moncho no tenía ni un buen reloj, ni un miserable aparato electrónico, ni nada de nada. Su neceser solo contenía productos de aseo y estaba claro que alguien, probablemente la inspectora, ya

273

se había incautado de todo lo que pudiera ser ilegal, como la coca, las pastillas y, para su desgracia, los tres potes. Además, debía de haber hecho el registro a conciencia, porque hasta había separado el forro de la maleta. Si había encontrado algo o no, era cosa que no podía saber.

Esperaba que, al menos, no se le hubiera ocurrido que quien le había proporcionado el material a Moncho vivía también en Santa Rita. Con todo lo que ya tenía encima, no era momento de vivir pensando que la podían trincar en su propia casa por una cosa así.

Después de más de una hora de buscar a oscuras, con los nervios de punta, antes de retirarse, había tomado la decisión de intentar entrar en el cuarto de Candy, lo que le preocupaba muchísimo más que todo lo que había hecho hasta el momento.

Fuera de Sofía, Candy era la única persona en toda Santa Rita a la que le tenía un respeto que a veces llegaba a parecerse al miedo. Era educada y correcta, pero siempre quedaba claro que eso podía cambiar si la otra persona no se comportaba como se esperaba de ella. Por eso, forzar la entrada a su cuarto era algo que nunca habría hecho si no hubiese sido porque había llegado al punto de desesperación necesario.

Frente a su puerta, hizo una inspiración tan honda que detrás de sus ojos destellaron colores psicodélicos, se agachó frente a la cerradura, encendió la linterna y empezó a trabajar como le había enseñado su padre, que era cerrajero, prácticamente lo único que le había enseñado en la vida, aparte de saber quitarse de en medio en cuanto lo veía llegar con la cara enrojecida.

El cerrojo era tan endeble que se abrió en unos segundos. Aquello estaba hecho para disuadir solo a la gente decente, que baja la manivela, ve que está cerrada y se marcha sin más, no para detener a alguien que de verdad quiere entrar.

El haz de luz de su linterna iluminó el cuarto de Candy,

donde ella no había estado nunca. Todo perfectamente recogido, elegante, pero más bien minimalista, con una cama grande, un escritorio frente a la ventana, con un jarrito de flores, un sillón de lectura junto a la chimenea y diversos muebles bajos y altos con libros, algunos pocos objetos de adorno o recuerdos de viajes y reproducciones de arte. En su mesita de noche, una novela, una lámpara y una fotografía enmarcada en plata de una mujer rubia de ojos dulces con una niña pequeña en brazos. Su hermana y su sobrina, probablemente.

Se quedó unos instantes parada en el centro del cuarto, tratando de imaginarse dónde podría tener una persona tan organizada como Candy algo de valor. No creía que pusiera lo importante debajo de las bragas, como la mayor parte de señoras de Santa Rita, que debían de pensar que un eventual ladrón tendría la delicadeza de no hurgar entre la ropa interior de una desconocida.

Joyas no debía de haber. En los dos años que ella vivía en Santa Rita, jamás había visto a Candy con nada de valor: ni pendientes, ni broches, ni collares. Llevaba un buen reloj, pero siempre el mismo y seguramente no se lo quitaba ni para dormir. Pero era la administradora de la casa. Cabía en lo posible que guardara una cantidad importante en alguna parte para hacer frente a los pequeños gastos de fontanería o reparaciones varias de los que se pagan en mano y sin factura. La cuestión estaba en dónde buscar, ya que Candy utilizaba para el trabajo cotidiano uno de los despachos del primer piso que, en el pasado, usaban los psiquiatras del sanatorio. Incluso sería posible que hubiese una caja fuerte en alguna parte y todo el dinero estuviera ahí. No se le había ocurrido nunca, pero, aunque era posible y eso quería decir que no iba a encontrar nada, ahora que estaba en la habitación de Candy no iba a marcharse sin buscar un poco.

Empezó a abrir cajones con cuidado de no hacer ningún ruido. No sabía seguro dónde dormía la escritora, pero sabía con toda seguridad que no era sorda. Vieja sí, pero con buen oído, y los viejos son suspicaces. Si oyen algo, enseguida se despiertan y piensan lo peor. Podría pensar que habían entrado ladrones…

Se le escapó una risita de puros nervios y se mordió los labios firmemente.

Además, si podía evitarlo, no quería quedar mal con Sofía.

Al cabo de un rato no había encontrado nada de valor ni en los cajones de la cómoda ni en los del escritorio. Abrió el de la mesita de noche. Nada. Salvo un pequeño paquete de cartas atadas con un cordel. ¿Sería Candy, a pesar de su apariencia y estilo duro, de las que conservan las cartas de amor de su juventud?

Acercó la linterna y echó una mirada a aquellas cartas antiguas de papel azul y bordes de colores. Todas estaban dirigidas a Moncho Riquelme y tenían a Sophia Walker como remitente. Interesante. Esas cartas no deberían estar allí, en el cuarto de Candy. Si las había robado, independientemente de lo que hubiese escrito en ellas, eso podía tener un valor.

Se las guardó en la barriga, bien sujetas con la cinturilla de los vaqueros y tapadas con la sudadera. No sabía si podía cantar bingo, pero al menos no se iría de allí con las manos vacías. Aunque la idea de enfrentarse a Candy y pedirle dinero a cambio de devolvérselas no le resultaba apetitosa.

Animada por el hallazgo, salió de la habitación, cerró de nuevo y, ya iba a subir con todo sigilo al cuarto de Greta, cuando un haz de luz entró por la ventana de la escalera, lamiendo el techo con su reflejo dorado. Alguien se había cansado ya de procesiones y volvía a casa.

Bajó a toda velocidad y, antes de que nadie pudiera alcanzar el pasillo, llegó hasta la puerta de Elisa y tocó con los nudillos varias veces. Si ya estaba durmiendo, tendría que despertarse.

—¿Quién es? —preguntó desde dentro. No sonaba adormilada.

—Yo.

—Es tarde, Nines, ya estaba durmiendo. Nos vemos mañana.

—Tengo que hablar contigo. Ya. Es muy urgente.

Un momento después se abrió la puerta un par de centímetros y apareció el rostro de Elisa, suavemente sonrosado y con los ojos brillantes. Era tan guapa que dolía. Habría necesitado abrazarla, besarla, acariciar su piel, sentirse querida y aceptada, oír de sus labios que todo se arreglaría, que lo importante era que estaban juntas, y juntas buscarían una solución; pero no podía engañarse. Las cosas habían cambiado.

—¿Estás sola? —preguntó Nines.

—Claro.

—¡Qué desperdicio! Déjame pasar, anda.

—Mejor vamos a tu cuarto, si quieres.

—No quiero. Ya estoy aquí.

Elisa se mordió los labios y se apartó para dejar pasar a su amiga.

—Pero solo un momento, ¿eh? Mañana madrugo. Me voy a pasar la Pascua en casa.

Nines no contestó. Entró en el cuarto, echó una mirada a la cama de sábanas revueltas, a la puerta entreabierta de la terraza, al pelo de su amiga y sus labios rojos. El sexo aún flotaba en el aire, y el gallina de Nel se había largado por el jardín en cuanto había oído su voz.

—¿Qué querías, Nines?

—Necesito que me devuelvas la pulsera.

Elisa desvió la vista y aspiró una bocanada de aire antes de preguntar:

—¿Y eso?

—Ya te contaré, pero de momento la necesito. Te la volveré a dar en cuanto pueda, te lo juro.

—Es que…

—Ya me he dado cuenta de que no la llevas, tengo ojos en la cara. Y también me he dado cuenta de cómo miras a Nel y de lo que está pasando, pero no he venido a hablar de eso. Necesito esa pulsera, Elisa. No es ninguna tontería.

—Nines…

—No quiero explicaciones. Quiero la pulsera.

—No la tengo. Eso es lo que quería explicarte.

—¿Quééé? —La pregunta sonó como un rugido. No pudo evitar acercarse a ella y agarrarla de los hombros para sacudirla mejor—. ¿Qué has hecho con ella? ¿Tú sabes lo que vale esa pulsera?

—No. Sí. No sé… —Elisa se cogía el cuello del pijama en un puño junto a la garganta. El rosa de sus mejillas había desaparecido para dejar paso a una palidez verdosa—. La perdí, aquí en Santa Rita, no te apures. La encontró la policía y aún la tienen. Me ha dicho la inspectora que esta semana me la devolverán. Dentro de un par de días te la doy.

—Dentro de un par de días será tarde, imbécil.

—¿Tarde? ¿Por qué?

No se molestó en contestar. Cruzó en dos zancadas hasta su mesa de trabajo, donde estaban el bolso y la mochila, y empezó a revolver su contenido.

—¿Cuánto dinero tienes?

—¿Dinero? Poco. Ya sabes que siempre llevo poco.

—¿Y cómo vas a comprar el billete de mañana?

—Con la tarjeta de papá.

—Claro…, la niña tiene papá que le paga los gastos. —Nines le tiró el bolso a la cara—. Dame lo que tengas.

Elisa cogió el monedero con manos temblorosas. En ese momento, desde detrás de Nines, se oyó la voz de Nel, que salía del baño, descalzo y vestido solo con los vaqueros.

—¡Lárgate de aquí, hija de puta! No te consiento que extorsiones a Elisa.

Nines se giró, furiosa.

—Vaya, el gallina se pone ahora gallito.

—¡A la calle!

—¡Tú a mí no me dices lo que tengo que hacer, gilipollas!

—Si no te gusta que te lo diga yo, te lo dirá la policía. O te vas, o te denuncio.

Elisa se había echado a llorar y sollozaba sentada en el borde de la cama. Nel se sentó junto a ella y le pasó un brazo por los hombros.

—Vete, Nines, en serio, te conviene —insistió Nel, tratando de sonar razonable—. No sé en qué lío te habrás metido esta vez, pero te juro que te conviene largarte de aquí. Si nos dejas en paz, no diré nada de esto. Es lo más que te puedo ofrecer.

—Me las pagaréis, cabrones —escupió entre dientes.

Nel inclinó apenas la cabeza, como aceptando el desafío. Se levantó, fue a abrir la puerta y la mantuvo abierta hasta que Nines hubo salido.

14

Las lluvias de abril

Greta se despertó con la cabeza pesada y una opresión en el pecho. Hacía mucho que no se iba tan tarde a la cama y toda su rutina se había desplazado, dejándola rara. Habían vuelto a las tres y media de la madrugada y aún se habían quedado un rato más en la salita, tomando unos un whisky y otros un coñac para espantar el frío húmedo que se les había metido en los huesos después de tres horas de caminar lentamente en la oscuridad salpicada de luz de velas.

Nadie se había dado cuenta de la aparición de Nani y ella no había querido contarlo porque, aunque le parecía una de las quimeras y fantasías persecutorias que siempre había tenido aquella loca, algo le tocaba por dentro una fibra sensible al recordar sus palabras, ese «habéis matado a Moncho y pagaréis por ello» que aún le daba escalofríos, incluso metida en su cama caliente, tapada con el edredón hasta las orejas. Era una baladronada, por supuesto, una amenaza vacía. En la vida normal de las personas normales, nadie cumple ese tipo de amenazas que solo sirven para desahogarse, pero de todas formas le inquietaba el recuerdo de su voz ronca, del odio en sus ojos.

No había sol. Por primera vez desde que había llegado a España, no se había despertado a una mañana esplendorosa, dorada de luz rojiza, arropada por los píos y gorjeos de los pájaros.

La claridad era ahora grisácea y, si se quedaba muy quieta, casi conteniendo la respiración, tenía la sensación de que había un rumor añadido: lluvia.

Se levantó con sigilo, como si temiera despertar a alguien, se acercó a la ventana y lo comprobó. El mundo estaba como velado bajo una fina capa de agua. No se veía brillar el mar en el horizonte y hasta los pinos habían adquirido un color desvaído, como una acuarela antigua. Iba a ser un día de quedarse en casa, incluso sin salir de la cama, de leer o ver una película, de dormitar en el sofá.

Miguel les había contado que por fin había conseguido convencer a Trini, Ascen y las demás cocineras de que dejaran lo de los buñuelos y las toñas para el desayuno del domingo, de modo que, siendo Sábado Santo, no valía la pena bajar temprano al comedor porque no servirían nada especial. Cuando volviera al pueblo el martes (el lunes de Pascua estaba todo cerrado) se compraría un calentador de agua para poder prepararse en su cuarto una taza de té, como hacían Candy y Sofía, sin tener que vestirse ni bajar, con el consiguiente peligro de encontrarse con alguien. De momento no tenía ninguna gana de ver a nadie. El gris del mundo exterior parecía haberse contagiado a su espíritu y lo que más le habría apetecido sería volver a dormirse unas cuantas horas más; pero ya no funcionaba. Cuando era joven, podía dormir hasta la hora de comer e incluso le molestaba que su madre la sacara de la cama para sentarse directamente a la mesa y tener que desayunar con sopa de cocido. Ahora ya, el cuerpo se empecinaba en despertarse a la hora habitual, con un déficit de sueño de varias horas que le dejaba la cabeza hueca, y sensible a la luz y a los ruidos.

Fue al baño y desayunó con una aspirina efervescente, antes de volver a la cama a echar una mirada a su móvil.

Nada. Sus hijas seguían ignorándola. Heike había desaparecido, y Fred, después de aquel ridículo mensaje en el que la perdonaba si volvía ya mismo, no había vuelto a escribir. ¿Era posible haber vivido treinta años juntos, haber tenido dos hijas y, de un momento a otro, borrarse de la vida y la memoria del otro?

Daba casi miedo.

Fred nunca le había levantado la mano, nunca la había humillado, ni tratado mal; habían pasado buenos ratos juntos, vacaciones agradables, muchísimas cenas con amigos de las que habían regresado comentando las noticias, riéndose, contrastando opiniones sobre lo que habían oído; sus relaciones sexuales siempre habían sido buenas, menos apasionadas que lo que se veía en las películas, pero consideradas y satisfactorias; siempre se habían respetado y tratado bien…, y un día, de repente, se había acabado. ¡Era tan curioso! Llevaba aún menos de dos semanas lejos de su casa y de su marido, y sin embargo ya le parecía algo lejano en el tiempo y en el espacio como si esos treinta y dos años no hubieran sido más que un sueño que se deshace al abrir los ojos al nuevo día.

Eran ya las nueve de la mañana. Podía bajar a ponerse un capuchino de la máquina y quizá luego dedicar unas horas a ver si aquella loca idea del archivo de Santa Rita tenía futuro. Lo que Sofía le había contado a Lola de la desaparición de su marido, tantos años atrás, unido a la sugerencia contenida en la carta de Moncho de que había unos huesos en la finca que podrían interesarle a la policía, no le dejaba tregua, a pesar de que sabía que era una estupidez, una pura novelería, que esas cosas no pasan en la vida normal, entre personas decentes. Era como una canción de las que se te meten dentro y te dan vueltas y vueltas en bucle por la cabeza, incluso cuando piensas en otra cosa o estás viendo una película o manteniendo una conversación sobre otro tema.

Que un marido se harte de la situación en la que se encuentra y decida largarse sin dejar dirección es posible, y más en la época a la que Sofía se estaba refiriendo, en plena posguerra y cuando el muchacho en cuestión, como médico y como yerno, estaba en una clara posición de inferioridad frente al todopoderoso, y colérico, doctor Rus, como llamaban en la zona a su abuelo materno, el doctor Matthew O'Rourke. No resultaba tan raro que no aguantara más en Santa Rita. De hecho, su huida hablaba en su favor. Por los detalles sueltos que ella había ido recogiendo sobre aquella época, el sanatorio para mujeres desequilibradas debía de tener más de cárcel que de hospital. En el edificio trasero, lindante con la pinada, ahora ya en franca ruina, en los años setenta aún quedaban habitaciones con cadenas en las paredes…, un par de cuartos con tomas de agua para mangueras, y otros con equipamiento eléctrico, que posiblemente sirvieran para dar *electroshocks* a las pacientes más rebeldes.

284 Si el joven marido de Sofía era contrario a esos métodos, era comprensible que no hubiese querido hacerse viejo allí, bajo la batuta de su suegro. El hecho de que no hubiese compartido con ella sus angustias y sus planes hablaba de que el matrimonio había sido un simple arreglo de Mateo Rus, sin gran participación de los jóvenes. Ya le había dicho Sofía a Lola que allí «siempre se hacía lo que decía papá».

Pero de todas formas era raro que la policía franquista de entonces no hubiera conseguido seguirle la pista y que nunca se hubiese sabido más de él.

Ya vestida, con vaqueros y jersey de lana y una chaqueta ligera y cálida, Greta se acordó de que en el móvil tenía una carpeta con imágenes antiguas que había ido fotografiando al correr de los tiempos. Cuando estuvo recogiendo las cosas de su madre, a su muerte, hizo fotos con el móvil de muchas de las que estaban en papel en la caja que luego guardó en el desván de su propia casa. Le gustaba la idea de llevar consigo imágenes de su madre y su tía de jóvenes, de sus abuelos, de ella misma y de su hermana de bebés y de niñas.

Las pasó con rapidez hasta encontrar las que buscaba: unas cuantas de la boda de su tía Sophie, en 1945. Una de grupo, delante de la capilla de Santa Rita, otra de los recién casados y otra de la participación de boda.

La amplió con los dos dedos. Ya no se acordaba del nombre del breve marido de su tía: Alberto Briones Rodero. Le hizo gracia el nombre. Briones es el apellido de la familia de simpáticos locos de *Eloísa está debajo de un almendro*, la famosa comedia de Enrique Jardiel Poncela.

Era una curiosa casualidad que Alberto fuera psiquiatra en La Casa' las Locas. Y también era muy curioso que, en la comedia, al final se sabe que hubo un asesinato en la familia y la víctima fue enterrada en la finca, al pie de un almendro, sin que las autoridades llegasen nunca a descubrir el crimen.

En la foto, los jóvenes desposados parecían contentos. Sonreían como si, en vez de haberse dado el sí, estuvieran cometiendo una travesura. Sofía estaba preciosa, pero muy rara con el pelo tan recogido, el velo y la corona de flor de azahar. Greta recordaba a su tía, desde siempre, como una mujer emancipada, modernísima, que cambiaba constantemente de aspecto; una mujer sin pelos en la lengua, dueña de su vida, de su amor y de sus contradicciones. Sin embargo, en la foto parecía una hija de buena familia, feliz de contentar a los demás, de adaptarse a lo que los otros hubiesen decidido para ella. Pero, claro, tenía veintiún años, aún no se había quedado sin padre, ni había descubierto la escritura, ni sabía que pronto tendría que desdoblarse para poder ganarse la vida, y pronto convertirse en tres mujeres distintas: Sofía O'Rourke (Rus) Montagut, la del mundo real; Sophia Walker, la escritora de novelas de crímenes, y Lily Van Lest, la autora de novela rosa con ribetes eróticos.

Seguramente en el momento de ser tomada aquella fotografía, ella aún pensaba que su futuro sería tener dos o tres hijos y convertirse en la digna esposa de un psiquiatra de presti-

285

gio que, antes o después, acabaría siendo director del sanatorio, a la jubilación de su padre.

Greta pasó la vista por los demás rostros en la foto de grupo. Su madre, Eileen, estaba guapísima, increíblemente joven a sus dieciocho años, con un vestido de gran falda y cinturita estrecha, y un coqueto sombrero con uno de esos velos blancos con diminutos lunares que caen sobre los ojos. La foto no era en color y por eso no podía saber si iba vestida de rosa claro o de verde manzana o de amarillo pastel. Ahora lamentaba no habérselo preguntado nunca.

Se guardó el móvil en el bolsillo, cogió las llaves, se puso las gafas como diadema y ya estaba a punto de bajar a sacarse un café de la máquina, cuando sonaron unos golpes en su puerta. Pensó por un instante fingir que no estaba. No le apetecía ver a nadie en ese momento. Luego fue a abrir.

Desde el descansillo la miraba una chica de unos veinte años que Greta solo había visto de lejos y sin fijarse mucho. Una de las estudiantes, supuso. Iba vestida de negro, con una especie de vestido corto encima de los pantalones de cuero y una cazadora muy usada, también de cuero negro. Llevaba el pelo con *undercuts* en los dos lados y la parte de arriba más larga, teñida de un azul verdoso que ya necesitaba un nuevo tinte. Unos aros de plata adornaban su oreja izquierda, la aleta derecha de la nariz y la ceja. Se preguntó qué podía querer de ella.

—Hola —dijo la chica—. ¿Puedo pasar?

Perpleja, Greta se apartó para dejarle espacio. La muchacha entró y se quedó mirándolo todo, como si quisiera absorberlo. Aún no había hecho la cama ni recogido la ropa que se había puesto el día anterior y sintió una ligera vergüenza, que apartó enseguida de su mente. Era su cuarto y podía tenerlo como le diera la gana.

—Tú dirás —comenzó.

—Soy Nines, la amiga de Elisa. La conoces, ¿no?

Greta sonrió.

—Sí. Fuimos a Benalfaro en bici hace poco. Dime, ¿qué necesitas?

—Pues verás… Te va a parecer raro, pero he encontrado algo que pienso que te puede interesar y quería ver si quieres comprármelo.

—¿De qué se trata?

—De unas cartas. Cartas antiguas.

—Ah, pues mira, sí, has hecho bien. Tenía pensado echar un vistazo al archivo y quizás empezar a escribir una historia de Santa Rita. ¿Te manda Sofía?

Nines sacudió la cabeza en una negativa. Parecía perpleja por la pregunta.

—¿De qué época son? Y ¿de quién a quién? —insistió Greta, viendo que la chica no añadía nada más—. Oye, ¿no prefieres que bajemos a tomarnos un café mientras lo hablamos?

Nines siguió negando. Parecía que, de repente, se había quedado muda. Después de un par de segundos de silencio, empezó a hablar otra vez.

—Creo que no me has entendido. A ver… Yo tengo algo que puede ser interesante para ti, pero no para publicarlo en ninguna parte, ¿entiendes? Al contrario. Para que nadie se entere. Tú me compras esas cartas, yo no le digo nada a nadie, y tú puedes quemarlas o hacer con ellas lo que quieras.

—¿Estás tratando de chantajearme? —Greta oscilaba entre la perplejidad y las ganas de echarse a reír. No se le ocurría nada con lo que alguien pudiera querer chantajearla. Era como estar metida en una película mala.

—No, para nada. Es solo que… —Nines se chupó los dientes y recogió los labios hacia dentro—. Mira, necesito dinero. Sé que a ti lo que yo tengo te puede valer lo que pido. Tú me pagas, yo te doy las cartas, y tan amigas. Es como si yo tengo un abrigo sin estrenar que a ti te gusta. Te lo vendo y en paz.

—Pero primero tendrás que decirme qué es lo que vendes,

¿no crees? —Greta se estaba abandonando al absurdo de la situación y casi había empezado a disfrutarlo.

—Ya te digo, unas cartas. De Sofía a José Ramón Riquelme, de los años ochenta.

De un momento a otro, Greta notó como si el estómago se le desplomara al bajo vientre. Esperaba que la muchacha no lo hubiese notado.

—¿De dónde las has sacado?

Nines se encogió de hombros.

—Eso es cosa mía.

—¿Las has leído?

—Por encima. Hablan de crímenes.

—No es raro. Sofía es escritora de novela negra.

—Ya. Pero estas cartas hablan de gente real. De un tal Alberto, sobre todo.

El estómago de Greta se contrajo violentamente.

—Tengo que leerlas para saber si las quiero.

—Tú me das cinco mil euros y son tuyas.

—¡Ni hablar! —Se le escapó sin haberlo pensado.

—Pues se las venderé a Candy, o a Robles. Yo había pensado que tú serías la más interesada en el buen nombre de tu tía. Sabes que el asesinato no prescribe, ¿verdad?

Greta se apartó de la chica y retrocedió hasta la ventana. De pronto su cercanía le resultaba desagradable. Levantó el visillo, de espaldas a Nines, como si de ese modo pudiese negar su presencia en el cuarto, casi hasta su misma existencia. Seguía lloviendo suavemente y el mundo exterior continuaba envuelto en un velo gris semitransparente. No sabía si era cierto que el asesinato no prescribe en España, pero no era el mejor momento para pensarlo. Antes tenía que averiguar qué era lo que decían aquellas cartas.

—Si no las leo primero, no hay trato —dijo por fin.

—Te enseñaré una. Solo una. Y tú me das mañana cinco mil euros.

—Pero ¿tú que te has creído, mocosa? —contestó con furia—. ¿Piensas que, aunque me interesara, yo tengo aquí cinco mil euros para dártelos en mano? No pienso darte más de mil la semana que viene, aunque me interese el trato.

Nines volvió a chuparse los dientes, aprovechando que Greta había vuelto a desviar la vista hacia fuera. Le daba espanto imaginarse el lunes en el campus, desierto por la Pascua, teniendo que decirle al Lanas que no podía pagarle.

—Dos mil, mañana —intentó por fin, tratando de sonar lo más dura posible. Greta no era la mujer dulce y nerviosa que ella había creído, y eso la tenía descolocada. No se había preparado para encontrar tanta resistencia.

—¿O qué? ¿Se las vas a entregar a la policía? —preguntó Greta con toda la ironía que consiguió poner en su voz—. ¿Gratis? Porque ellos no te van a dar un duro, evidentemente.

—Si me hundo yo, me la pela lo que os pase a todos en Santa Rita. Además, también puedo ir a hablar con Sofía. Si no lo he hecho, es porque tiene más de noventa años y pensaba que tú querrías protegerla. Ya veo que no.

—Dame esa carta y hablamos luego otra vez.

Nines se dio la vuelta, trasteó por su ropa y se giró de nuevo con un sobre azul, de los antiguos de correo aéreo. Greta lo cogió con fuerza, para que la otra no notase que le temblaba la mano.

—Luego te busco —dijo Nines, antes de salir del cuarto.

Santa Rita. Nochevieja 1983

Sofía despertó cuando las sombras empezaban a invadir la sala. A pesar de que los últimos rayos del sol, del color de las brasas, aún pintaban las copas de los eucaliptus y sacaban chispas de oro a las palmeras, la noche se coagulaba ya en los arbustos pelados por el invierno, en los senderos invadidos de malas yerbas, en las destartaladas y frías habitaciones de la casa.

Alzó un poco la cabeza, con cuidado, para evitar el mareo de la resaca. Al fondo, junto a la chimenea encendida, alguien pulsaba una guitarra, con languidez, mientras una flauta trataba de seguir la melodía y otra persona tarareaba sin palabras. A su alrededor, tirados en los colchones repartidos por la sala, algunos dormían aún. Volvió a apoyar la cabeza en el cojín y estiró un brazo buscando la presencia de otro cuerpo a su lado. Moncho no estaba. Habría ido a buscar algo de beber. El alcohol siempre reclama agua. O más alcohol, para equilibrar la concentración en la sangre.

Calculó que serían las cuatro y pico o las cinco. Si querían tener una cena como la que habían planeado, tendría que levantarse y bajar a la cocina con la esperanza de que a alguien más se le hubiera removido la conciencia y estuviera dispuesto a ayudar. La nevera y la despensa estaban llenas; el día antes habían hecho una compra colosal y habían traído todo lo que les había apetecido en el momento, pero ahora se trataba de prepararlo, cocinarlo y llevarlo a la sala de arriba, que era el único lugar de la casa donde, entre las dos chimeneas y el puro calor animal de los cuerpos, se estaba más o menos caliente. Se removió sobre el colchón, tratando de ahuyentar la pereza. Tenía hambre. Pensó fugazmente que, con lo que se había gastado en aquella compra, podía haberse ido sola o con Candy a un buen hotel donde ahora no tendría más que ducharse en un baño con calefacción y bajar al bar a tomarse un Martini, esperando el momento de sentarse a la mesa puesta por otros para cenar algo estupendo cocinado por un profesional. Había veces que no conseguía entenderse a sí misma.

En sus viajes a ferias, presentaciones y festivales a lo largo del verano y el otoño había ido invitando gente para la Navidad con todo el entusiasmo del momento y ahora, desde hacía una semana, Santa Rita estaba llena de semidesconocidos que habían acampado en la sala de baile para no morirse de frío en sus habitaciones sin aislamiento ni calefacción, habitaciones pensadas para un verano eterno que no existía más que en la mente de los que no conocían el Mediterráneo. Poco a poco, se habían ido reuniendo allí a comer, a cantar, a jugar a toda clase de juegos, a entregarse al sexo, a las drogas, a la bendita pérdida de conciencia que tanto el uno como las otras traían antes o después. Sonrió pensando que, en la carnicería del pueblo, mientras esperaba en la cola, unas mujeres que no se habían dado cuenta de su presencia, estaban comentando, escandalizadas, que en La Casa' las Locas se celebraban orgías.

Ella no las habría llamado así, pero realmente sí que eran algo muy parecido, aunque ellos lo llamaran *love-in* como se había puesto de moda mucho tiempo antes en San Francisco.

Moncho había aparecido como siempre, sin avisar, el día de Navidad, y desde hacía casi una semana, compartían cama, canutos y confidencias. El pobre había vuelto a fracasar en su última aventura, un negocio que tendría que haberlo hecho rico y que había acabado malográndose, y se había separado de la que había creído que era por fin su media naranja. Entonces, como siempre, había acudido a ella, «su diosa», para recuperar la confianza en sí mismo, forjar nuevos planes y, una vez restablecido, volver a enfrentarse al mundo.

291

Al día siguiente, o como mucho, al otro, le pediría dinero con cualquier excusa y se marcharía de nuevo a perseguir algún extraño sueño que volvería a fracasar. Moncho era un crío y siempre lo sería, aunque llegara a los ochenta, y ella unas veces lo quería como a un hijo, otras como a un amante, y otras más como a una de esas enfermedades crónicas que, aunque molesten, se han convertido en parte de ti y te definen.

Se vistió sin salir de la cama, o más bien del saco de dormir que habían extendido sobre el colchón en el mejor lugar de la gran sala de baile, junto a una de las chimeneas y alejado de la corriente que se filtraba por las puertaventanas mal cerradas.

Al ponerse de pie se dio cuenta de que muchos de los colchones seguían ocupados. No daba la sensación de que nadie fuera a tener gran interés en levantarse y arrimar el hombro.

Salió del salón sorteando cuerpos y, al llegar al pasillo, la fuerza del frío y la humedad la golpearon. Tendría que dejar de gastar dinero en tonterías y plantearse seriamente invertir en Santa Rita: instalar una calefacción decente, aislar las ventanas, quizás ir reuniendo gente que le cayera bien y quisiera vivir allí, aportando también su dinero y su trabajo. A Candy le parecía bien la idea y le había prometido ayudarla a que se convirtiera en realidad, pero temía que, de llegar a suceder, eso le arrebatase la maravillosa libertad que tenía ahora. Ya no podría seguir invitando a gente de ese modo pasional e indiscriminado que tanto le gustaba; habría que consensuar muchas decisiones; se habría acabado lo del *sex and drugs and rock&roll*. Aunque, a su edad, quizá no fuera tan mala idea dejarlo.

292

Bajó las escaleras a la luz de los cuarenta vatios de la única bombilla superviviente. Siempre se olvidaba de comprar más para sustituir las otras. Unos años atrás, cuando su sobrina había vivido con ellas todo un curso, había intentado llevar una vida más organizada para que la muchacha tuviera un simulacro de hogar justo en la época del divorcio de sus padres, pero desde que Greta se había marchado, todo había vuelto a caer en la desidia típica de Sofía Rus. Tendría que volver a dejar el timón a Sophia Walker, a ver si las cosas mejoraban.

Entró en la cocina y la luz la sorprendió. Se había olvidado de que, entre diciembre y marzo, al caer la tarde, los últimos rayos del sol, afilados como lanzas de oro, inundaban la estancia, convirtiéndola durante casi una hora en un lugar mágico. La madera de roble de los armarios y la larga mesa tocinera eran de pronto cálidas y apetecía pasar la mano por su superficie, todo lo metálico brillaba, reflejando el sol; las flores de Pascua que había comprado el día anterior destacaban —rojas y verdes— junto al gran cuenco de naranjas y limones, las cajas de turrón y mazapán, las botellas de vino y coñac que, atravesadas por la luz, brillaban como joyas, pintando largas sombras de color sobre la encimera de piedra blanca. Era como entrar en un reino mágico. Y efímero, como todo lo que es mágico.

Alguien había encendido la cocina antigua, la de leña, y había puesto pan a tostar. El perfume era arrebatador. Una cafetera italiana estaba empezando a borbotear, llenando la estancia de olor a buen café, a vida, a hogar.

Oyó trastear en la despensa y al volver la vista apareció un Moncho sonriente con las dos manos cargadas de cosas de comer.

—¡La bella durmiente en persona! —dijo con solemnidad—. Pues me acabas de joder la sorpresa, reina. Te iba a llevar el desayuno a la cama.

Llevaba vaqueros, un jersey de lana verde oscuro, gordísimo, y los ojos le brillaban como hojas de almendro. Moncho podía no ser trigo limpio, como le habían dicho tantas veces, pero con ella siempre era diferente; con ella sacaba lo mejor de sí mismo y era lo que podría ser, lo que no enseñaba a nadie más.

Su amor siempre la sorprendía de nuevo. No acababa de entender que un chico como él, que aún no había cumplido los treinta, siguiera encontrándola atractiva, a sus cincuenta y muchos años; que siempre quisiera volver durante un tiempo, aunque luego se fuera otra vez. No era solo el dinero, o la sensación que ella le daba de poder volver a casa, a lamerse las heridas, a replantearse su vida y su futuro. Era también algo indefinible, pero real, que a veces se expresaba en palabras, aunque muy raramente; mucho más en miradas, en caricias, en gestos como el de ahora, el de levantarse antes que ella para llevarle un café con tostadas al colchón que compartían.

Una única vez le había dicho con palabras algo que no olvidaría mientras viviera: «Yo no me siento en casa en ninguna parte, Sofía. Solo cuando estoy contigo. Donde tú estás, estoy en casa».

Su otro yo, Lily van Lest, había querido aprovechar esa declaración para una novela. Le constaba que sus lectoras necesitaban saber que era posible que alguien, en algún momento de tu vida, aunque fuera solo una vez, te dijera algo así mirándote a los ojos. Pero nunca lo hizo. Lo habría sentido como una traición; habría sido abaratar unas palabras que se le habían quedado grabadas en el alma y que, puestas en una de sus novelas románticas, acabarían convertidas en una cursilada, sobre todo si quien las leía era un hombre.

—Bueno, pues si ya estás levantada, igual podemos desayunar aquí.

El aceite brillaba sobre el pan tostado, las lascas de jamón tenían el mismo color cálido de la madera, había tomates maduros y grandes tazones de café con leche, magdalenas de bizcocho y figuritas de mazapán. Se sentó con un suspiro.

—Estoy muerta de hambre.

—Ya somos dos. ¡Feliz año nuevo!

—Si aún no es mañana…

—Tampoco vamos a ser nosotros como todo el mundo, ¿no, reina mora? Para ti y para mí el año empieza ahora.

Chocaron las tazas de café. De pronto, Moncho se levantó, fue a la encimera y puso en marcha el casete.

—Faltaba algo de música.

Empezó a sonar una melodía pop con algo de oriental, aunque la letra estaba en inglés.

—Dana Gillespie. Acaba de salir y siempre me hace pensar en ti, princesa.

—Mmm. Es muy sexy… —Se levantó, con la tostada en la mano, y empezó a mover las caderas al ritmo de la música—. Me encanta. —Empezó a tararear junto con la cantante—: *Move your body close to me... Move your body close to me...* Anda, ven.

Moncho se levantó, la enlazó por la cintura y empezaron a moverse por toda la cocina, encontrándose, separándose, frotándose el uno contra la otra.

—Si seguimos así, no vamos a comer —susurró él, mordisqueándole la oreja.

—Luego —dijo Sofía, apartando los platos para poder sentarse sobre la mesa donde aún caía un último rayo de sol, rojo fuego—. Ya comeremos luego.

295

15

*L*ola salió de su cuarto después de la siesta con la sensación de haber dormido demasiado y la desorientación de haberse despertado en plena noche, cuando el resto del planeta dormía ya. Por supuesto no era cierto. Según su reloj eran las cinco y cuarto de la tarde, pero el mundo exterior seguía lluvioso, apenas había luz y parecía que el gris se había apoderado de todo.

Necesitaba un café con absoluta urgencia, de modo que recorrió el pasillo desierto, que tenía algo de pecio abandonado en alta mar, sin cruzarse con nadie ni oír ningún sonido. El suelo ajedrezado en blanco y negro, por primera vez desde que había llegado a Santa Rita, le traía asociaciones inquietantes, de orfanatos malditos, de psiquiátricos donde los médicos estaban más locos que los pacientes, de instituciones tapadera para prácticas innombrables. Nadie había encendido las luces del corredor y, en la penumbra gris, se sentía como un alma en pena que los demás fantasmas hubiesen abandonado a su suerte.

¡Cuántas novelerías!, se regañó. Debía de ser el influjo de la pesadilla que había tenido y que, por suerte, ya se estaba desdibujando. Había soñado con algo impreciso que a veces adoptaba la forma de Riquelme y le decía que siempre había sabido que era una inútil, que era de todos conocido que había entrado en la policía porque no servía para nada más, que no era capaz de ver ni las evidencias más claras, por mucho

297

que se las presentaran en bandeja. Luego se oían risas de niños jugando cerca de la alberca y ella sabía que era peligroso, pero no podía hacer nada para apartarlos de allí, porque, como le decía una voz de mujer, ella no había tenido hijos y no sabía cómo había que hablar con los pequeños para que cuenten los secretos que guardan, y que tampoco quería que se acercase a ellos así, desnuda como estaba. Ella, de pronto, se daba cuenta de que, efectivamente, estaba desnuda y descalza. La gravilla del camino se le clavaba en las plantas de los pies, impidiéndole llegar con rapidez a la alberca mientras, en dirección contraria, venía gente desesperada, llorando, con unos niños en brazos que estaban obviamente muertos. Y ella no podía hacer nada. Había más cosas, pero no las recordaba, ni las quería recordar.

Llegó a la salita, también desierta, se puso un café doble y se lo tomó casi sin paladearlo, de un par de tragos, disfrutando de la quemadura en la lengua y del amargor del líquido. Luego se puso un vaso de agua, el más grande que había en el armario, se lo bebió con avidez y volvió a llenarlo.

Desde el salón le llegaba un bisbiseo de conversación, como si varias personas hablasen en voces muy bajas, intercambiando secretos. No se oía música, ni el ruido de los dados agitándose dentro de los cubiletes, ni el inconfundible sonido de las fichas de dominó al ser arrastradas por la superficie de una mesa. Sonaba como una reunión de conspiradores, o de fantasmas, allí, en la casi oscuridad, sin más ruido de fondo que la lluvia monótona y los ocasionales crujidos de la casa.

¿Estarían viendo una película? Pero no se oía ningún tipo de banda sonora, ni músicas, ni explosiones, ni chirriar de neumáticos, ni exclamaciones o comentarios del público...

¿No estarían rezando el rosario? Cabía dentro de lo posible que algunas de aquellas mujeres mayores, siendo Sábado Santo, hubiesen decidido colaborar a la resurrección de Jesucristo. Recordaba muy vagamente que su abuela, de pequeña, la había llevado a una celebración en la que todo estaba oscuro y, de pronto, empezaban a encender velas, y todo se iluminaba con cirios y lamparillas y llamas mientras la gente canturreaba: «Cristo, la luz». ¿Sería posible que allí mismo, en Santa Rita, estuvieran haciendo algo así? De hecho, no, porque esas cosas solo sucedían dentro de una iglesia, como parte de un rito ancestral.

Se acercó de puntillas a las puertas correderas que separaban la salita donde ella se encontraba del salón que servía para juegos, televisión y toda clase de actividades masivas. El murmullo de conversación subió en cuanto puso la oreja contra la fisura que separaba las dos hojas de madera.

—Estoy segura de que ha sido Trini —dijo una voz femenina—. En cuanto nos hemos enterado de la muerte, se le ha escapado una sonrisa. Está claro que disfruta matando. Es culpable, diga lo que diga.

Lola dio un respingo. ¿Qué coño era aquello? ¿Estaban hablando de lo de Riquelme?

—No me parece bien eso de acusar indiscriminadamente sin ninguna prueba. —La voz de un hombre—. No es que yo la defienda, pero ¿alguien sabe algo de verdad o todo son especulaciones?

—Y, si es por sonrisas…, tanto Candy como Ena han sonreído en cuanto se ha hecho de día.

—Yo he sonreído porque tenía el pálpito de que me iban a matar y me he alegrado mucho de despertarme. —El acento delataba que era Candy la que acababa de hablar.

—¿Queréis que votemos ya o alguien quiere añadir algo? —Esa era Greta.

—Por mí, votamos. —Robles—. Tengo clarísimo que esta vez Nel no ha conseguido alejar las sospechas; ya os he dado mis argumentos.

—Entonces la cosa está entre Nel y Trini, ¿no? ¿O queréis votar también sobre Candy?

Lola estaba perpleja. Aquella gente se había reunido en el salón para decidir quién de ellos era el asesino de Riquelme. Al parecer, cada uno había aportado sus argumentos y ahora estaban tratando de llegar a una conclusión. Y luego ¿qué? ¿Pensaban ir a buscarla a ella y explicarle el caso, como en las películas de Agatha Christie, pero al revés: la aristocrática familia de la víctima exponiendo a la detective lo que ella no había sido capaz de ver?

Sin pararse a pensarlo un momento más, abrió las puertas correderas casi con violencia.

Más de una docena de rostros se volvieron hacia ella.

—Joder, Lola, menudo susto nos has dado —dijo Robles, levantándose para darle la bienvenida y acercar una silla al círculo que tenían formado en mitad del salón y en el que tomaban parte catorce o quince personas—. Anda, únete a nosotros. Y que alguien vaya encendiendo alguna lámpara; ahora mismo ya no nos vemos las caras.

—Hace un rato pasé por tu cuarto por si te apetecía acompañarnos, llamé con los nudillos, pero debías de estar dormida —dijo Greta, sonriendo.

En la penumbra, aquello parecía una sesión de espiritismo y Lola no estaba muy segura de querer participar en lo que estuvieran haciendo, fuese lo que fuese.

—¿Qué es esto? —preguntó de un modo algo más brusco de lo que hubiera querido.

—¿Esto? Un juego de sociedad. Se llama «Hombre lobo» y es el juego estrella de Santa Rita —dijo Reme, casi orgullosa—. Todos sabemos jugar y nos encanta, pero lo hacemos pocas veces; solo cuando hay mal tiempo y somos muchos. Con pocos no tiene la misma gracia.

—Venga —animó Candy—, siéntate, míranos jugar un par de vueltas y te darás cuenta de cómo va. Es más fácil aprender viéndolo que de las explicaciones que podamos darte.

Mientras hablaban, algunos de los jugadores se habían

levantado a encender un par de pantallas por el salón, otros habían salido, presumiblemente al baño, y otros estaban en la salita, sirviéndose alguna bebida.

—Dale tú unas nociones, Greta, mientras los otros vuelven. Hoy es Greta quien dirige el juego. Ahora vengo. —Candy se puso de pie, se estiró y salió del salón.

—Mira, Lola, esto se supone que es un pueblo, una comunidad de campesinos, gente normal; pero hay dos hombres lobo que, cada noche, matan a alguien. Cuando el pueblo se despierta, se encuentran con que uno de ellos ha sido asesinado mientras todos dormían. Los campesinos tienen que discutir entre sí, tratando de averiguar quién de ellos, aunque parezca una persona normal, es un hombre lobo. Cada uno expresa sus sospechas y cuando están razonablemente convencidos, votan y linchan a quien piensan que es el asesino. Hasta el final del juego no se sabe si han acertado o no. Poco a poco va muriendo gente, asesinada o linchada, y al final gana el grupo que haya conseguido sobrevivir: o los campesinos o los hombres lobo.

—Esto se parece demasiado a mi trabajo —comentó Lola con una sonrisa torcida.

—Bueno… —añadió Robles—, un poco sí, pero aquí lo que eres te toca sin más; te sale la carta y tienes que comportarte de acuerdo con ella. No eliges ser bueno o malo. Si te toca ser lobo, tienes que matar y procurar que no se te note que has sido tú.

—¿Y solo hay campesinos y lobos?

—No. Hay más cartas —siguió explicando Greta—: la Niña, que es la única que sabe quiénes son los lobos; la Bruja, que tiene un brebaje que puede salvar o matar una vez a una persona, pero que no sabe quiénes son los lobos; la Vidente, que puede preguntar a un jugador qué carta le ha tocado y el jugador tiene que decirle la verdad; el Cazador que, si es condenado a morir, puede matar a alguien más, sin ninguna explicación, y puede designar a un sucesor; Amor…

—Empiezo a perderme.

—Ya casi está. Lo único que falta es que, si te sale la carta de Cupido, o Amor, puedes elegir a otra persona, pero quedas irremediablemente ligada a ella y tienes que tratar de protegerla, y ella a ti, pase lo que pase. Si es un lobo, entonces tú estás también en el bando de los asesinos. Y hay otra carta que es el Capitán. Su voto cuenta el doble. Todos los demás son campesinos normales sin ningún tipo de poder.

Cuando el grupo es muy grande, tenemos tres lobos y podemos sacar más cartas especiales, pero con las que te he contado, suele bastar y funciona muy bien. Aquí es una gloria, porque todo el mundo tiene costumbre de jugar y la cosa va muy fluida. Yo le enseñé a Candy y a Sofía hace años en una feria del libro y, desde entonces, se ha convertido en el juego más típico de Santa Rita.

Poco a poco la gente fue volviendo al círculo, unos con una taza de té, otros con un refresco o una cerveza en la mano.

—¿Una ronda más? —propuso Greta.

—¡Pero si no hemos terminado la anterior! —protestó Ena.

—Venga, pues votamos rápido y terminamos, antes de entrar en la siguiente ronda. ¿De acuerdo?

Todos asintieron con entusiasmo, tomaron asiento y esperaron a que Greta pronunciara los nombres de los posibles candidatos al linchamiento.

—¿Quién está por Nel?

Solo Robles, Reme y Miguel levantaron la mano. Nel sonrió, aliviado.

—¿Trini?

Cinco manos se alzaron.

—Si es que está clarísimo que yo no he hecho nada —resumió, satisfecha.

—¿Candy?

Ocho manos.

—Pues está claro. El pueblo ha decidido.

—Os estáis equivocando mucho, pero mucho —protestó Candy—. Ya lo veréis cuando ganen los lobos.

Se levantó de la silla y fue hacia las ventanas, a ver si seguía lloviendo, mientras Greta mezclaba de nuevo las cartas que quedaban en el mazo.

—¿Te doy carta? —le preguntó a Lola.

—Si no te importa, de momento prefiero mirar.

—Ahora, si fuera el principio del juego, yo repartiría una carta a cada uno, pero como ya todos tienen la suya, solo le doy a quien se une a esta ronda. Como tú de momento no quieres, no hace falta nada más.

—Cuando te animes a participar, es importante que no se te note por la expresión de la cara qué carta te han dado —susurró Robles a Lola, que estaba sentada a su lado. Candy se acercó.

—Deja, yo le voy explicando lo que necesite.

—Seguimos, entonces —dijo Greta—. ¡Cae la noche! ¡El pueblo se duerme!

Todos se taparon los ojos con las manos del modo más efectivo posible.

—Los lobos despiertan.

En el círculo de campesinos dormidos, dos personas se quitaron los dedos de la cara durante unos segundos, el mínimo necesario para reconocerse y volver a taparse los ojos. A la vez, la Niña intentó mirar sin ser descubierta para enterarse de quiénes eran los lobos sin que ellos lo notaran. Si sabían quién era la Niña, la matarían esa misma noche.

Los lobos —Nel y Reme— se miraron, con los ojos y un par de gestos se pusieron de acuerdo en la siguiente víctima, la señalaron para que Greta, que dirigía el juego, estuviera informada, y volvieron a cubrirse la cara. Greta indicó con un movimiento de cabeza que había comprendido.

—Los lobos y la Niña se duermen —dijo—. Para que Lola vaya entendiendo cómo funciona el juego, vamos a hacer como si fuera la primera noche y por eso introduzco a Cupido: que despierte Amor.

Nel se quitó las manos de la cara y señaló a Robles. Greta le indicó al excomisario que había sido elegido por Nel, lo que significaba que, a partir de ese momento, sus destinos estaban unidos.

—La noche ha terminado. Todos despiertan, menos Miguel.

—¿Yo? —dijo el matemático, ofendidísimo—. Pero… pero ¿a quién se le ha ocurrido matarme a mí?

—Estás muerto, Miguel. No puedes hablar.

—A ver, ¿quién puede haber tenido interés en matar a Miguel?

—En la última ronda, Miguel votó por linchar a Nel. Si Miguel sabía que era realmente un lobo, lo lógico es que quieran quitárselo de encima, antes de que pueda convencer a los demás.

—Yo creo que deberíamos linchar a Nel y dejarnos de tonterías. Hay una duda razonable —dijo Ena.

—Bueno… —comenzó Robles—, yo había votado por lincharlo, pero ahora ya no estoy tan seguro de haber hecho bien. Más bien me inclino por Trini, que lleva ya varias rondas saliéndose siempre de rositas y lanzando acusaciones contra los demás.

Lola seguía el juego con interés. Al principio no había captado por qué Robles, de repente, después de haber votado por su linchamiento en la ronda anterior, ahora ya no estaba por matar a Nel, pero se acababa de dar cuenta de que en esta ronda los dos estaban ligados por la carta de Cupido, y Robles no tenía más remedio que tratar de salvarlo, porque si el pueblo linchaba a Nel, morirían los dos.

Era curiosamente similar a la realidad, cuando, después de varios interrogatorios, te vas dando cuenta de que, aunque el sospechoso no haya hecho nada malo, a veces miente para proteger a otra persona, y lo gracioso es que, en ocasiones, esa persona tampoco es culpable de nada, pero el otro cree que sí y miente cuando no habría sido necesario.

Sin darse cuenta, Lola empezó a desligarse de la discusión de los lobos y los campesinos para perderse en las respuestas que había obtenido en Santa Rita, cuando dos días atrás había estado preguntando a sus habitantes. No le había parecido que estuvieran mintiendo, ni que estuvieran cubriéndose unos a otros y, si seguía teniendo esa vaga sensación de incomodidad, de que se estaba perdiendo algo evidente, quizá fuera porque le costaba aceptar que hubiesen tenido tanta suerte como para librarse por pura chiripa de aquel tipo que estaba a punto de destruir lo que tanto les había costado crear.

Se estaba bien allí, en Santa Rita, pensó, echando una mirada circular por la sala, iluminada ahora por unas cuantas lámparas bajas que esparcían una luz cálida. El fuego estaba encendido y proyectaba sombras sobre el techo y las ventanas. Se oía caer la lluvia, mansa, suave. La gente reía, protestaba, trataba de manipular las opiniones. Candy le acababa de ofrecer un caramelo de café con leche, que ahora se desleía en su boca. Hacía mucho que no había pasado un Sábado Santo más agradable, ni más acompañada. Y en cuanto terminaran de jugar, algunos de ellos se meterían en la cocina para preparar una cena para todos. Esta vez había decidido ayudar, aunque sus conocimientos culinarios no eran gran cosa. Pero podía aprender y quizá, más adelante, preguntarle a Sofía si tenían un puesto libre para ella. Poco a poco estaba cayendo, encantada, bajo el embrujo de Santa Rita.

—Candy, ¿tienes un momento?

Greta se había esforzado por que su pregunta sonara ligera para que, si alguien más la oía, no pensara que pasaba nada de particular. La gente estaba volviendo a poner las sillas en su sitio, algunos seguían comentando el juego, otros empezaban a moverse hacia la cocina, otros más se estaban sacando una cerveza de la nevera de la salita y, antes de que Candy desapareciera en su cuarto hasta la hora de la cena, Greta decidió aprovechar la ocasión.

—Claro. Dime.

—¿Salimos un momento al porche a respirar? Antes te habría propuesto ir a fumarnos un pitillo, pero creo que me apetece más el aire puro.

—Espera que me ponga la chaqueta. Creo que ha dejado de llover, pero sigue habiendo mucha humedad.

Salieron juntas hacia la entrada principal y, de ahí, al porche, que en verano era una delicia y ahora estaba oscuro y como abandonado.

—Me encanta jugar al pueblo de los hombres lobo —dijo Candy estirándose y moviendo los hombros—, pero esta vez la cosa se parecía demasiado a la realidad y resultaba casi inquietante. Y más estando ahí la inspectora.

—¿Lo dices por Moncho?

—Claro.

—¿No crees que haya sido un accidente?

Candy se encogió de hombros.

—La verdad es que me da igual. Siempre he deseado que ese hijo de su madre dejara en paz a Sofía y… No quiero engañarte…, me alegro de que por fin nos haya dejado tranquilas para siempre. Quiero creer que ha sido un afortunado accidente, más que nada porque no me gusta la idea de que en Santa Rita haya un hombre lobo sin identificar. Yo tendría que haberme dado cuenta y, sin embargo, nunca me ha llamado la atención nada en absoluto.

—Supongo que los asesinos son gente normal. —Greta pasó la mano por la baranda del porche, mojándosela con el agua de la lluvia—. Salvo los psicópatas. Quiero decir, que si uno, o una, mata porque no ve otra salida a su problema, me figuro que, en principio, es una persona normal que se ha visto amenazada, o contra las cuerdas, y no se le ha ocurrido nada mejor para solucionar la situación; no porque disfrute con ello o se excite sexualmente, o esas cosas que salen en las películas, sino simplemente por desesperación.

—¿Tú crees que aquí hay alguien tan desesperado? —Candy parecía sorprendida por el giro que había tomado la conversación.

Greta se encogió de hombros.

—Psé. Tú lo sabes mejor que nadie. Nadie quiere perder Santa Rita, la posibilidad de vivir en Santa Rita. Es una forma de vida, no un simple lugar. Miguel y Merche vendieron todo lo que tenían para estar aquí. Nel se ha podido costear la carrera de Medicina porque no tiene que pagar alojamiento ni manutención. Reme se siente segura viviendo aquí, y ella y su hija saben que pueden contar con Robles. Trini me contó que la soledad la estaba matando y, desde que vive aquí, es feliz. Las chicas de la lavanda han encontrado un hogar y un negocio. Nieves, que está en paro y no podía mantener a su hijo como era menester, os tiene a todos vosotros y puede buscar trabajo, sabiendo que el peque nunca se tendrá que quedar solo. Robles ama Santa Rita por encima de todo… La verdad es que cualquiera podría haber decidido acabar con Moncho, que estaba poniéndolo todo en peligro. Hasta yo tendría motivo. Y Nines está realmente desesperada. De eso quería hablarte.

—¿Nines? ¿Qué le pasa?

—Está tratando de chantajearme.

Candy la miró, perpleja.

—¿Con qué? —preguntó por fin.

Greta sacó la carta del bolsillo de la chaqueta y se la enseñó. Tuvo la fugaz impresión de que Candy la reconocía, pero quizá pensara que se trataba de la carta que ella misma le había enviado a Moncho tanto tiempo atrás y que no sabía que había vuelto a aparecer y estaba ahora en manos de Lola y de Robles.

—Son de Sofía a Moncho, y dice que hay más.

—¿De dónde las ha sacado?

—No me lo ha dicho, pero he estado pensando, y supongo que se le ocurriría echarle una mirada a la maleta de Moncho y las encontró ahí.

—Sabía que trapicheaba, pero no sabía que, además, era una ladrona. —Candy había apretado los labios con fuerza, como si se estuviera prohibiendo a sí misma decir más.

—¿Vende droga? ¿Tú lo sabías? —Greta estaba escandalizada.

—Hubo una época en que yo lo sabía todo de todos; cualquier cosa que pudiera afectar a la vida en Santa Rita. Ahora ya no estoy segura de saberlo todo. Sabía que, cuando Sofía quiere fumarse un canuto, Nines se lo consigue. Sofía piensa que me chupo el dedo y no me entero, pero me da igual. Todo el mundo tiene derecho a sus pequeños secretos y sus pequeños vicios, y más a su edad, pero ahora ya no sé si el asunto se limita a un poco de maría de vez en cuando, o si también les consigue cosas peores a otras personas. Nunca me gustó su aspecto, pero me forcé a aceptarla y ser amable con ella porque no quería juzgar a nadie por sus pintas…, lo de «*don't judge a book by its cover*»… y ya ves. Como dicen los españoles… «blanco, y en botella». ¿Cómo he podido ser tan imbécil? En fin. ¿Qué dice la carta?

—Nada particularmente comprometedor. Da un poco de vergüenza ajena porque tiene mucho de novela de Lily van Lest, pero no entre dos personajes de novela rosa, sino entre dos personas reales. Por lo demás, comenta algo de vivir en una finca llena de huesos, y habla de la suerte que representó que Alberto desapareciera para no volver.

—Pero no dice nada de haberlo matado, supongo. —Candy miraba la noche con concentración, como si quisiera desentrañar su significado.

—No, claro. Sofía tendrá sus cosas más o menos raras, pero idiota no es, y sería realmente idiota poner algo así por escrito, aunque no fuera verdad, y muy particularmente si lo fuera, cosa que no creo.

—¿Cuánto pide por las cartas?

—Primero quería cinco mil euros. Luego ha bajado a dos mil, pero lo quiere mañana. Por eso te digo que creo que está desesperada. Le dije que, caso de querer comprar las cartas, lo veríamos la semana que viene, porque no tengo tanto dinero aquí ni puedo sacar tanto del cajero, y tuve la sensación de que está muerta de miedo, de que de verdad lo necesita mañana.

Hubo un silencio. Se oían caer las gotas de los árboles mojados que las rodeaban, una melodía sincopada, imprevisible.

—Tengo una pregunta, Greta.

—Tú dirás.

—¿Por qué has venido a mí?

—Primero pensé comentarlo con Robles, que sabe más de estas cosas, pero enseguida se me ocurrió que él, a pesar de la jubilación y de todo, es policía; que seguramente se lo diría a Lola, que es policía en activo; que no sé lo que hay en esas cartas y no quiero que Sofía, a estas alturas de su vida, se vea envuelta en una sospecha de asesinato de otros tiempos, además de lo que ya tenemos encima. Solo podía hablar contigo. Lo que me extraña es que Nines no haya pensado igual y no haya ido a verte a ti para sacarte dinero. Lo mismo es que contigo no se atreve y pensaba que yo sería más fácil de embaucar.

Candy inspiró hondo, como sopesando su respuesta.

—No podía venir a mí porque esas cartas estaban en mi mesita de noche. Las encontré en la maleta de Moncho y las guardé por si acaso.

Greta se quedó sin aliento.

—Las he leído varias veces, con mucha atención. No dicen nada serio —continuó Candy—, pero sí que hace bromas sobre la desaparición de su marido, sobre cosas crípticas que tienen relación con enterramientos y con huesos… No sé si sabes que aquí, al lado de la capilla, hubo un osario en el siglo XIX..., coquetea con asuntos relacionados con la muerte, hay mucho sexo también...

—¿No puede ser que Moncho las guardara como recuerdo de una época en la que los dos estaban bien, por cariño? —preguntó Greta.

—¿Moncho? ¿Cariño? ¡Venga ya! Si hubiese tenido abuela y alguien hubiese estado dispuesto a dar algo por ella, se la habría vendido. Lo conozco desde hace cuarenta años. Bueno..., lo conocía. Por suerte, se acabó.

—¿Y qué hacemos?

—Déjame que hable yo con ella. Si de verdad necesita esos dos mil euros, se los daré del dinero que guardo para imprevistos. Vaya usted a saber con quién se ha metido y a quién le debe pasta. No quiero que esas cartas lleguen a otras manos. Si paga, supongo que por esta vez se salvará, pero a ella la echaré de aquí ya mismo. Lo que nos faltaba sería tener que apechugar con otro cadáver.

—¿Quééé?

—Que cabe dentro de lo posible que quieran darle un escarmiento. Vale, ya sé que exagero y que seguramente se conformarían con una paliza o algo así, pero no quiero ese tipo de cosas en nuestra casa. Tiene que irse lo antes posible. Será la condición para pagarle.

—¿No tienes miedo de que haga nada contra Santa Rita?

—No. Es una camella. No irá a la policía. No tiene nada en la mano y le conviene no llamar la atención. No la quiero aquí. Si Elisa se quiere marchar con ella, es decisión suya.

—¿Elisa? ¿Por qué?

—Son, o fueron, novias, aunque ahora me ha dado la impresión de que va mucho con Nel. Creo que no tiene claro si es o no lesbiana. Quizá sea bisexual. ¡Vete tú a saber! En cualquier caso, no es asunto nuestro. ¿Algún impedimento por tu parte a mi plan?

Greta negó con la cabeza. Aunque le daba entre pena y aprensión, le parecía perfecto que fuera Candy quien se ocupara de Nines.

—Pues vamos a cenar. Y nada a Robles, por favor, y mucho menos a Lola. Me da el corazón que la inspectora se ha enamorado de Santa Rita y que, cuando vuelva al trabajo, lo de Moncho será agua pasada.

16

La flor de la mimosa

Cuando la inspectora Lola Galindo abrió la puerta de su piso, del que había sido su piso durante más de cuatro años ya, por un momento tuvo la impresión de entrar en casa de otra persona. Los pocos días pasados en el Huerto de Santa Rita le habían hecho distanciarse de su vida cotidiana de una forma que ella solo conocía por algún viaje particularmente logrado. La diferencia era que, en las ocasiones anteriores, siempre había vuelto a casa con alegría, a veces incluso con alivio de poder regresar a su trabajo y su rutina. Siempre le había gustado pasar la vista por su piso, por sus cosas, pocas, sabiendo que estaba de nuevo en casa.

Sin embargo, ahora, al abrir la puerta, dejar la pequeña maleta en la entrada, colgar la gabardina en el perchero y pasar la vista por el diminuto vestíbulo y la sala de estar adyacente —lo que el tipo de la inmobiliaria siempre había llamado «salón» cuando se la enseñó, a pesar de que no llegaba a los quince metros cuadrados—, la sensación era de extrañeza, de vacío. Nunca había sido amante de los trastos o de los adornos innecesarios. Apenas tenía libros de papel porque, aunque le gustaba leer, prefería el lector digital o la tableta. No tenía cuadros porque, a pesar de haber comprado un par de láminas en una librería, no había encontrado el momento adecuado para colgarlas. No tenía plantas porque, con sus horarios, ya tenía experiencia de matar, bien de sed, bien por inundación, las pocas que había tratado de mantener en casa. Por supuesto, por las mismas razones, no tenía ni perro ni gato. Donde ella vivía todo era sensato, lógico y ordenado.

Ahora, por primera vez en su vida, además de sensato, lógico y ordenado, lo encontraba deprimente, como si fuera la habitación de un motel de carretera, a pesar de que los muebles de la salita eran suyos, elegidos por ella, e incluso tenía cortinas en la ventana.

Se dirigió hacia ella, paseando la vista por el sofá gris claro, por las paredes blancas, por la mesa redonda con sus dos sillas y el sillón de lectura con su lámpara de pie. Todo moderno, frío, impersonal. De un momento a otro se imaginó entrando profesionalmente en un piso así, con el equipo de la científica, y se le ocurrió que su primera impresión de la víctima sería: mediana edad, soltera, sin familia, pragmática, un trabajo muy exigente de muchas horas semanales, altos niveles de estrés… Nunca lo había visto tan claro y a ella misma le hizo gracia. Una gracia tocada de tristeza. Levantó la cortina. En la calle ya casi había caído la noche, pero las farolas aún no se habían encendido, al contrario de los pisos de sus vecinos de enfrente, donde había mucha luz en casi todos, y muchos televisores.

En Santa Rita, al acercarse a la ventana veía uno las palmeras agitándose en la brisa, los rosales llenos de capullos, las enredaderas, los jazmineros a punto de estallar en flor, los grandes eucaliptus que cerraban el paisaje por el sur, algún olivo, bellamente retorcido. Aquí no había más que casas, cemento, farolas, papeleras, coches… Le extrañó no haberse dado cuenta antes.

Fue al baño a lavarse las manos, como siempre que llegaba a casa. Ya se ducharía más tarde, cuando se pusiera el pijama y se acomodara en el sillón a leer un rato o a ver una película en la tableta. No cenaría.

La comida se había alargado casi hasta las seis. Como cada lunes de Pascua, según le habían dicho, habían hecho una gran paella en Santa Rita, no solo para sus habitantes, sino también para amigos e invitados. Debían de haber sido lo menos cincuenta, todos de buen humor, todos hambrientos y felices de compartir una fiesta con los demás. A ella misma le sorprendía cuánto le había gustado el ambiente y, aunque ahora se alegraba de estar de nuevo sola, a su aire, tenía que confesarse a sí misma que la sensación de comunidad le había sentado muy bien. En cuanto cerrara definitivamente las indagaciones sobre la muerte de José Ramón Riquelme, solicitaría una plaza allí. La habitación que le habían asignado era perfecta para ella: lo bastante grande, con un enorme armario donde podía desaparecer todo lo que no era inmediatamente necesario y no tenía que estar a la vista, una pequeña mesa que podía hacer las veces de escritorio, una cama de buen tamaño, mucha luz y salida directa e independiente al jardín.

Y en cuanto la aceptaran, avisaría a la inmobiliaria de que pensaba dejar el piso. No sería ningún disgusto para ellos, porque Benalfaro en verano no daba abasto a alojar a todos los turistas que querían pasar allí un par de semanas. Por eso ella, en su primer año, había tenido que dejar libre el piso de julio a septiembre, para que pudieran alquilarlo por un precio tres veces superior a los veraneantes. En ese piso se veía el mar, pero daba bastante igual porque casi siempre era de noche cuando volvía a casa y, a esas horas, no había mucho que ver.

Llevó la maleta al dormitorio, sacó las cuatro cosas que había usado, colgó la americana en una percha en el armario y rozó con la punta de los dedos los otros trajes de chaqueta, las prendas de deporte, el único vestido elegante que poseía y que solamente había llevado una vez, dos años atrás, en la boda de una compañera que se había empeñado en invitarla.

Fue a la cocina y cargó una cafetera, la grande. Esperó a que estuviera listo, mirando los mensajes en su móvil. Había uno del forense de Madrid al que le había enviado por correo interno urgente las dos ampollas y el frasquito vacío hallados

315

en la maleta de Riquelme. El tipo debía de ser otro *workaholic* como ella si ya tenía respuesta a su pregunta.

El contenido de las ampollas, decía el mensaje, era GHB, gamma-hidroxibutirato, lo que en el ambiente de los *raves* se conoce como G o «éxtasis líquido», aunque no tiene nada que ver con el éxtasis que se toma en pastillas, que es metilendioximetanfetamina (MDMA). Se trataba, seguía explicando el forense, de un depresor del sistema nervioso central que produce primero una sensación de euforia en el consumidor, y luego somnolencia. En ocasiones se dan vómitos intensos y pérdidas de conocimiento. Es muy frecuente llegar al coma, y hay sujetos que han sufrido comas más de veinte veces.

Continuaba diciendo que ahora quedaba claro que lo más probable era que la víctima hubiese consumido G, además de la cocaína y el alcohol que ya se habían certificado. No se podía saber con absoluta certeza, porque la G se elimina por la orina con mucha rapidez y no deja huella, pero su uso era consistente con las pupilas midriáticas de la víctima. El agua de los pulmones también coincidía con la muestra del agua de la alberca. En su opinión, el caso podía quedar cerrado. Su dictamen era «muerte accidental por ahogamiento, ocasionada por consumo de GHB añadido a otros estupefacientes».

Apartó la cafetera del fuego y se sirvió un tazón, con una casi inexplicable sensación de alivio. No le habría gustado tener que buscar a un asesino entre los habitantes de Santa Rita. Ahora solo tenía que hacer una última cosa: tratar de encontrar al que fue marido de Sofía y que desapareció a finales de los años cuarenta sin dejar rastro. En cuanto supiera qué había sido de él, ya no habría nada más que buscar.

Eso sería lo primero que haría al levantarse. Después iría a ver a Ximo para cerrar el caso y luego quizá quedara con Robles y con Greta para cenar. Le apetecía invitarlos a un buen restaurante y celebrar que no había sombras que iluminar en Santa Rita.

Υ

Sonaron unos golpes en la puerta y Robles fue a abrir. Era temprano incluso para él, que solía levantarse al alba. Esperaba que no hubiera sucedido nada grave.

En el pasillo, casi a oscuras, se intuía la figura flaca de Nines, con su eterna chupa de cuero y más anillos de plata de los que Robles recordaba lanzando menudos destellos desde sus orejas, su ceja, nariz y labios.

—¿Pasa algo, Nines? —Hacía tiempo que no decía «buenos días» cuando hablaba con ella, porque ya le había dejado claro muchas veces que le parecía una estupidez propia de viejos.

La muchacha cambió su peso de un pie a otro.

—¿Podrías llevarme al pueblo? Es que tengo demasiados trastos para ir andando o coger el bus.

—Sí, mujer, claro, pero ¿por qué tienes tantas cosas?

—Porque me largo de aquí.

Robles no contestó. Volvió a entrar, cogió una cazadora y las llaves del coche.

—Bueno…, igual te vas a enterar —siguió diciendo Nines mientras avanzaban por el pasillo—. Me ha echado Candy.

—¿Ah, sí? ¿Y eso?

Si algo había aprendido Robles a lo largo de su vida era que mantener la neutralidad funcionaba mejor que reaccionar con sorpresa, violencia o cualquier otra emoción.

—No quiere tenerme por aquí, a pesar de lo bien que le he venido siempre.

—¿Dónde tienes los trastos?

—En la entrada. Los he dejado allí y he venido a ver si tú podías. No era plan de pedírselo a Nel.

—¿No? Pensaba que erais amigos.

—¿Amigos? ¡Venga ya! Se ha liado con Elisa y la muy imbécil se ha dejado engatusar. No me subiría en un coche con él, aunque fuera el último del mundo.

317

Salieron al exterior y entre los dos llenaron el maletero, en silencio.

—¿Dónde vas a vivir ahora? —preguntó Robles, poniéndose el cinturón.

—Encarna me deja una habitación en su casa, de momento, hasta que me centre.

—No sabía que fuerais amigas.

—Es medio pariente mía, por parte de madre.

—¡Ah! —Estuvo a punto de decirle que era curioso que Encarna fuera pariente suya, porque, siendo ella prima de Riquelme, eso los emparentaba también a él y a Nines. Sin embargo, prefirió callar por el momento, concentrarse en conducir y dejar que la muchacha se fuera confiando.

—Oye, dime —comenzó cuando ya habían salido a la carretera. En el horizonte amarillo se insinuaba ya el borde del sol, violentamente rojo—, ¿por qué te ha echado Candy? No nos lo ha consultado a nadie.

—Claro.

—Venga, chica, habla un poco. Es un coñazo sacarte las palabras una a una. Y si no quieres, te callas y en paz.

Nines dio un resoplido.

—Pues resulta que no le apetece que os enteréis de que es cliente mía.

—¿Cliente? ¿Le pasas canutos? ¿A Candy? —Su tono de voz dejaba bastante claro que le parecía difícil de creer.

Nines negó con la cabeza. Al cabo de medio minuto, dijo con un punto de desafío:

—Lo último que me compró fue tres potes de G. ¿Sabes qué es?

—He sido madero hasta hace dos años y pico. Y no me he caído de un guindo.

—*Chapeau*. No hay mucha gente que lo sepa.

—Y dices que te las compró Candy.

—Ajá.

Siguieron en silencio hasta el pueblo.

—¿No te extraña? —preguntó Nines, después de haber estado jugueteando con las pulseras de cuero y metal que llevaba en la muñeca derecha.

—A mí casi nunca me extraña nada.

—A veces los viejos toman esas cosas para el dolor.

—Ya. Dime, ¿qué otros clientes tenías en Santa Rita?

Ella carraspeó.

—Poca cosa. Algún canuto aquí y allá.

—¿Coca?

—No me acuerdo.

—Riquelme tenía coca. ¿Era cosa tuya?

—Podría ser.

—Anda, ve diciéndome. No sé dónde vive Encarna.

Nines empezó a dirigir a Robles hasta que llegaron a una calle estrecha en el casco antiguo, cerca de la iglesia. Como siempre, estaba a reventar de coches aparcados. No había medio metro libre en ninguna parte.

—Ponlo ahí, en el vado. Solo es descargar. Encarna me ha dicho que venga pronto porque luego tiene que abrir el quiosco.

Robles ayudó a dejar la maleta y las cajas junto a la persiana de la casa. La puerta estaba entreabierta, pero no había salido nadie a recibirlos.

—Nines —le dijo, agarrándola del brazo, antes de que entrara en la casa— , sé que eres mayor de edad, y que no es asunto mío, y además ya ni siquiera soy policía, pero ve pensando en dejarte esa mierda. Si aún no te has metido en un lío de los gordos, es que has tenido mucha suerte. Pero en esta zona el cotarro de la droga lo lleva gente que no tiene muchos escrúpulos, y el mar es grande, tú me entiendes. Eres una chavala inteligente. Haz algo de tu vida.

Nines lo miró a los ojos y, por un momento, Robles vio en ellos agradecimiento, una cierta ternura, una mirada de

319

niña asustada. Luego eso desapareció para dejar solo la chulería habitual.

—Métete en tus asuntos, yayo.

Robles agitó la cabeza, con lástima, se subió al coche y volvió a Santa Rita, a desayunar.

Nines lo siguió con la vista hasta que dobló la esquina. Robles era un buen tipo, a pesar de haber sido madero. De ser madero, se corrigió. Uno no deja de serlo por estar jubilado. Y tenía algo de razón. Se había salvado por el momento con el dinero que le había sacado a Candy por las cartas, pero esta vez se había asustado de verdad. Lo que durante mucho tiempo había sido una forma fácil de sacar pasta para sus gastos estaba empezando a convertirse en un peligro, aparte de que tampoco quería pasarse la vida entre esa gente y hundiéndose cada vez más en ese ambiente de mierda. Pero ¿qué otra cosa podía hacer? Ahora que la habían echado de Santa Rita, tenía que buscarse algo que le diera lo bastante como para pagarse una habitación en otro sitio y para sus gastos, que no eran muchos, pero que de algún sitio tenían que salir. De momento podía quedarse en casa de Encarna, pero tampoco le seducía mucho el plan. Nani era una cotilla, estaba como una mona y seguro que pensaba usarla de camello a cambio de dejarla dormir en su piso. No era el lugar ideal para empezar una nueva vida.

Comenzó a subir las cosas por la estrecha escalera. Por suerte era un primero, una de esas casas de pueblo que antiguamente constaban de planta baja y piso y ahora tenían abajo una tienda y arriba una vivienda.

Encarna estaba ya vestida, tomándose un café en la cocina.

—La habitación del fondo es la tuya —le dijo—. He quitado un par de trastos, pero no me ha dado tiempo a arreglarla del todo. Ya te apañarás. Yo tengo que ir a abrir el quiosco. Las llaves están encima de la cama. ¡Ah! Y que no se te olvide: yo no me meto en tu vida, pero aquí, en mi piso, no quiero drogas. Ya he tenido bastantes problemas. ¿Estamos?

—Sí, ya.

—Lo que hay en la nevera es mío. Si quieres algo, te lo compras tú. Hasta luego.

Nines se quedó allí un momento, en la pequeña cocina que daba a un patio rodeado de tejados de las casas vecinas. Después de Santa Rita, todo resultaba opresivo, tan pequeño, tan estrecho, tan oscuro.

Cuando vivía allí no se había dado cuenta realmente de cuánto le gustaba la amplitud, la luz, la cantidad de entradas y salidas que tenía el edificio. Si no fuera porque era absolutamente incompatible con su autoestima, le pediría a Robles que intercediera por ella para que la dejaran volver; pero entonces tendría que enfrentarse de nuevo con la pareja feliz de Nel y Elisa y, aunque quisiera cambiar de vida, todos sabían ya quién era y a qué se dedicaba. No había ninguna posibilidad de empezar de nuevo si seguía viviendo en Santa Rita.

Su móvil le anunció un mensaje. El Lanas. «Tengo algo bueno. ¿Te interesa?»

Estuvo a punto de estrellar el aparato contra la pared. Así no se podía pensar.

Subió los trastos que le quedaban, los metió en el cuarto del fondo sin pararse siquiera a ver si por la ventana se veía algo y salió a la calle con ganas de matar a alguien, a quien fuera.

Apoyada en la muleta y en el brazo de Candy, Sofía fue caminando a pasos lentos hasta la zona más alejada del jardín, donde muchos años atrás, antes incluso de que la inglesa entrara en su vida, una primavera había plantado los que en la época eran sus árboles favoritos —el símbolo de la energía femenina, el emblema feminista— y que habían tardado seis temporadas en florecer.

Media hora atrás, Candy había entrado como un tornado en su habitación para anunciarle, como hacía todas las primaveras:

—¡Han florecido las mimosas, Sophie! ¡Tienes que venir a verlas!

Siempre era un momento mágico y, desde hacía muchos años, un momento que compartían las dos, solo ellas; el momento en que, después del largo paseo hasta las lindes de la propiedad —ahora también después de varios descansos en los bancos que festoneaban el camino—, llegaban por fin a la breve cuesta que dominaba el bosquecillo de mimosas, se detenían allí y se extasiaban ante las largas ramas llenas de borlas amarillas suaves como polluelos, balanceándose en la brisa de la mañana.

Fueron bajando lentamente, con cuidado, hasta el banquito de hierro forjado en el que se acomodó Sofía sobre el cojín que Candy había llevado todo el rato en una bolsa colgada del hombro. Entre los gráciles árboles con sus hojas delgadas con forma de puñal, de un verde aún claro, y los pompones amarillos, destacaba como un espejismo un busto blanco sobre un pedestal, una copia romana de un original griego: Talía, «la floreciente», la musa de la comedia y de la poesía pastoril, una muchacha risueña coronada de hiedra.

—¡Qué bonita es Talía! —dijo Sofía con un suspiro—. ¡Qué milagro verla todos los años, y que las mimosas sigan floreciendo como si tal cosa, sin importarles lo que nos pase a los demás, si seguimos aquí o nos hemos ido ya!

—Hace ya días que florecieron, pero como no querías salir antes de que se marchase la inspectora, no te dije nada para no hacerte caer en la tentación. Pero me temo que volverá. Si no me equivoco, va a pedirte que la dejes vivir aquí.

—¿Qué dirías tú?

—Por mí, bien. Siempre es bueno tener a la policía de nuestra parte. —Candy sonrió, traviesa, y se sentó junto a Sofía, después de haberle pasado un paño a la estatua para quitarle algo de lo que los pájaros habían ido depositando sobre su cabeza.

—¿Se ha acabado ya todo? —preguntó la escritora.

—Creo que están a punto de darle carpetazo al asunto. Luego le preguntaré a Robles qué sabe él, pero me parece que ya podemos olvidarnos de todo.

—Sí. Eso se me da bien. Olvidar, digo.

Ambas sonrieron, mirándose.

—¿Cuándo pensabas decirme lo de la quimio, Candy?

La inglesa cruzó los brazos y los apretó contra su pecho.

—Ya te ha venido alguien con el cuento…

Sofía se encogió de hombros.

—No quería preocuparte. Dicen que tengo buenas posibilidades, aunque me fastidia que voy a estar hecha una ruina durante bastante tiempo. Por suerte, ahora está Greta y ella puede ocuparse de algunas cosas, si yo no llego a todo.

La anciana le cogió la mano a ciegas, sin apartar la vista de la sonrisa de Talía y de las flores amarillas que se movían suavemente en la brisa.

—Saldrá bien, Candy, ya verás. Eres veinte años más joven que yo, y dura como la carrasca.

La inglesa se rio bajito, agradeciendo el cumplido, y apretó la mano de Sofía.

—Al menos ahora estamos tranquilas.

—Te asustaste mucho con lo de Moncho, ¿verdad? —Sofía seguía sin mirarla, pero concentrando en ella toda su atención.

—Sí. Igual que tú —contestó Candy con un hilo de voz—. Iba a destruirlo todo. Iba a destruirnos a todos, Sophie.

—Has hecho bien en echar a Nines de Santa Rita.

Candy se sorprendió por el cambio de tema. Por un instante había temido que Sofía hubiese sospechado de ella en relación con el accidente de Moncho y le hubiese hecho preguntas que no quería tener que contestar, pero algo había desviado su atención y la había llevado a pasar a otro asunto.

—Me alegro de que estés de acuerdo.

—Es una víbora —resumió Sofía—. Aún pequeña, pero

víbora. Estaremos más tranquilas sin ella, aunque habrá que encontrar a alguien que me traiga lo que fumo.

—¡Vaya! ¡La primera vez que lo confiesas!

—¿Qué necesidad hay de confesar algo que el otro ya sabe? —Todo el rostro de Sofía se iluminó con su sonrisa élfica que lo llenó de arrugas de felicidad—. Además de que, si la memoria no me engaña, el consumo es legal. Lo que no es legal es la venta.

Las dos se echaron a reír.

—Veré lo que puedo hacer —concluyó Candy—. Anda, vamos a ir volviendo; quiero ver si encuentro a Robles y salimos de dudas.

Despacio, fueron subiendo la pequeña cuesta, dejando atrás a Talía, soñando entre las flores de las mimosas.

324 Robles se acababa de poner una ropa cómoda y ya había empezado a planear el recorrido que le permitiría pasarse a saludar a Lola Galindo y preguntar cómo iban las cosas, cuando oyó el ruido de un coche en la gravilla de la entrada. Salió a ver quién llegaba tan de mañana y se encontró con un taxi que acababa de dejar a Merche y estaba dando la vuelta para salir de Santa Rita.

La saludó antes de acercarse para que no se asustara y le ofreció llevarle la maleta a su habitación.

—¿Qué tal los hijos? —preguntó, mientras caminaban juntos hacia la entrada.

—Bien. Como siempre. Han sentido no ver a su padre, pero ya iremos otra vez en mayo o junio.

—¿En qué tren has llegado? Podría haber ido a recogerte, si me hubieses dicho algo.

—No quería molestar. Habiendo taxis...

Robles sabía con total seguridad que no había ningún tren de Madrid que llegase antes de las nueve a Alicante, pero no quiso insistir de momento, porque estaba claro que Merche no quería decirle nada, de modo que se decidió por un rodeo y probó algo que siempre le había dado buenos resultados en sus interrogatorios.

—¿Habéis hecho ya las paces? —preguntó a ciegas, basándose en lo que había oído comentar en el comedor unos días atrás.

—¿Te lo ha contado? —Merche parecía sorprendida.

—Bueno…, sin detalles, apenas nada. Me extrañó que te hubieras ido tan deprisa y sola.

—Es que este hombre, a veces, me exaspera, Robles. Tú sabes que nos llevamos muy bien y que apenas discutimos, pero de vez en cuando, por suerte muy de vez en cuando, parece que empieza una pelea por puro placer, sin ninguna base, por puro gusto de que nos gritemos y acabemos diciéndonos cosas que no sentimos, pero que sabemos que pueden fastidiar al otro.

—Puede ser una simple válvula de escape, mujer. Nos pasa a todos. Ven, vamos a tomarnos un café a la salita.

Merche asintió y se instalaron en una mesita para dos, entrando a la izquierda, desde donde no quedaban a la vista si alguien pasaba por el pasillo y miraba hacia el interior.

—El caso es que lo del otro día pasó de castaño oscuro —empezó a contar Merche mientras removía el azúcar en la taza—. Miguel empezó una discusión, ya te digo, sin ninguna base, por puras ganas de discutir. La cosa fue poniéndose peor y al final pegó un portazo y se fue al jardín en plena noche. Te acordarás de que se levantó un viento salvaje y ya era más de medianoche cuando empecé a ponerme nerviosa porque no volvía y estuve a punto de ir a buscarte para que me ayudaras a encontrarlo, pero cuando me había puesto ya el chaquetón para salir, volvió como si tal cosa y se metió en la cama, helado, pero satisfecho de haberme hecho rabiar, como un crío. Así que al día siguiente me fui a ver a los nenes. Sola. Supongo que se le habrá pasado ya y estará dispuesto a hacer las paces.

—Seguro. Yo, la verdad, apenas le he notado nada.

—Es muy bueno disimulando. Aparte de que seguramente a él le parece que no ha sido para tanto, que es solo que la histérica de su mujer se lo toma todo muy a pecho.

—No, Merche, te juro que Miguel nunca habla mal de ti y, al menos delante de mí, no te ha llamado histérica jamás.

Ella se encogió un poco de hombros, con una breve sacudida de cabeza, como aceptándolo, agradecida, pero sin querer dar su brazo a torcer, al menos no del todo.

—No has estado visitando a tus hijos, ¿verdad? —presionó Robles con suavidad.

Merche levantó los ojos de la taza, sorprendida, y soltó un bufido.

—¡Qué harta me tenéis tú y Miguel, con vuestras deducciones! —Hizo una inspiración profunda—. No. Si quieres la verdad, no. No he estado con ellos, pero tampoco te importa dónde he estado. Ya soy mayor.

—Perdona, Merche, perdóname. Tienes toda la razón. Ya sabes que estoy a tu disposición si necesitas algo.

—Gracias —contestó con sequedad, poniéndose de pie. Cogió su bolsa y se marchó sin una palabra más, dejando a Robles con una sensación rara: por un lado, incomodidad por haberse inmiscuido en una pelea matrimonial que no le incumbía, y por otro, curiosidad casi profesional por un comportamiento que no acababa de entender.

Ya era media tarde cuando Candy consiguió por fin dar con Robles que, según Reme, acababa de llegar de Elche o de Benalfaro, de hacer sus kilómetros cotidianos, empapado como una esponja. El tiempo se había estropeado considerablemente y la deslumbrante luz de la mañana había dado paso a una neblina que pronto se había convertido en una lluvia mansa y persistente que desdibujaba los contornos de los árboles del jardín y ocultaba los penachos de las palmeras, dejándolas en simples troncos oscuros que se perdían en el cielo blanquecino.

Lo encontró en el salón, charlando con Miguel y con Greta junto a la chimenea mientras, al fondo, cuatro de las chicas de la lavanda jugaban una partida de cartas entre risas, usando garbanzos tostados como dinero para apostar.

Nada más llegar ella, Miguel se puso en pie y se disculpó diciendo que le había prometido a su mujer acompañarla a un recado antes de las seis, cosa que a Candy le vino de maravilla porque quería pedirle información a Robles y no le interesaba que Miguel estuviera presente. Tampoco quería que se enterasen las mujeres del fondo, pero si pasaban a la salita, que en ese momento estaba desierta, podrían disfrutar al menos de un rato de intimidad.

—No os lo vais a creer, pero me apetece un Bloody Mary —les dijo, apenas se hubo marchado Miguel.

—Te estás malvando a la vejez, Candy —bromeó Robles.

Ella les lanzó una mirada significativa primero en dirección a las chicas de la lavanda y luego a la salita, donde estaban las botellas de alcohol fuerte detrás de la barra, y ambos se levantaron, comprendiendo la intención de la inglesa.

Apenas instalados con sus bebidas —zumo de tomate sin más para Candy y con un chorrito de vodka para los otros dos—, ambas mujeres se volvieron hacia el excomisario.

—A ver, ¿qué sabemos? —preguntó—. ¿Cómo están las cosas?

—Buenas noticias, señoras.

Las dos se miraron y sonrieron con alivio.

—No hay caso. Riquelme tuvo un accidente provocado por el uso de estupefacientes. Se ahogó en la alberca sin más. Si alguien lo hubiera encontrado antes, quizá podría haber sobrevivido, pero no sucedió.

—Entonces… ¿podemos dormir tranquilos? —insistió Candy.

—Si hasta ahora no lo hacías, puedes volver a hacerlo, sí.

—No es que yo pensara que hubiese habido un asesinato, pero me preocupaba mucho cómo podría haberle afectado a Sofía si hubiese sido un crimen y hubiésemos tenido una investigación en toda regla, con la policía paseándose por aquí constantemente y preguntando a todo el mundo. Así podemos volver a nuestra vida normal. ¡Qué descanso!

Robles la miró, inquisitivo. Hacía un tiempo que se iba formando una idea en su mente de qué podría haber sucedido en realidad la noche de la muerte de Riquelme, y el enorme alivio de Candy confirmaba en cierta medida sus sospechas.

—A mí también me alegra, la verdad —añadió Greta—. Estaba segura de que había sido un accidente, pero con todo lo que nos estuvimos imaginando, a veces he llegado a pensar que quizá podría haber sido otra cosa. ¿No os acordáis de que estuvimos hablando de la posibilidad de que Moncho le estuviera haciendo chantaje a Sofía?

—¿Chantaje? ¿Con qué? ¿Con esa ridiculez de la carta y los huesos de no se sabe quién ni se sabe dónde? —El sarcasmo de Candy sonaba agresivo.

—Hasta eso ha quedado solucionado. —Robles parecía terriblemente satisfecho.

—Cuenta, cuenta…

Se arrellanó en el sillón, acunando su vaso de Bloody Mary y las miró a los ojos, disfrutando de su expectación.

—Recordaréis que tanto Lola como yo nos quedamos muy intrigados con el asunto de la desaparición de Alberto Briones, el marido de Sofía del que nunca volvió a saberse. Convendréis conmigo en que eso podría haber sido una poderosa amenaza en contra de nuestra querida Sofía, de haberse confirmado la posibilidad de que Alberto no hubiera desaparecido por su propia voluntad, sino que hubiese sido asesinado en Santa Rita a finales de los años cuarenta.

Las dos mujeres se miraron, inquietas, y enseguida volvieron la vista de nuevo hacia Robles, pendientes de sus palabras.

—Yo empecé a investigar por mi cuenta en cuanto lo hablamos, y Lola ha puesto a un par de agentes a trabajar en ello. Ahora sabemos con toda seguridad que Alberto está muerto…

Candy y Greta, como si lo hubiesen ensayado, dijeron «Ahh» a la vez, inspirando hondo.

—Pero su muerte se produjo hace doce años, en Boston, donde llevaba desde mediados de los años cincuenta trabajando como psiquiatra en una prestigiosa clínica privada. Por lo que hemos podido averiguar, poco después de la muerte de su suegro, el doctor Mateo Rus, padre de Sofía, Briones se marchó de Santa Rita con la excusa de asistir a un congreso de su especialidad en Londres y ya no volvió. De ahí se marchó a Estados Unidos, se instaló en Boston, y unos años después se casó con una señorita de buena familia y tuvo dos hijos varones. De manera que la idea de que Riquelme hubiera intentado chantajear a Sofía no se sostiene. Su muerte ha sido un simple accidente que, eso sí, nos ha venido a todos de puta madre.

—Esto hay que celebrarlo —dijo Candy, sonriendo—. ¡Échame un chorrito de vodka, Robles! Pero, hacedme un favor… No le digáis nada de esto a Sofía. No creo que le sentara bien saber que su marido la abandonó sin más y luego se casó con otra y hasta llegó a tener hijos.

—¿Tú crees que le va a doler a estas alturas? ¿Después de tantos años? —Greta lo encontraba sorprendente. Nunca había pensado que su tía fuera tan sensible.

—No podría jurarlo, claro —insistió Candy—. Sophie, a veces, tiene reacciones muy raras, pero yo creo que, si ya se ha reconciliado con la idea de que Alberto desapareció, es mejor dejarlo así. Ella ya se ha contado su historia y lo más que puede pasar es que la desequilibremos sacándola de ahí. Total, ya ¿qué más da por qué se fuera Alberto de Santa Rita y qué hiciera después con el resto de su vida?

—Yo también lo veo como tú —dijo Robles, acabándose la

329

bebida—. A partir de ahora podemos volver a nuestra rutina normal, a los temas de siempre, a planear la nueva piscina y el jardín de alrededor y, sobre todo, a olvidar a Monchito y a Briones y todo lo que quedó en el pasado, ¿no creéis? El pasado puede seguir haciendo mucho daño si uno lo deja; de modo que no hay que permitírselo.

Greta estuvo a punto de preguntar de qué hablaba, pero en ese instante Candy le puso una mano en la pierna, como tranquilizándolo, o dándole la razón, o mostrándole su apoyo, y ella se dio cuenta de que los dos sabían a qué se estaba refiriendo Robles, posiblemente a algo de su pasado que no quería recordar. Ella también procuraba olvidar a Fred y gran parte de los treinta años que habían pasado juntos. Todo el mundo tiene cosas a sus espaldas que prefiere no recordar, y cultiva la esperanza de que acaben por desaparecer sin tener que hacer un esfuerzo constante para tenerlas a raya, la famosa «solución biológica» como la llamaba su amiga Anna, que se da cuando lo que te angustia se muere por sí mismo, de pura vejez, y acaba por pudrirse y convertirse en polvo. El problema estaba en que, con frecuencia, el proceso era casi tan largo como la vida de una misma.

—Me ha dicho Lola que está pensando en solicitar un puesto en Santa Rita —comenzó Robles de nuevo, cambiando de tema, y sacando a Greta de sus pensamientos—. ¿Qué os parecería?

—Bien —dijeron las dos casi a la vez.

—Sí, yo también votaría a favor, pero no sé si a ella le va a hacer mucha gracia que le digamos cómo vemos nosotros la lealtad a Santa Rita —añadió la inglesa.

—A mí nadie me ha dicho nada de lealtades. —Greta parecía entre confusa y ofendida.

—Porque en tu caso está claro, niña —dijo Candy—. No hay que explicarte qué significa. Tú eres de aquí, has vivido aquí y esto va a ser tuyo. Tú llevas a Santa Rita en la sangre.

—No sé yo…

—Además, que tampoco es para tanto. Es lo normal en cualquier familia, solo que en las familias no suele expresarse, y aquí sí.

—¿Venirse a vivir a Santa Rita es como un matrimonio? ¿Tenéis una fórmula, un juramento? ¿En serio?

—Nada tan rimbombante. Le preguntamos al que quiere vivir aquí si está dispuesto a ayudar en lo que haga falta, a colaborar con los demás, a proteger a Santa Rita de todo peligro. No es más que eso. Solidaridad y compañerismo. Tampoco es tanto pedir para gente que vive junta y comparte el amor por todo esto —resumió Robles.

—O sea, que Santa Rita es lo primero, y cada persona que vive aquí tiene que jurar eso. —A Greta cada vez le hacía menos gracia la idea.

—No. Nadie tiene que jurar nada. ¡Faltaría más! Pero nuestra gente sabe que Santa Rita no es simplemente un lugar donde vivir. —El tono de Candy mostraba que, aunque no existiera un juramento, cosa que Greta ya no tenía tan claro, había un componente de compromiso que ella nunca había considerado.

Se produjo un silencio ligeramente tenso. Greta notaba con toda claridad que Robles y Candy pensaban y sentían lo mismo, que estaban en perfecta sintonía. No había más que ver la mirada que estaban cambiando entre sí. Y, aunque ella también sabía que Santa Rita era algo más que cuatro paredes y un grupo de gente que convivía entre sus muros, no conseguía, sin embargo, entregarse tanto a la comunidad. Quizá porque no hacía ni dos semanas que vivía con ellos y seguía dándole vueltas a la idea de marcharse, bien de vuelta a Alemania, a retomar el diálogo con Fred, y con Heike, que, al parecer, ahora ya no era solo su mejor amiga, sino que formaba parte de la ecuación, bien a cualquier lugar lejano donde pudiera reflexionar con tranquilidad.

El accidente de Moncho le había hecho pensar menos en su situación personal, pero, ahora que la cosa parecía resuelta, su problema se empeñaba en volver con más intensidad.

Se levantó, llevó el vaso al fregadero, lo enjuagó y lo puso a escurrir.

—Me vais a perdonar, pero tengo un par de cosas que hacer antes de la cena. Nos vemos luego.

Ambos la siguieron con la mirada, mientras se preguntaban cada uno por su lado qué podían haber hecho para ofenderla o preocuparla de ese modo.

Greta salió deprisa al corredor, giró a la derecha hacia la entrada y dudó un instante entre salir al jardín o subir a su habitación.

En ese momento, salida de ninguna parte, le vino a la cabeza la imagen de un cuarto que recordaba nebulosamente de cuando era estudiante de secundaria y cuya existencia ni se le había ocurrido en todo el tiempo que llevaba allí. Subió al primer piso y, donde ella recordaba una puerta, solo se encontró con una pared blanca, como todas, cubierta de fotografías de otros tiempos. Sacudió la cabeza, incrédula. Estaba segura de que tenía que estar allí. Solo que allí no había nada.

Se quedó unos segundos quieta, mirando fijamente la pared, extrañada de que su memoria le hubiese jugado esa mala pasada. No era posible. A menos que lo hubiesen tapiado, pero eso era una estupidez. ¿Por qué iban a tapiar la biblioteca privada de Sofía?

De pronto tuvo una idea. Avanzó unos pasos por el pasillo, abrió una de las dos hojas de la puerta que franqueaba el paso a la biblioteca grande y entró con sigilo. Todo estaba igual de oscuro, frío y muerto que la vez que había entrado con Lola.

Cruzó la estancia, muy consciente de los chirridos que sus pasos despertaban en el parqué resquebrajado y reseco. Era ya casi de noche y no había encendido ninguna luz, pero con el reflejo del último sol que, entre oscuras nubes violáceas, iluminaba a rayos sueltos la pared de la derecha, se dio cuenta de que su recuerdo la había engañado. El paso a aquella estancia que ella recordaba no estaba en el pasillo, sino allí, al fondo de la biblioteca.

Llegó a las puertas correderas, blancas como la pared, y, sin dudarlo un segundo, estiró el brazo izquierdo hasta el dintel, tanteó por la madera llena de polvo e insectos secos, y aferró la llave que, desde siempre, estaba allí para quien supiera dónde se guardaba.

Abrió con cierta dificultad, entró, cerró tras ella y encendió la luz. De pronto la asaltaron todos los recuerdos. La habitación —«el gabinete», la palabra le había acudido de inmediato— estaba exactamente como ella la recordaba: las paredes cubiertas con pequeñas vitrinas de dos tipos distintos de madera, una más rubia y otra más rojiza, donde se guardaban todos los libros que Sofía había escrito a lo largo de su vida y los que apreciaba particularmente entre los de otros colegas —ediciones especiales, volúmenes dedicados por sus autores, homenajes a su obra, estudios académicos—; entre las vitrinas, cuadros que tenían para ella un significado especial, y debajo de los cuadros, mesitas cubiertas de objetos de arte, premios literarios, o recuerdos de viajes. En el centro, sobre una alfombra Ben Ourein, una mesa de buen tamaño con un par de lámparas de pantalla verde. Bajo la ventana, sobre una consola semicircular de marquetería, la famosa calavera, que ella recordaba desde siempre, junto a la pluma de ganso y el tintero. No la había metido en un armario, como le había dicho, para evitar que la viera Lola. En el rincón, un sillón de lectura de terciopelo de un azul petróleo que siempre le había encantado y donde había pasado horas en el año en que vivió en Santa Rita, cuando no quería que la localizaran con facilidad.

Era un cuarto envolvente, atemporal, como el interior de un pisapapeles de cristal veneciano, como una burbuja hecha de tiempo, de palabras y de amor. No se explicaba que no se le

333

hubiese ocurrido buscarlo desde que había llegado a Santa Rita.

Se sentó en el sillón, tratando de recuperar su yo de aquel tiempo, cuando su vida consistía en hacer deberes para clase, sentirse culpable por el divorcio de sus padres y tener momentos de euforia con Fito llenos de besos apasionados y planes para un futuro que no llegaría.

Enfrente del sillón, como en sus recuerdos, estaba el cuadro que había reconocido al verlo, pero que no habría sido capaz de describir, a pesar de que siempre le había gustado: un retrato expresionista lleno de color y de fuerza. A la izquierda, un paisaje impresionista posiblemente francés, a la derecha, otro paisaje, esta vez mediterráneo, y *fauve*. Había también un abstracto en tonos azules y naranjas, y uno que le recordaba a Miró.

«Tendría que venir más veces aquí —pensó—. Este cuarto me sienta bien. Y nadie sabe dónde estoy.»

Cerró los ojos mientras presionaba contra el respaldo del sillón la parte posterior de la cabeza.

Le inquietaba esa lealtad desmedida a Santa Rita que notaba en todos sus habitantes. Entendía el amor que sentían por el lugar y su historia; no era muy distinto de lo que ella misma estaba sintiendo en ese mismo momento. Sin embargo, había algo muy en el fondo de su pensamiento que resultaba inquietante. Cuando los oía hablar así de Santa Rita, como si fuera un ser vivo al que había que mimar y proteger, algo en su interior le susurraba que serían muy capaces de matar a cualquiera que resultara un peligro, que pudiera intentar cambiar la vida como era, como había sido hasta ese momento.

Lo de Moncho había sido un accidente, sí. El forense lo había dictaminado, la policía no había considerado necesario abrir un caso de asesinato. Todo estaba bien.

A pesar de ello, no podía evitar que sus pensamientos, entrenados durante tantos años por la enorme cantidad de novelas de crímenes que había leído y traducido, se desbocaran en una dirección que siempre era la misma desde hacía unos días.

¿Y si Robles, que odiaba a Moncho y sabía perfectamente que pensaba destruir Santa Rita, privándolos así no solo de su hogar, sino también de su comunidad y de la estabilidad para su vejez, había decidido terminar con la amenaza por la vía rápida y matarlo? Era comisario de policía, sabía muy bien cuáles eran las rutinas investigativas, podía perfectamente haber encontrado una manera discreta y práctica de quitarlo de en medio sin que pareciera otra cosa que un desafortunado accidente.

No estaba segura, pero, cuanto más lo pensaba, más claro le parecía que Robles, quizá con la ayuda de Miguel y posiblemente con la de Candy, era más que capaz de arreglar la situación para que todos ellos pudieran dejar de preocuparse por el futuro. Candy tenía cáncer, quería a Sofía por encima de todo y no podía soportar la idea de que aquel buscavidas acabara convertido en amo y señor de Santa Rita, y ni siquiera para dirigirla a su antojo, sino, mucho peor, para venderla a quien más pagara. La creía muy capaz de colaborar en un homicidio que, desde su punto de vista, no sería más que un trámite sin importancia, o incluso menos que eso: una simple consecuencia natural del comportamiento de Moncho a lo largo de toda una vida. El típico «él se lo ha buscado».

¿Y Miguel? Aquello era su casa, su estabilidad, su futuro. Él y Merche lo habían vendido todo para instalarse allí. Si Moncho los hubiera obligado a marcharse, no habrían tenido adónde ir. Eso no parecía suficiente motivo para matar, pero quizá sí para colaborar de algún modo. Y acababa de enterarse, por Reme, de que Miguel se había peleado con Merche sin ningún motivo claro la noche del accidente y había estado un par de horas paseando por el jardín. Paseando, o haciendo cualquier otra cosa que pudiera haber redundado en la muerte de Moncho.

Incluso ella misma, siendo sincera, habría estado dispuesta

335

unos días atrás a colaborar de algún modo en quitarse de encima al asqueroso del «amigo» de su tía, que, después de haberle sacado los cuartos a lo largo de una vida, de pronto iba a destruir todo lo que para Sofía era central, lo que había tardado tanto en construir y en lo que había invertido todo lo que había ganado con sus libros, que no era poco.

Ahora solo tenía que decidir para sí misma si le importaría que una de aquellas tres personas, sobre todo Candy, a quien conocía y apreciaba desde su adolescencia, fuera un asesino, si se sentía capaz de seguir compartiendo su día a día con alguien que había matado voluntaria y conscientemente. Para salvarlos a todos, eso sí.

Hizo una inspiración profunda. Se estaba dejando llevar tontamente por las elucubraciones más absurdas. Si el forense había decidido que la muerte de Moncho se había debido a una desafortunada concatenación de circunstancias, y hasta la policía le había dado carpetazo al asunto, ¿quién era ella para inventar asesinatos y conspiraciones? Mejor haría en preocuparse de sus propios problemas y tratar de ir poniendo en limpio lo que quería hacer en adelante con su vida.

Sin darse tiempo para arrepentirse, sacó el móvil y tecleó a toda velocidad.

«Fred, querido mío, tenemos que hablar. Me parece importante que aclaremos nuestra situación. Dime cuándo te viene bien. Yo puedo siempre. Un beso.»

En ese mismo momento el gong anunciando la cena reverberó por toda la casa. Se puso en pie con cierta renuencia, apagó las luces, cerró con llave y fue a su cuarto a lavarse las manos.

Robles volvía de dar una vuelta por el jardín cuando sonó el gong. Aprovechando que había dejado de llover, había estado haciéndose una idea de cómo quedaría la zona de la piscina cuando empezaran las obras, y le había prometido a Paco echar una mano al día siguiente a cualquier cosa que hiciera falta, ya que, con las últimas lluvias, se había llenado todo de malas hierbas que había que arrancar antes de que madurasen y llenaran el suelo de una especie de semillas pinchosas que se pegaban a las suelas de los zapatos y, mucho peor, a los pies descalzos.

Aún había una luminosidad cárdena en el horizonte, pero prácticamente había caído la noche. Por fortuna, conocía bien el jardín y no había demasiado peligro de tropezarse. Llevaba mucho rato dándole vueltas a la posibilidad de que el forense se hubiese equivocado y que lo que se había certificado como accidente hubiese sido en realidad un asesinato muy bien planeado.

Tenía tres candidatos: Miguel, Greta y Candy.

Miguel, porque había estado en el jardín durante las horas en las que se había producido la muerte y le resultaba sospechoso que hubiese provocado la pelea con su mujer sin ningún motivo, simplemente para poder estar en el exterior sin que nadie fuera a buscarlo. Era ciego, pero eso no le habría impedido ni echarle algo en la bebida a Riquelme durante la cena, ni darle un empujón desde el borde de la alberca, esperar allí hasta que se hubiese ahogado, asegurarse de que ya no había movimiento y regresar a su cuarto «satisfecho de sí mismo», como le había contado Merche. El motivo habría sido el mismo de todos ellos: apartar a Riquelme de Santa Rita, a ser posible de modo definitivo.

No sonaba mal, pero no acababa de llenarle esa reconstrucción.

La segunda, Greta, era una incógnita, porque él apenas la conocía y, aunque parecía una mujer decente, honesta y normal, era también la que, en principio, más habría perdido con el matrimonio de Sofía y la venta de Santa Rita a una cadena hotelera. Aunque ella no estuviera segura todavía de querer quedarse a vivir allí y mucho menos de hacerse cargo del funcionamiento y organización de la comunidad, era evidente que, si lo heredaba ella, podía disponer de su herencia como mejor le pareciera: conservarla, venderla, o venderla parcialmente, dejando que la parte noble se convirtiera en una casa museo de la que ella podría incluso ser directora, al ser la albacea de Sofía y la persona que más sabía de su obra. Se estaba divorciando de su marido. Él no sabía cuál era su situación financiera. Podría ser que, al menos durante un tiempo, tuviera que depender económicamente de su tía. La llegada de Moncho podía haber disparado en ella todas las alarmas, y el miedo, como sabía por su larguísima experiencia en la policía, lleva a tomar decisiones apresuradas y enloquecidas, decisiones que uno jamás habría tomado en circunstancias normales. No se la imaginaba envenenando a Riquelme, además de que no se le ocurría con qué iba a hacerlo. Ninguna persona normal lleva un veneno mortal en la maleta. Eso sí, cabía la posibilidad de que al oír a alguien vomitando en el jardín —eso lo tenía Lola en el protocolo de su interrogatorio— hubiese bajado a ayudar a quien se encontrase mal al pie de su ventana y, al darse cuenta de que se trataba de Riquelme, se le hubiese ocurrido la idea de llevarlo hacia la alberca y hacer pasar su ahogamiento por un simple accidente del que no se había podido salvar al estar solo en mitad de la noche. El tipo era lo bastante vanidoso, prepotente y maleducado como para haberle dicho a Greta que todo aquello que ella siempre había considerado su herencia iba a pasar a sus manos sin más esfuerzo que casarse con su tía casi *in articulo mortis*. No podía juzgar la reacción de Greta, evidentemente, pero si se lo hubiera dicho a él, así, con todas las palabras, no descartaba que su propia reacción hubiera sido agarrarlo del cuello y apretar hasta que la lengua le llegara al esternón.

De todas formas, había algo que no acababa de casar. Greta no era agresiva, lo hubiera jurado. En todas sus reacciones siempre había visto más bien una especie de resignación, casi de derrotismo y, sobre todo, una duda constante. No parecía el tipo de mujer que sabe siempre lo que quiere y está dispuesta a molestar a quien haga falta para conseguirlo. Probablemente esa era una de las razones por las que no la encontraba realmente atractiva. Era una buena chica, pero le faltaba polvorilla, pimienta, como se llamara esa cualidad que hacía que una mujer chispeara como un cohete a punto de salir rumbo al cielo entre una nube de fuego, el tipo de mujer que a él le gustaba y de las que había tan pocas. Mujeres con mal carácter y siempre cabreadas había a miles, pero mujeres positivas, divertidas, fuertes y directas, que no necesitaran a un hombre para que les resolviera los problemas, pero pudieran ser también dulces cuando había ocasión…, de esas no quedaban ya casi. Las jóvenes de Santa Rita, sin ir más lejos, eran criaturas medio cocidas, hipocondríacas, llenas de manías de alimentación, que no se atrevían a dar una opinión clara sin relativizarla y matizarla hasta el vómito, marcadas por la corrección política, que veían machismos y micromachismos por todas partes, recelaban de todos los hombres y luego se quejaban de que la mayor parte de ellos eran cobardes, aterrorizados de comprometerse con alguien o con algo, y que eran más niños que hombres adultos. Comparada con las jóvenes, Greta era una mujer hecha y derecha, eso sí. ¿Sería suficiente como para que hubiese decidido coger al toro por los cuernos y quitarse de en medio al cazadotes?

A pesar de todo, ella era la que más ganaba con la desaparición de Riquelme, y eso era algo que había que tener en cuenta. No tenía todos los números de la rifa, pero tenía bastantes.

En el jardín japonés se habían encendido ya las luces solares y la roca que emergía de las ondas del lago de arena, como un símbolo de la tierra en medio del mar, brillaba con un fulgor dulce, dorado. El cerezo ornamental extendía sus ramas, cubiertas de florecillas de color de rosa, sobre el banco de madera, invitándolo a sentarse un momento, aunque llegara tarde a la cena. La verdad era que no tenía mucha hambre y quería terminar de pensar lo que le roía por dentro, de modo que se sentó y se quedó mirando la roca, mientras el cielo iba virando del azul al índigo.

No tenía más remedio que confesarse a sí mismo que la otra candidata tenía más posibilidades. Si él aún fuera comisario, Candy sería la persona en la que fijaría toda su atención: detestaba a Riquelme, adoraba a Sofía, Santa Rita era su vida y lo había sido durante cuarenta años; ahora tenía fundadas sospechas de que su existencia tocaba a su fin y, matando a Riquelme, podía hacer un regalo realmente valioso a todas las personas que vivían allí. Como motivo y lógica de comportamiento no se podía pedir más.

Motivo, ocasión y medio, las tres cosas que es necesario probar.

Ahora había que ver si Candy podía haberlo hecho y cómo.

Motivo tenía. ¿Había tenido ocasión? ¿Podía haber encontrado una manera de hacerlo?

Podía.

Lola le había contado que en la maleta de Riquelme había encontrado, además de coca y pastillas, tres «potes» de G, uno de ellos vacío. Nines le había contado que Candy había comprado G —quizá para los dolores, le había dicho, «los viejos lo toman a veces para el dolor», recordaba sus palabras con toda claridad—. Podía haberle puesto uno en la bebida de la cena —estaban en la misma mesa, la presidencial— y luego haberlo seguido hasta el jardín, esperar el momento en que empezara a sentirse enfermo —ya que después del primer subidón, el G daba un bajón muy fuerte que podía llegar a la pérdida de conocimiento e incluso al coma—, darle un buen empujón y esperar a que se ahogara. Pensando realmente mal de ella, también podría haber mantenido el cuerpo de Riquelme bajo el agua empujándolo desde el borde de la alberca con uno de los palos que había en la parte de abajo del talud y luego, una vez muerto, haber dejado caer la esquina del protector de material plástico sobre su cabeza, para asegurarse del todo. Nada de eso requería particular fuerza. Todo era cuestión de atrevimiento, organización del tiempo y un poco de suerte.

Después, no tendría más que haber borrado sus huellas de los tres «potes», haber dejado el frasco vacío y los otros dos en la maleta de Riquelme (ya sabía seguro que Moncho no la iba a pillar haciéndolo, porque estaba flotando en la alberca), y subir a acostarse. Candy sabía con toda seguridad que Lina o Fina se levantaban casi con el alba a barrer las aceras y limpiarían el vómito a conciencia, con lo cual no se podría analizar el contenido del estómago de la víctima.

Si había hecho sus deberes, sabría también que el G se elimina muy rápido y no se puede probar en el organismo. El hecho de que Riquelme tomara muchas otras drogas y tuviera los pulmones destrozados y el corazón débil contribuiría a una muerte rápida y, en principio, poco dolorosa, aunque tenía la sospecha de que a Candy no le habría importado que sufriera un poco.

Reuniendo sus recuerdos de después del «accidente», Candy se lo había confesado incluso —crípticamente, eso sí— el día que la recogió en la clínica y fueron a comer a Altea. Le había dicho algo como que «lo importante ya está arreglado. Santa Rita sigue siendo nuestra». Ahora estaba más que claro a qué se refería. Tenía sentido.

Había algo más, incluso. La carta de Candy a Riquelme, de 1984, terminaba con una frase que se le había quedado grabada: «Tómatelo en serio y no regreses. Jamás. O el que estará en peligro serás tú».

¿Sería posible que treinta años más tarde la decisión de Candy hubiese sido igual de firme y la hubiera llevado a cumplir la amenaza hecha tanto tiempo atrás?

Podía haber sido de otra forma, pero la navaja de Ockham era siempre algo a tener en cuenta: «en igualdad de condiciones, la explicación más sencilla suele ser la más probable». Ese principio era algo que siempre le había ayudado a lo largo de su vida, aunque sin olvidar que, también según el mismo Guillermo de Ockham, «la explicación más simple y suficiente es la más probable, mas no necesariamente la verdadera».

En el caso que lo ocupaba en esos momentos, daba la sensación de que había llegado a lo más simple y más probable, y esa podía ser la verdad del asunto.

Le daba satisfacción haber conseguido reconstruir la concatenación de hechos más probable y, para su propia sorpresa, no le causaba particular conflicto de conciencia haber llegado a la conclusión de que Candy era la asesina de Riquelme y, a pesar de ello, seguir queriéndola, apreciándola y hasta admirando su valor y su presencia de ánimo.

La verdad era que los hechos se habían precipitado sin su intervención personal y que, en más de una ocasión, desde que él había conocido a Riquelme y había tomado conciencia de lo que pensaba hacer con Santa Rita, se había descubierto a sí mismo pensando en cómo acabar con él sin tener que apechugar con las consecuencias, lo que le reafirmaba en su vieja teoría de que todo humano es un asesino en potencia. Se trata solo de ponerlo en la situación en que no ve otra salida.

Fue a su cuarto, se lavó las manos y, silbando, se dirigió al comedor, contento de haber resuelto el caso y de que todo hubiera terminado.

Tanto si el tratamiento de Candy contra el cáncer tenía éxito como si no, jamás le diría lo que sabía de ella. Dejaría que pensara que nadie había conseguido averiguar lo que ella había hecho por Santa Rita. Ese secreto moriría con él.

17

Los reflejos del agua

*L*a primavera se había afianzado definitivamente y, cuando llegaron al restaurante, se alegraron de que Lola hubiese hecho una reserva, porque toda la terraza estaba llena, salvo la mesa para tres a donde los dirigieron.

El mar estaba en calma, la luna rielaba sobre las aguas os- curas y ni una sola nube perturbaba la limpidez del cielo donde, a pesar de las luces urbanas, brillaban las estrellas. Greta y Robles se acomodaron después de que él hubiese saludado al pasar a varias personas que, en distintas mesas, se disponían a pasar una agradable velada cenando en El jardín junto al mar, el restaurante donde los había citado Lola y que debía de ser muy nuevo porque todo parecía recién comprado y las plantas que los rodeaban tenían aún ese aura de vivero que las hacía tan sanas, fuertes y lustrosas.

—Conoces a todo el mundo, Robles —comentó Greta, admirada.

—Benalfaro es pequeño y ya llevo muchos años por la zona. Además, eso de pertenecer a las «fuerzas vivas locales» —la ironía era palpable— hace que mucha gente quiera estar a bien contigo, incluso después de la jubilación.

—¿De dónde eres tú?

Robles dudó un segundo, antes de contestar.

—De lo que antes se llamaba Castilla la Vieja, pero hace tanto que salí de allí que ya ni me acuerdo. ¿Y tú?

—Aj, ya ni lo sé. Mi padre es vasco, pero vivíamos en Barcelona, hasta que se separaron, aunque los primeros años, que apenas recuerdo, estábamos en San Sebastián. Mi madre, ya lo sabes, era la única hermana de Sofía. Nació y creció aquí, pero de padre inglés. Luego, cuando mis padres se separaron, yo pasé un año aquí; mi padre se volvió a casar y se instaló cerca de Barcelona con su mujer. Mi madre se fue a Londres y yo con ella, hasta que me fui a estudiar a Alemania, conocí a Fred y me quedé allí, cerca de Múnich. La verdad es que no sé bien de dónde soy. Europea, supongo, con un fuerte componente centroeuropeo y otro, igual de fuerte, mediterráneo. Tengo tres lenguas y me siento cómoda en tres culturas, pero trato de no darle muchas vueltas al asunto de la identidad. Yo sé quién soy y eso me basta.

—Sí, ahora la gente le da muchas vueltas a todo. Hemos hecho una sociedad volcada en el culto al individuo, a la egolatría total: ¿quién soy?, ¿qué deseo?, ¿adónde voy?, ¿qué me sienta bien?, ¿qué necesito? Nadie se pregunta qué desea y necesita el de enfrente, cómo puedo yo ayudar a que los demás estén mejor, a que el mundo esté mejor...

—No te hacía yo tan católico.

—No lo soy. No es por eso. Es por pura lógica. Mi abuela decía que, si cada uno barriera la puerta de su casa, la calle estaría limpia. Es lo que yo he hecho toda la vida.

—Barrer para afuera —sonrió ella—, en oposición a barrer para dentro, que es lo que tanta gente hace.

—Especialmente los trepas y los políticos.

Antes casi de terminar la frase, Robles se puso en pie para recibir a Lola que, por primera vez desde que la conocía, se había puesto un vestido y llevaba los labios pintados.

Greta se levantó también a darle dos besos.

—¡Qué guapa, Lola!

—Hoy me apetecía dejar colgado el traje de chaqueta. ¿Qué os parece el sitio? Lo han inaugurado hace apenas un mes.

—Precioso.

—Pues la comida va a juego, ya veréis.

Se sentaron y pidieron unos martinis para empezar.

—¿Sabéis quién está ahí fuera, en la barra? —preguntó Lola.

Los dos negaron con la cabeza.

—Encarna, la estanquera.

—¡Qué asco me da esa mujer! —Greta sacudió los hombros como espantando un insecto.

—Ahora Nines se ha ido a vivir con ella —explicó Robles—; son algo parientes, me dijo.

—No nos estará siguiendo, ¿verdad? —Greta parecía preocupada.

—No, mujer, ¿cómo iba a saber que íbamos a venir aquí? Y, además, ¿para qué?

Ella se encogió de hombros. No se le había olvidado el odio que le había escupido a la cara la noche de la procesión del silencio, pero no se lo había dicho a nadie.

—Vosotros no la conocéis. Es de esas personas que consiguen estropear lo que tocan; es… como una gota de limón en la leche. Da igual cuánta leche haya; consigue agriarla toda.

—Es lo que ella piensa de ti, fíjate —dijo Lola sin darle importancia.

—Ah, ¿sí?

—Está muy amargada. Según ella, tú le jodiste la vida desde el primer momento que llegaste a Benalfaro.

—Claro, hombre. Yo la obligué a vender drogas, y a no dar pie con bola en el instituto, y a chutarse, y ya de paso, a meter a mi novio en toda aquella mierda hasta que murió de sobredosis. Todo por mi culpa, ¿no?

Robles la miró, sorprendido. Era la primera vez que lo oía. Lola contestó con suavidad.

—No te sulfures, Greta; ya sé que no tiene razón, pero ella lo ve así, lleva cuarenta años o más contándose su historia para no tener que quedar tan mal consigo misma. Por eso, en su versión, tú tienes la culpa de todo. ¡Venga! No hablemos de cosas desagradables. ¿Qué queremos comer?

Por la ventana del pasillo que llevaba a los baños, y que daba lateralmente a la terraza, Encarna, después de haber seguido con la vista a la inspectora para enterarse de con quién estaba, miraba a los tres que, entre risas, estudiaban la carta y charlaban con el camarero. Sin apenas darse cuenta, sus manos se cerraban intermitentemente en puños, aunque se clavara las uñas en las palmas cada vez que lo hacía, y la bilis le quemaba el esófago, como siempre que se encontraba con Greta, especialmente si, como ahora, parecía estar pasándolo bien. Aquella zorra siempre se había salido de rositas, siempre había tenido todo lo que ella no había podido ni soñar. Ella llevaba años enamorada de Fito sin que él le hiciera el menor caso y, cuando se le había ocurrido la idea de entrar en el grupo de teatro y así tener ocasión de hablar con él y quizá conseguir que la acompañara un día a casa o sentarse a su lado en los ensayos y, poco a poco, ir haciéndose amiga suya, entonces había llegado Greta, la extranjera, la exótica, y en un par de días todo se había ido al carajo. Y cuando él había empezado a necesitarla para que le consiguiera los chutes, a pesar de todo seguía enamorado de la pánfila aquella. Hasta el mismo momento de su muerte, cuando empezó a temblar y a ahogarse, y a llamar a su madre como un crío de tres años, incluso entonces decía su nombre —«Greta, Greta»— hasta que dejó de respirar. En sus brazos, sí, en eso no le había mentido a la imbécil de la extranjera. Había muerto en sus brazos, pero llamándola a ella, a la otra.

Si Greta no se hubiera entrometido, si no hubiese llamado a la policía, habrían muerto los dos, abrazados. Todo el pueblo sabría que se querían, que habían muerto queriéndose, jóvenes y juntos, como Romeo y Julieta. Todo Benalfaro los recordaría

346

así, Fito y Nani *forever*. Mientras que, por culpa de aquella zorra, ella pasó por varias clínicas de rehabilitación y luego por la cárcel, y tuvo que soportar durante mucho tiempo el odio y el asco de los vecinos que solo recordaban que ella había «metido» a Fito en las drogas, aquel chico que podría haber llegado a donde hubiese querido, que era guapo y listo y bueno, y ahora estaba muerto. Si Greta no hubiese venido al pueblo, todo habría sido distinto. Quizás él se habría ido enamorando de ella poco a poco, habría ido necesitándola, se habrían casado y vivirían en el chalé de los padres de Fito; ella habría sido una señora, no la quiosquera de la Glorieta, habría tenido hijos, y su vida habría tenido un sentido.

Pero no. Ellos eran la alta sociedad del pueblo y ella no era más que escoria, igual que Nines, a la que acababan de echar de Santa Rita porque no era lo bastante buena para ellos, porque no era intelectual, ni había viajado por el mundo, ni tenía carrera. ¡Qué injusto era todo!

Ahora Greta, cuando muriera Sofía, que no podía vivir mucho más porque ya había pasado de los noventa, se quedaría con todo, absolutamente con todo. Moncho hubiese podido impedirlo, le había contado sus planes una tarde que habían estado de copas. Sofía ocultaba algo muy gordo que no había querido contarle, pero que sería bastante para obligarla a casarse con él. Se conocían de toda la vida y, poco a poco, había conseguido ir sacándole algunos de los muchos secretos de La Casa' las Locas. Eso es lo que tienen las drogas y el sexo: que, cuando estás colocado y en el catre con quien sea, hablas de cosas que, en otras circunstancias, nunca habrías nombrado; y Moncho era muy bueno sonsacando información. Y sabía cómo usarla, además. Era más listo que el hambre. Cuando hablaron, estaba eufórico. Se iba a hacer de oro con la venta de Santa Rita y ella sería la prima del amo mientras durase y luego, cuando se convirtiera en un *spa* de lujo, podría alojarse allí gratis siempre que quisiera, Moncho se lo había prometido. Y ahora todo se había ido a tomar por culo porque a los señoritingos de Santa Rita aquel plan no les convenía y habían arreglado las cosas para matar a Moncho sin que nadie moviera una pestaña. Hasta la policía se había tragado lo del accidente. Allí estaba Greta, con dos policías: una inspectora en activo y un comisario jubilado, en amor y compañía, asegurándose de que todo quedara atado y bien atado. Seguro que los iba a invitar a cenar y se pondrían hasta arriba de marisco. Eso siempre ayudaba a cerrar los buenos tratos. Allí todos estaban conchabados con todos.

Al pobre desgraciado de Richar, que la esperaba en la barra, también lo habían jodido bien. Le habían quitado a su mujer y a sus hijos, y ni siquiera sabía dónde estaban. El capullo de Robles lo había sacado a hostias de Santa Rita cuando había ido a ver a su suegra a preguntar dónde habían escondido a su familia y, desde entonces, tenía una orden de alejamiento y ya no sabía dónde buscar. Tendría que estar prohibido que a un hombre le quiten a su mujer y a sus hijos sin más. Aquella zorra de Rebeca no hacía más que calumniarlo por el pueblo, y su madre, Reme, era casi peor. Había puesto a todo el mundo en contra de Richar diciendo que le había estafado su piso y que por eso se había tenido que ir a vivir a Santa Rita con una mano delante y otra detrás, como si vivir en Santa Rita no fuera mucho mejor que estar todos amontonados en la mierda de piso que ella tenía en la parte alta del pueblo, detrás del castillo. No había justicia en el mundo. Por eso, a veces, no había más remedio que hacer algo para volver a poner las cosas en su lugar. Ella llevaba ya un tiempo pensando qué se podía hacer para castigar a los de Santa Rita y ahora, por fin, poco a poco, si conseguía que Richar, y a lo mejor Nines, le echaran una mano…, ahora quizá habría llegado el momento de hacer justicia.

Se metió en el baño de señoras, sacó el espejito del bolso y se hizo un par de rayas, cargaditas. Las necesitaba para lo que tenía pensado hacer.

𝒬uerida Greta, querida Candy;

le he dado muchas vueltas a cómo hacer esto y a quién dirigir esta carta, si a todos vosotros o solamente a vosotras dos, mi sobrina y traductora, y mi amiga y mano derecha. Al final me he decidido por esto y dejo en vuestras manos el contar o no contar a los demás lo que vais a leer aquí.

He escrito diarios a lo largo de toda mi vida. Supongo que los habréis visto en el gabinete, en la vitrina que hay a la derecha del cuadro de Marianne, el retrato de mi madre. Aún no sé si los quemaré antes de morir. Seguramente sería lo más sensato, pero siempre es difícil decidir cuándo ha llegado el momento y, aunque no los releo con frecuencia, me asusta la idea de querer recuperar algún momento concreto de mi pasado y que las palabras con las que apresé aquel instante se hayan deshecho en humo por mi propia voluntad. Lo más probable es que los deje donde están para que vosotras hagáis con ellos lo que mejor os parezca. Salvo publicarlos. Eso os lo prohíbo expresamente y, para que no os llevéis ninguna sorpresa, lo he dejado establecido así en mi testamento. Os aviso también de que mis diarios no son en ninguna medida interesantes para el gran público ni, mucho menos, para fines académicos: hablo en ellos de cosas banales, describo lo que veo a mi alrededor cuando escribo en algún lugar lejano, digo alguna tontería sobre mi salud o lo que he comido, o el amante con el que he pasado la noche, o el vestido que me acabo de comprar. Nada que valga la pena. Tampoco desvelo secretos terribles, ni resuelvo ningún misterio. Son cosas que he escrito para mí nada más.

Esta carta, sin embargo, es diferente. Quiero que la queméis nada más terminar de leerla y, si os la pienso entregar a mi muerte es, simplemente, para que sepáis unas cuantas cosas que me parecen interesantes, y que, aunque después de muerta yo, ya no importarán, tampoco quiero que se vayan comentando por ahí y mucho menos que quede una prueba escrita. Le he dado muchas vueltas a cómo haceros saber lo que voy a contar ahora precisamente por eso, porque no quería dejar nada que me sobreviva y que pueda ser una prueba, pero no puedo evitarlo, soy escritora y prefiero escribirlo, aunque si os lo hubiese contado personalmente, de palabra, no habría quedado constancia, que es lo que yo pretendo. Pero de palabra habría tenido que ver vuestras miradas, vuestras expresiones faciales, y me habría expuesto a vuestras preguntas. Así puedo deciros lo que quiero decir, ni más ni menos. Sobre todo, no más.

350

Curioso: me he pasado la vida escribiendo y ahora no sé bien por dónde empezar. Pero es que mi cerebro ya no es lo que era y, aunque me esfuerzo, las palabras no fluyen como antes, cuando eran un río, una fuente, un manantial.

Haré caso a uno de los consejos básicos de escritura para principiantes: empieza la historia lo más cerca posible del final. Eso me viene muy bien, porque hace muy poco de ese final y aún lo tengo fresco en la memoria. Además, si empezara mucho antes, tendría que escribir muchas páginas, me daría pereza tanto trabajo y acabaría por dejarlo a medias. Me conozco. La verdad es que he tenido tiempo de sobra para llegar a conocerme. Dentro de nada cumplo noventa y tres. Ni yo me lo creo.

En fin. Empezamos.

¿Os acordáis de que antes de Pascua de este año, el día siguiente de llegar Greta a Santa Rita os comenté que había recibido dos cartas? Una, la que acabó directamente en la papelera, era del Ayuntamiento de Alicante por lo de la famosa matraca de comprarnos Santa Rita y hacer una casa museo. Nadie me preguntó de quién era la otra y yo no dije nada, porque tampoco era algo que a vosotras os hubiera dicho nada especial. Es posible que, si en algún momento os habéis acordado de que fueron dos las cartas, hayáis pensado que la segunda era de Moncho anunciando su visita. No es así.

Moncho, a veces, a lo largo de su vida, me mandaba postales, sobre todo cuando estaba en algún sitio lejano y exótico del que poder presumir. Las postales eran antes como ahora el Facebook y el Instagram: una forma de darle envidia a los que no tenían medios ni ocasión de viajar. Bueno, siendo caritativa, quizá también una forma de decirte que se acordaban de ti. Pero menos.

Esa segunda carta de la que no llegamos a hablar venía de Madrid, de la hija de una amiga muy querida, bastante más joven que yo y que, sin embargo, acababa de morir de un fulminante cáncer de páncreas. La muchacha me escribía para comunicármelo y mandarme un documento que su madre le había pedido que me hiciera llegar y que quería devolverme.

Aquí tengo que hacer un breve excurso, pero no sufráis, prometo ser breve de verdad.

Hace muchos años, seis amigos y yo, hombres y mujeres, gente que durante mucho tiempo estuvimos muy relacionados (largos viajes juntos, estancias de vacaciones aquí en Santa Rita o en casa de uno o de otro), todos amantes del arte y de la cultura en general, empezamos a darle vueltas a un tema que nos importaba mucho a todos: qué hacer para poner fin a nuestra vida si la situación —por vejez, degeneración, demencia o cosas igual de estupendas— lo reclamaba. La eutanasia estaba prohibida en todos los países y hasta el suicidio estaba penado, si tenías la mala suerte de fracasar en el intento. A lo largo de muchas conversaciones llegamos a la conclusión de que la mejor forma de ayudarnos entre nosotros, sin que ninguno pudiera ser castigado por haber «asesinado» a la persona que estuviera sufriendo y deseara la muerte, era repartirnos la tarea, de manera que lo que cada uno contribuyera a la muerte no fuese ilegal, pero que una acción sumada a la siguiente acabara por dar el resultado apetecido.

Es decir, uno compraría parte de los fármacos necesarios para preparar el cóctel letal, otro el resto, o repartiríamos la compra entre los seis. Otro de los amigos llevaría el cóctel al hospital o la casa del moribundo, otro se encargaría de suministrar la jeringuilla y cargarla…, así sucesivamente con todos los pasos previos hasta que la persona que quería morir pudiera inyectarse a sí misma y, con eso, descargar a todos los demás del último paso. También teníamos otras soluciones que excluían los inyectables y funcionaban por vía oral, de modo que el enfermo no tenía más que beberse el contenido del vaso o tragar las pastillas.

352 Todos firmamos un documento exonerando a nuestros amigos para el caso de que fuera necesaria su intervención. Cada uno tenía su copia. La copia de Malva es la que me llegó a través de su hija, el papel que yo había firmado hacía mucho y que ahora era casi una broma de mal gusto, considerando que yo, que era la mayor de todo el grupo, era la única que había sobrevivido hasta ahora. Ninguno de los amigos necesitó por fin esa ayuda; unos murieron de accidente, demasiado pronto; otros de enfermedad, pero atendidos y cuidados por sus familias, sin perder la cordura. Malva, la última, con mucha rapidez y sin siquiera decírmelo. No se lo reprocho. Ella sabía que yo ya no puedo moverme como antes y que ya no quedaba nadie más.

Esa carta me afectó más de lo que os dejé ver. Era mi último contacto con el grupo de amigos que más me importó en la vida y el recordatorio de que me quedaba poco tiempo y me había quedado sola en el mundo. No os ofendáis. Por supuesto que estáis vosotras, y toda nuestra gente de Santa Rita que son ahora mi familia, al menos buena parte de ellos. Pero con

Malva moría también mi juventud, nuestros años de risas, de viajes, de conversaciones… Ahora ya no quedaba nadie que pudiese ayudarme a morir, caso de hacerse necesario.

Al día siguiente, salido de ninguna parte, *out of the blue*, apareció Monchito. Más hortera que nunca, más abotargado, más ruin de lo que yo lo recordaba, y venía, además, con la peregrina idea de que nos casáramos. Trató de convencerme de que lo hacía para que yo tuviese una mano amiga en mis últimos días, una mano de hombre, que, según él, era lo que' faltaba en Santa Rita y en mi vida. Desplegó todo su encanto —con los años, el pobre había perdido mucho, tanto de su encanto como de su poder de manipulación, que siempre fue considerable—, pensando que yo ya estaba senil y no me daría cuenta de nada. Me prometió que todo seguiría igual en Santa Rita, que él se encargaría de llevarlo todo por el camino que yo había fijado, que no tenía que preocuparme de nada.

Nunca he sido tonta y, aunque ya no soy la que era, no he perdido tanto cerebro como para no darme cuenta de cuando alguien pretende estafarme; y, aunque, a mi manera, siempre le he tenido cariño a Monchito —*for auld lang syne*, tal vez—, nunca me he fiado de él. Por obvias razones. Su drama es que su inteligencia nunca estuvo a la altura de la mía y nunca llegó a darse cuenta de cuando yo hacía teatro.

Cuando vio que a las buenas no iba a conseguir lo que se proponía, cambió de registro, cosa que yo ya esperaba, y me amenazó con revelar algo que yo no quiero que se sepa. Un chantaje de lo más vulgar.

No os voy a decir con qué pensó Moncho que podía presionarme. Llevo muchos años ocultándolo, toda mi vida casi, y aún no me he decidido a revelarlo. Seguramente ya no tendría importancia, o no tanta, pero estoy atada por una promesa, y yo cumplo lo que prometo. «Hasta mi último aliento», dije, y lo he cumplido.

Quizá leáis también esta carta cuando yo no esté; aún no

lo sé seguro. De momento, en cuanto termine de escribirla, la guardaré y… ya veremos. Quizá, cuando llegue el momento, este escrito vaya acompañado de otro en el que os explico qué es lo que prometí y a quién, y qué sucedió entonces. De momento, baste saber que el chantaje de Moncho me preocupó lo suficiente como para empezar a informarme de cómo estaba realmente la situación y a pensar en qué podría yo hacer y sobre todo cómo. El cómo era lo más difícil porque —las dos lo sabéis bien— necesito ayuda para moverme y ya no estoy yo para registrar habitaciones, forzar cerraduras, pelearme físicamente con alguien más grande y fuerte que yo, y otras cosas que antes hacía sin despeinarme y que aprendí a lo largo de mi vida para que mi detective, Rhonda, que nunca necesitó a ningún hombre a su lado para resolverle los problemas, resultara creíble.

Una noche que me pasé entera con los ojos abiertos en la oscuridad, de repente, entendí cómo podía solucionarlo. La carta de la hija de Malva me había dado la idea.

Lo primero que hice fue convencer a Moncho de mi senilidad. Para eso no tuve más que disfrazarme de mí misma a los cuarenta años. No hay nada más patético que eso: volver a usar las pelucas de entonces, pintarme las uñas, maquillarme como se llevaba en los años sesenta y setenta, ponerme caftanes y babuchas… A mí sola me daba entre risa y vergüenza, sobre todo viendo las expresiones horrorizadas de Marta y de todos vosotros. Fue un auténtico esfuerzo haceros creer que la cosa iba en serio. Solo Moncho estaba contento porque el muy imbécil pensaba que me estaba haciendo feliz y por eso había vuelto a sentirme joven y a vestirme como entonces. Estaba realmente convencido de que me había vuelto gagá. Lo estoy escribiendo y me parto de risa yo sola. El pobre siempre fue muy corto. Listo, sí, astuto también, pero tonto sin remedio, tonto del culo.

Tengo que disculparme contigo, Greta. Creo que me pasé

un poco y te asusté diciendo que Eileen iba a venir a cenar, pero era importante que tú creyeras que estaba en las últimas. Hasta me alegré de que viniera Isabel, me examinara y meneara la cabeza murmurando cosas como «un trombo, casi seguro», «descansa, Sofía, todo irá bien...».

Respecto a ti, Candy, tuve la suerte —perdóname si llamo suerte a algo tan grave— de que tú tenías otras cosas en qué pensar con lo de estar esperando los resultados de la biopsia. Normalmente me habría costado mucho engañarte, y yo no quería tener que implicarte a ti en el asunto. Eso es de lo primero que decidí. Vosotras dos teníais que quedar fuera. No podía permitirme ningún desliz que os pudiera hacer pensar lo que tenía en mente.

Tengo que confesar que la suerte de Moncho estaba echada desde el principio. Sin embargo, lo que me decidió a hacerlo, y rápido, fue lo que me contó Miguel de que Moncho había estado enseñándole Santa Rita al dueño de una cadena de hoteles. Esto no significaba para él más que una ocasión de hacer dinero, de ponerse las botas a costa de mi casa y de todo lo que he construido a lo largo de una vida. No pensaba permitírselo y no lo he hecho.

Igual que nuestro grupo de amigos, para evitar las funestas consecuencias de propiciar una muerte deseada, había llegado a la conclusión de que lo único posible era parcelar la responsabilidad de manera que nada fuese ilegal pero todo junto, sumado, llegase al resultado apetecido, ahora, en esta circunstancia concreta en la que todos deseábamos y necesitábamos por igual la muerte de Moncho, la solución estaba en lo mismo: que cada uno aportara lo necesario para conseguir lo que queríamos pero que, incluso en el caso de que llegara a descubrirse, nadie tuviera la responsabilidad completa, sino solo pequeñas parcelas que, individualmente, no hubiesen conducido a nada y no fueran ilegales. La única que tendría una responsabilidad real sería yo. A mi edad, el riesgo ya no sería demasiado alto, y

355

al fin y al cabo la dueña de Santa Rita y la que debía defenderse del ataque soy yo.

Conozco a Monchito desde antes de que cumpliera los dieciocho años. Sé más cosas de él que nadie en este mundo, porque hace mucho que se quedó sin madre y yo, entre otras cosas, fui una especie de sucedáneo materno en muchas ocasiones. Siempre he sabido de su alergia a los piñones. Por tanto, nada más empezar a planear la cena en la que anunciaríamos nuestro «compromiso» (¡qué ridículo me resulta decirlo y pensar que algunos de vosotros llegasteis a creéroslo!) llamé a Trini para decidirla juntas. El pollo con almendras es algo que le sale particularmente bien y estuvo de acuerdo enseguida. Un poco después hablé con Ascen y le pregunté si se le ocurría algo para mejorarlo. Naturalmente, nombré los piñones, junto a muchas otras cosas. Las chicas hablaron entre sí y acabaron decidiendo que una picada de piñones —yo les había dicho que si había algún ingrediente un poco más caro daba igual— le daría un toque muy especial. De modo que el pollo con almendras pasó a contener piñones, no tantos como para que le diera un *shock*, pero sí para darle la sensación de que no respiraba igual de bien.

Antes de la cena, pedí a Robles que acompañara a Moncho a dar una vuelta y a ver la alberca, que yo había pedido que se abriera. A todos les pareció demasiado temprano, pero yo dije que quería que Moncho la viera abierta porque cambiaba mucho y, para mis planes, que nadie debía conocer, era fundamental que la funda hubiese sido retirada.

Moncho y yo, a lo largo de nuestra vida, habíamos probado todo tipo de drogas, sobre todo las psicotrópicas que estuvieron tan de moda en los setenta: el LSD, la mescalina, los hongos de todas clases… Yo luego me limité a algún canuto para relajarme, porque la cocaína me daba unos dolores de cabeza espantosos y me hacía trabajar más de lo normal, incluso (ya sabéis que yo siempre he sido muy trabajadora). Nunca probé la heroína porque, después de lo de Fito y Nani, llegué a la conclusión de que aquello era demasiado peligroso. Os explico esto para que os deis cuenta de que Monchito y yo no teníamos secretos en este tema. Me contó que le había comprado a Nines unas ampollas de G y me ofreció probarlas. Le dije que no, que no sabía cómo me iba a sentar aquello y que prefería tener la cabeza clara para nuestro compromiso. Le dije que, por la misma razón, él tampoco debería tomarla, lo que, como yo suponía, hizo que él se tomara una antes de cenar, para estar tan eufórico como quería que todo el mundo lo viera.

Robles salió con Moncho a tomarse una cerveza. Yo se lo pedí, precisamente porque ahí entraba la parte más importante de mi plan. Robles hace muchos años que no fuma, aunque antes era un fumador de puros empedernido. Le di a Moncho un habano de la caja especial que guardo en mi habitación y que fue un regalo de un comandante cubano de los servicios de inteligencia con el que tuve un, digamos «romance», hace una eternidad. La gracia de esos puros es precisamente que contienen algo más que tabaco, aunque según me explicó, nadie lo nota, especialmente cuando se avisa al fumador de que es de primera calidad pero quizá esté un poco seco de más. La gracia es que contienen semillas de ricino. Mortales. Y, al ser inhaladas, prácticamente indetectables, sobre todo si la víctima tiene ya los pulmones tocados, como era el caso de Monchito. Mi comandante me juró que era un sistema ruso que había dado excelentes resultados a lo largo de la guerra fría. Yo, mujer precavida, porque nunca sabe una en estos casos si le han tomado el pelo y los puros no son más que habanos vulgares, decidí combinar el efecto del puro con los piñones y con la ampolla de G que Moncho tomó por propia voluntad.

Después de la cena, me fui a mi cuarto a cruzar los dedos y a esperar el desarrollo de los acontecimientos que había puesto en marcha. A mi edad ya solo puedo ser la araña en el centro de su tela y esperar, esperar, esperar. *To wait. To hope.*

To wait. To hope. Es absurdo que en español se use un solo verbo para cosas tan distintas.

Pedí a Miguel un favor especial porque sabía que él tiene un potente motivo para querer destruir a Moncho Riquelme. El secreto no me pertenece y no lo revelaré, pero estaba segura de que, incluso sin darle explicaciones, cumpliría mi deseo. Su misión era estar de vigía en el exterior para asegurarse de que Robles no salía al jardín después de la cena. La idea era procurar que no saliera nadie, que nadie pudiera ayudar a Monchito cuando empezara a sentirse mal, pero lo más importante era evitar que Robles pudiera intervenir y salvarlo.

Miguel forzó una pelea con Merche, se fue al jardín y no regresó hasta que envié a Reme a decirle que podía volver a casa. Luego me contó que Nel y Elisa estuvieron un buen rato en la pérgola de la alberca, pero se retiraron antes de que su presencia pudiera ser un problema.

Con Miguel patrullando por el jardín y Moncho empezando a vomitar y a sentirse realmente mal, aunque su orgullo le impidió —como yo suponía— pedir ayuda, no quedaba más que poner en marcha la última parte del plan. Fue Reme la que se acercó a él y le propuso mojarse un poco la cara en el agua de la alberca para despabilarse. No sé si cayó solo o si Reme —o incluso el mismo Miguel— lo empujó. Ni lo sé, ni lo quiero saber. Mis instrucciones eran simplemente llevarlo hasta el borde de la alberca y marcharse.

Todos sabéis lo que Reme ha sufrido por culpa de su yerno. La conozco desde hace siglos, le salvé la vida trayéndola aquí. En cuanto apareció Moncho, la llamé a mi cuarto y le dije que estaba desesperada, que necesitaba que me ayudara a librarme de él, pero que no tendría que hacer nada ilegal ni peligroso. Me prometió hacer cualquier cosa. Bien pasada la medianoche, tocó a mi puerta y me dijo que se iba a dormir. Nada más. Entonces le pedí que buscara a Miguel y lo mandara a la cama. Se había levantado un *xaloc*, caliente y lleno de arena, que se iba haciendo cada vez más fuerte. Me dijo que Nel y Elisa habían estado pelando la pava, pero que ya se habían retirado y que, de todas formas, no tenían ojos más que el uno para el otro.

Diez minutos después, empezó a ulular el *xaloc* como un lobo hambriento y yo a revolverme en la cama dándole vueltas a todos los posibles fallos. ¿Dónde estaría la colilla del puro? Había pensado encargarle a Reme que la recogiera, pero con el viento y la oscuridad, no tenía sentido mandarla a buscar al jardín. Ya la barrerían al día siguiente, igual que sacarían la basura, como todas las mañanas, con la botella de cerveza donde Moncho, indudablemente, habría echado la ampolla de G, como hacía siempre.

¿Y si no se ahogaba? ¿Y si sobrevivía y se daba cuenta de lo que yo había intentado hacer? ¿Y si lo encontraban antes?

Aquella noche pensé que si, por lo que fuera, sobrevivía, tendría que matarlo yo misma, con el kris balinés que tengo siempre en mi escritorio y que nadie ve porque siempre ha estado ahí, como abrecartas. Me declararían loca, pero a mi edad no me llevarían ni al calabozo ni a la cárcel y, en el peor de los casos, he vivido casi noventa y tres años, tengo guardadas las pastillas que podrían ayudarme y siempre puedo fumarme uno de los puros cubanos.

Quiero que sepáis que no me arrepiento. El de Moncho ha sido un crimen sin importancia. Se llama crimen porque los humanos primermundistas somos tan terriblemente hipócritas que hemos decidido que en ningún caso se puede matar a un ser humano, por muy pernicioso que resulte para el bien común y muy repugnante que sea su actuación, mientras que sí es admisible mandar a chicos sanos y buenos a partir de los dieciocho años de vida a cualquier guerra que se declare en cualquier parte y en la que el gobierno tenga algún tipo de interés.

Le pedí a Moncho que se marchase, que me dejara en paz. Le ofrecí dinero, como tantas otras veces, pero esta vez nada era bastante. Quería más. Lo quería todo.

Puede que vosotras no lo veáis así, pero ha sido en defensa propia. Propia y ajena, porque también os he defendido a vosotras y a todos los que vivís en Santa Rita. Quizá no lo aprobéis, pero no se me ocurrió otra salida. No es bueno poner al contrincante contra la pared. Todo el que no tiene nada que perder se vuelve extremadamente peligroso. El error de Monchito fue pensar que no tenía nada que temer de una anciana con la que había compartido tantas cosas durante tantos años. Demostró que no me conocía como él pensaba. ¡Idiota!

Mi apuesta fue, desde el principio, que la cosa pareciera un accidente y, ya veis, me ha salido bien el albur. Robles tiene sus sospechas, estoy segura, pero ya no estoy tan segura de que sean acertadas, aunque sé que —sea lo que sea lo que piensa— está dispuesto a callar. La inspectora Galindo sospechaba, pero no consiguió probar nada y ahora es una de las nuestras. No le digáis nada de todo esto. Estoy convencida de que le haría mucho daño y sacudiría sus principios. Es una buena chica; creo que Santa Rita le sentará muy bien, y es bueno que venga gente joven, gente nueva. ¿Veis? Gracias a Monchito ahora tenemos a Lola. Ya dicen que la energía no se pierde, solo se transforma.

Os quiero mucho, a las dos. Y a Robles, y a Miguel y Merche, a Marta, a Trini, Reme, Ascen, Chon, Lina, Ena… a todas las chicas de la lavanda, a Paco, a Nieves y su peque, a los estudiantes, a todos los que vivís aquí, en mi casa, que es la nuestra. Quería dejarlo dicho porque yo no soy mucho de formular así de claras este tipo de cosas, pero me importa que lo sepáis.

No sé cuándo podréis leer esto, pero la verdad es que da lo mismo. A mí me ha servido para tranquilizarme y a vosotras os servirá para comprender.

Os abrazo con todo mi corazón,

SOPHIA

18

$\mathcal{N}$ines miraba fijamente las olas que rompían en la escollera, a sus pies. Siempre que podía, sobre todo cuando no sabía qué hacer ni cómo solucionar un problema, iba allí, a pensar. Nunca le había enseñado a nadie aquel sitio, que solo compartía con unos cuantos pescadores de caña, gente silenciosa que también iba allí a pensar y a que los dejaran en paz.

No sabía qué hacer. Ahora que, por fin, podía estar tran- quila, que había conseguido saldar su deuda, y lo de Riquelme había quedado archivado, sin embargo los nervios no la dejaban vivir. Encarna estaba loca. La había llamado hacía apenas una hora para proponerle juntarse con ella y con el inútil del Richar, tomarse unos chupitos para ponerse a tono, coger el coche y acercarse a Santa Rita a «darles su merecido a aquellos gilipollas». Encarna suponía que ella estaría encantada de participar en la excursión para vengarse de que la hubieran echado de allí, y se había quedado de pasta cuando ella le había dicho que no tenía interés. «Pues ya puedes ir buscándote otro sitio donde vivir, gallina», le había dicho antes de colgar.

Ahora la cuestión era si callarse y hacer como que ella no sabía nada, y dejar que pasara lo que tuviera que pasar, o llamar a Robles y contárselo. A lo largo de su vida, desde sus primeros recuerdos, no había nada peor que chivarse. Una arreglaba sus propios problemas como fuera, pero no le iba a nadie con el cuento, sobre todo a ninguna autoridad. Ser un rata era lo más despreciable del mundo y había que evitar serlo costara lo que costara, aunque el precio fuera tan alto como la propia autoestima, la vida, incluso.

Mientras tanto había aprendido alguna que otra cosa más. Sabía distinguir entre traición y chivatazo, y entre chivatazo y advertencia de un peligro inminente para evitar males mayores e incluso salvar vidas.

Santa Rita estaba llena de gente, sobre todo por la noche. El plan de Encarna era una locura, pero podía funcionar si llegaban cuando ya estaba todo el mundo en la cama. Si iba a hacer algo, tenía que hacerlo ya. O callar para siempre, como en las bodas.

La habían echado. Ella ya no tenía nada que ver con aquello. En el fondo, se lo habían ganado a pulso. Les estaba muy bien empleado. «¡Que os den!», pensó, lanzando al mar otra piedra de las muchas que llevaba lanzadas en la última hora, a la luz de las estrellas.

362

Por otra parte… Santa Rita era lo más parecido a un hogar que había tenido en su vida. Para su sorpresa, en la entrevista que tuvieron para ver si la aceptaba en la casa, Sofía la había tratado con respeto y había decidido darle una oportunidad, dejándola vivir allí. Luego las cosas se fueron complicando, torciendo, y al final pasó lo que pasó, pero la mayor parte de la gente de allí la había tratado bien, o al menos la había dejado tranquila, lo que ya era mucho decir. No se merecían perderlo todo.

Nel sí. Nel se merecía cualquier cosa. Por capullo, por prepotente, por haberle quitado a Elisa.

Lanzó una piedra gorda con todas sus fuerzas y las salpicaduras la alcanzaron de pleno, haciéndola saltar.

Elisa estaba allí también. Ya habría vuelto de casa de sus padres. No era nada suyo, ya no, pero lo había sido. Y la había ayudado en el peor momento a pesar de todo. No podía permitir que Elisa estuviera en peligro.

Sacó el móvil sin darle más vueltas. Ya habría tiempo de llamarse imbécil más tarde.

—¿Robles? Vuelve a Santa Rita cagando leches y llama a los bomberos. Encarna se ha vuelto loca. Quiere pegarle fuego a la casa con toda la gente dentro. Ella y el inútil del Richar. Con cócteles Molotov. Sí. Yo también voy para allá.

Colgó y se quedó aún un instante mirando el mar con una pequeña chispa de algo que no sabía nombrar calentándole el corazón.

—Pasa, Nines —le dijo Marta con suavidad—. Sofía te está esperando.

Ella asintió con la cabeza y se chupó los dientes. Tenía casi tanto miedo como la primera vez, dos años atrás, cuando Eloy la presentó para ver si la aceptaban en Santa Rita. Se había puesto los vaqueros negros más nuevos que tenía y su camiseta de la buena suerte, la del Gold Room del Overlook Hotel. Antes de entrar, Marta la retuvo un instante por la manga.

—Nines…, esto… Gracias. Si no llega a ser por ti, nos habríamos quedado sin casa. Llevaban la furgoneta llena de cócteles Molotov, y ya habían tirado dos.

Ella volvió a asentir y entró en el estudio de Sofía.

De momento no la vio. Aquello estaba lleno de trastos, de biombos, de plantas de interior y libros y papeles, de modo que se quedó en la puerta, cambiando su peso de un lado a otro, esperando quizás una invitación.

—¿Estás ahí? —oyó a su derecha, desde el otro lado de una estantería divisoria.

—Sí. ¿Paso?

—Claro, niña, pasa, para eso te he llamado. Anda, siéntate. ¿Tomas té?

—Gracias.

Nines se sentó en el borde de un silloncito enfrente del sillón orejero que ocupaba Sofía junto a la ventana. Entre las dos, sobre la mesita, había una tetera, una bandejita con leche, crema, azúcar y rodajas de limón, dos tazas y unas galletas.

—Ponme una con una gota de leche y una punta de azúcar, hazme el favor, y sírvete como más te guste a ti.

No le hizo gracia la petición porque le daba miedo que le temblaran las manos, y aquellas tazas eran de una porcelana tan fina que parecían hechas con pétalos de flores o cáscaras de huevo.

—Me siento como Mulan —dijo, tratando de quitarle hierro al asunto—. Esto de la ceremonia del té, digo.

—No sufras, que no te pienso casar con nadie. Solo quiero un té, no voy a juzgarte.

Nines le pasó la taza y se puso una con crema y azúcar.

—Lo primero, gracias —empezó Sofía, mirándola fijamente—. La verdad es que me ha sorprendido lo que has hecho. Si te soy sincera, no habría pensado que estarías dispuesta ni a mover un dedo para salvarnos y para salvar Santa Rita.

—Pues ya ves… A veces los camellos sirven para algo.

Sofía soltó una risilla.

—Mira, yo más bien pensaba que eras tipo víbora, más que camello.

Nines se la quedó mirando, pasmada por su sinceridad. Sofía continuó.

—Estoy dispuesta a aceptarte de nuevo aquí, si tú quieres volver. Sin consultarlo con nadie, además. Esta es mi casa y, mientras yo viva, pienso invitar a quien me dé la gana.

—Gracias. —Nines bajó la vista, azorada. Sofía era la única persona del mundo que conseguía hacer que se sintiera como una niña, inocente aún.

—Pero con una condición.

—Tú dirás. —Se sentía tentada de hablarle de usted, pero ya no podía volverse atrás y a Sofía parecía darle igual cómo la llamara.

—Me vas a contar qué pasó realmente la noche en que murió Moncho.

Los ojos de Nines se desorbitaron y las manos empezaron a temblarle descontroladamente.

—¡Yo no sé nada! No sé qué juego llevas, pero no me vas a culpar de nada. ¡No estoy dispuesta a que me cuelgues el muerto!

—Tranquilízate, *dear*. Yo ya lo sé casi todo. No me faltan más que algunos fragmentos para tener claro el mosaico y sé que tú tienes las piezas que faltan. Te doy mi palabra de que nada de lo que digas saldrá de este cuarto. Jamás. Yo siempre cumplo mis promesas, por difícil que sea. Y si tienes miedo porque piensas que quiero vengar la muerte de mi «prometido», te equivocas. El accidente de Moncho nos ha venido muy bien a todos. La Providencia ha hecho muy bien su trabajo.

Nines tragó saliva con dificultad. No comprendía cómo Sofía había llegado a la conclusión de que ella…

La escritora siguió dando breves sorbos a su té, perdiendo la vista en los pájaros que entraban y salían del pino, como si tuviera todo el tiempo del mundo a su disposición.

Sofía, efectivamente, no tenía ninguna prisa. Era todo una cuestión de pura curiosidad, de que, como en sus novelas criminales, en sus famosos *murder mysteries*, todo tenía que encajar para poder quedarse tranquila. De un modo u otro, no habría consecuencias, pero le gustaba saber.

El día anterior, Reme había ido a visitarla y, después de muchos rodeos, le había contado algo muy interesante: que la noche del sábado en que ella tenía el encargo de llevar a Moncho hasta el borde de la alberca, cuando llegó a la altura de la habitación del final, la de la esquina, tuvo que esconderse con toda rapidez porque Riquelme no estaba solo. Estaba con Nines.

Esperó, oculta tras el murete del jardincillo del cuarto que oficialmente ocupaba Moncho, sin saber bien qué hacer. De vez en cuando sacaba la cabeza para ver qué estaba pasando, pero no quería que la descubrieran. Las rachas de viento traían palabras sueltas de lo que hablaban, pero no se entendía lo suficiente.

Reme decidió volver por donde había venido, por el jardín, entrar por la puerta principal y seguir el pasillo hasta el final para poder esperar fuera del viento y ver por los cristales de la puerta que daba a la alberca lo que estaba pasando allí. Normalmente no se tardaban ni tres minutos en hacer el recorrido, pero como la puerta principal estaba cerrada, tuvo que ir a buscar sus llaves entrando a su cuarto por su mini jardín y cuando llegó al final del corredor y miró por la cristalera, Nines y Moncho ya no estaban.

Salió hacia la alberca, ya muy nerviosa, y allí, flotando en el agua turbia, medio cubierto por la funda, estaba el cuerpo de Moncho. No quiso averiguar si seguía vivo. Echó una mirada alrededor, se dio cuenta de que, pegado a la pared, con el bastón en la mano, Miguel alzaba la cara hacia el viento, pensó por un instante saludarlo y al final decidió no hacerlo. Volvió a entrar en la casa, fue al cuarto de Sofía como habían convenido, le dio las buenas noches y se fue a dormir.

Antes de retirarse, también Miguel la había informado de los movimientos de la noche, mientras patrullaba para evitar que Robles pudiera inmiscuirse. Solo más tarde se enteró de que el expolicía, después de la cena, en lugar de salir al jardín a dar una vuelta, había decidido marcharse a Benalfaro a tomar un helado frente al mar. En la primera media hora habían salido varios a fumar un cigarrillo y Ena brevemente con su caniche. Luego, y hasta la medianoche, solo Nel y Elisa, Reme y Nines.

Sofía lo sabía casi todo ya, pero le faltaban un par de detalles que solo podía proporcionarle Nines.

—De acuerdo —dijo por fin la muchacha después de un carraspeo—, te contaré lo que pasó.

La escritora sacó un par de cigarrillos de marihuana perfectamente cilíndricos de una cajita de plata.

—¿Quieres?

—Gracias. —La verdad era que le venía muy bien aquello para calmar los nervios. Sacó su mechero y encendió los dos—. Verás… Yo le había vendido a Moncho unas cuantas cosas, pero no me pagó. Me dijo que no tenía la pasta encima y que cuando fuera al pueblo me lo traería. ¡Eran dos mil pavos! Pero me dijo que para él eso era una nadería, que dentro de nada tendría dinero a paladas y que tenía suficiente crédito como para pagarme al día siguiente. Fui imbécil y me fie. Pasaron un par de días y no me había pagado. Me estaba empezando a asustar, mucho, porque, aunque aún no habían empezado a presionarme, sé muy bien lo que hacen con los que no pagan. —Levantó los ojos de la mesa y miró a Sofía un instante.

—Te entiendo, sigue.

—No había forma de pillar solo a ese tío. Yo le lanzaba miradas en el comedor, donde fuera, y él se reía. Se reía de mí, y se la pelaba lo que pudiera pasarme. Total, que el sábado por la noche, cuando vi que salía fuera, lo seguí. Estaba supercolocado, primero eufórico de narices, pero yo sabía que le vendría pronto la bajona y quería pillarlo antes de que le diera. —Volvió a carraspear, dio una calada honda al porro, se quitó una brizna del labio y continuó—. Me acerqué cuando estaba al borde de la alberca, mirando el agua, como si estuviera viendo allí una peli. Le pedí mi pasta y empezó a descojonarse otra vez. No sé… Discutimos… Me llamó gilipollas, me llamó zorra…, yo qué sé… Empezó a darme palmaditas en la cara, llamándome pipiola, diciéndome que yo me creía muy dura, pero acababa de salir del cascarón… No sé, Sofía, me cegué. Me cegué y le pegué un empujón con todas mis fuerzas. Aún vi su cara de sorpresa, su boca abierta como un hipopótamo… Luego el agua saltó como una bomba y me puso perdida. Me asusté, te lo digo como es. Me asusté porque había caído con la cara para abajo y apenas se movía. Me largué sin pensarlo ni un momento. Fui a mi cuarto, me duché y me cambié de ropa, pero seguía tiritando. Al cabo de un buen rato, cogí una linterna y volví a salir. El viento era enloquecedor, parecía que fuera a llevarse las palmeras, a arrancar los rosales. Volví a la alberca no sé bien por qué. A lo mejor pensaba que se habría salido del agua, que antes no había visto bien.

En ese momento, una luz me hizo volverme. Elisa estaba en la puerta de poniente, la de la alberca, con una linterna encendida. Era absurdo. ¿Qué podía hacer allí Elisa? Me vio. Se acercó a mí. Bajó la vista y vio a Moncho. Volvió a mirarme, primero sorprendida, luego muerta de miedo. «¿Qué has hecho?», me preguntó. Le dije que yo no había hecho nada, que había salido a fumar un piti porque no me dormía y acababa de ver el muerto, pero que no pensaba decir nada porque seguro que todos pensarían que lo había hecho yo. Creo que en ese momento me creyó. Luego ya no sé… Pero en ese momento me abrazó. ¡Hacía tanto que no me abrazaba! Me prometió no decir nada. Era más de medianoche, no nos había visto nadie. Moncho se lo había ganado a pulso. «Un simple accidente, un ataque al corazón», dijo Elisa. No teníamos por qué ser nosotras las que lo encontráramos. Nos iríamos a la cama y al día siguiente ya lo encontraría alguien, Lina, al salir a barrer, o Robles, que madruga a lo bestia, o Paco…

Nines guardó silencio. Dio la última calada y aplastó la colilla en el platito del té.

—Gracias, querida. Ahora ya me queda todo claro —dijo Sofía dulcemente—. ¡Qué alivio terminar el rompecabezas!

—¿Cómo sabías que yo había estado allí?

—Ese es el inconveniente de Santa Rita, Nines, tú lo sabes. Siempre hay ojos que te ven.

—¿Vas a denunciarme?

—¿Por qué? ¿Por haber empujado al agua a un tipo que, sabiendo que necesitaba un marcapasos, no quiso ponérselo por pura chulería? —Sofía sonrió—. Anda, cómete una galleta de jengibre; están de muerte.

—Entonces… ¿me puedo quedar?

—Claro. Este es tu sitio. Pero tienes que empezar a poner de tu parte. Santa Rita da, pero también toma. Búscate un trabajo decente, de media jornada; termina la carrera. Deja el trapicheo.

—No me voy a hacer santa porque tú lo digas.

—Yo tampoco quiero que seas santa. Tienes muy mala leche y puedes ser un bicho, pero Santa Rita también necesita gente con veneno en el cuerpo. Tenemos aquí demasiadas marujas…

Nines se echó a reír. Hacía mucho que no se sentía tan bien. Apenas podía creérselo. Estuvo a punto de abrazar a Sofía y se contuvo. Le tendió la mano a cambio. La de Sofía era delgada y huesuda, pero le dio un firme apretón.

Un segundo después estaba fuera, bajando las escaleras, con ganas de echar a volar.

369

El azul de la jacaranda

*L*os primeros rayos del sol se colaron, delicadamente rosados primero, luego incandescentes, por la persiana del cuarto de Sofía forzándola a entrecerrar los ojos frente a la cascada de luz que la bañaba entera pintándola de oro. Llevaba ya un buen rato sentada en el sillón, junto al balcón, esperando el momento en que el mundo explotaría en gorjeos de pájaros y el nuevo día llegaría como un regalo, no por esperado menos milagroso.

Era el 23 de mayo. El día en que cumplía noventa y tres años, lo que significaba que había completado ese tiempo sobre la Tierra y, a partir de ese amanecer, empezaba su nonagésimo cuarto. Siete para alcanzar los cien.

Nunca se había planteado conscientemente tratar de llegar a cumplir un siglo, pero ahora que empezaba a resultar posible, se sorprendía a sí misma pensando de vez en cuando que tal vez no fuera tan mala idea intentarlo. Siempre había sido tremendamente testaruda y casi siempre había conseguido lo que se había propuesto. Si Greta no se decidía a hacerse cargo de Santa Rita, y Robles no acababa de animarse a conquistarla a ella, y Candy tenía otras cosas más urgentes de las que preocuparse, no le iba a quedar más remedio que seguir allí, al timón de la nave, aunque siguiera necesitando muchos marineros para manejar el velamen.

Apoyándose en la muleta, y con cierta dificultad, consiguió ponerse de pie, abrir las puertas y salir al balcón. Era una de sus costumbres más arraigadas: dar la bienvenida al sol desde su balcón de Santa Rita el día de su cumpleaños. Las palmeras se movían dulcemente en la brisa perfumada de lavanda y de mirto, el eucaliptus danzaba frente a ella, agitando sus ramas como si le dijera «felicidades, felicidades, Sophie», los pinos parecían pintados sobre un cielo de seda de colores pastel —amarillo, melocotón, rosa, azul claro, y cada vez más azul y más intenso hacia el cénit— y las jacarandas, por fin en flor, se extendían como una alfombra añil frente a sus ojos.

Iba a ser un día glorioso. Tendría que intentar estar a la altura y hacer los honores a todo el esfuerzo que la comunidad entera había puesto en celebrar su cumpleaños con una fiesta espectacular.

Por desgracia, la piscina aún no era más que un gran hoyo de barro y todos sus alrededores estaban llenos de montículos de tierra y piedras que habían decidido usar después para crear unas ondulaciones, una especie de falsas colinas que llenarían de arbustos y de flores. Si todo iba bien, para el verano podrían ya bañarse en ella; quizá para la noche de San Juan, y harían hogueras y pondrían farolillos, como todos los años.

¡Qué hermosa era la vida! ¡Qué suerte seguir viva y poder disfrutar de tantas cosas!

Greta había ido a Alemania a hablar con Fred y había regresado tranquila y contenta. De momento, aunque no había querido comprometerse para fechas concretas, le había prometido quedarse lo menos hasta el otoño y empezar a hacer limpieza en las habitaciones abandonadas, y a poner algo de orden en los papeles antiguos.

Candy estaba llevando muy bien su terapia. Estaba tan cansada como ella —«así te haces una idea de qué se siente teniendo noventa años», le decía para animarla—, pero daba la impresión de que lo superaría.

Robles estaba en su elemento encargándose de vigilar las obras. Seguía haciendo kilómetros por las mañanas, perdiendo al ajedrez contra Miguel y oyendo música italiana de los años cincuenta a noventa.

Reme había florecido desde que Richar estaba en la cárcel, igual que Encarna, por su intento de prender fuego a Santa Rita con toda su gente dentro. Ahora podía volver de nuevo a ver a su hija y a sus nietos, y no tenía que estar siempre sufriendo por si aparecía el energúmeno de su yerno.

Nel y Elisa se habían hecho novios y aún no estaba claro si se quedarían un año más con ellos o si, en septiembre, alquilarían un piso en Alicante. Nel quería quedarse en Santa Rita, pero Elisa no se sentía a gusto llevando una relación de pareja rodeada de tanta gente. Una lástima, porque Nel era importante para la comunidad, y a él sí que le encantaba vivir allí. Tendría que buscar una forma de conseguir que se quedara con ellos.

Nines se iba adaptando poco a poco a su «nueva» vida, aunque no había pasado suficiente tiempo desde que llegaron al acuerdo como para ver si la cosa era para durar.

En general, la vida seguía con placidez. Todos hacían lo que mejor sabían hacer y disfrutaban del buen tiempo, del jardín, de la comida y de las conversaciones.

Sofía, como la buena araña que era, seguía instalada en mitad de su tela, notando las mínimas vibraciones que creaban los movimientos de cualquiera que pasara por ella. Había elegido bien. Sus últimos años serían plácidos, y eso era casi lo más importante en la vejez.

Miró de frente al sol, extasiada por su belleza, agradecida, sin saber a quién dar las gracias, por tanta felicidad, por tan buena fortuna, por tanta riqueza.

A sus pies, la sopladora de Paco se acababa de poner en marcha. Iba recorriendo los árboles y arbustos, obligando a la hojarasca a salir de su escondrijo para luego recogerla y que, a media tarde, cuando empezaran a poner los farolillos y las tiras de lucecitas y las mesas del buffet, todo estuviera limpio y regado, oliendo a tierra húmeda y a flores.

Sofía no lo vio desde el balcón, donde estaba como una princesa de cuento de hadas, pero Paco, al recoger uno de los montones, se agachó y, torciendo el gesto, miró con disgusto una colilla de puro que la sopladora había sacado de debajo de un ligustro.

«Pero ¡qué guarra es la gente a veces! —murmuró—. ¿Quién habrá estado fumando una cosa así, tan renegrida? ¡Menudo asco!»

Empujó la colilla junto con las hojas secas hacia el recogedor, lo tiró todo a uno de los grandes cubos que luego sacaría al basurero y, sin saber que acababa de hacer desaparecer para siempre lo único que hubiese podido incriminar a Sofía, se marchó, silbando, a traer la carretilla.

Esa tarde todo tenía que quedar perfecto. Santa Rita estaba de fiesta.

La Quinta del Pino 21-4-21 a las 21.21

Nota de la autora

Cuando terminé *La noche de plata*, la más reciente y más negra de mis novelas, sentí un gran alivio por haber sido capaz de tratar un tema que siempre me había preocupado y haber conseguido hacerlo sin herir la sensibilidad de mis lectoras y lectores, y sin hacerlos cómplices de los crímenes cometidos contra niños y niñas, que son el centro de la historia. Quedé contenta, aliviada, y con muchas ganas de cambiar de tercio, de abandonar la noche y el frío del invierno vienés para dirigirme a mis tierras mediterráneas, al calor, el mar, las palmeras y las flores.

Sin embargo, las historias de crímenes, de secretos ocultos en el pasado, de medias verdades y malentendidos me siguen atrayendo como siempre, de manera que, en cuanto empezó a insinuárseme la que acabáis de leer, supe con toda claridad que sucedía en el Mediterráneo, entre palmeras y buganvillas, en un ambiente especial. Así surgió el Huerto de Santa Rita, un lugar que empezó su andadura en 1862 siendo un elegante Balneario de Talasoterapia, pasó por varias fases —sanatorio para enfermedades nerviosas, clínica psiquiátrica femenina, manicomio de mujeres— y acabó convertido en una comunidad transgeneracional donde conviven casi cuarenta personas de todas las edades y profesiones.

En principio, mi idea era narrar un «crimen ligero», un «crimen sin importancia», como pensé llamarla durante un tiempo; una historia amena y entretenida, con alguna que otra carga de profundidad, como es habitual en mis novelas. Pero no contaba con que Sofía tiene mucha vida detrás. Y sus padres, y sus abuelos, y sus bisabuelos. Las historias, pasadas y presentes, se iban multiplicando en mi cabeza y empecé muy pronto a darme cuenta de que lo más probable era que no tuviese bastante con una sola novela, de manera que escribí *Muerte en Santa Rita* pensando ya que sería necesario escribir al menos otra más, para disfrutar de los personajes, para narrar hechos del pasado que habían influido en el presente, pero no tenían cabida en estas primeras páginas. Sin darme bien cuenta de lo que hacía, Santa Rita, en mi mente, estaba empezando a crecer, a convertirse en una serie de novelas relacionadas, con personajes que aparecen en todas ellas, unos que entran, otros que salen; sucesos del pasado, secretos que llevan décadas en la sombra, esperando a ser desvelados.

Además, el amor por mi tierra me fue llevando a crear ese ambiente de *noir* mediterráneo que se basa en nuestra vegetación, nuestra comida, nuestras tradiciones. No somos un pueblo dado a lo esotérico, apenas tenemos leyendas o mitos propios. Somos gente hecha a mirar al sol de frente y ver lo que nos rodea sin inventar nada más. No tenemos bosques ni nieblas que permitan creer en seres de otras dimensiones. ¿Dónde podrían esconderse en una tarde de agosto, a cuarenta grados, los trasgos y las hadas?

Por eso, a pesar de que siempre he sido muy aficionada al género fantástico, decidí ser fiel a mi región y no incluir nada que no fuese estrictamente realista. Al menos de momento. Ya habrá otras ocasiones, en otras novelas, ambientadas en otros lugares.

Los personajes centrales —muchos en este caso— son todos nuevos, salvo uno, que viene de lejos y quiero presentar ahora a las lectoras y lectores que me hayan seguido hasta aquí. Se trata de Robles, uno de mis personajes más queridos, a quien descubrí hace ya unos treinta años en la primera novela larga que escribí en la vida —*El contrincante*—, que yo, para mí misma siempre he llamado *Uke*, y que, por circunstancias de la vida, aunque fue la primera que escribí, no salió publicada hasta 2004 y ahora va a ser reeditada por Minotauro, la misma editorial que ya la publicó entonces. Esta novela es lo que yo llamo un «*thriller teológico*», aunque para muchos es una novela de terror, y en ella Robles, comisario en activo, juega un papel central. Desde *El contrincante* hasta *Muerte en Santa Rita* ha cambiado mucho, ha evolucionado muy positivamente y se ha convertido en un hombre distinto, pero sigue siendo el mismo Robles.

También en *La noche de plata* retomé a uno de mis personajes más queridos —Wolf Altmann—, otro policía con el que ya había trabajado en tres novelas anteriores, y la experiencia me había dejado muy satisfecha. Envejecen y maduran, igual que yo, y poco a poco vamos haciendo camino juntos.

Ahora, si tengo suerte, Sofía, Greta, Candy, Robles, Nel, Lola, Miguel, Nines… y tantos más que acabáis de conocer seguirán en Santa Rita y muy pronto tendrán que enfrentarse con otros crímenes y otros secretos. Espero que nos queden muchas páginas que compartir en el futuro, a ellos, a vosotros y vosotras, y a mí.

Otros libros de Elia Barceló
que también te gustarán

El color del silencio

Elia Barceló

16 de julio de 1936, Islas Canarias. Un asesinato desencadena el golpe de Estado de Franco y el inicio de la Guerra Civil española.

20 de julio de 1969, Rabat, Marruecos. Una familia celebra el aterrizaje en la Luna en el jardín de una antigua mansión. Un asesinato tendrá lugar esa misma noche, destrozando el destino de la familia.

Madrid, época actual. Helena Guerrero es una artista de renombre internacional, conocida por las sombras que invaden sus cuadros y que, aparentemente, reflejan un misterio de su pasado que nadie ha sabido nunca explicar. Ahora, después de muchos años viviendo en el extranjero, en Adelaida, Australia, tres sucesos conspiran para traerla de vuelta a Madrid, y le darán las pistas para descubrir qué sucedió realmente con su hermana Alicia, en 1969.

Por la autora de *El color del silencio*

ELIA BARCELÓ
La noche de plata

«Una trama sólida e intrigante.
Una comisaria con poderosas razones privadas para investigar.
No se le puede pedir más a una buena novela negra.»
Alicia Giménez Bartlett

rocabolsillo I ficción

La noche de plata

Elia Barceló

Viena 1993. Una niña desaparece en un mercadillo de Navidad.
Viena 2020. La policía encuentra un esqueleto infantil
en el jardín de una casa de las afueras.

Carola Rey Rojo, especialista en secuestros y homicidios infantiles, y madre de la niña desaparecida veintisiete años atrás, ahora en excedencia de la policía española, vuelve a Viena con el encargo amistoso de desmontar la biblioteca de un marchante de arte recientemente fallecido. Junto con su amigo y colega, el inspector-jefe Wolf Atmann, se verá envuelta en una trama que pondrá en evidencia que nadie es lo que aparenta y que uno nunca acaba de conocer a los demás, ni siquiera a sí mismo.

Disfraces terribles

Elia Barceló

Una novela entre psicológica y criminal, en la que un biógrafo indaga en los disfraces (tan terribles como lo que ocultan) de una existencia misteriosa que, poco a poco, se va implicando en la suya propia. Una turbadora visita a los cuartos traseros de la fama literaria.

En los años setenta, el prestigioso cuentista argentino Raúl de la Torre, residente en París, saltó a la fama al publicar su primera novela. Su popularidad como novelista del boom creció con sus siguientes obras, su segundo e inesperado matrimonio y su implicación política. Todo ello lo coloca en el punto de mira de las crónicas de sociedad cuando decide descubrir públicamente su homosexualidad o cuando se conoce su suicidio de un pistoletazo..